대 산 세 계 문 학 총 서 **0 1 1**

오블로모프 2

ОБЛОМОВ

ИВАН АЛЕКСАНДРОВИЧ ГОНЧАРОВ

ИВАН АЛЕКСАНДРОВИЧ ГОНЧАРОВ
ОБЛОМОВ

Ордена Трудового Красного Знамени
издательство Наука. Ленинградское отделение.
199034, Ленинград, В-34, Менделеевская линия, 1.

오블로모프 2

I. A. 곤차로프 지음
최윤락 옮김

문학과지성사

2002

대산세계문학총서011_소설

오블로모프 **2**

지은이 I. A. 곤차로프
옮긴이 최윤락
펴낸이 홍정선 김수영
펴낸곳 ㈜문학과지성사
등록 1993년 12월 16일 등록 제10-918호
주소 121-840 서울 마포구 서교동 395-2
전화 02)338-7224
팩스 02)323-4180(편집) 02)338-7221(영업)
전자우편 moonji@moonji.com
홈페이지 www.moonji.com

제1판 제1쇄 2002년 3월 26일
제1판 제2쇄 2010년 11월 15일

ISBN 89-320-1320-9
ISBN 89-320-1246-6(세트)

이 책은 대산문화재단의 외국문학 번역지원사업을 통해 발간되었습니다.
대산문화재단은 大山 愼鏞虎 선생의 뜻에 따라 교보생명의 출연으로 창립되어
우리 문학의 창달과 세계화를 위해 다양한 공익문화사업을 펼치고 있습니다.

ИВАН АЛЕКСАНДРОВИЧ ГОНЧАРОВ

오블로모프 2

| 차례

제3부

제1장

집으로 향하는 오블로모프의 얼굴엔 화색이 돌았다. 피가 거꾸로 솟구치고 두 눈이 번뜩였다. 심지어 머리털이 다 타고 있는 것만 같았다. 그렇게 자신의 방으로 들어갔다. 그런데 갑자기 그 화색도 사라지고 두 눈은 못마땅한 놀라움에 한 곳을 응시한 채 꼼짝도 하지 않았다. 그의 소파에 타란찌에프가 앉아 있는 것이 아닌가!

"하마터면 못 보고 갈 뻔했네. 어딜 그렇게 쏘다니는 겐가?" 털이 북슬북슬한 손을 내밀며 타란찌에프가 언짢은 듯 물었다. "게다가 자네 그 늙다리 악마는 왜 그렇게 말을 안 듣는 거야? 요기할 것 좀 있나 물어도 없다 하고 보드카 좀 내오랬더니 가져오지도 않고 말이지."

"요 앞 숲속을 산책하고 오는 길이야."

오블로모프가 퉁명스레 말했다. 고향 친구의 출현으로 어찌나 짜증이 나던지 아무 생각이 없었다. 하필 이런 때 찾아올 게 뭐람!

그는 자신이 오랫동안 몸담았던 그 암담한 분위기를 잊고 있었고 또한 그 답답한 공기와도 결별한 지 오래였다. 그런데 타란찌에프가 한순간에 그를 천국에서 지옥으로 처박은 것이다. 오블로모프는 괴로움에 자문해본다. 저 타란찌에프란 놈은 대체 왜 온 거야? 오래 있으려나? 만약에 그가 남아서 식사를 한다면 일리인스카야 댁에 갈 수가 없을 거라는 생각을 하게 되자 괴로워 견딜 수 없었다. 그 순간 오블로모프를 지배하고 있던 유일한 생각은 무슨 수를 써서라도 그를 쫓아버려야겠다는 것이었다. 그는 아무 말 없이 타란찌에프가 입을 열기만을 참담한 마음으로 기다렸다.

"이보게, 자네 어떻게 된 거야? 이사할 집 한번 안 들여다볼 거야?"

타란찌에프가 물었다.

"이제 필요 없게 됐어." 타란찌에프를 쳐다보지 않으려고 애를 쓰면서 오블로모프가 말했다. "난…… 그리로 이사 안 할 거야."

"뭐라구? 이사를 안 하다니?" 타란찌에프가 화를 버럭 내며 소리쳤다. "집은 빌려놓고서 이사를 안 하겠다구? 그럼 계약은?"

"무슨 계약?"

"자네 벌써 잊었어? 일 년 계약으로 집을 빌리기로 직접 서명까지 했잖아. 팔백 루블이나 내놓고 나서, 자네 하고 싶은 대로 맘대로 해. 집을 보고서 빌리고 싶어한 사람이 넷이나 있었어. 다 거절했단 말야. 그 중엔 삼 년 계약하자던 사람도 하나 있었다니까."

오블로모프는 이제서야 별장으로 옮겨가던 바로 그 날에 타란찌에프가 그에게 불쑥 내민 서류에 제대로 읽어보지도 않고 무턱대고 자신이 서명을 했다는 사실을 기억해냈다.

'아, 맙소사, 내가 무슨 짓을 한 거야!'

"어쨌든 이젠 집이 필요 없게 됐어. 난 외국에 나갈 거거든……"

"외국에! 그 독일 놈하고 같이? 어림없어, 자네가 가긴 어딜 가!"

"못 갈 이유가 어딨어? 여권도 있는데. 내 보여주지. 여행 가방도 다 사놨어."

"자넨 못 가!" 타란찌에프가 콧방귀를 뀌며 반복했다. "반 년치 미리 선불로 내놓는 게 좋을 거야."

"돈 없어."

"어디서 구하든 자네 마음이지. 그 오빠라는 작자, 이반 마트베이치는 농담하는 거 안 좋아해. 아마 고소라도 하려 들걸. 그럼 골 아파져. 내가 내 돈으로 지불을 해놓았으니까 나한테 주게나."

"자네가 그런 큰돈을 어디서 구했어?"

"그야 자네가 알 바 아니지 않은가? 오래 전에 빌려주었던 돈 받았어. 돈 내놓게! 그 때문에 온 거야."

"좋아 알았어, 내 일간 가서 집을 다른 사람에게 넘기지. 지금은 좀 바빠서⋯⋯"

그가 외투를 여미기 시작했다.

"어떤 집이 필요한데? 시내를 다 뒤져도 이보다 더 나은 집은 못 구할걸⋯⋯ 맞아, 본 적 없지?"

"보고 싶지도 않아. 내가 왜 그리로 이사를 간단 말야? 나한텐 너무 멀어⋯⋯"

"어디서 멀다는 거야?"

타란찌에프가 퉁명스럽게 말했다. 하지만 오블로모프는 어디서 멀다는 것인지 말하지 않았다.

"시내에서."

그가 잠시 후 덧붙였다.

"시내에서 멀다니 그게 무슨 말이야? 시내가 자네한테 왜 필요해? 허구한 날 누워 있으면서?"

"아니, 이젠 안 누워."

"설마?"

"그렇다니까. 난⋯⋯ 오늘⋯⋯"

"뭐?"

"밖에서 저녁을 먹을 생각이야⋯⋯"

"돈이나 내놓고 그런 소리 해, 제기랄!"

"무슨 돈?" 더 이상 참지 못하겠다는 투로 오블로모프가 반복했다. "사나흘 후에 새집에 들러 주인 여자하고 내가 얘기해봄세."

"무슨 주인 여자? 그 아주머니라는 사람? 그 여자가 뭘 알아? 그냥 시골 여편넨데! 그게 아니라 자넨 그 여자의 오빠하고 얘기를 해야 해. 조만간 만나게 될 거야!"

"그럼 그렇게 하지. 일간 한번 들러서 얘기를 하지."

"알았어, 기다리라고 하지 뭐! 그건 그렇고 돈이나 내놓고 자네 할 일을 하든지 해."

"지금 돈 없어. 빌려야 해."

"그럼 적어도 나한테 당장 마차삯이라도 주게나." 타란찌에프가 고집을 부렸다. "삼 루블."

"마부가 어디 있는데? 그리고 무슨 마차삯이 삼 루블이나 해?"

"벌써 보냈지. 그리고 무슨 마차삯이라니? 처음엔 오려고 하지도 않더라구. '모래땅은 싫다' 나 어쨌다나 하면서. 여기서 삼 루블 달란다니까. 저기 이십이 루블이 있구만!"

"여기선 승합마차도 반 루블밖에 안 받는데, 무슨 소리야!"

그는 그에게 4루블을 줘버렸다. 타란찌에프는 얼른 돈을 호주머니 속에 감추어버렸다.

"지폐로 칠 루블 내게 줘야 해. 저녁 값으로 말야!"

"무슨 저녁 값?"

"지금 시내로 서둘러 갈 필요가 없어. 중간에 선술집에라도 들러야만 할 거야. 시내는 죄다 비싸다니까. 아마 오 루블은 족히 있어야 할 걸."

오블로모프는 다시 1루블을 꺼내서 그에게 던졌다. 더 이상 참을 수가 없어서 자리에 앉을 수도 없었다. 그저 타란찌에프가 빨리 사라지기만을 바랄 뿐이었다. 그러나 그는 사라지지 않았다.

"요기할 만한 게 있으면 좀 내오라 하게나."

"선술집에서 요기를 한다며?"

"그야 저녁이지! 이제 2시도 채 안 됐는데."

오블로모프는 자하르에게 아무거나 내오라고 지시를 했다.

"아무것두 없는뎁슈, 전혀 준비가 안 됐다구유." 타란찌에프를 못마땅한 눈으로 쳐다보며 자하르가 볼멘소리를 했다. "미헤이 안드레이치, 언제 우리 주인님 셔츠하구 조끼 가져올 건가유?"

"무슨 셔츠하고 조끼? 돌려준 지 한참 됐는데."

"언제유?"

"저번에 이사할 때 내가 누군가한테 돌려줬는데, 그거 자네 아니었어? 어딘가 보따리에다 쑤셔넣고서 뭘 또 내놓으라는 거야……"

자하르는 말도 안 되는 소리에 할 말을 잃었다.

"아이구, 이런 말도 안 되는 경우가 있나! 일리야 일리이치, 저런 철면피가 있어유, 그래!"

그가 오블로모프를 보며 소리를 질렀다.

"그래 노래를 불러라, 노래를 불러!" 타란찌에프가 빈정거렸다. "보아하니, 자기가 슬쩍해놓고서 내놓으라고 헛소리를 하는구만……"

"무슨 소리, 지는 여태껏 살면서 주인님 물건엔 손두 대본 적이 없는 사람이유!" 자하르가 씩씩거렸다. "떼먹으려구 아주……"

"그만둬, 자하르!"

오블로모프가 성난 목소리로 말을 가로막았다.

"게다가 마루 닦는 솔 하나랑 잔 두 개두 가져가지 않았던가유?"

자하르가 다시 물었다.

"무슨 술?" 타란찌에프도 덩달아 소리를 질렀다. "정말, 네놈은 늙어빠진 사기꾼이야! 얼른 요깃거리나 가져와!"

"들으셨쥬, 일리야 일리이치, 뭐라구 짖어대는지? 요깃거리는 고사하구 집엔 빵 조각 하나 없어유. 아니시야가 집에 없거들랑."

그 말과 함께 그 또한 나가버렸다.

"자넨 도대체 어디서 저녁을 먹는 거야? 정말 요상한 일이로군. 오블로모프가 숲속을 산책하고 집에서는 저녁을 먹지 않는다…… 새집엔 언제 가볼 거야? 벌써 밖엔 가을인데. 가서 보라니까."

"좋아, 좋아, 사나흘 후에……"

"돈 가져오는 거 잊지 말고!"

"그래, 그래, 그래……"

오블로모프가 귀찮다는 듯 말했다.

"참, 새집에 뭐 더 필요한 거 없어? 자네를 위해서 마루하고 천장, 창, 문, 죄다 색칠을 다시 했는데 총 들어간 비용이 백 루블이 넘어."

"그래, 그래, 알았어…… 아, 내가 자네에게 하고 싶었던 얘기는." 문득 할 말이 생각난 듯 오블로모프가 말했다. "부탁이네만 의회에 좀 다녀와주게. 대신 증인으로 출두해서……"

"나보고 자네 대리인이 되란 말인가?"

"내 저녁식사 값으로 좀더 얹어주지."

"받는 돈보다 장화 수선비가 더 나오겠군."

"다녀만 오면 내가 다 셈해주지."

"난 의회에 못 가."

타란찌에프가 기죽은 목소리로 말했다.

"왜?"

"적들이 많아. 나한테 적대적이고 못 잡아먹어서 안달들이지."

"그럼, 좋아, 내가 다녀오는 수밖에."

그리고는 겉옷을 집어들었다.

"마침 잘됐군. 새집에 들르라니까, 그럼 이반 마트베이치가 다 알아서 해줄 거야. 그 사람 정말 수완이 대단해. 건방진 독일 놈은 그 친구에 비하면 새 발의 피라고나 할까! 원래가 토종 러시아 일꾼으로 삼십 년 동안이나 한 자리에서만 일하다 보니 관청에서 하는 업무는 손바닥 보듯 훤하게 알아. 헌데 돈푼깨나 있으면서 마부도 고용 안 하는 위인이야. 외투도 내 것만도 못해. 그런데도 시치미를 뚝 떼고 앉아서 말도 조용조용히 하고 남의 일에 감 놓아라 배 놓아라 간섭 또한 절대 안해. 자네 그 잘난 친구와는 근본부터가……"

"타란찌에프!" 책상을 주먹으로 내리치며 오블로모프가 소리쳤다. "모르면 입 닥치고 있어!"

전에 없던 오블로모프의 행동에 타란찌에프는 두 눈이 휘둥그레졌다. 슈톨츠보다 못한 인물로 낙인찍힘으로 해서 모욕을 당했다는 사실조차도 잊어버렸다.

"자네 오늘 아주……" 모자를 집어들며 그가 중얼거렸다. "딴사람이 되었구만!"

그는 자신의 모자를 소매로 훔치고는 선반에 놓여 있는 오블로모프의 모자와 자기 모자를 번갈아 쳐다보았다.

"자넨 이 모자는 쓰지도 않고 챙 달린 모자도 있고 하니……" 오블로모프의 모자를 집어들고 써보면서 그가 말했다. "이걸랑 여름 기념으로 내게 주게나……"

오블로모프는 묵묵히 자신의 모자를 그의 머리에서 벗겨 제자리에 놓고서 성호를 그은 다음 그가 나가기만을 기다렸다.

"쯧, 염병할!" 마지못해 문을 나서며 타란찌에프가 말했다. "자네 오늘 어떻게 된 거 아냐…… 하여튼 이반 마트베이치와 얘길 해보게나.
돈을 안 가져오고는 못 배길걸?"

제2장

타란찌에프가 나갔다. 오블로모프는 언짢은 마음을 삭이고, 소파에
앉아 잡쳐버린 기분을 회복해보려고 한참을 애썼다. 마침내 오늘 아침
을 머리에 떠올리고 나서야 타란찌에프의 출현으로 불쾌해진 기분을 머
리에서 몰아낼 수 있었다. 그의 얼굴엔 다시 미소가 나타났다.

그는 거울 앞에 서서 한참 동안 넥타이를 고치고 올가의 키스 자국
이 볼에 남아 있지는 않은지 유심히 살폈다. 미소가 쉽게 가시지 않았다.

"'절대로'란 말을 두 번 했겠다." 흥분을 감추지 못하고 나지막한
목소리로 중얼거렸다. "서로 무슨 차이가 있어. 하나는 오간 데 없이 사
라진 지 오래고 나머지 하나는 확 부풀어올라 만개했는 걸……"

그런 다음 그는 아주 깊은 생각에 골똘히 잠겼다. 밝고 청명한 사랑
의 축제도 어느덧 끝났고, 사랑이 실제 의무가 되어 자신의 삶과 뒤엉키
고는 삶의 일상적인 기능 가운데 하나로 변했다. 무지갯빛 색깔을 상실
하고 어느새 퇴색하기 시작했음을 그는 직감으로 알 수 있었다.

어쩌면 오늘 아침에 비친 그 장밋빛 사랑의 한줄기 빛도 마지막이
어서 이젠 환하게 비추기는커녕 은연중에 삶을 따스하게 만들 일만 남
았는지도 모를 일이다. 삶이 사랑을 삼켜버리면 사랑은 삶의 강력하면
서도 당연히 감춰진 원동력이 될 테고, 그러면 이제 사랑의 발현은 어느

새 단순해지고 일상적인 것으로 변할 것이다.

장편 서사시는 결말을 고하고 까다로운 소설이 시작된다. 의회, 다음엔 오블로모프카로의 여행, 집 짓는 일, 위원회에 저당 잡히는 일, 도로를 내는 일, 농부들과 관련된 끊임없는 고충, 일처리, 수확한 곡물, 탈곡한 곡물의 양, 주판알 튕기는 일, 영지 관리인의 고단해 뵈는 얼굴, 귀족 선거, 법원에서의 회의.

어딘가에서 아주 가끔은 올가의 시선이 번뜩이고 Casta diva가 울려 퍼지고 조급한 입맞춤 소리가 들려오겠지만 그것도 잠시, 다시 일터로 향해야 하고 시내로 나가야 하고 영지 관리인이 나타나고 주판알을 튕겨야만 할 것이다.

손님들이 몰려오는 것은 전혀 위안이 되지 않는다. 누가 얼마의 포도주를 공장에서 증류했네, 누가 얼마의 면직물을 나라에 팔았네 따위의 말들을 늘어놓을 텐데, 그래서 어쨌다는 것인가? 그것이 자신에게 무슨 소용이란 말인가? 과연 이것이 삶이란 말인가? 하지만 모두들 여기에 인생을 걸고 그렇게 살아가고 있다. 안드레이라면 그런 삶을 좋아하겠지!

하지만 혼인, 결혼식, 어쨌든 이것은 삶의 시(詩)이자 준비된, 봉오리를 내민 꽃이다. 그는 올가를 성단(聖壇)으로 이끄는 자신의 모습을 상상해본다. 그녀는 등자나무 가지를 머리에 쓰고 기다란 숄을 덮어쓰고 있다. 군중 속에서는 의아해하는 수군거림이 들려온다. 그녀는 오만하고 우아하게 고개를 숙이고, 두근거리는 가슴으로 수줍어하며 그에게 손을 내민다. 하지만 그녀는 하객들을 어떻게 쳐다보아야 할지 몰라 난감해한다. 미소가 반짝이는가 싶으면 눈물이 나타나고 그러다가는 또 눈썹 위 주름이 어지러운 마음을 내보이기도 한다.

손님들이 떠나버린 텅 빈 집에서 그녀는 화려한 옷차림 그대로 오늘처럼 그의 가슴팍을 파고들 것이다……

'안 돼, 올가에게 달려가봐야겠어. 혼자서는 도저히 생각할 수도 느낄 수도 없어. 모두에게, 만천하에 다 알려야 해…… 아냐, 우선은 숙모에게, 다음 남작에게, 그리고 슈톨츠에게 편지를 써야 해. 깜짝 놀라겠지! 다음엔 자하르 차례야. 무릎을 꿇고 축하 인사를 하고는 기쁨에 통곡을 할 테지. 그러면 이십오 루블을 주어야지. 아니시야가 와서 손을 잡고 입을 맞추면 십 루블을 주고. 다음엔…… 다음엔 세상이 말하듯이 그렇게 온 세상에 환희의 함성을 질러야지. '오블로모프는 행복하다, 오블로모프가 장가간다!' 라고 말이지. 어서 올가에게로 달려가자. 그곳에선 두 인생을 하나의 인생으로 결합시키려는 꾸준한 속삭임과 은밀한 약속이 나를 기다린다!'

그는 그녀에게로 달려갔다. 그녀는 미소를 머금고서 그의 꿈에 귀를 기울였다. 하지만 그가 숙모에게 달려가 알리기 위해 자리에서 벌떡 일어서는 순간 그녀가 눈썹을 찌푸렸다. 두려울 정도였다.

"누구한테도 입 밖에 내서는 안 돼요!" 그녀가 손가락을 입술에 갖다 대고 옆방에서 숙모가 듣지 못하도록 조용조용 말을 하라고 시늉하면서 말했다. "아직 때가 아녜요!"

"우리 사이에 모든 게 결정이 난 이 마당에 때가 아니라뇨?" 그가 느긋하게 물었다. "이제 어떻게 하자는 거죠? 무엇부터 시작해야 하냐고요? 팔짱 끼고 두고만 볼 수는 없잖아요. 책임, 심각한 삶이 시작되는 이 판국에……"

"그래요, 시작이에요."

그녀가 그를 뚫어져라 쳐다보며 반복했다.

"그래서 제가 지금 그 첫발을 내딛는 의미로 숙모에게 가서……"

"그건 마지막 단계죠."

"그럼 첫 단계는요?"

"첫 단계라…… 의회에 가서 뭔가 서류를 작성할 일이 있지 않나요?"

"그렇지만…… 난 내일 가보려고……"

"왜 오늘은 안 되는데요?"

"오늘은…… 오늘 같은 날 당신을 떠난다는 게 왠지 좀 그래서요, 올가!"

"그렇담 좋아요, 내일 가세요. 그 다음엔요?"

"다음엔 숙모께 말을 하고 슈톨츠한테 편지를 써야겠죠."

"아뇨, 오블로모프카에 다녀오세요…… 안드레이가 편지에 쓰기를, 시골의 영지부터 처리하라 하지 않았던가요? 거기서 무슨 할 일이 있는지는 잘은 모르겠지만, 집 짓는 문제 아닌가요?"

그의 얼굴을 보며 그녀가 물었다.

"이런! 슈톨츠 말대로 하다간 숙모에게 채 말도 못 꺼낼 거라고요! 안드레이가 말하기를, 우선은 집을 짓기 시작하고 다음에 길을 내고 학교를 열라고 했어요…… 다 하려면 백 년도 모자라요. 올가, 그럼 우리 함께 다녀옵시다, 그런 다음에……"

"어딜 가자고요? 거긴 집도 없잖아요?"

"없죠. 너무 오래되고 낡았어요. 현관 계단도, 내 생각엔, 엉망으로 망가졌을 거예요……"

"그런데 어딜 가자고요?"

"여기서 집을 찾아보면 되죠."

"그러려면 시내에 나가야만 해요. 이건 두 번째 단계이고……"

"다음엔……"

"우선은 두 걸음만 내디뎌봐요, 그러면……"

'이게 도대체 뭐야?' 오블로모프가 슬픔에 잠겨 생각했다. '두 인생을 하나로 결합시키려는 꾸준한 속삭임도 없고 은밀한 약속도 없어! 모든 일이 그 정반대로 가고 있어. 정말 이상한 여자야, 올가는! 한 자리에 멈추어 있지를 못하고, 시적 순간에 대한 달콤한 상념에 젖지도 않고, 마치 전혀 꿈이 없는 사람 같기도 하고 사색에 빠지고픈 충동을 전혀 못 느끼는 사람 같아 보이기도 해! 당장 의회에 다녀와라, 집을 찾아봐라 재촉하는 품이 꼭 안드레이야! 서로 인생을 서두르자고 미리 짜기라도 했나!'

다음날 그는 인장이 찍힌 서류 하나를 들고 시내로 향했다. 우선은 의회로 갈 작정이었지만 왠지 내키지가 않아서 연신 하품만 해대며 사방을 두리번거렸다. 어디에 의회가 붙어 있는지 잘 알지 못한 그는 이반 게라시모프를 찾아가 의회 어떤 국(局)에 출두를 해야 하는지 물어보기로 했다.

게라시모프는 오블로모프를 반가이 맞으며 아침을 함께 들기 전에는 절대 놓아주지 않겠다고 했다. 그리고는 친구에게 일을 어떻게 처리해야 할지 물어보겠다며 사람을 보냈다. 자신은 그 일에서 손을 뗀 지 오래라는 것이다.

아침을 먹고 얘기를 하다 보니 벌써 3시, 의회에 가기는 늦었다. 내일은 토요일이라 휴무일이니까 월요일까지 미루는 수밖에 달리 방법이 없었다.

오블로모프는 브이보르그 방면의 자신의 새집으로 향했다. 기다란 울타리가 연이은 골목길을 한참 달렸다. 간신히 건널목 간수를 찾을 수 있었다. 그가 말하길, 옆 구역인데 길을 잘못 들었단다. 그러면서 그는 잡초 무성하고 마른 진흙 바퀴 자국이 나 있으며 양옆엔 울타리가 둘러져 있으되 집은 보이지 않는 또 다른 거리를 가르쳐주었다.

오블로모프는 울타리를 따라 돋아나 있는 쐐기풀과 울타리 사이로 얼굴을 내밀고 있는 마가목에 관심을 보이며 다시 달렸다. 드디어 간수가 뜰 한가운데 서 있는 낡은 집을 가리키며 덧붙였다. "저기 저 집인뎁쇼."

'10등관 프쉐니찐의 미망인의 집'이란 글귀를 문에서 읽고 나서 오블로모프는 안뜰로 말을 몰라고 지시했다.

방 크기만한 뜰이 어찌나 좁은지 마차가 들어가며 수레 채가 구석을 때렸고 이에 놀란 한 무리의 닭 떼가 꼬꼬댁거리며 사방으로 흩어졌다. 그 중 몇 마리는 심지어 날기까지 했다. 그리고 송아지만한 검정개 한 마리가 쇠사슬에 묶인 채로 좌우로 날뛰며 말 주둥이를 물으려고 애를 쓰면서 필사적으로 짖어대기 시작했다.

오블로모프는 창문과 나란히 서 있는 마차에서 내리려고 연신 애를 썼다. 물푸레나무와 금잔화, 전륜화가 가득한 창문에서 머리가 불쑥 튀어나왔다. 오블로모프는 간신히 마차에서 내렸다. 개가 더 앙칼지게 짖어댔다.

그는 현관 계단을 오르다 허리춤에 옷자락을 쑤셔넣은 사라판* 차림의 주름투성이 노파와 부딪쳤다.

"누굴 찾아오셨수?"

"집주인, 프쉐니찌나 부인을 만나뵈러 왔습니다."

노파가 영문을 모르겠다는 듯 고개를 저었다.

"이반 마트베이치가 아니고요? 집에 없어요. 아직 관청에서 안 돌아왔어요."

"전 부인을 뵈러 왔다니까요."

---

* 러시아 농부들이 입는 팔 없는 겉옷.

그 와중에도 집 안의 소동은 끝이 나지 않았다. 여기저기 창문마다에서 머리들이 보였다. 노파 뒤의 문도 살짝 열렸다가는 다시 닫혔다. 거기서 각양각색의 얼굴들이 밖을 내다보고 있었다.

오블로모프가 뒤를 돌아보니 뜰에서도 남자 아이 하나와 여자 아이 하나가 호기심 가득한 눈으로 그를 쳐다보고 있었다.

어디선가 짐승털옷 차림의 잠이 덜 깬 듯한 농부가 나타나 손으로 햇빛을 가리고서 굼뜬 눈길로 오블로모프와 마차를 살폈다.

개가 더욱더 굵고 앙칼진 소리로 짖어댔다. 오블로모프가 꿈쩍이라도 하거나 말이 발을 구르면 곧바로 여지없이 쇠사슬 소리와 개 짖는 소리가 터져나왔다.

울타리 너머 오른편으로는 끊임없이 펼쳐진 배추밭이, 왼편으로는 몇 그루의 나무와 푸른 나무벤치가 보였다.

"아가피야 마트베이브나에게 볼일이 있수? 무슨 볼일로?"

"부인께 말해주시오. 내가 좀 보잔다고. 난 여기 이 집을 빌린 사람인데……"

"당신이 새로 이사 오실, 그러니까 미혜이 안드레이치와 친분이 있다던 그분이군요? 잠깐만 기다려요, 내 말씀 전하리다."

그녀가 문을 열어젖히자 문에서 몇 개의 머리가 불쑥 나타나더니만 금세 이 방 저 방으로 줄행랑을 놓았다. 그 중에서 그의 시선을 끄는 한 여인이 있었다. 두건도 쓰지 않고 목과 팔뚝을 그대로 드러내놓고 있었는데 살결이 희면서도 꽤나 통통한 여인이었다. 그녀는 외부인이 자신을 쳐다보는 것이 부끄러운 듯 미소를 흘리며 역시 문 뒤로 멀찍이 내뺐다.

"방으로 들어오세요." 이렇게 말을 마친 노파는 작은 현관을 지나 꽤 널찍한 방으로 오블로모프를 안내한 다음 기다리라고 했다. "여주인이 곧 나옵니다."

'저놈의 개는 여전히 짖고 있군.'

방안을 둘러보며 오블로모프는 생각했다. 갑자기 눈에 익은 물건들에 그의 시선이 멈췄다. 방안은 그의 잡동사니로 가득했다. 먼지가 뽀얀 책상들, 침대 위에 쌓여 있는 의자들, 방석들, 엉망으로 놓여져 있는 식기들과 선반들.

"이게 도대체 어찌 된 일이야? 하나 정리도 안 되어 있고 청소도 안 한 상태 그대로 아냐? 정말 흉해서 못 보겠군!"

불현듯 그의 뒤에서 문소리가 들리더니 바로 그 여인, 그가 좀 전에 보았던 맨 목과 맨 팔뚝의 여인이 방안으로 들어왔다.

그녀의 나이는 서른. 매우 흰 피부와 홍조마저 볼을 관통할 수 없을 것만 같은 탱탱한 얼굴과 거의 찾아보기 힘든 눈썹과, 그리고 대신 그 자리에 엿보이는 조금 부은 듯한 번들거리는 줄무늬와 보기 드물게 밝은 빛깔의 머리카락. 약간 회색 빛을 띠면서 마치 얼굴 표정에서 풍기는 것과 같은 순박한 두 눈과 하얗지만 겉으로 튀어나와 있는 억세고 시퍼런 힘줄로 아주 강인해 뵈는 두 팔.

입고 있는 옷은 몸에 꽉 긴다. 멋을 부린 흔적은 눈 씻고 봐도 없다. 심지어 엉덩이를 크게, 허리를 잘록하게 보일 만한 여분의 치마는 엄두도 낼 수 없을 것만 같았다. 이 때문에 숄만 두르지 않는다면 그녀의 반신상은 옷을 입은 채로도 화가나 조각가의 강인하면서도 건강한 가슴 모델로 전혀 손색이 없을 것만 같았다. 그녀의 소박함에 전혀 해를 끼치지도 않고 말이다. 그녀의 옷은 화려한 숄과 호사스런 두건과 비할 때 유행에 뒤지고 낡아빠진 것처럼 보였다.

손님이 찾아오리라는 기대를 전혀 하지 않고 있던 그녀는 오블로모프가 만나고 싶다 했을 때 집에서의 평상복에 그냥 예배당 숄을 두르고 두건으로 머리를 덮었다. 그녀는 수줍어하며 방안으로 들어와서는 오블로모프를 부끄러운 듯 쳐다보았다.

그는 슬며시 일어서서 인사를 했다.

"만나뵙게 돼서 영광입니다. 프쉐니찌나 부인 맞습니까?"

"그렇습니다만, 혹 제 오라버니와 나누실 말씀이 계신 건 아닌지
요?" 그녀가 주저하며 물었다. "보통 이 시간엔 관청에 계시고 5시 전
에는 돌아오지 않습니다."

"아뇨, 제가 만나뵙고 싶었던 분은 부인입니다."

오블로모프가 대답을 하는 동안 그녀는 될 수 있는 한 그에게서 멀
찍이 떨어져서 소파에 앉고는 마치 말의 옷과도 같이 그녀를 발끝까지
감싸고 있는 숄의 끄트머리를 쳐다보고 있었다. 숄 밑으로 두 손마저도
감추고 있었다.

"전 이 집을 세를 얻은 사람인데요, 시내 다른 지역의 집을 찾아보
아야만 할 사정이 생겼습니다. 그래서 이 일로 부인과 말씀을 나누었으
면 해서 이렇게 찾아뵙게 되었지요……"

그녀는 아무 말 없이 그저 듣기만 하고는 이내 생각에 잠겼다.

"지금은 오라버니가 출타 중이어서요."

잠시 후 다시 그녀가 같은 대답을 했다.

"이 집이 부인 집 맞습니까?"

"그렇습니다."

"그렇기 때문에 전 당신이 직접 결정을 내려주실 수 있을 거라고
생각했습니다만……"

"오라버니가 지금 없습니다. 우리집 일은 그분이 다 처리하시거든
요."

그녀는 하나마나한 소리를 반복하고는 처음으로 오블로모프를 똑
바로 쳐다보았다. 하지만 이내 다시 숄로 눈길을 돌렸다.

'소박하지만 인상이 꽤 좋군.' 후한 점수를 주며 오블로모프가 생각했다. '좋은 여자임에 틀림없어!' 그 순간 계집아이의 머리가 문에서 불쑥 튀어나왔다. 아가피야 마트베이브나가 위협하듯 은근히 고갯짓을 하자 아이는 이내 몸을 숨겼다.

"오라버님께서 일하시는 곳이 어디지요?"

"관청입니다만."

"관청 어떤 부서에서?"

"농부들 등록을 하는 곳이라고 하던데…… 부서 이름이 무엇인지 전 모릅니다."

그녀는 아주 잠깐 순박한 미소를 지어 보였다. 하지만 언제 그랬냐는 듯 금세 원래의 표정으로 돌아갔다.

"오라버님과 두 분만 여기 살고 계시는 것은 아니죠?"

"그럼요, 죽은 남편에게서 낳은 두 아이가 있습니다. 여덟 살 난 남자 아이와 여섯 살 난 여자 아이죠." 여주인은 적잖이 수다를 늘어놓기 시작했고, 얼굴은 더욱 활기를 띠었다. "그리고 몸이 불편하신 우리 할머니도 계신데, 걷기도 힘드시고 해서 교회에나 다니실 정도랍니다. 전에는 아쿨리나와 시장에도 다녀오시곤 했는데, 성(聖) 니콜라이의 날* 이후로는 그것도 그만두셨지요. 교회에 가서도 계단에 앉아 있는 시간이 점점 늘어만 갑니다. 이게 전부랍니다. 가끔 시누이가 찾아오기도 하고 또 미헤이 안드레이치도 찾아옵니다."

"미헤이 안드레이치는 자주 찾아오나요?"

"한 달에 한 번 정도 오죠. 다들 오라버니와는 친하게 지내다 보니 거의 함께……"

---

* 1년에 두 차례 찾아오는 축제일. 12월 6일은 겨울 니콜라이의 날, 3월 9일은 봄 니콜라이의 날로 통상 부름.

그리고는 더 이상 생각도 안 나고 할 말도 없는지 그녀는 한동안 입을 다물었다.

"여긴 정말 조용하군요!" 오블로모프가 침묵을 깼다. "만약 개 짖는 소리도 없다면 사람이 살고 있지 않은 집으로 착각할 수도 있겠어요."

그녀는 대답 대신 미소를 다시 지어 보였다.

"바깥 출입은 자주 하시는 편인가요?"

"여름에는 그렇다고 볼 수 있어요. 최근에 성 일리야의 금요일*에 화약 공장에 있는 교회에 다녀왔어요."

"그렇군요, 헌데 거긴 사람이 많던가요?"

활짝 열려진 스카프를 통해서 소파에 놓여 있는 베개와도 같이 봉긋하면서도 튼튼해 뵈는, 그러면서도 결코 흥분하지 않는 가슴을 은근히 훔쳐보면서 오블로모프가 물었다.

"아뇨, 올해는 사람이 적었어요. 아침부터 비가 내렸거든요. 곧 개긴 했지만. 그렇지만 않았다면 많이들 왔을 테죠."

"또 어디에 주로 다니시나요?"

"우린 별로 다니는 데가 많지 않아요. 오라버니는 미헤이 안드레이치와 같이 투망낚시를 다니는데 그 자리에서 생선 수프를 끓여먹어요. 하지만 우린 거의 집에 틀어박혀 있죠."

"집에만 틀어박혀 계신다고요?"

"맹세컨대, 정말이에요. 작년에 콜피노**에 다녀왔고, 가끔 숲속을

---

* 성 일리야의 날은 구력으로 7월 20일. 이 날이 속한 그 주 금요일에 사람들은 그의 이름이 붙은 교회에 예배를 보러 가고는 했음.
** 뻬쩨르부르그 근교의 도시로, 당시에는 성 니콜라이의 날에 시민들이 그곳에서 열리는 큰 장을 보기 위해 찾고는 했다.

산책하는 정도지요. 6월 24일은 오라버니의 명명일이라 식사 초대가 있고 관청의 동료들이 와서 식사를 하곤 하지요."

"어디 초대받아 다녀오시는 데는 있구요?"

"오라버니는 종종 초대를 받기도 하지만 전 그저 부활절과 성탄절에 아이들을 데리고 남편의 고향에 다녀오곤 합니다."

더 이상 할 말이 없었다.

"제가 보니 댁에 꽃이 많은데, 꽃을 좋아하시나요?"

그녀는 웃음을 터뜨렸다.

"아뇨, 우리가 꽃을 즐길 여유나 있나요? 이건 아이들이 아쿨리나와 백작 댁 정원에 놀러갔다가 정원지기한테 얻어온 것이고 제라늄과 백합은 남편이 살아 있을 때부터 죽 거기 있던 거랍니다."

바로 그때 갑자기 아쿨리나가 방안으로 불쑥 들어왔다. 그녀의 손에는 커다란 수탉 한 마리가 들려 있었는데, 연신 날갯짓에 필사적으로 꼬꼬댁거리고 있었다.

"아가피야 마트베이브나, 이놈의 수탉을 가게 주인에게 줄까요?"

"무례하게 이게 뭐하는 짓이야! 썩 물러서!" 안주인이 부끄러운 듯 말했다. "손님이 계신 것도 안 보여!"

"그냥 여쭤보려고 그러죠." 아쿨리나가 수탉의 머리가 아래로 향하도록 다리를 잡아채고는 말했다. "가게 주인이 칠십 코페이카를 쳐준다잖아요."

"어서 가봐, 부엌으로 어서 가보라도 그러네! 그놈이 아니라, 반점이 있는 회색빛 닭을 주란 말야."

서둘러 말을 보탠 그녀는 스스로도 창피한지 두 손을 숄 밑으로 감추고 땅바닥만을 쳐다보기 시작했다.

"집안 살림이 다 그런 거죠!"

"맞아요, 닭이 많은데, 우린 달걀과 병아리를 팔고 있어요. 여기 이 거리에선, 그러니까 별장에서고 백작 댁에서고 죄다 우리에게서 사서 먹고들 있지요."

그녀가 용기백배하여 오블로모프를 쳐다보면서 대꾸했다. 그녀의 표정마저도 순간 진지해지고 주의 깊어졌다. 익히 잘 알고 있는 대상에 대한 이야기가 나오자 없던 총기마저 나타난 것이다. 나름의 목적에 부합하지 않고 잘 알고 있지도 않은 질문에는 미소와 침묵으로 일관하던 그녀였다.

"이 가재도구들이라도 정리를 했으면 좋았을 텐데."

수북이 쌓인 가재도구를 가리키며 오블로모프가 말했다.

"우리도 그러고 싶었지만, 오라비가 딱히 뭐라 말을 하지 않아서 요."

거침없이 그의 말을 가로채고는 대담하게 그를 쳐다보았다. '책상이며 선반에 뭐가 들었는지 알 게 뭐야. 만약 하나라도 없어지는 날이면 우리보고 물어내라고 할 것이 뻔하잖아'라던 오라버니의 말이 순간 떠올랐다. 그녀는 생각을 멈추고 짐짓 미소를 지어 보였다.

"오라버님은 정말 조심스런 분이군요!"

그녀는 다시 가벼운 미소를 던졌다. 표정 또한 예의 그것으로 돌아왔다. 그녀의 미소는 어떻게 말하고 행동해야 할지 몰라 그것을 감출 때 보통 사용하게 되는 표정 이상의 것이었다.

"오라버님이 오시려면 오래 기다려야 할 것 같은데, 괜찮으시다면 좀 전해주시겠습니까? 사정이 생겨서 이 집이 필요 없게 되었으니 이 집일랑 다른 사람에게 세를 주시고 저는 저 나름대로 다시 집을 찾아보겠노라고 말이죠."

그녀는 눈을 규칙적으로 깜빡이며 멍하니 듣고만 있었다.

"계약 건에 관해서는 어려우시겠지만 말씀을 드려주셨으면 좋겠는데……"

"지금은 오라버니가 집에 안 계시니까 내일 다시 들러주시는 게 나을 것 같군요. 내일은 토요일이라 출근을 하지 않을 테니까요……"

"전 지금 너무 바빠서 단 일 분도 따로 내기 힘듭니다. 정 그러하시다면 어려우시겠지만 이것만은 말씀을 해주세요. 선금은 언제든지 당신들의 권리이고 하니 제가 세들 사람을 찾아보겠노라고. 그때 가서……"

"오라버니가 안 계신다니까요." 그녀는 같은 말만을 되풀이했다. "왜 안 오지……" 그리고는 바깥을 내다보았다. "보통 창문 옆으로 지나다니거든요. 그래서 오는 게 다 보이는데, 지금은 안 보이잖아요!"

"그럼, 전 이만 가보겠습니다……"

"오라버니가 오면 뭐라고 하지요? 언제 이사하신다고 말하면 되나요?"

소파에서 일어서며 그녀가 물었다.

"제가 부탁드린 대로만 전해주세요. 사정이 생겨서……"

"내일 직접 오셔서 사정 얘기를 하시고 다시 말씀을 나누시는 게 낫겠어요……"

그녀가 반복했다.

"내일은 도저히 안 돼요."

"그럼, 모레 일요일은요? 식사 후에 보드카와 안주도 나올 텐데. 게다가 미헤이 안드레이치도 올 테구요."

"미헤이 안드레이치도 온다고요?"

"정말 그렇다니까요."

"모레도 올 수가 없어요."

오블로모프가 더 이상 못 참겠다는 듯 못을 박았다.

"그렇다면 다음 주에라도…… 언제 이사를 하실 생각이세요? 마룻바닥을 쓸고 닦으라고 일러놓아야 하는데."

"전 이사를 하지 않습니다."

"무슨 말씀이세요? 이 물건들은 다 어쩌라구요?"

"오라버님한테 말씀만 전해주세요." 그녀의 가슴을 똑바로 응시하면서 오블로모프가 말 한마디 한마디에 힘을 주어 말했다. "사정이 생겨서……"

"왜 이렇게 안 오는 거야. 보이질 않네." 바깥과 안마당을 나누고 있는 울타리를 쳐다보며 똑같은 말을 그녀는 되풀이하고 있었다. "발자국 소리만 들어도 알 수 있거든요. 나무다리가 있어서 누가 오는지 다 들려요. 다니는 사람이 적으니까……"

"제가 부탁드린 것만 전해주세요."

인사를 하고 자리를 뜨면서 오블로모프가 말했다.

"삼십 분만 있으면 올 텐데……"

자신에게는 어울리지도 않는 흥분된 목소리로 그녀가 말했다. 어떻게 목소리로라도 오블로모프를 잡아보겠다는 심산 같아 보였다.

"더 이상 전 기다릴 수 없습니다."

문을 열면서 그가 단호하게 말했다.

현관 계단에 있는 그를 보자 다시 개가 짖으며 쇠사슬을 끊으려 안간힘을 쓰기 시작했다. 팔꿈치를 괴고 단잠을 즐기던 마부가 말을 밖으로 몰기 시작했다. 닭들이 당황해하며 사방으로 뛰어다녔고 창문에는 몇몇 사람의 머리가 엿보였다.

"오셨다 가셨다고 오라버니에게 전하겠습니다."

오블로모프가 마차에 올라앉자 여주인이 어쩔 줄을 모르며 덧붙였다.

"네, 전해주세요. 그러니까 제가 사정이 생겨서 이 집으로 이사를 못 올 테니 다른 사람에게 세를 놓으시거나 혹은…… 다른 사람을 찾아보셨으면 한다고…… 말입니다."

"이맘때면 올 때가 됐는데……" 그의 말은 듣는 둥 마는 둥 하며 그녀가 말했다. "일간 다시 들르신다 하더라고 전하겠어요."

"네, 조만간 제가 다시 들르죠."

필사적인 개 짖는 소리를 뒤로한 채 마차는 안마당에서 빠져나와 울퉁불퉁한 마른 비포장 골목길을 따라 덜커덩거리며 질주했다.

골목 끝에 다다랐을 때 낡은 외투 차림의 중년 남자가 눈에 들어왔다. 그는 겨드랑이에 커다란 서류 봉투를 끼고 굵은 막대기를 들었으며 건조하고 무더운 날임에도 불구하고 고무 장화를 신고 있었다.

그는 잰걸음으로 걷고 있었고 사방을 주시하며 마치 나무로 만든 인도를 부수겠다는 듯이 쿵쾅거렸다. 오블로모프는 그의 뒤를 주시했다. 그리고 그가 미망인의 문 쪽으로 몸을 돌리는 것을 발견할 수 있었다.

'분명 오빠라는 사람이 온 게로군! 젠장! 한 시간은 더 끌어야겠지. 지금은 배도 고프고 너무 더워! 게다가 올가가 기다리고 있을 거야…… 다음번에 만나지 뭐!'

"속력을 좀 내봐!"

마부에게 소리쳤다.

'다른 집을 봐야 하는데?' 사방의 울타리들을 쳐다보다가 갑자기 생각이 났다. '그러자면 다시 되돌아가야 해. 마르스카야 거리나 카뉴 셴나야 거리*로 말이지…… 그래 다음에!'

"어서 가자!"

---

* 시내 중심가의 거리 이름.

제3장

8월 말에 비가 내렸고 벽난로가 있는 별장의 굴뚝에선 연기가 모락모락 피어올랐다. 벽난로가 없는 집에 사는 사람들은 양 볼을 칭칭 동여매고 다녔고 결국엔 주인 없는 별장들이 늘어만 갔다.

오블로모프는 시내에 모습을 나타내지 않았다. 어느 날 아침에 그의 창문을 스치며 일리인스카야 댁의 가구들이 옮겨졌다. 이사를 간다거나 어딘가로 가고 있는 중간에 식사를 해결하는 일, 하루 종일 전혀 눕지 않는 것이 이제는 대단한 일로 여겨지지는 않았지만 대신 밤에 어디에 잠자리를 마련해야 좋을까, 하는 걱정에 막막했다.

공원과 숲도 텅 비어 있고 올가의 창에 덧문이 내려진 이 마당에 별장에 혼자 남는다는 것은 불가능한 일로 생각되었다.

텅 빈 방을 왔다갔다해보고 공원도 휘 둘러보고 산에도 올라가보지만 슬픔으로 가슴이 답답하기는 매일반이었다.

그는 새집이 구해질 때까지는 신경 쓰지 않기로 작정했던 브이보르그 방면에 자하르와 아니시야더러 다녀오라 이르고, 자신은 시내로 가 허름한 식당에서 허겁지겁 식사를 하고 저녁때가 되어서는 올가의 집에 앉아 있었다.

하지만 도시의 가을 저녁은 공원과 숲의 길고긴 밝은 낮과 저녁에는 비교가 되지 않았다. 여기서는 이미 하루에 세 번 그녀를 본다는 것은 불가능했다. 더구나 카쨔가 그를 찾아올 수도, 자하르에게 쪽지를 들려서 5베르스타 거리를 다녀오라 할 수도 없는 노릇이었다. 한여름의 만개한 사랑의 시가 마치 멈추어버린 것만 같았고 어찌나 더디게 진행이 되던지 무슨 영양실조에라도 걸린 듯이 생각되었다.

반 시간이 넘게 침묵을 지키는 일도 종종 있었다. 올가는 자기 일에만 푹 빠져서 바늘로 격자무늬 수나 속으로 세고 있고, 반면 그는 그대로 혼란스런 생각에 푹 빠져서 현재의 순간보다 아주 먼 미래를 살고 있었다.

어쩌다 그녀를 뚫어지게 보며 열정적으로 몸을 떠는 그. 아니면 간혹 그에게 지나는 눈길을 주며 미소를 짓는 그녀. 마치 그의 눈에 씌어 있는 순종과 무언의 행복을 알고 있다는 듯했다.

아직 집이 정리가 안 되었다거나 이번 주에 이사를 해서 그런지 새 집이 내 집이라는 생각이 아직 들지 않는다는 등의 핑계를 대가며 그는 사흘 연속 시내 올가의 집에 와서 식사를 하고 있었다.

하지만 나흘째 되던 날엔 또 간다는 것이 거북해서 일리인스카야네 집 주위만을 맴돌다 긴 한숨을 내쉬며 집으로 그냥 돌아오고 말았다.

닷새째 되던 날도 그들은 집에서 함께 식사를 하지 못했다.

엿새째 되던 날 올가는 그에게, 상점에 갈 일이 있는데 그 상점에 와서 집에까지 걸어서 데려다주고 마차는 뒤에 따라오라 하면 어떻겠느냐고 물었다.

이 모든 것 또한 전혀 내키지 않는 일이었다. 왜냐하면 아는 사람들을 만나게 되고 인사를 나누어야 할 테고 몇몇과는 가던 길도 멈추고 대화를 해야 하기 때문이다.

"아휴, 제기랄, 이게 웬 사서 고생이야!"

두려움과 난처한 상황 때문에 온몸이 땀으로 흠뻑 젖은 그가 속삭였다.

숙모 역시도 귀찮다는 듯 커다란 눈으로 그를 힐끔거리고 마치 그 때문에 골치가 아프다는 듯 생각에 잠겨 연신 알코올 냄새를 맡았다. 마차를 타고 왔다갔다하는 거리는 또 얼마나 먼가! 브이보르그 방면에서 달리고 달려왔다가는 저녁이면 다시 되돌아가야 한다. 자그마치 세 시간씩이나 걸리는데!

"숙모에게 말이나 해봅시다." 오블로모프가 고집을 부려보았다. "그럼 아침까지 있다가 가도 될 텐데. 뭐라 말할 사람도 없고……"

"당신, 의회엔 갔었나요?"

올가가 물었다. 오블로모프는 '갔었죠. 그리고 다 처리했어요'라고 말하고 싶어 좀이 쑤셨다. 하지만 그는 올가가 쳐다만 보고서도 얼굴에 씌어져 있는 거짓말을 금세 읽게 되리라는 사실을 잘 알고 있었다. 그래서 한숨으로 대답을 대신했다.

"아휴, 이게 얼마나 어려운 일인지 알아주면 좋으련만!"

"여주인의 오빠라는 사람과 얘기는 해봤어요? 집은 구했고요?"

고개도 안 들고 그녀가 물었다.

"그 사람 아침에 집에 붙어 있는 적이 없고 저녁엔 내가 여기 이렇게 내내 와 있으니."

충분한 변명거리가 있음에 적잖이 기뻐하면서 오블로모프가 말했다. 이번엔 올가가 한숨을 내쉴 뿐 아무 말도 하지 않는다.

"내일 무슨 일이 있더라도 꼭 오빠란 사람과 얘기를 끝내도록 해보죠." 오블로모프가 그녀를 안심시켰다. "내일이 일요일이니까 그 사람도 출근 따윈 하지 않겠지."

"이 모든 일이 다 처리되기 전까지는 ma tante에게 어떤 말도 할 수 없어요. 마주치지 않는 도리밖에는……"

"그래요, 그래…… 당신 말이 맞아요."

기가 죽은 오블로모프가 말했다.

"일요일, 우리가 만나는 날에는 우리집에 와서 식사를 하도록 하고, 수요일에는 혼자 식사를 하세요. 나중에 극장에서도 만날 수 있을 거예요. 우리가 가는 날이 언젠지 알게 되거든 그곳으로 직접 오세요."

"그래요, 당신 말이 맞아요."

만남의 절차에 대해서 그녀가 직접 마음을 쓰고 있다는 사실에 내심 기뻐하며 그가 말했다.

"만약 날씨가 화창하면 여름 정원*으로 가서 산책을 할 테니까 그땐 거기로 오면 돼요. 우리에게 공원, 그 공원을 상기시켜주겠죠!"

그녀가 감정에 젖어서 반복했다. 그는 말없이 그녀의 손에 입을 맞추고 일요일의 만남을 기약하며 작별을 했다. 그녀는 우울한 심정으로 눈으로만 그를 배웅하고는 피아노 앞에 앉아 피아노 소리에 깊이 빠져들었다. 가슴은 왠지 눈물을 흘리고 있었고 피아노 소리 역시 흐느끼고 있었다. 노래를 부르고 싶었지만 입이 떨어지지 않았다!

다음날 오블로모프는 잠에서 깨자 별장에서 입고 다니던 간편한 프록코트를 걸쳤다. 실내복과는 작별을 고하고 옷장에 깊숙이 처박아 놓으라고 일러놓은 지 오래였다.

자하르는 여전히 쟁반을 들고 뒤뚱거렸고 커피와 비스킷을 불안스럽게 식탁으로 날랐다. 자하르의 뒤에선 매번 그렇듯 아니시야가 몸을 반쯤은 문 밖으로 내밀고서 자하르가 찻잔을 식탁에까지 제대로 나르고 있는지를 예의주시하고 있었는데, 만약에 자하르가 쟁반을 요행히도 별탈 없이 식탁에 잘 내려놓으면 소리 없이 어디론가 사라졌지만 행여 쏟아지는 물건을 잡기 위해 잔 하나라도 쟁반에서 떨어뜨리는 날이면 어김없이 그에게로 달려들곤 했다. 그럼 자하르는 처음엔 물건들에, 다음엔 아내에게 갖은 욕설을 퍼붓고는 팔꿈치로 그녀의 가슴을 밀치는 것

---

* 뻬쩨르부르그의 가장 오래된 공원으로 1704년 네바 강 왼편에 조성되었음.

이었다.

"커피 맛이 정말 일품이군! 누가 끓인 거야?"

오블로모프가 물었다.

"주인집 여자지 누구겠슈. 벌써 엿새째 혼자서 죄다 하구 있는디. '그렇게 치커리를 많이 넣고 제대로 끓이지도 않으면 어떻게 해요? 이리 줘요, 내가 할 테니까'라고 잔소리까지 하면서."

"훌륭해." 오블로모프가 다시 한 잔을 더 따르며 말했다. "고맙다고 전해."

"주인집 여자, 저기 있어유." 자하르가 반쯤 열려진 옆방 문을 가리키며 말했다. "거기가 무슨 식당이라도 되나. 일두 하구 차, 설탕, 커피, 게다가 접시들까지 거기다 갖다났다니께유."

오블로모프의 눈에는 단지 그녀의 등과 뒤통수, 하얀 목의 일부분 그리고 소매를 걷어올린 맨 팔꿈치만이 보였다.

"저기서 팔꿈치를 이리저리 획획 돌리며 뭐하는 거야?"

"누가 아남유! 레이스 다림질이라두 하는가 보쥬."

오블로모프는 팔꿈치가 휘둘려지고 등이 굽었다가는 다시 꼿꼿해지는 광경을 유심히 살폈다. 그녀가 허리를 굽히자 깨끗한 치마와 깨끗한 양말, 둥글둥글하면서도 통통한 발이 아래로 보였다.

'여장부가 따로 없어. 팔꿈치로만 보자면 어느 백작 부인 못지않아. 게다가 보조개까지 있는!' 오블로모프가 생각했다.

정오에 자하르가 방에 들어와서는 피로그를 드실는지 물었다. 주인집 여자가 말씀을 드려보라 하더란다.

"오늘이 일요일이라구 피로그를 굽는다네유!"

"그래, 내 생각에도 맛이 있을 것 같군!" 오블로모프가 입맛을 다시며 말했다. "양파와 당근이 들어 있는……"

"우리 오블로모프카에서 만든 피로그보담 못허지 않은 것 같어유. 병아리 고기두 들어가구 신선한 버섯두 들어간 걸 보니께."

"허, 그렇다면 분명 맛이 있겠군. 가져와봐! 누가 굽는 거지? 그 지저분한 여편네?"

"무슨 말씀을!" 자하르가 경멸조로 말했다. "집주인 여자가 아니면 그 여편네는 반죽 하나 제대로 못 해유. 직접 부엌에 내내 진을 치구 있는걸유. 피로그도 아니시야와 둘이서 궜구유."

5분이 지나서 낯익은 숄에 가까스로 가려진 맨손이, 뜨거운 김이 모락모락 나는 커다란 피로그가 가득 담겨 있는 접시를 오블로모프에게 내밀었다.

"뭐라 감사의 말씀을 드려야 할지."

오블로모프는 피로그를 받아들며 정중하게 화답을 하고는 문 쪽을 한 번 힐끔거리고서 시선을 봉긋 솟은 가슴과 맨살이 드러난 어깨에 고정시켰다. 문이 서둘러 닫혔다.

"보드카 한 잔 안 하시겠어요?"

묻는 목소리만 들렸다.

"전 술을 하지 않습니다. 어쨌든 정말 감사합니다." 더욱더 정중하게 오블로모프가 말했다. "헌데 어떤 게 있습니까?"

"집에서 담근 거지요. 저희들은 술을 담글 때 구즈베리만을 고집한답니다."

역시 그 목소리가 대답했다.

"구즈베리로 담근 술은 먹어본 적이 한 번도 없는데 맛만이라도 볼 수 있을까요?"

맨손이 이번에도 역시 보드카 한 잔을 쟁반에 담아 내왔다. 한 모금 들이켜보니 정말 그 맛이 일품이었다.

"정말 고맙습니다."

감사의 인사를 하고 문 안쪽을 들여다보려고 애를 써보았지만 문은 다시 쾅 소리와 함께 닫혔다.

"저 좀 보시겠어요? 아침 인사라도 드렸으면 싶은데요?"

오블로모프가 못마땅한 듯 말했다. 문 안쪽에서 주인 여자의 웃음소리가 들렸다.

"지금은 옷 입은 꼴이 말이 아니라서요. 내내 부엌에만 있었거든요. 바로 갈아입고 오겠습니다. 오라버니도 아침 예배에서 돌아올 시간이 다 됐어요."

"아, 오라버님 말씀, 때마침 잘해주셨네요. 그렇지 않아도 상의할 게 있었는데. 제가 뵀으면 한다고 말씀 좀 전해주시겠습니까?"

"알겠어요, 오시는 대로 말씀드리죠."

"헌데 지금 기침하는 사람이 누구죠? 누군데 이렇게 마른기침을 하는 겁니까?"

"할머니 기침 소리예요. 벌써 기침하신 지가 팔 년째랍니다."

그리고 다시 문이 닫히는 소리가 들렸다.

'저런 여자가 다 있나…… 정말 순박해. 뭔가 특별한 것이 느껴진다고나 할까…… 아직도 순수함을 지니고 있어!'

여태껏 그는 여주인의 '오빠'라는 사람과는 인사조차 나누지 못했다. 본 적은 있으되 그것도 아주 드물게였는데 아주 이른 아침에 침대에서 눈을 뜨자마자인 경우가 대부분이었다. 그 사람은 겨드랑이 밑으로 커다란 서류 봉투를 끼고 담장살 사이로 어른거리다가는 골목으로 사라졌고 오후 5시가 되면 다시 그 봉투를 든 채로 어른거리며 창문 옆을 스쳐지나갔다. 집에 들어서자마자 그는 현관 안쪽으로 홀연히 사라지기 때문에 집 안에선 그의 인기척을 들을 수가 없었다.

그럼에도 사람이 살고 있는 것은 분명했는데 특히 아침에 더욱 그러했다. 부엌에선 칼장단 소리가, 창문 너머에서는 부엌데기 아낙네가 구석에서 뭔가를 물로 헹구고, 문지기가 장작을 패거나 두발수레에 통나무와 물을 실어 나르는 소리가 들렸다. 벽 저편에선 아이들의 울음 소리와 노파의 고질적인 마른기침 소리가 그칠 날이 없었다.

오블로모프의 집에는 방이 네 개 있었는데, 일직선상으로 죽 늘어선 화려한 방들이었다. 여주인은 식구들과 함께 따로 떨어진 방 두 개를 쓰고 있었고 오빠는 위, 이른바 다락방에서 지내고 있었다.

오블로모프의 서재와 침실의 창문은 안뜰을, 거실의 창은 정원, 응접실의 창은 양배추와 감자를 심어놓은 넓은 텃밭을 향하고 있었다. 거실 창은 색이 바랜 사라사 커튼으로 장식되어 있었다.

벽을 따라서는 마치 호두나무로 만든 듯한 평범한 의자들이 죽 놓여져 있다. 거울 밑에는 카드놀이용 탁자가 놓여 있고 창에는 제라늄과 갖가지 장식용 화초가 담긴 화병들과 방울새와 카나리아가 들어 있는 네 개의 새장이 주렁주렁 매달려 있다.

오빠란 사람은 발끝으로 종종거리며 들어와서는 오블로모프의 인사에 세 번 고개를 끄덕이는 것으로 인사를 대신했다. 그가 입고 있는 말단 관리의 제복은 단추가 남김없이 채워져 있어서 겉보기에는 속옷을 입었는지 안 입었는지 분간할 수 없을 정도였다. 넥타이도 가장 단순한 매듭으로 매어져 있었고 그 끄트머리는 아래로 감추어져 있었다.

그는 40대였고 소러시아풍의 곧은 머리칼을 갖고 있었는데 바람에 무심히 한껏 부푼 머리칼은 마치 중간 크기의 개의 귀를 연상시켰다. 잿빛 두 눈은 대상을 똑바로 쳐다보는 경우가 없이 처음에는 슬그머니 훔쳐보는 척하다가 이윽고 제대로 쳐다보곤 했다.

그는 마치 자신의 손을 내보이기를 부끄러워하는 양, 말을 할 때면 두 손으로 뒷짐을 지거나 아니면 한 손은 품속에, 다른 한 손은 등뒤로 숨기려고 애를 썼다. 직장 상사에게 서류를 제출하고 설명을 하면서도 그는 한 손은 뒷짐을 진 채로 다른 손의 중지로, 그것도 손톱이 아래를 향하게 하고서, 아주 조심스럽게 어떤 문장이나 단어를 가리키곤 했다. 그리고는 곧바로 다시 손을 숨겼다. 아마도 통통하고 불그레한 손가락을 늘 떨고 있어서 그런지는 모르겠지만 하여튼 별 이유 없이 손을 남에게 자주 보이는 일을 달가워하지 않는 것만은 분명했다.

"제가 듣자 하니," 예의 자신의 이중의 시선을 오블로모프에게 던지며 그가 입을 열었다. "절 보자고 하셨다고요?"

"네, 집 문제로 당신과 상의를 좀 했으면 합니다. 좀 앉으시죠!"

오블로모프가 정중하게 대답했다. 이반 마트베이치는 다시 앉기를 청할 때까지 머뭇거리다 몸을 앞으로 굽히고 두 손을 맞잡고서 마지못해 앉기로 결심했다.

"제가 사정이 생겨서 다른 집을 찾아보아야 할 것 같습니다. 그래서 이 집을 다른 사람에게 세를 주었으면 하는데요."

"지금 다른 사람에게 세를 주기는 곤란합니다." 손으로 입을 막고 기침을 하다가 재빨리 손을 옷소매 속으로 숨기고는 이반 마트베이치가 대꾸했다. "여름이 다 가기 전에만 말씀하셨더라도 집을 보러오는 사람이 많았겠지만."

"그때 왔었는데, 당신이 댁에 안 계셨어요."

오블로모프가 말을 가로챘다.

"누이가 하는 말을 들었습니다. 집 문제라면 걱정하지 마세요. 사시다 보면 내 집처럼 편하게 느껴질 날이 올 겁니다. 혹 새들 때문에 신경이 쓰이시기라도 하나요?"

"무슨 새 말씀이신지?"

"닭을 두고 하는 말입니다만."

비록 이른 아침부터 창문턱 아래에서 암탉의 우는 소리와 병아리의 짹짹거리는 소리가 시끄럽게 들려온다손 치더라도 그게 오블로모프에게 무슨 대수란 말인가? 그의 눈앞에는 올가의 모습만이 아른거렸다. 가까스로 정신을 차리고 주위를 둘러보았다.

"아닙니다, 그건 별로 신경 쓰이지 않습니다. 전 당신이 카나리아를 두고 말씀하시는 줄 알았습니다. 그놈들은 아침부터 재잘거리거든요."

"다른 곳으로 옮겨 달도록 하겠습니다."

"그러실 필요 없습니다. 전 그냥 사정이 생겨서 여기 그대로 머무를 수가 없을 뿐입니다."

"정히 그러시다면. 하지만 다른 세입자를 못 찾으시면 계약은 어떻게 되지요? 위약금을 물어주실 건가요?…… 그렇게 되면 손해를 보실 겁니다."

"얼마 드리면 됩니까?"

"제가 계산해놓은 걸 가져오겠습니다."

그는 계약서와 계산서를 가져왔다.

"그러니까, 집세가 팔백 루블인데 약조금으로 백 루블을 받았으니까 칠백 루블이 남았군요."

"아니, 제게서 지금 일 년치 집세를 받기를 원하십니까? 두 주일도 채 살지 않았는데요?"

오블로모프가 그의 말을 막았다.

"무슨 말씀을요?" 이반 마트베이치가 양심적으로 그러면 안 된다는 듯 부드럽게 반박했다. "누이가 손해를 본다는 건 천부당만부당한 일입니다. 가난한 과부가 집세만을 받아서 살고 있는데 말이죠. 닭 키우고 병아리 먹여보았댔자 아이들 옷값이나 되냐구요."

"당치도 않습니다, 전 그럴 수 없습니다. 생각해보세요, 전 이 주일도 채 살지 않았다니까요. 그런데 무슨 말씀을 하시는 거죠. 왜 제가 그런 돈을 지불해야 하죠?"

"보시죠, 계약서에 써 있지 않습니까요?" 이반 마트베이치가 중지로 문장을 가리키면서 말했다. 그리고는 곧바로 손가락을 옷소매 속으로 숨겼다. "읽어보세요."

'나, 오블로모프는 약정된 시일보다 일찍 이사를 희망할 시, 같은 조건으로 다른 이에게 집을 세를 놓아야 하며, 그렇지 않을 시에는 집세를 프쉐니찌나 부인에게 이듬해 6월 1일까지 1년치 집세 전액을 보상해야 한다.'

오블로모프가 계약서를 읽었다.

"어떻게 이럴 수가 있습니까? 이건 말이 안 되는 소리죠."

"법대로 하자면 틀린 말이 아닙니다. 직접 서명을 하시지 않았습니까. 보세요 여기 서명이 있잖습니까!"

재차 손가락이 서명 아래 나타났다가 곧바로 숨어버렸다.

"얼마라구요?"

"칠백 루블입니다." 이반 마트베이치는 손가락을 재빨리 구부려서 주먹 속으로 숨기면서 연신 손가락을 튕기기 시작했다. "마구간과 창고 이용료로 백오십 루블이 더 있어요."

그리고 그는 다시 손가락을 튕겼다.

"그런 말씀이 어디 있어요. 말도 없고 보관할 물건도 없는 내가 왜 마구간과 창고 이용료를 부담해야 하는 겁니까?"

오블로모프가 펄쩍 뛰며 반박했다.

"계약서에 써 있어요." 손가락으로 문구를 가리키며 이반 마트베이치가 말했다. "미헤이 안드레이치가 곧 당신께 말이 생길 거라 하던데요."

"미헤이 안드레이치가 거짓말을 하고 있는 겁니다!" 오블로모프가 화를 버럭 내며 말했다. "계약서 이리 줘보세요!"

"여기, 복사본을 받으시죠. 계약서는 엄연히 누이 소유니까요." 계약서를 손으로 움켜쥐며 이반 마트베이치가 능청을 떨었다. "게다가 채소밭과 식료품비, 그러니까 거기서 나온 배추, 무 그리고 갖가지 채소류를 다 계산하자면 대충 이백오십 루블쯤 되겠군요……"

역시나 계산서를 손가락으로 튕기려고 했다.

"무슨 채소밭요? 무슨 배추? 난 전혀 아는 바가 없는데요. 무슨 말씀을 하시는 겁니까?"

오블로모프는 거의 화가 머리끝까지 나서 대꾸를 했다.

"여기, 계약서에 있다니까요. 미헤이 안드레이치가 그러는데, 당신께서 이것들도 다 빌리신다고……"

"이게 도대체 무슨 해괴망측한 짓입니까. 당사자인 나도 없는데 식탁을 차리시겠다? 배추고 무고 난 필요 없어요……"

오블로모프가 벌떡 일어서며 말했다. 이반 마트베이치 역시 의자에서 일어섰다.

"무슨 그런 말씀을 하세요, 어떻게 당신을 빼돌릴 수가 있어요. 여기 서명이 있잖습니까!"

그가 반박을 했다. 다시 퉁퉁한 손가락이 서명 위에서 부르르 떨렸고 서류 역시 그의 손안에서 마구 떨렸다.

"그래, 다 해서 얼마란 말입니까?"

더 이상은 참을 수 없다는 듯이 오블로모프가 물었다.

"천장과 문짝 칠 값과 부엌 창문 수리비, 그리고 문에 새로 단 걸쇠

값을 합해서 백오십사 루블 이십팔 코페이카입니다."

"아니, 그런 돈을 왜 내가 부담해야 하는데요?" 오블로모프가 깜짝 놀라며 물었다. "그런 비용이라면 마땅히 집주인이 부담을 하는 것이 당연하죠. 그렇지 않으면 누가 주인과 같이 사는 집에 세를 들려 하겠어요?"

"보세요, 계약서에 당신 비용으로 한다고 써 있지 않습니까?" 이반 마트베이치가 멀찍이서 손가락으로 그런 문구가 적혀 있는 서류를 가리키며 말했다. "그래서 전부 다 합산을 해보니까, 천삼백오십사 루블 이십팔 코페이카입니다!" 두 손을 서류와 함께 숨기고서 그가 나긋한 말투로 말을 했다.

"내가 무슨 돈이 있다고 그래요? 나한텐 그런 돈 없어요!" 오블로모프가 방안을 서성이며 반박했다. "당신네 무나 배추는 매우 필요할지는 몰라도!"

"좋으실 대로 하세요!" 이반 마트베이치가 조용히 덧붙였다. "너무 걱정할 것 없습니다. 여기도 곧 편안해지실 겁니다. 그리고 돈은……누이가 기다려줄 겁니다."

"안 된다고 해도 그러시네. 사정이 생겨서 그럴 수 없다니까! 듣고 있는 겁니까?"

"잘 알겠습니다. 정 그러시다면."

이반 마트베이치가 뒤로 한 발짝 물러서며 순순히 대답을 했다.

"좋아요, 좀더 생각을 해보고 어떻게든 다른 세입자를 찾아보겠습니다!"

관리에게 고개를 끄덕이며 오블로모프가 말했다.

"힘들겠지만, 어쩌겠습니까. 좋으실 대로 하세요!"

이반 마트베이치는 이렇게 체념하는 듯한 말을 남기고 세 번 인사를 한 다음 밖으로 나가버렸다.

오블로모프는 지갑을 꺼내서 돈을 셌다. 전부 해봐야 고작 305루블이었다. 그는 망연자실했다.

'돈이 다 어디로 간 거야?' 오블로모프는 거의 경악을 할 정도로 놀라며 스스로에게 물었다. '여름 초엽에 시골에서 보내온 돈이 천 이백 루블이었는데 지금 수중엔 삼백 루블이 전부라니!'

그는 여태까지의 모든 씀씀이에 대한 기억을 되살리면서 셈을 해보았지만 단 250루블만을 기억해낼 수 있었다.

"돈이 다 어디로 나간 거지? 자하르, 자하르!"

"뭔 일이시래유?"

"우리 돈 다 어디에다 쓴 거야? 정말 우리 돈이 없는 거 맞아?"

자하르는 주머니에서 뭔가를 조물락조물락하더니만 반 루블 은화 한 닢과 10코페이카 은화 한 닢을 꺼내 탁자에 놓았다.

"다시 드린다는 게 잊어먹구 말았네유. 이사하면서 남은 돈인디."

"왜 잔돈푼으로 또 내 성질을 돋우는데? 말해봐, 팔백 루블이 어디로 간 거야?"

"지가 워찌 알아유? 주인님이 워디에 돈을 쓰시는지 지가 알 턱이 있나유? 마부에게 마차삯은 지불하셨슈?"

"그럼, 마차삯만 해도 많이 나갔군." 자하르를 보면서 오블로모프는 기억을 더듬었다. "혹시 기억 안 나? 별장에서 우리가 마부에게 얼마를 지불했는지."

"그걸 어떻게 기억해유? 언젠가 한 번은 주인님이 지보구 삼십 루블을 주라구 하셨던 기억은 나는디."

"적어놓으면 얼마나 좋아?" 오블로모프는 그를 나무랐다. "글을 모르는 것도 죄악이야!"

"여태 글 모르구두 잘만 살았구먼, 남보다 못한 거 없이!"

자하르가 딴전을 피우며 반박을 했다.

'시골에도 학교를 세워야 한다던 슈톨츠의 말이 틀리지 않아!' 오블로모프가 생각했다.

"듣자 하니, 일리인스카야 댁에 글줄깨나 아는 치들이 있는디, 하는 짓이 고작 찬장에서 은식기 훔치는 일이라대유, 뭘."

'제발 말 좀 들어라!' 오블로모프가 겁을 집어먹고 생각했다. '사실 글깨나 안다는 치들이 죄다 부도덕하긴 해. 선술집이나 전전하고 아코디언이나 연주하고 있지 않은가 말야…… 그래, 학교를 세우기에는 아직 이른 것 같아!'

"그건 그렇고 돈이 어디로 다 나간 거야?"

"지가 워찌 알아유? 저 별장에서 미헤이 안드레이치한테두 돈을 주셨잖유……"

"그렇군." 돈의 출처를 하나 기억해냈다는 사실에 오블로모프는 기뻤다. "그러니까 마부에게 삼십 루블, 아마, 타란찌에프에게 이십오 루블을 준 것 같은데…… 또 어디다 썼지?"

그는 생각에 잠겨 더 없냐는 듯한 눈으로 자하르를 쳐다보았다. 자하르는 언짢은 듯 딴전을 피우며 그를 쳐다보았다.

"아니시야가 기억하지 않을까?"

오블로모프가 물었다.

"그런 멍청이가 무슨 기억을 한다구 그러셔유? 여편네가 뭘 알아유?"

말도 안 된다는 듯이 자하르가 일축했다.

"기억이 안 나!" 오블로모프가 우울하게 말했다. "도둑이 들었던 건 아닐까?"

"도둑이 들었다면야 싹 쓸어갔겠쥬."

자하르가 물러나오며 말했다.

오블로모프는 의자에 앉아 생각에 잠겼다. '돈을 어디서 구한담?' 급기야 식은땀까지 흘렀다. '시골에서는 언제, 얼마나 돈을 부치려나?'

그는 시계를 들여다보았다. 2시, 올가에게 갈 시간이다. 오늘은 식사를 하기로 되어 있는 날이다. 그는 점차로 기분이 나아져서 마부를 대령하라 이르고 마르스카야 거리로 향했다.

제4장

그는 여주인의 오빠와 만났던 일을 올가에게 이야기했다. 그리고 이번 주 내로 다른 세입자를 찾을 가능성이 있노라고 대충 얼버무렸다.

올가가 식사 전까지 숙모와 외출했다 돌아오는 동안, 그는 혼자서 근처 집을 보러 나섰다. 두 집을 들렀다. 한 집은 4,000루블에 방 네 칸, 다른 집은 방 다섯 칸에 6,000루블을 요구했다.

"끔찍해! 끔찍해!"

그가 손으로 귀를 막고 놀란 문지기들을 뒤로하고 뛰어나오면서 힘주어 말했다. 이 액수에 프쉐니찌나 부인에게 지불해야 할 1,000루블 남짓의 돈을 더해본 그는 어찌나 무섭던지 셈을 끝까지 하지도 못하고 걸음만을 재촉해 올가에게로 내달렸다.

거기엔 사람들이 모여 있었다. 올가는 말하는 것으로 보나 노래로 보나 기분이 무척 좋아 보였다. 열광 자체라고나 할까. 단지 오블로모프만이 넋이 나간 채 그녀의 노래를 듣고 있었고, 그녀는 그런 그가 눈꺼풀을 내리깔고 풀이 죽어 앉아만 있지 못하도록, 그의 마음 안에서 내내 무언가가 수다를 떨고 노래를 부르도록 그를 위해 이야기를 건네고 노래를 불렀다.

"내일 극장에 오세요, 우린 지정석이 있거든요."

그녀가 말했다.

'저녁에 그 멀고도 먼 진창길을 달려오라고!' 그는 이런 생각을 하면서도 그녀를 보고 그녀의 미소에 역시 미소로 그러마 하고 대답했다.

"다른 일반 좌석을 예약해놓으세요. 이번 주에 마에프스키 가족이 오거든요. 숙모가 그들을 지정석에 초대를 했다네요."

그리고 그녀는 기뻐하는 자신의 모습을 보이기 위해 그의 눈을 바라보았다.

'맙소사!' 그는 정말 미칠 지경이었다. '가진 돈 전부 해봐야 삼백 루블밖에 안 되는데.'

"남작님께 부탁하세요. 극장 사람들과는 친분이 있으시거든요. 내일 사람을 보내 좌석을 예약하도록 일러두실 거예요."

그녀는 다시 미소를 지었고 그 역시 그녀를 보면서 미소로 화답하고는 남작에게 미소로 부탁을 했다. 남작 역시 표를 구해보겠노라고 미소로 다시 화답했다.

"지금은 일반석이지만 지금 진행 중인 일을 다 끝내면 당신에겐 우리 지정석에 자리를 차지할 수 있는 자격이 생기게 될 거예요."

그리고 그녀는 아주 행복한 순간에 지어 보였던 그 미소를 마지막으로 그에게 보냈다.

우후, 올가가 꽃과도 같은 미소로 뒤덮인 매혹적인 저기 저 머나먼 곳의 장막을 살짝 들어올리는 순간, 갑작스런 행복이 그에게 물밀듯이 밀려왔다!

오블로모프는 돈에 대해서도 까맣게 잊었다. 단지 이튿날 아침 그의 창가를 어른거리며 지나치는 주인집 오빠의 서류 봉투를 보고 나서야 그는 신용장을 기억해내고는 이반 마트베이치에게 의회에 출석해서 인증을 해달라고 부탁했다. 그자는 신용장을 다 읽고 나서 한 가지 애매모호한 사항이 있으니 분명히 할 필요가 있다고 밝혔다.

서류는 다시 작성되었고 결국 인증이 되어서 우체국으로 보내졌다. 오블로모프는 이 일을 기쁨에 들떠서 올가에게 전하고는 오랫동안 마음을 놓았다.

그는 그 답을 받을 때까지 집을 찾을 필요가 없으며 돈에도 조금은 여유가 생겼다는 사실에 뛸 듯이 기뻤다.

'거기도 다 사람이 사는 곳인걸. 멀찍이 떨어져 있고 집안의 질서도 그만하면 엄하고 집안 돌아가는 사정도 별 무리가 없잖아.'

실제로 집안 살림은 완벽했다. 오블로모프가 비록 따로 식사를 했지만 여주인은 그의 부엌에서 한시도 눈을 떼지 않았다.

일리야 일리이치는 언젠가 한번 부엌에 들어갔다가 아가피야 마트베이브나로 하여금 거의 아니시야를 끌어안게 만들었다.

만약 서로간의 영혼의 공감이라는 것이 존재한다면, 만약 이심전심이라는 것이 정말 존재한다면 아가피야 마트베이브나와 아니시야의 공감만큼 명백한 증거는 없을 것이다. 첫눈에 그들은 서로의 언행을 이해하고 높이 사게 되었다.

아니시야의 행동거지를 보고, 즉 갈고리와 걸레로 무장한 그녀가 양 소매를 걷어붙이고 단 5분 만에 반 년 동안 단 한 번도 불을 지피지 않은 부엌을 싹 정돈하고 털이개로 단번에 천장과 벽 그리고 식탁의 먼지를 털어내고 시원시원한 빗자루질로 마루와 의자들을 깔끔하게 만들고 일순간에 벽난로의 재를 긁어내는 것을 보고서 아가피야 마트베이브나는, 아니시야의 사람 됨됨이를, 그리고 집안 살림에 엄청난 도움을 줄 훌륭한 조수로서 손색이 없음을 단번에 알아보았다. 그녀는 그 이후로 아니시야에게 푹 빠졌다.

그리고 아니시야는 아니시야대로, 언젠가 아가피야 마트베이브나가 눈썹이 없는 매의 눈매와 같은 눈길로 굼뜬 아쿨리나의 어설픈 행동을 예리하게 주시하며 부엌을 완전 장악하고 있는 것을 보았다. 이것저것을 꺼내게 하고, 도로 갖다놓게 하고, 더 굽게 하고, 그리고 소금을 더 넣으라면서 불호령을 내리는 모습, 시장에서 한눈에, 어떤 경우는 수도 없이 만지고 또 만지면서 몇 달이나 된 닭인지, 생선은 죽은 지 오래되었는지, 파슬리와 상추는 언제 밭에서 뽑았는지를 단 한 번의 실수도 없이 알아내는 모습 또한 확인할 수 있었다. 아니시야는 탄성을 지르며 경외심 가득한 시선을 그녀에게 던지고는, 이젠 내 할 일도 여기서 끝장이구나, 더구나 여기 오블로모프의 부엌은 더 이상 내가 있을 곳이 못 되는구나라는 결론에 도달했다. 즉 분주함과 몸부림, 안달하며 이리 뛰고 저리 뛰는 열정이 단지 자하르가 바닥에 쏟는 접시와 컵을 쏜살같이 달려가 잡는 일에만 집중되어 있고, 경험과 예리한 사고력이 남편, 즉 자하르의 음울한 질투와 말도 안 되는 거들먹거림에 짓눌려 있는 이 부엌은 더 이상의 일터로서 가치가 없다는 그런 결론이었다. 두 여인은 서로를 이해했고 둘도 없는 사이가 되었다.

오블로모프가 집에서 식사를 하지 않을 때면 아니시야는 여주인의 부엌에 나타나 일하는 즐거움을 만끽하면서 구석구석을 누비고 다니며 식기를 넣었다 뺐다 하는가 하면, 거의 그와 동시에 찬장을 열어 필요한 것을 손에 넣고 아쿨리나가 무슨 일인지 이해하기도 전에 다시 찬장문을 쾅 소리가 나게 닫았다.

포상을 대신해서 아니시야에게는 식사와 여섯 잔의 모닝커피, 그리고 동일한 양의 저녁 커피와 연이은 숨김없는 대화, 때때로 여주인과의 믿음직스러운 속삭임이 제공되었다.

오블로모프가 집에서 식사를 할 때면 여주인은 아니시야를 도왔다. 즉 언제 탕을 올리면 좋은지 또 언제 꺼내야 할지, 소스에 적포도주나 크림을 약간 첨가할 필요가 있는지, 혹은 생선을 구울 때는 이러쿵저러쿵……, 하며 말과 손가락으로 일일이 지시를 했다.

아, 그들이 집안 살림을 하면서 서로 나누는 지식이라니! 그 범위는 단지 요리법 하나에 국한하지 않고 헝겊과 실, 뜨개질, 속옷 세탁, 의복, 비단 레이스, 망사, 장갑, 갖가지 직물에서 얼룩 제거하는 일, 게다가 약초를 이용해서 민간요법으로 약을 짓는 일 등등의 세심한 숙고와 오랜 경험으로 실생활에 적용할 수 있는 모든 일을 망라하고 있었다.

일리야 일리이치는 아침 9시경에 일어나 이따금 울타리 틈새를 통해 겨드랑이에 서류 봉투를 끼고 출근하는 오빠라는 사람의 모습을 보곤 했다. 그리고는 가져다주는 커피를 마신다. 커피는 항상 달콤하고 크림은 걸쭉하며 빵은 바삭바삭하면서도 맛이 기가 막히다.

그런 다음엔 시가를 한 대 꺼내 물고 암탉이 꼬꼬댁거리는 소리와 병아리들의 재잘거리는 소리, 그리고 카나리아와 방울새의 지저귐을 주의 깊게 듣는다. 그는 그것들을 치우라고 지시하지 않았다. "시골, 오블로모프카를 생각나게 하는군" 하고 중얼거릴 뿐이다.

또 별장에서 읽기 시작한 책을 앉아서 읽어나간다. 간혹 느긋하게 책을 들고 소파에 누워 독서삼매경에 빠지기도 한다.

이상적인 고요함이다. 이따금 어딘가를 향하고 있는 군인들의 행군 소리, 혹은 도끼를 허리춤에 찬 한 떼의 농부들의 지나치는 소리만 없다면 말이다. 아주 드문 일이기는 해도 이 촌구석에 행상인들이 나타나 울타리 앞에 멈추어 서서 반 시간 동안 큰 소리를 지르는 경우도 있다. "사과요, 아스트라한산(産) 수박이요." 그러면 마지못해 뭐든 하나라도 살 수밖에.

가끔 여주인은 딸 마샤를 그에게 보내 버섯과 냉이도 파노라는 말을 전하면서 한 광주리 살 생각은 없는지, 혹은 아들 바냐를 불러서 학교에서 배운 것을 물어봐주고 읽고 쓰게 한 다음 잘 쓰고 읽는지 보아줄 의향은 없는지 묻는다.

만약에 아이들이 방에 들어가면서 문을 제대로 닫지 않을 때면 그는 여주인의 맨 목덜미와 끊임없이 움직이는 팔꿈치와 등을 훔쳐본다.

그녀는 허구한 날 일을 하고 있다. 다림질을 하지 않으면 밀가루를 빻거나 비비고 있다. 그가 반쯤 열린 문을 통해서 보고 있다는 것을 알아채고도 이젠 격식을 차리거나 숄을 걸치는 법도 없이 그저 미소만을 짓고는 다시 분주히 널찍한 식탁에서 빻고 다림질하고 비빌 따름이다.

그는 가끔 책을 들고 문 쪽으로 다가가서 안을 들여다보며 여주인과 대화를 나누기도 한다.

"무슨 할 일이 그렇게도 많으세요!"

언젠가 한번은 그가 그녀에게 이렇게 말을 건넸다. 그녀는 미소를 짓고는 다시 커피 분쇄기의 손잡이를 분주히 돌렸다. 그녀의 팔꿈치가 어찌나 빨리 원을 그리면서 돌던지 오블로모프는 눈이 핑핑 돌 지경이었다.

"고단하지도 않으신가 봐요."

그가 계속 말을 건넸다.

"아뇨, 맨날 하는 일인걸요."

분쇄기 소리를 연신 내면서 그녀가 대답했다.

"일이 없을 땐 뭘 하세요?"

"일이 없을 때라뇨? 일은 항상 있어요. 아침이면 식사 준비를 해야죠, 식사 후엔 바느질을 해야 하고 저녁때가 되면 또 저녁식사 준비를 해야 해요."

"저녁식사도 하긴 하세요?"

"저녁을 안 먹고 어떻게 살아요? 우리도 저녁식사를 해요. 축제일에 임박해서는 저녁 기도에도 빠지지 않는걸요."

"그건 참 좋은 일이군요." 오블로모프가 칭찬의 말을 했다. "어떤 교회로 가시는 거죠?"

"로줴스트보* 교회요. 우리 교구거든요."

"책도 좀 읽으세요?"

그녀는 물끄러미 그를 바라볼 뿐 아무 대꾸도 하지 않았다.

"책은 있으신가요?"

"오라버니에게 있긴 하지만 읽지는 않아요. 선술집에서 가져온 신문을 가끔 오라버니가 소리내서 읽어주곤 해요…… 아, 바네치카는 책을 많이 갖고 있어요."

"그럼 부인은 전혀 쉬지를 않으시나요?"

"정말 그래요!"

"극장에도 안 가고요?"

"오라버니는 성탄절 주간이면 가는 때도 있어요."

"그럼 부인은요?"

"제게 그럴 짬이 어디 있겠어요? 저녁은 어쩌고요?"

힐끗 그를 쳐다보면서 그녀가 물었다.

"부인이 없더라도 가정부가 알아서 할 수도 있을 텐데……"

---

* 성탄의 의미.

"아쿨리나 말씀이시군요!" 그녀가 놀라며 반박을 했다. "어떻게 해요? 저 없이 할 줄 아는 게 하나도 없는걸요. 날이 새도록 저녁 준비를 못 할 거예요. 제가 열쇠를 다 가지고 있거든요."

침묵이 흘렀다. 오블로모프는 그녀의 통통하고 둥글둥글한 팔꿈치가 마음에 들었다.

"손이 정말 보기 좋아요." 오블로모프가 뜬금없이 말했다. "할 수만 있다면 지금 당장 스케치라도 했으면 좋으련만."

그녀는 씽긋 미소를 지었다. 약간 수줍어하는 듯했다.

"옷소매 때문에 영 불편해요. 요즘 나오는 옷은 왜 다 이 모양인지, 소매를 더럽히게 된다니까요."

그리고 다시 입을 다물었다. 오블로모프 역시 아무 말도 하지 않았다.

"커피를 다 갈고 나서 설탕을 으깨야지." 여주인은 혼잣말로 중얼거렸다. "계피 가져오라고 사람 보내는 것도 잊어서는 안 돼."

"결혼하셔야겠어요. 부인만큼 훌륭한 가정주부도 없을 것 같군요."

그녀는 미소를 짓고 커피를 커다란 유리병에 옮겨 담았다.

"정말이에요."

"애까지 딸린 저를 누가 데려가겠어요?"

대꾸를 하고서 그녀는 머릿속으로 뭔가를 세기 시작했다.

"스무 개니까……" 그녀가 생각에 잠겨 말했다. "그거 다 제대로 갖다놓았나?" 찬장에 병을 올려놓고 그녀는 부엌으로 달려갔다. 한편 오블로모프는 자기 방으로 돌아와 책을 읽기 시작했다……

"정말 생기 있고 건강한 여자야! 훌륭한 가정주부고! 결혼한다면 정말 좋을 거 같아……"

그는 혼잣말로 중얼거리고는 이내 올가에 대한 생각에 빠져들었다.

오블로모프는 날이 좋으면 챙모자를 쓰고 부근을 산책한다. 하지만 얼마 가지도 못 해 진흙탕에 빠지고 집 앞에선 개와 상대하느라 기분만 상해서 다시 집으로 돌아온다.

집에는 벌써 식탁이 차려져 있다. 내온 음식들은 모두 맛이 기막히고 정갈하다. 이따금 문을 통해 접시를 든 맨손이 들락거린다. 여주인으로부터 손수 만든 피로그를 맛보라는 권유도 받는다.

"이 동네는 조용하고 다 좋은데 너무 적적한 게 흠이야!"

오페라를 들으러 떠나면서 오블로모프는 말했다. 언젠가 한번은 극장에서 아주 늦은 시각에 돌아온 적이 있는데, 그날 그는 마부와 함께 거의 한 시간 동안을 문을 두드려야만 했다. 쇠사슬에 묶인 개는 어찌나 발광을 하며 짖어댔는지 제 목소리를 잃기까지 했다. 온몸이 꽁꽁 얼어붙은 그는 화가 머리끝까지 나서 당장 이튿날 이사를 가겠노라고 큰소리를 쳤다. 그러나 하루가 지나고 이틀이 지나고 결국엔 한 주가 다 지났건만 그는 여전히 이사를 가지 못했다.

만나기로 약속이 된 날에 올가를 보지 못하고 그녀의 목소리를 듣지 못하고 그녀의 눈에서 변치 않는 다정함과 사랑, 행복을 읽지 못한다는 것은 정말로 그에겐 답답한 노릇이었다.

그런 연유로 약속이 된 날에는 그는 마치 여름에 그랬던 것처럼 생기가 넘쳤고 그녀의 노랫소리에 귀를 기울였으며 그녀의 눈을 빤히 쳐다보았다. 사람들이 보는 앞에서는 단지 그녀의 눈길, 남들 모두에게는 무관심할지 모르지만 그에게만큼은 깊고 의미심장한 그 눈길 하나면 더 이상 바랄 것이 없었다.

하지만 겨울이 다가옴에 따라 그들 둘만의 밀회는 갈수록 횟수가 줄었다. 일리인스카야 댁에는 찾아오는 손님들이 줄을 이었고 그러다 보니 오블로모프가 며칠 동안 그녀와 두어 마디의 얘기도 나누지 못하는 경우도 있었다. 그들은 눈길만을 주고받았다. 그녀의 눈길에선 간혹 고단함과 초조함이 나타나곤 했다.

그녀는 잔뜩 눈썹을 찌푸리고서 좌중을 바라보곤 했다. 오블로모프는 두어 번 지루함을 견디다 못 해 식사를 마치자마자 모자를 집어들기까지 했다.

"돌아가봐야겠어요……"

"왜요?" 그녀가 물었다. 눈썹 한쪽이 다른 쪽보다 높이 올라가 있었다. "뭐하시려구요?"

"난 그냥……"

그가 졸린 눈을 크게 뜨고서 말했다.

"가셔도 된다고 누가 그래요? 벌써 자려는 것은 아니겠죠?"

그녀가 화난 얼굴로 그의 눈을 번갈아 쳐다보며 물었다.

"무슨 말씀을!" 오블로모프가 말도 안 된다는 듯이 대꾸했다. "낮에 무슨 잠을 자요! 그냥 좀 답답해서 그래요."

그는 다시 모자를 건넸다.

"오늘 극장에 가야죠."

그녀가 말했다.

"지정석에 합석하는 것도 아닌데요."

그가 한숨을 내쉬며 대꾸했다.

"그게 어때서요? 우리가 서로를 보고 있고 휴식 시간에 우리 자리로 오면 되고 끝나고 돌아갈 땐 와서 마차까지 배웅을 하는데 무슨 상관이 있다고 그래요? 같이 가는 거예요!" 그녀가 거의 명령조로 말했다. "괜히 안 하던 짓을 하셔!"

극장에 가는 수밖에 다른 방법이 있을 리 없다.

그는 무대를 집어삼키기라도 하려는 듯이 하품을 해대고 뒷머리를 쓸어내리고 발을 이리 꼬았다 저리 꼬았다 했다.

'아휴, 빨리 끝나서 그녀 곁에 앉아 더 이상 그녀를 찾느라 헤매지 않았으면 좋으련만! 이 나이에 아직도 가끔 몰래 만나서 사랑에 빠진 소년이 하는 짓이나 하고 있는 내 꼴이라니…… 솔직히 말해서, 내가 지금 결혼한 상태라면 오늘 극장에도 오지 않았겠지. 이 오페라 듣는 것도 벌써 여섯번째고……'

막간을 이용해서 그는 올가의 좌석으로 향했다. 어떤 두 멋쟁이 사이를 비집고 겨우 그녀에게로 갈 수 있었다. 5분 후에 그는 다시 그 자를 빠져나와 좌석으로 들어가는 입구 앞에서 군중에 막혀 멈추어 섰다. 새로운 막이 시작되고 있었고 모두들 자기 자리를 찾아가느라 분주했다. 올가의 지정석 옆의 두 멋쟁이도 거기에 있었다. 그들은 오블로모프를 보지 못했다.

"방금 일리인스카야의 지정석에 왔던 작자는 누구지?"

한 멋쟁이가 다른 이에게 물었다.

"무슨 오블로모프라던가."

다른 이가 무심하게 대답했다.

"오블로모프가 누군데?"

"응…… 지준데, 슈톨츠의 친구래."

"아!" 다른 이가 의미심장하게 맞장구를 쳤다. "슈톨츠의 친구라. 헌데 거기서 뭐하는 거야?"

"Dieu sait*!"

대답을 하고는 모두 제자리로 돌아갔다. 하지만 오블로모프는 이 시답잖은 대화에 큰 충격을 받았다.

---

* 프랑스어: 알 게 뭐야.

'작자는 누구지?…… 무슨 오블로모프라던가…… 거기서 뭐하는 거야…… 알 게 뭐야!' 이 모든 말들이 그의 뇌리에 박혔다. '무슨 어쩌구라! 내가 거기서 뭘 하냐구? 뭘 하면? 올가를 사랑한다. 난 그녀를……' 그러나 바로 그 순간 하나의 의문이 생겼다. '난 거기서 뭘 하고 있는 걸까? 눈치를 챘어…… 아이고, 맙소사! 어쩐다. 어떻게든 조치를 취해야겠군……'

무대에서 무슨 일이 벌어지고 있는지, 어떤 기사와 부인들이 등장하고 있는지 전혀 눈에 들어오지 않는다. 오케스트라가 요란을 떨고 있지만 그의 귀엔 들리지 않는다. 그는 두리번거리며 극장에 친분이 있는 사람이 몇이나 되는지를 세어본다. 저기서도 또 저기서도 다들 자리를 잡고 앉아 이렇게 묻고 있다. '올가의 지정석으로 왔던 작자는 누구야?' '무슨 오블로모프라지!' 모두들 이런 대화를 나누고 있는 것만 같다.

'그래, 난 무슨 어쩌구다!' 그는 잔뜩 의기소침해져서 생각했다. '내가 누구인지 죄다 알고 있어. 내가 슈톨츠의 친구이기 때문에. 올가한테는 왜 갔을까? 'Dieu sait!' 저기, 그리고 저기 멋쟁이들도 날 쳐다보고는 올가의 자리를 쳐다보고 있어!'

그는 지정석을 쳐다보았다. 올가의 오페라 글라스가 그를 향하고 있다.

'아이고, 하나님! 그녀는 내게서 눈을 떼지 않고 있어! 그녀는 내 어디가 좋다는 거야? 저런 보배가 어디서 굴러떨어졌담! 지금 나를 보고 고갯짓을 하면서 무대를 가리키고 있어…… 멋쟁이들이 나를 보며 비웃고 있는 것만 같아…… 하나님, 하나님!'

그는 다시 흥분에 휩싸여 거칠게 뒤통수를 쓸어내리고 다시 다리를 꼬았다.

그녀는 극장에 왔던 멋쟁이들을 불러 차를 대접하고 멋진 독창 솜씨를 보여주겠노라고 약속을 하면서 그에게도 오라고 언질을 주었다.

'아니, 오늘은 가지 않을 거야. 초를 다투어 처리해야 할 일이 있어. 다음에 가지 뭐…… 시골에 보낸 대리인은 대체 왜 회신이 없는 거야? 떠나기 전에 올가와 약혼식만 올렸더라도 난 벌써 떠났을 텐데…… 아, 여전히 나를 쳐다보고 있어! 큰일이야, 정말!'

그는 오페라가 끝나기도 전에 집에 와버렸다.

시간이 지남에 따라 그의 기분도 한결 나아졌고 그는 다시 행복감에서 오는 전율을 느끼면서 올가와 단둘이서 만났고 남모르는 환희의 눈물을 흘리면서 청중 앞에서 부르는 그녀의 노래를 들었다. 집에 돌아와서는 올가의 승낙도 받지 않고 소파에 몸을 던졌지만, 이는 잠을 청하기 위함도 죽은 통나무처럼 널브러지기 위함도 아니고, 그녀의 꿈을 꾸고 상상으로나마 행복을 즐기고 올가가 빛을 발하면 그녀 주위의 모든 것이 덩달아 훤해지는 평온한 자신의 가정생활에 대한 미래의 전망을 슬그머니 들여다보면서 짜릿한 흥분을 맛보기 위함이었다. 미래를 엿보면서 그는 간혹 자신도 모르게, 혹은 의도적으로 반쯤 열린 문을 통해 여주인의 어른거리는 팔꿈치를 훔쳐보곤 했다.

언젠가 하루는 자연에도 집 안에도 이상적이랄 수 있는 고요함이 깃든 적이 있다. 마차 소리도, 문 여닫는 소리도 들리지 않는다. 현관 회중시계에선 고른 진자 소리만이 들려오고 카나리아가 노래를 부르고 있다. 하지만 이는 고요함을 깨뜨리기는커녕 삶에 몇 가지 음영을 더할 뿐이다.

일리야 일리이치는 태평하게 소파에 누워 구두를 가지고 장난을 치고 있다. 마루로 떨어뜨리기도 하고 공중에 쳐들어 빙빙 돌려보기도 하는데, 그러다 구두가 떨어지면 다시 발로 낚아채기도 하면서…… 자하르가 들어와 문 옆에 버티고 섰다.

"무슨 일이야?"

오블로모프가 심드렁하게 물었다. 자하르는 입을 꾹 다물고서 전혀 한눈을 팔지 않고 그를 똑바로 쳐다보고 있었다.

"뭐냐니까?" 오블로모프가 당혹스런 눈길로 그를 쳐다보면서 재차 물었다. "피로그라도 준비가 됐어?"

"이사할 집은 찾으셨슈?"

이번엔 자하르가 물었다.

"아직, 그건 왜 물어?"

"짐 정리를 못 하잖유, 접시며 옷이며 궤짝들이며. 아직도 다 헛간에 산처럼 쌓여 있단 말유. 정리를 해유, 말아유?"

"기다려." 오블로모프가 신경질적으로 말했다. "지금 시골에서 회신이 오기를 기다리고 있는 중이야."

"십중팔구, 그러니께 결혼식은 성탄절이 지나서야 있겠구먼유?"

"누구 결혼?"

오블로모프가 벌떡 일어서며 물었다.

"삼척동자두 다 아는 얘기를 갖고, 주인님 결혼식 말유!" 자하르는 마치 오래 전 결정이 다 된 일인 양 대꾸했다. "결혼 안 하실 생각인감유?"

"결혼이야 하지! 누구하고?"

휘둥그레진 눈으로 자하르를 노려보면서 오블로모프가 경악을 했다.

"일리인스카야 댁 아가씨하구유……"

자하르는 말을 다 끝맺지 못했다. 순간 벌써 오블로모프가 그의 코 앞에 와 있었던 것이다.

"이런, 머저리 같으니라고. 누가 그 따위 소릴 해?"

자하르에게 달려들면서 오블로모프가 격앙되긴 했어도 신중한 어조로 소리쳤다.

"지가 왜 머저리래유? 고맙구먼유 그려!" 움찔하여 문 쪽으로 물러서며 자하르가 말했다. "누가 그랬냐구유? 일리인스카야 댁 사람들이 벌써 여름에 한 소릴 가지구 괜히 그러셔."

"쯔쯧!" 손가락을 쳐들어 자하르를 위협하면서 오블로모프가 자하르에게 투덜거렸다. "입을 함부로 놀리면 못써!"

"지가 없는 말 꾸며내기라도 했다는 말씀이신가유, 시방?"

"입 닥치래도 그러네!"

오블로모프는 무섭게 그를 노려보면서 같은 말을 반복하고는 문을 가리켰다. 자하르가 나가면서 온 방이 떠나가도록 한숨을 몰아쉬었다.

오블로모프는 정신을 차릴 수가 없었다. 그는 똑같은 포즈로 서서 자하르가 서 있던 자리만을 무섭게 노려보고 있었다. 그리고는 의기소침해져서 두 손을 머리에 대고 의자에 앉았다.

'죄다 알고 있어!' 뇌리에서 이런 생각이 떠나지 않았다. '행랑채는 물론이고 부엌에서도 모두들 수군대고 있는 거야! 올 게 오고 말았군! 자하르란 놈까지 결혼식이 언제냐고 감히 묻고 있잖아. 숙모는 생각조차 하고 있지 않아. 만약 생각을 하고 있다면, 아마도, 그건 다른 생각일 거야. 어떤 불미스러운 일…… 아, 아, 아, 대체 어떤 생각을 하고 있는 걸까? 그럼 나는? 올가는?'

"내가 왜 이런 머저리 같은 짓을 저질렀담!" 그는 소파의 베개에 머리를 묻으며 말했다. "결혼식! 사랑하는 이들의 인생의 매혹적인 순간이자 행복의 혼례관. 몸종들과 마부들이 수군거리고 있어. 아직 아무것도 결정된 것이 없고 시골에서 회신도 없고 지갑은 텅 비어 있고 이사할 집도 못 구한 이 마당에……"

그는 자하르가 입을 여는 순간 갑작스레 빛을 잃어버린 황홀한 순간을 수습하기 시작했다. 오블로모프는 메달의 다른 면을 보기 시작했고 고통스럽게 뒤척이다가는 벌렁 누워버렸다. 그러다 벌떡 일어나 세 걸음 방안을 걷다가 다시 누웠다.

'그래, 좋은 일이 일어날 턱이 있나!' 자하르가 문간방에서 전전긍긍하며 생각했다. '그냥 팔자려니 하지 뭐!'

'다들 어떻게 알았을까?' 오블로모프는 차분히 생각을 해보았다. '올가가 누구에게 입을 열었을 리 없고 내가 생각을 소리내서 한 것도 아니고, 그렇다면 결국 이 모든 것이 문간방에서 결정이 되었다는 말이군! 둘만의 밀회, 아침과 저녁 노을의 정취, 열정적인 눈길 그리고 매혹적인 노래는 대체 무슨 의미란 말인가! 오호, 이미 이 사랑의 시는 행복한 결말로 끝날 운명이 아닌가 보다! 혼례관을 쓰기 전에 무엇보다 먼저 할 일은 장밋빛 분위기에서 헤엄을 치는 것이다! 이런! 맙소사! 숙모에게로 달려가 올가의 손을 잡고 말하자. '제 신부입니다!' 라고. 하지만 준비된 것은 하나도 없다. 시골에서의 회신도 없고 돈도 없고 집도 없다! 아냐, 무엇보다 먼저 자하르의 머리에서 이 따위 생각을 없애버리고 불길과도 같은 소문을 잠재워야 한다. 더 이상 번지지 않도록, 더 이상 불꽃과 연기가 남아나지 않도록…… 결혼식! 결혼식이 뭐길래?'

그는 예전엔 자신의 황홀한 결혼식 광경과 기다란 면사포, 등자나무 가지, 하객들의 속삭임을 떠올리며 웃음을 짓곤 했다.

하지만 지금의 광채는 이미 예전의 광채가 아니다. 결혼식 하객 중엔 무례하고 불쾌한 자하르와 일리인스카야 댁의 모든 하인들, 늘어선 사륜마차, 호기심 어린 차가운 얼굴들이 보인다. 다음엔, 다음엔 온갖 지루하고 끔찍한 일들이 눈앞을 스친다.

'자하르 머리에서 이 생각부터 모조리 지워버려야 해. 녀석이 이 때문에 어리석은 짓을 하지 못하도록.' 그는 조급함에 흥분을 감추지 못하고 괴로움에 머리를 쥐어뜯으며 이런 결론을 내렸다.

한 시간이 지나 그는 자하르를 다시 불렀다.

자하르는 못 들은 척 부엌으로 슬그머니 빠져나가려고 했다. 그는 소리가 나지 않도록 문을 열었다. 하지만 옆구리가 한쪽 문에 부딪치고 어깨가 다른 쪽 문에 걸리는 바람에 두 문짝이 요란한 꿍음과 함께 활짝 열렸다.

"자하르!"

오블로모프가 명령조로 소리쳤다.

"왜 그러셔유?"

문간방에서 자하르가 대꾸했다.

"이리 와봐!"

"뭐 필요한 거라두 있으셔유? 말씀만 하셔유, 제가 즉각 대령합쥬!"

"이리 와보라니까!"

오블로모프가 말 한마디 한마디에 힘을 주며 단호하게 말했다.

"아이구, 내가 못 살아!" 방안으로 들어오려고 애를 쓰며 자하르가 볼멘소리를 했다. "왜 그러시냐니께유?" 그가 문에 끼인 채로 물었다.

"이리 가까이 와봐!"

자하르에게 설 곳을 가리키면서 오블로모프가 엄하면서도 뭔가 은밀한 구석이 있는 목소리로 말했다. 오블로모프가 가리킨 자리가 어찌나 가깝던지 자하르는 거의 주인의 무릎에 걸터앉아야만 할 정도였다.

"워딜 더 가까이 오라는 거여유? 너무 찰싹 붙잖유. 여기서두 다 들린다구유."

자하르가 문 옆에 꼭 붙어 서서 궁시렁거렸다.

"가까이 오라잖아!"

오블로모프가 무섭게 말했다. 자하르는 한 걸음을 겨우 떼고 나서 조각처럼 꼼짝 않고 서서는 이리저리 돌아다니는 닭을 창문 너머로 쳐다보며 솔과도 같은 볼수염을 주인에게로 향하게 했다.

'그래, 이제 죽었군!' 자하르는 슬프디슬픈 표정을 지으면서 생각했다.

"어떻게 그런 미련한 질문을 주인한테 감히 할 수가 있어?"

'또 시작이여!' 자하르는 곧 이어질 '섭섭한 말'을 초조하게 기다리면서 눈을 껌뻑이며 생각했다.

"내가 묻고 있잖아. 어떻게 그런 엉뚱한 생각을 하게 되었냐고?"

자하르는 침묵으로 일관했다.

"듣고 있는 거야, 자하르? 왜 아무 생각 없이 그렇게 지껄이는데?"

"죄송하지만서두, 일리야 일리이치. 아무래두 아니시야를 부르는 게 나을 것 같은디유……"

대답을 하고는 문 쪽으로 걸음을 떼려고 했다.

"난 너하고 이야기하고 싶은 거지, 아니시야하고가 아냐. 어디서 그런 멍청한 생각을 하게 된 거야?"

"지가 꾸며낸 얘기가 아니래두 그러시네. 일리인스카야 댁 사람들이 그러길래……"

"그자들한테는 누가 얘기했고?"

"지가 워떻게 알아유! 카쨔가 세몬한테 얘기했구, 세몬은 니키타한테, 니키타는 바실리사한테, 바실리사는 아니시야한테, 그리고서 아니시야가 지한테……"

"하나님, 하나님! 죄다야!" 오블로모프가 경악을 했다. "죄다 엉터리에 난센스에 거짓말에 중상모략이야. 듣고 있어?" 오블로모프가 주먹으로 책상을 내려치며 말했다. "절대 그럴 수 없어!"

"그럴 수 없다뉴, 왜유?" 자하르가 아무 생각 없이 끼어들었다. "결혼식이란 게 노상 있는 일이잖유! 주인님만 하는 게 아니라 다들 결혼을 하는디."

"다들이라! 넌 나를 남들과 비교하는 데 선수구나! 절대 그럴 수 없어! 그래서도 안 되고 그런 적도 없어! 결혼식이 늘 있는 거라 했겠다. 듣고 있어? 결혼식이 대체 뭔데?"

자하르는 오블로모프를 쳐다보려고 했지만 자신을 노려보고 있는 핏발 선 눈을 발견하고는 금세 시선을 오른쪽 구석으로 떨구었다.

"잘 들어봐, 내가 '결혼식'이 과연 무엇인지 설명을 해주마. '결혼식'은 할 일 없는 사람들, 그리고 여인네들과 아이들이 행랑채에서, 가게마다에서, 저잣거리에서 수군덕거리기 시작한다는 것을 뜻해. 이제 더 이상 일리야 일리이치나 표트르 페트로비치가 아닌 '신랑'으로 불리는 거야. 어제는 어느 누구 하나 거들떠보지 않던 사람을 오늘은 어떤 불량배를 보듯이 눈을 부릅뜨고 쳐다본단 말이지. 극장에서건 거리에서건 그냥 지나치게 놔두질 않아. '저기, 저기 신랑이다!'라며 모두들 웅성거리게 되지. 하루에도 얼마나 많은 이들이 가까이 다가오는 줄 알아? 게다가 죄다 어떻게 하면 좀더 멍청하게 상판을 찡그릴까 호시탐탐 기회를 엿보고 있지. 지금 네놈처럼 말야! (자하르는 잽싸게 시선을 마당으로 돌렸다) 또 어떻게 하면 좀더 미련한 소리를 할 수 없을까 궁리나 하고. 시작에 불과해! 꼭두새벽부터 무슨 죄인이라도 되는 양 신부에게 쪼르르 달려가는 거야. 크림 색 장갑을 내내 낀 채로. 옷이 늘 새 옷처럼 보이게 하고 눈빛에서 지루한 기색이 전혀 나타나지 않게 하기 위해서. 또 마땅히 먹고 마셔야 할 것도 먹지 못해. 마치 무슨 바람이나 꽃다발을 먹고사는 사람처럼! 서너 달은 계속 그래야만 해! 알겠어? 내가 그걸 할 수 있겠어?"

오블로모프는 말을 멈추고 결혼의 불편함에 대한 자신의 설명이 자하르에게 어떤 영향이라도 미치고 있는지를 살폈다.

"이제 가봐두 돼유?"

문 쪽으로 향하면서 자하르가 물었다.

"아니, 기다려! 넌 거짓 소문을 퍼트리는 선수니까 왜 그 소문들이 거짓인지를 알아야 해."

"뭘 지더러 알라는 거유?"

방의 벽을 살피면서 자하르가 말했다.

"신랑집과 신부집은 또 얼마나 분주하고 혼란스러운지 넌 죽었다 깨어나도 모를 거다. 우리집에서 재단사, 제화공, 가구공에게 뛰어다닐 사람은 누구겠어. 너야! 나 혼자서는 사방팔방으로 뛰어다닐 수가 없어. 시내에서도 다들 알게 되겠지. '오블로모프가 결혼한다네, 들었수?' '정말? 누구하고? 그게 누군데? 결혼식은 언제야?'" 오블로모프는 여러 목소리로 말을 했다. "남는 건 수다밖에 없어! 난 기진맥진해서 이것 하나 때문에라도 자리에 눕고 말 거야. 그런데 그래 네놈은 고작 생각한다는 게, 결혼식이 어째?"

그는 다시 자하르를 노려보았다.

"아니시야를 부를까유?"

자하르가 물었다.

"아니시야를 왜 불러? 소문을 퍼트리려고 경솔한 짓을 한 놈은 너지 아니시야가 아냐."

"그래서 오늘 지를 이렇게 벌주시겄다?"

자하르가 중얼거렸다. 한숨을 어찌나 크게 내쉬던지 어깨가 들썩일

정도였다.

"비용은 또 얼마나 드는지 알아? 그런 돈이 어디에 있어? 너도 알잖아, 내 수중에 돈이 얼마나 있는지?" 오블로모프가 거의 협박을 하듯 물었다. "집은 또 어디에 있고? 여기도 천 루블을 지불해야 하고 다른 집을 빌리려면 삼천이 더 필요해. 집을 빌리면 그만인가! 마차도 있어야지 요리사도 있어야지, 생활비도 나가지! 내게 그런 돈이 어디 있어?"

"농노 삼백 명을 데리구 결혼하는 남들은 워쩐 일리래유?"

자하르는 무심코 내뱉은 말에 움찔했다. 주인님이 거의 의자에서 뛰어올라 그에게로 덮칠 기색이었던 것이다.

"너 또 '남' 어쩌구야. 잘 봐!" 손가락으로 위협을 하면서 그가 말했다. "남들은 방 두 칸 아니면, 대개가 방 세 칸에서 살고 있어. 그리고 식당과 거실이 전부야. 거기서 잠까지 자는 사람들도 있어, 아이들을 옆에 끼고서. 집안 시중을 드는 사람도 여자 아이 하나가 다야! 주인마님이 시장에도 직접 가야 해. 올가 세르게브나 같으면 시장에 가겠어?"

"시장이라면 지가 가야쥬."

"너 알기나 해? 오블로모프카에서 나오는 수입이 얼마나 되는지? '이천 이하' 야! 길도 새로 내야지, 학교도 세워야지, 오블로모프카에도 다녀와야 한단 말야. 아직 살 곳이 없어 거긴. 집도 아직 없단 말야…… 그런 판국에 무슨 놈의 결혼식? 무슨 생각을 하는 거야?"

오블로모프는 잠시 말을 그쳤다. 무서우면서도 비관적인 생각을 하다 보니 오블로모프는 자신도 모르게 공포에 휩싸였다. 장미, 크림 색 꽃, 화려한 축제, 군중 속에서 들려오는 경탄의 속삭임, 이 모든 것이 한순간에 사라져버렸다.

그의 얼굴색이 확 변했다. 잠시 생각에 잠겼다가 다시 제정신을 차리고 주위를 살피다 보니 자하르가 눈에 띄었다.

"넌 뭐야?"

그가 무뚝뚝하게 물었다.

"서 있으라구 하셨잖유!"

자하르가 대꾸했다.

"가봐!"

오블로모프는 그에게 더 이상 꼴 보기 싫다는 듯이 손을 내저었다. 그러자 자하르는 이때다 싶어 문 쪽으로 막 걸음을 옮기려고 했다.

"아니, 거기 서봐!"

오블로모프가 갑자기 그를 세웠다.

"대체 가라는 겨, 말라는 겨!"

손으로 문을 잡으면서 자하르가 궁시렁거렸다.

"네놈이 어떻게 나에 대한 그런 얼토당토않은 소문을 퍼트릴 수가 있어?"

오블로모프가 은근히 겁주는 목소리로 물었다.

"일리야 일리이치, 지가 언제 그런 입방정을 떨었다구 그러셔유? 주인님이 청혼을 했다구 입방정을 떤 건 지가 아니라 일리인스카야 댁 사람들이래두 그러시네……"

"쯔쯧……" 손을 위협적으로 휘두르며 오블로모프가 혀를 끌끌 찼다. "주둥이 함부로 놀려선 안 돼, 절대로! 알았어?"

"알았슈."

자하르가 잔뜩 겁을 집어먹은 목소리로 대꾸했다.

"멍청한 소리 다신 하고 다니지 않을 거지?"

"안 그런다잖유."

자하르는 반은 말귀를 알아들을 수 없었지만 그래도 죽어가는 목소리로 대답을 했다. '섭섭한' 말을 하고 있다는 것은 알고도 남았다.

"혹시라도 누가 그런 소리 하거나 묻기라도 하거들랑 이렇게 말하란 말야. 그건 헛소문이고 그런 적도 없고 절대 그럴 수도 없는 일이라고!"

오블로모프가 귓속말로 덧붙였다.

"알었슈."

자하르 역시 거의 들릴락 말락 한 소리로 대답했다.

오블로모프는 주위를 둘러보고 그에게 손가락으로 겁을 주었다. 자하르는 놀란 눈을 깜빡이며 종종걸음으로 문으로 향했다.

"처음 그런 말 한 게 누구야?"

황급히 그의 뒤를 쫓으며 오블로모프가 물었다.

"카쨔가 세묜한테 말했구 다시 세묜이 니키타에게 말했쥬." 자하르가 속삭였다. "니키타가 바실리사한테 또⋯⋯"

"네가 죄다 주둥이를 놀리고 다녔잖아! 네놈을 그냥!" 오블로모프가 씩씩거렸다. "주인 험담이나 하고 다니고! 아!"

"왜 지를 그렇게 못 잡아먹어서 안달이슈, 그런 흉측한 말을. 아니시야를 불러올 거구만유, 그 여편네는 다 알구 있으니께⋯⋯"

"뭘 안다는 거야? 말해봐, 말해봐 당장!"

자하르는 순간 문에서 자취를 감추었다. 예전에 보지 못하던 민첩한 행동으로 부엌으로 향했던 것이다.

"프라이팬일랑 내려놓구 주인님한테 가봐!"

퉁퉁한 손가락으로 문을 가리키면서 그가 아니시야에게 말했다. 아니시야는 프라이팬을 아쿨리나에게 건네고 허리춤에서 윗옷자락을 끄집어내고는 검지로 코를 부비면서 주인에게로 갔다. 그녀는 단 5분 만에 일리야 일리이치를 진정시켰다. 신을 걸고 맹세하건대, 심지어 벽의 성화에 대고 맹세컨대, 결혼식 얘기는 어느 누구도 입 밖에 낸 적이 없노라고 말했던 것이다. 더구나 이런 말은 처음 들어본다며 그와는 반대로 전혀 다른 말들을 사람들이 하고 있다. 이를테면 남작이 아가씨께 청혼을 했다 하더라는 말을 덧붙였다……

"남작이 어떻게!"

일리야 일리이치가 길길이 뛰고 난리였다. 심장만이 아니라 손과 발이 다 뻣뻣하게 굳었다.

"그것도 역시 헛소문이죠!" 호랑이를 피하려다 이리를 만난 격임을 알아차린 아니시야가 겨우 서둘러 둘러댔다. "카짜가 세몬에게만 이 말을 했는데 세몬이 마르파에게, 마르파가 니키타에게 없는 말을 보태서 하다 보니 결국 니키타가 '당신들 주인님, 일리야 일리이치께서 아가씨에게 청혼을 하면 좋을 텐데……'라고 말을 했던 거지요."

"니키타, 그런 멍청한 것이 있나!"

오블로모프가 말했다.

"정말 멍청이가 따로 없어요. 마차를 몰고 가면서도 꼭 졸면서 가는 것 같아요. 게다가 바실리사는 전혀 안 믿었어요. 그녀는 성모승천축일*에도 그런 말을 하곤 했어요. 바실리사한테는 유모가 직접, 아가씨께서는 시집갈 생각이 전혀 없다, 당신네 주인님께서 결혼할 생각이 있으셨다면 여태껏 신부를 찾지 못했을 리가 없지 않겠느냐,라고 했다지 뭐예요. 또 얼마 전 사모일라를 만났는데 그 사람 그 소리에 콧방귀만 뀌더래요. 무슨 결혼식이냐면서 말이죠. 결혼식은 고사하고 장례식을 치러야 할 판국이라는 거예요. 왜냐하면 숙모가 허구한 날 머리가 아프다 하고, 아가씨께서는 울기만 하고 아무 말씀도 안 하신다던가 뭐래나.

_____

* 구력으로 8월 15일.

72

지참금 장만할 여력도 안 된다고들 하더라구요. 아가씨 댁에선 깁지 않은 양말은 구경조차 할 수 없고 또 기울 생각도 하지 않는다는 말도 있어요. 저번 주엔 은붙이들을 전당포에 맡기기까지 했다던데……"

'은붙이들을 전당포에 맡겨? 돈이 하나도 없나 보군!'

오블로모프는 당혹감에 이리저리 벽을 쳐다보다가 아니시야의 콧잔등에 눈길을 고정시켰다. 시선을 어디에 두어야 할지 판단을 할 수가 없었기 때문이다. 그녀는 마치 이런 이야기를 입이 아닌 코로 하고 있는 것만 같았다.

"이봐, 쓸데없는 소릴랑 지껄일 필요 없어!"

오블로모프가 손가락으로 그녀에게 겁을 주며 말했다.

"쓸데없는 소리라뇨! 쓸데없는 소리를 지껄일 생각은 눈꼽만치도 없어요." 아니시야가 마치 나뭇조각을 쪼개듯이 끊임없이 지껄여댔다. "정말이에요. 살다살다 이런 말은 처음 들어봐요. 정말, 쥐구멍에라도 들어가고 싶은 심정이에요! 주인님께서 제게 이런 말씀을 하시다니 놀랍고도 황당해서 온몸이 파르르 떨리네요! 꿈에도 생각해본 적 없는데. 누구와 말 한마디 건네본 적도 없이 전 부엌에만 줄곧 틀어박혀 있었어요. 일리인스카야 댁 사람들 본 지 한 달이 넘어서 심지어 이름까지도 까먹었는걸요. 우리집에 수다 떨 사람이래야 누가 있어요? 주인마님하고만 집안 살림에 대해 이야기를 나누는 게 전부예요. 할머니하고는 말을 할 수도 없잖아요. 어찌나 기침을 심하게 하시는지 귀가 아플 지경이거든요. 아쿨리나는 지독한 바보고 문지기는 술주정뱅이여서 결국 남는 건 아이들밖에 없는데, 개네들과 무슨 이야기를 하나요? 전 지금 아가씨 얼굴마저도 가물가물해요……"

"됐어, 됐어, 됐다구!"

오블로모프는 더 이상 꼴도 보기 싫다는 듯 나가라는 손짓을 하며 말했다.

"없는 얘기를 어떻게 지어낼 수 있어요?" 아니시야가 방을 나서며 끝내 덧붙였다. "니키타 하는 말이, 바보나 안 가리고 이 말 저 말 하는 거래요. 전 무슨 생각을 할 틈이 없어요. 하루가 멀다하고 청소하고 또 청소하고, 언제 그런 짬이 나요? 하나님만이 아실 일이죠! 저기 벽에 걸려 있는 성상과……" 이 말과 함께 주절거리는 코는 문 뒤로 자취를 감추었음에도 불구하고 1분 남짓 말소리는 계속 들려왔다.

"이제 좀 알 것 같군! 아니시야의 말대로라면 그럴 수도 있겠어!"

두 손을 마주 잡으며 오블로모프가 혼자 속삭였다.

"행복, 행복!" 잠시 후 빈정거리는 투로 말했다. "행복이란 얼마나 허약하고 미덥지 못한 것이란 말인가! 면사포, 화관, 사랑, 사랑! 돈은 어디 있는데? 뭘로 먹고살아? 사랑이고 순결이고 행복이고 간에 돈이 없으면 말짱 도루묵이야."

이 순간부터 꿈과 평안은 오블로모프를 떠났다. 그는 잠을 편히 자지 못했고 식욕도 잃었으며, 사물을 바라보는 그의 시선 또한 얼이 빠졌고 무뚝뚝해졌다.

그는 자하르를 혼내주려다가 자신이 더욱 혼이 난 꼴이 되었다. 결혼이란 문제의 실제적인 측면을 규명하려다가 현실적이고 진지한 실생활과 엄숙한 일련의 책임감을 향해 내딛는 황홀하지만 엄연히 공식적인 발걸음이 바로 결혼이라는 사실을 뒤늦게나마 깨닫게 된 것이다.

자하르와 대화를 나누면서 기대한 것은 그게 아니었다. 그는 자신이 얼마나 그럴듯하게 이 문제를 자하르에게 설명하고 싶었던가를 떠올렸다. 내심, 기쁨에 흐느끼면서 자기 발밑에 와락 달려들 자하르의 모습을 상상했던 것이다. 그러면 그에게 25루블을 쥐어주고 아니시야에겐 10루블을 넌지시 쥐어주면 그만이다……

언젠가 행복감에 온몸이 떨리던 자신의 모습과 올가의 손, 그리고 그녀의 열정적인 키스를 떠올리자 그는 정말 졸도할 지경이었다. '모든 것이 퇴색했고 물 건너갔어!' 하는 소리가 그의 내부에서 들렸다.

"이제 어쩐다지?"

제5장

오블로모프는 어떤 눈길로 올가 앞에 나서야 할지, 그녀가 무슨 말을 할지, 자신 또한 무슨 말을 해야 할지 몰라 수요일에 올가에게 가는 것을 단념하고, 늘 손님이 북적대다 보니 단둘이 이야기를 나눌 기회조차 갖기 어려운 일요일 이후에나 만나기로 작정했다.

그녀에게 사람들의 말도 안 되는 소문을 이야기하고 싶지 않았다. 감당키 어려운 죄악으로 그녀를 놀라게 하고 싶지 않았기 때문이다. 말을 하지 않는 것 역시도 현명한 일이다. 그녀와 이야기를 하면서 거짓말을 할 용기가 그에겐 없었다. 아무리 그가 마음 깊은 곳에 숨기려 해도 어쩐 일인지 그녀는 그 모든 것을 끝끝내 자백하게 만드는 것이다.

이렇게 일단 작정을 하자 그는 어느 정도 안심이 되었다. 그래서 시골 영지의 이웃이자 그의 대리인에게 편지 한 통을 다시 썼다. 가능하면 만족할 만한 회신을 서둘러 보내달라고 간곡히 부탁했다.

그리고는 올가의 출현과 눈에 띄지 않는 영혼의 대화, 그녀의 노래로 가득 차게 될, 기다리기에는 너무도 길고긴 이틀을 어떻게 보낼 것인가에 대해서 생각하기 시작했다. 그런데 하필 그때 자하르가 갑자기 그를 놀라게 했던 것이다!

그는 이반 게라시모비치에게로 가서 그와 함께 식사를 하기로 결심했다. 되도록이면 이 지긋지긋한 하루를 빨리 보내고 싶었기 때문이었다. 거기서 일요일까지 시간을 보내면서 마음의 준비를 하고 있다 보면 아마도 그맘때쯤에 시골로부터 회신이 당도할 것이었다.

이틀이 지났다.

미쳐 날뛰는 쇠사슬 소리와 개 짖는 소리에 그는 잠을 깼다. 누군가 마당으로 들어와 누군가를 만나길 청했다. 문지기가 자하르를 불렀다. 자하르가 시내 우체국에서 온 편지를 오블로모프에게 내밀었다.

"일리인스카야 아가씨한테서 편지가 왔슈."

자하르가 말했다.

"네가 뭘 알아?" 오블로모프가 버럭 화를 내며 물었다. "거짓말!"

"별장에 있을 때 아가씨가 그런 식으루다 편지를 보냈었잖유."

자하르가 또박또박 대꾸했다.

'그녀는 건강할까? 이건 무슨 뜻일까?' 편지를 뜯으면서 오블로모프는 생각했다.

'수요일까지 기다릴 수가 없어요. 오랫동안 당신을 만나지 못해서 그런지 갑갑해서 죽겠어요. 내일 3시에 여름 정원에서 당신을 기다릴게요.'

다른 말은 없었다.

그는 다시 낭패감에 정신을 차릴 수가 없었다. 다시 걱정 때문에 초조해지기 시작했다. 올가 앞에 어떤 표정으로 나서고 어떤 말을 해야 한단 말인가.

"할 줄 아는 재주라고는 손톱만큼도 없어. 가만 있어보자, 슈톨츠라면 어떻게 해야 좋을지 알고 있을 텐데!"

하지만 그녀는 아마도 숙모나 혹은 다른 부인, 이를테면 그녀를 사랑하는 마리야 세묘노브나와 동행할 것이고, 그렇게만 된다면 그녀에게만 정신을 쏟을 여유가 없을 것이라는 생각으로 그는 자위를 했다. 그들 앞에서라면 자신의 당혹감을 어떻게 해서든지 숨길 방법이 있으리라는 생각에, 말을 많이 하면서도 정중함을 잃지 말자고 속으로 다짐을 했다.

'딱 식사 시간이군. 시간도 아주 끝내주는군!' 게으름도 피우지 않고 여름 정원으로 향하면서 생각했다.

긴 오솔길로 접어들자마자 그는 어떤 벤치에서 일어나 그에게로 달려오는, 베일을 뒤집어쓴 한 여인을 발견했다.

그녀가 올가일 것이라는 생각은 도저히 할 수 없었다. 혼자라니! 그럴 리가 없다! 그녀는 나올 결심을 하지 못한 거야. 그래, 집에서 빠져나올 구실을 찾지 못한 거야.

그러나…… 걸음걸이가 꼭 그녀의 걸음걸이였다. 경쾌하면서도 미끄러지듯 빠른 발걸음. 땅을 디디지도 않고 움직이는 것만 같다. 약간 앞으로 숙인 목덜미와 고개. 그녀는 줄곧 자신의 발밑을 내려다보며 무언가를 찾고 있었다.

다른 사람이라면 모자나 옷차림새를 보고 쉽게 구별을 하겠지만 그란 사람은 올가 곁에 아침 내내 앉아 있으면서도 잠시 후에 그녀가 무슨 옷에 무슨 모자 차림이었는지 말해보라면 절대로 말 못 하는 위인이었다.

정원엔 거의 인적이 드물었다. 어떤 중년의 신사가 잰걸음으로 산책을 하고 있었다. 건강을 위한 산보를 하고 있는 게 분명하다. 그리고 부인은 아닌 것 같은 두 명의 여인과 얼굴색이 퍼렇도록 꽁꽁 언 아이들을 데리고 나온 유모가 보였다.

낙엽이 다 떨어져 모든 게 훤히 보였다. 나무에 내려앉은 까마귀가 음산하게 울고 있었다. 게다가 청명하면서도 좋은 날이어서 몸만 두툼하게 감싸면 따뜻할 것 같았다.

베일을 뒤집어쓴 여인이 점점 가까이 다가왔다……

"그녀야!"

오블로모프는 외마디 탄성을 지르고 눈을 믿지 못하겠다는 듯 벌벌 떨며 발걸음을 멈췄다.

"어떻게 지냈죠? 어떻게 된 거예요?"

그녀의 손을 잡으며 그가 물었다.

"당신이 와줘서 너무 기뻐요." 그녀는 그의 물음에 대꾸도 하지 않고 말했다. "오시지 않을 수도 있다고 생각하니, 얼마나 겁이 나던지!"

"여길 어떻게 온 거죠? 어떻게?"

그는 정신을 차리지 못하고 줄곧 물었다.

"봐봐요. 무슨 일이에요? 그렇게 묻는 이유가 뭔데요? 얼마나 답답했다구요! 당신을 보고 싶었고, 그래서 왔죠. 그게 전부예요!"

그녀는 그의 손을 꼭 잡고서 유쾌하고 아무 근심 없는 눈으로 그를 바라보았다. 운명에게서 훔친 한순간을 솔직하게 만끽하는 그녀를 보고 있자니 그로서는 은근히 시샘이 날 정도였다. 그녀의 들뜬 기분을 같이 나누지 못함이 안타까웠다. 하지만 아무리 근심거리가 많다 해도 일단 고민이 없어 보이는 그녀의 얼굴을 보면 순간이나마 정신을 잃지 않고는 배겨낼 도리가 없다. 비록 고민이 있을 땐 눈썹이 춤을 추고 이마엔 주름이 가득하지만, 지금 그녀에게선 여러 차례 그를 쩔쩔매게 만들었던, 외모에서 풍기는 야릇한 성숙함도 찾아볼 수 없다.

이 순간 그녀의 얼굴은 운명과 행복, 그리고 그에 대한 어린아이의 믿음으로 숨을 쉬고 있다. 그녀는 정말 사랑스러웠다.

"아, 전 정말 기뻐요! 정말 기뻐요!" 그녀가 미소를 머금고 그를 쳐다보면서 말했다. "오늘 당신을 못 보는 줄 알았어요. 어제 저녁 갑자기 우울해지기 시작하는데 그 이유를 저 자신도 모르겠는 거 있죠. 그래서 편지를 썼어요. 당신도 기쁘죠?"

그녀는 그의 얼굴을 빤히 들여다보았다.

"오늘 왜 그렇게 인상을 쓰고 있어요? 말도 안 하고? 기쁘지 않아요? 너무 기쁜 나머지 당신이 미쳐버리면 어쩌나 생각했는데, 거의 졸고 있군요? 깨어나세요, 나리님, 당신 앞에 올가가 있어요!"

그녀는 언짢은 듯 살며시 그를 밀쳐냈다.

"어디 아파요? 무슨 일이죠?"

그녀가 추궁하듯 물었다.

"아뇨, 난 건강하고 행복해요." 마음 깊은 곳에 숨겨놓은 비밀을 들키지 않으려고 그는 서둘러 말했다. "난 그저 당신이 혼자라는 사실에 당황했을 뿐이에요……"

"별 걱정을 다 하셔." 그녀가 초조한 목소리로 말했다. "내가 숙모와 같이 왔으면 좋았겠어요?"

"그럼요, 올가……"

"진작 알았더라면 숙모에게 말이나 해볼걸." 그의 손을 놓으면서 올가가 모욕당한 사람의 목소리로 중간에 끼어들었다. "나와 같이 있는 것보다 당신에게 더 큰 행복은 없을 거라고 생각했어요."

"그럼요, 그야 당연하죠!" 오블로모프가 반박을 했다. "허나 어떻게 숙녀가 혼자서……"

"이런 얘기 오래할 필요가 뭐 있어요? 우리 다른 이야기 해요."

그녀가 다 잊은 듯이 말했다.

"내 말 좀 들어봐요…… 아, 하고 싶은 말이 있었는데, 잊어먹었어요……"

"어떻게 여기에 혼자 오게 되었는가에 대한 애기가 아니고요?"

안절부절못하고 사방을 둘러보면서 그가 말했다.

"아, 아녜요! 순 자기 마음대로야! 지겹지도 않나 봐! 내가 무슨 말을 하고 싶었더라? 그래, 아무려면 어때, 나중에 생각나겠죠. 아, 정말 여기 좋네요. 나뭇잎이 죄다 떨어졌어요, feuilles d'automne.* 위고 생각나요? 저기 태양과 네바 강이…… 네바 강에 가서 우리 뱃놀이해요……"

그녀는 뛰면서 그를 잡아끌었다. 그는 버티면서 불평도 해보았다. 그러나 배를 타고 노를 저어야만 했다.

"어떻게 여기 혼자 올 생각을 했어요?"

오블로모프가 당혹스런 표정으로 물었다.

"말해줄까요?" 그들이 강 한가운데로 나왔을 때 그녀가 능청맞게 약을 올렸다. "이제는 상관없어요. 제아무리 당신이라도 여기서 떠날 수는 없을 테니까. 저기서라면 도망갈지도 모르잖아요……"

"뭔데요?"

그가 놀라 물었다.

"내일 우리집에 올 거죠?"

그녀는 대답 대신 물었다.

'아, 하나님 맙소사! 마치 가고 싶지 않은 내 마음을 훤히 다 꿰뚫어보고 있는 것 같아.'

"갈게요."

그가 소리 내서 대답했다.

"아침에 와서 하루 종일 같이 보내요."

---

* 프랑스 시인 빅토르 위고 Victor Hugo(1802~85)의 시집 제목.

그는 어떻게 대답해야 좋을지 몰라 우물쭈물했다.

"그러면, 나 말 안 해줘요."

"가서 하루 종일 있을게요."

"그게 그러니까……" 그녀가 진지하게 말을 시작했다. "오늘 당신을 여기로 부른 것은 할 얘기가 있어서인데……"

"무슨 얘기요?"

그가 놀라움을 감추지 못하며 물었다.

"그러니까…… 내일 우리집에 오라는 말을……"

"아, 하나님 맙소사!" 그가 안달하며 말을 가로챘다. "여기에 어떻게 오게 되었냐니까요?"

"여기에요?" 그녀가 능청을 떨었다. "내가 여기 어떻게 왔냐고요? 그냥 이렇게 왔죠…… 잠깐만요…… 왜 이런 얘기를 해야 하죠?"

그녀가 물을 조금 떠서 그의 얼굴에 끼얹었다. 그가 움츠리며 몸서리를 치자 그녀는 웃음을 터뜨렸다.

"물이 어찌나 찬지 손이 다 얼었어요! 맙소사! 아이 즐거워라! 아이 좋아!" 그녀는 주위를 살피면서 말을 이어나갔다. "내일 다시 배 타러 와요. 내일은 집에서 곧장 와야지……"

"지금 집에서 오는 길이 아니군요? 어디서 온 거죠?"

그가 대답을 재촉했다.

"가게에서요."

"어떤 가게요?"

"어떤 가게냐고요? 정원에서 이미 어떤 가게에서 왔는지 얘기했잖아요……"

"아뇨, 말 안 했어요……"

더 이상 참을 수가 없다는 듯이 그가 말했다.

"말을 안 했다! 이상하네! 생각이 안 나! 하인을 데리고 집을 나서서 보석상에 갔는데……"

"그래서요?"

"그래서…… 저기 저 교회가 무슨 교회죠?"

그녀는 갑자기 먼 곳을 가리키며 뱃사공에게 물었다.

"어떤 교회 말씀이시죠? 저기 저거요?"

뱃사공이 다시 물었다.

"스몰느이 사원이잖아요!" 오블로모프가 초조하게 대꾸했다. "그래서, 가게에 갔는데, 어쨌다는 거죠?"

"가보니까…… 좋은 물건들이 많은 게…… 아, 팔찌 하나가 어찌나 예쁘던지!"

"지금 팔찌 얘기 하자는 게 아니잖아요! 그래서요?"

"그게 전부예요."

능청을 떨며 그녀는 주위 풍경을 꼼꼼히 둘러보았다.

"하인은 어디 있고요?"

오블로모프가 추궁하듯 물었다.

"집에 갔죠."

강 저편에 있는 건물을 바라보며 그녀가 겨우 대꾸했다.

"당신은요?"

"저기 정말 좋네요! 저쪽으로 가면 안 되나요?" 반대편을 우산으로 가리키며 그녀가 물었다. "당신 사는 데가 저쪽이잖아요!"

"맞아요."

"어떤 거리인지 보여줘요."

"그 하인은 어떻게 됐어요?"

"그러니까." 그녀가 건성으로 대답했다. "팔찌를 가져오라고 집에 보냈죠. 그리고 난 여기로 왔고."

"그게 무슨 소리예요?"

눈이 휘둥그레진 오블로모프가 물었다. 그가 잔뜩 놀란 표정을 지었다. 그녀 역시 일부러 따라했다.

"진지하게 말을 해봐요, 올가. 순 농담만 하지 말고."

"농담하는 거 아녜요, 정말요!" 그녀가 태연하게 말했다. "때마침 숙모가 가게에 다녀오라고 하시길래 일부러 집에다 팔찌를 놓고 왔거든요. 당신 같으면 이런 기막힌 생각은 못 해내실걸요?" 마치 완벽하게 속였다는 듯이 의기양양해서 그녀가 덧붙였다.

"하인이 집에 돌아가면요?"

"날 기다리라고 말해놓았죠. 다른 가게에도 들러야 한다고. 그리곤 여기로 왔죠……"

"만약에 마리야 미하일로브나가 어떤 다른 가게에 들렀냐고 물으면요?"

"재단사한테 갔었다고 하죠……"

"만약 또 재단사에게 물으면?"

"만약 네바 강이 갑자기 바다로 다 흘러버린다면, 만약에 배가 뒤집힌다면, 만약에 마르스카야 거리와 우리집이 사라진다면, 만약에 당신의 사랑이 식는다면……"

말을 하면서 그녀는 다시 그의 얼굴에 물을 뿌렸다.

"그 하인이 벌써 돌아와서 당신을 기다리고 있다면……" 그가 얼굴을 훔치며 말했다. "이봐, 뱃사공 양반, 강가로 배를 대요!"

"그럴 필요 없어요, 안 그래도 돼요!"

그녀가 뱃사공에게 명령했다.

"강가로 대요! 그 하인, 벌써 가게로 돌아오고도 남았겠어요."

오블로모프가 힘주어 말했다.

"그럼 어때요! 그럴 필요 없어요!"

하지만 오블로모프는 자기 고집을 꺾지 않고 그녀와 서둘러 정원을 걸어 내려갔다. 한편 그녀는 반대로 그의 손을 잡고 조용히 걸음을 옮겼다.

"왜 그렇게 서둘러요? 잠깐만요, 난 당신과 더 있고 싶어요."

그녀는 그의 어깨에 찰싹 붙어서 그의 얼굴을 빤히 들여다보면서 더욱 천천히 걸었다. 그리고 그는 그녀에게 책임감과 도리에 대해서 지겨운 일장훈시를 늘어놓았다. 그녀는 괴로운 미소를 지으며 그의 말을 한 귀로 흘렸다. 고개를 숙여 아래를 쳐다보기도 하고 다시 그의 얼굴을 가까이 쳐다보며 속으론 딴생각을 했다.

"내 말 좀 들어봐요, 올가." 결국 그가 심각하게 말을 시작했다. "당신의 화를 돋우고 나에 대한 질책을 불러일으킬까봐 두렵기도 하지만 그럼에도 불구하고 당신에게 이야기하지 않으면 안 되겠어요. 우린 너무나도 멀리 와버린 듯해요. 당신에게 이런 말을 하는 것이 내 당연한 도리라고 생각해요."

"무슨 말이죠?"

그녀가 초조함을 견디기 어렵다는 듯 물었다.

"우린 너무나도 못된 짓을 하고 있어요. 몰래 만나는 일 말입니다."

"그 얘기라면 별장에서 이미 끝냈잖아요."

그녀가 곰곰이 생각을 해보고는 말했다.

"네, 하지만 그때 전 제정신이 아니었어요. 한 손으로는 밀치면서도 다른 손으로는 잡고 있는 꼴이었어요. 당신은 날 믿었지만, 난…… 왠지…… 당신을 기만했다는 생각이 듭니다. 그땐 새록새록 새로운 감정이……"

"헌데, 지금은 새로울 게 없고, 당신은 다시 따분하다?"

"아, 아니에요, 올가! 그런 말이 아녜요. 내 말은, 새롭기는 한데, 그것도 한때이고 미혹(迷惑)에서 깨어나는 것은 불가능했다는 거죠. 양심의 가책을 받고 있어요. 당신은 젊고 아직 세상물정도 모르고, 더구나 당신은 너무나 순결하고, 또 거룩한 사랑을 하고 있기에 우리가 하고 있는 짓 때문에 받게 될 혹독한 비난에 대해서는 전혀 생각을 하고 있지 못한 겁니다. 물론 그 비난을 받아야 할 사람은 누구보다 나지만요."

"우리가 어쨌는데요?"

그녀가 걸음을 멈추고 물었다.

"어쩌다뇨? 당신은 숙모를 속이고 집에서 나와 몰래 남자와 단둘이서 만나고 있고…… 일요일에 사람들이 다 있는 데서 한번 이런 얘기를 해봐요……"

"못 할 건 뭐 있어요?" 그녀가 침착하게 말했다. "말하죠, 뭐."

"숙모에게 못할 짓을 하고 있음을 알게 될 테고, 부인들은 멀찍이 물러설 것이고 남자들은 능글맞고 무례하게 당신을 쳐다볼 거라고요……"

그녀는 생각에 잠겼다.

"우린 결혼을 약속한 예비 신랑, 신부잖아요!"

그녀가 반박을 했다.

"네, 맞아요, 사랑스런 올가." 그가 그녀의 두 손을 꼭 잡으며 말했다. "바로 그렇기 때문에 우린 자신에게 더 엄격해야 하고 내딛는 걸음 하나에도 신중을 기해야만 하는 겁니다. 나도 바로 이 오솔길을 우쭐해서 보란 듯이 당신과 거닐고 싶어요. 몰래가 아니고. 모든 시선들이 당신 앞에서 존경심을 갖고 인사를 건네기를 바라고, 당신을 향한 시선들이 교활하고 무례하지 않도록 하고 싶고, 당신같이 도도한 처녀도 수치심이나 교양도 다 잊고 무턱대고 사랑에 빠져서 도리를 저버릴 수도 있는 거로구나…… 하는 따위의 터무니없는 생각을 남들이 못 하도록 만들고 싶어요."

"난 수치심도, 교양도, 도리도 잊은 적 없어요."

그에게서 손을 빼면서 그녀가 자신만만한 어조로 말했다.

"알아요, 알아, 나의 죄 없는 천사여! 하지만 이 말은 내 말이 아니고 사람들, 세상이 그렇게 말할 것이라는 거죠. 결코 당신을 용서하지 않을걸요? 제발, 내가 원하는 게 뭔지를 생각 좀 해보세요. 난 당신이 세상 사람들의 눈에 순결하고 하등의 나무랄 데가 없는 사람으로 보였으면 좋겠어요. 당신의 있는 그대로의 모습대로……"

그녀는 깊은 생각에 잠겨 걸음을 옮기고 있었다.

"내가 왜 이런 말을 당신에게 하는지를 생각해봐요. 당신은 불행하게 될 테고, 그 책임은 어디까지나 전적으로 나에게 있는 거라고요. 당신이 파멸을 분간하지 못하도록 간계를 꾸민 것이 다름아닌 나, 이 넋나간 나란 놈이라고 다들 쑥덕거리겠죠. 당신은 순진해서 나와 있는 것이 마음이 편하다고 하는데, 누구에게 그것을 믿으라 할 수 있겠어요? 누가 믿겠냐고요?"

"그건 진실인걸요." 그녀가 몸서리를 치며 말했다. "내 말도 좀 들어봐요. 숙모에게 죄다 고백을 하고 내일 축복을 받도록 해요……"

오블로모프는 온몸이 얼어붙는 듯했다.

"왜 그래요?"

그녀가 물었다.

"잠깐만요, 올가. 왜 그렇게 서둘러요?"

그가 다급하게 말했다. 그의 입술이 떨렸다.

"이 주 전만 해도 내 등을 떠민 사람은 바로 당신 자신이 아니었던가요?"

매정하면서도 의미심장한 눈길로 그를 쳐다보며 그녀가 물었다.

"맞아요, 하지만 그땐 준비할 게 이렇게 많은 줄 정말 꿈에도 몰랐어요. 수두룩해요!" 말을 하고는 한숨을 내쉬었다. "시골에서 편지가 올 때까지만이라도 기다립시다."

"편지를 기다려야 하는 이유가 뭔데요? 어떤 답장이 오느냐에 따라서 당신의 계획이 바뀔 수도 있다는 말인가요?"

더욱더 주의 깊게 그를 쳐다보며 그녀가 물었다.

"정말 대단한 상상력이로군요! 그게 아니라, 모든 경우의 수를 다 고려해보아야 한다는 거죠. 결혼을 하게 된다면 그땐 숙모에게 다 말해야겠지요. 그런데 우리가 말해야 할 것은 우리의 사랑이 아니라 여러 가지 일들, 내가 아직 그럴 만한 준비가 안 되어 있는 일들이라는 겁니다."

"그렇다면 편지를 받는 대로 말씀을 드리도록 해요. 그렇다 해도 우리가 예비 신랑, 신부라는 사실은 아시게 되겠죠. 그럼 우리는 매일 만나도 되고요. 난 답답해 죽겠어요. 난 이 길고긴 나날들에 이젠 지쳤어요. 모두들 입방아를 찧으면서 나를 귀찮게 하고, 능청맞게 당신에 대한 말을 은근슬쩍 돌려 말하고 있어요…… 이젠 정말 짜증이 나요!"

"나에 대한 말을 한다고요?"

오블로모프가 겨우겨우 입을 열었다.

"네, 소네치카 덕분이죠."

"거 봐요, 이제 알겠어요? 알겠냐고요? 내 말을 듣지 않으니까 화만 날밖에요!"

"근데, 알다뇨? 아무것도 모르겠어요. 단지 하나 아는 건, 당신이 겁쟁이라는 사실이에요…… 난 그런 쑥덕공론이 두렵지 않아요."

"겁쟁이가 아니라…… 신중한 거죠…… 제발, 여기를 떠납시다, 올가. 저기 마차가 오고 있네요. 안면이 있는 마부 같기도 하고? 아! 갑자기 피곤이 몰려오네요…… 갑시다, 가요……"

그가 질겁하며 말했다. 그의 공포가 고스란히 그녀에게 전해졌다.

"네, 어서 가요."

그녀 역시도 빠르게 속삭였다. 그들은 오솔길을 지나 거의 뛰다시피 정원 끝까지 걸었다. 한마디 말도 없었다. 오블로모프는 사방을 초조하게 두리번거렸고, 그녀는 고개를 아래로 완전히 숙였다. 베일도 뒤집어썼다.

"그럼 내일!"

하인이 기다리고 있는 그 가게에 당도했을 때 그녀가 말했다.

"아뇨, 모레가 낫겠어요…… 아니, 금요일이나 토요일."

"왜요?"

"그러니까…… 보다시피, 올가…… 내가 지금 편지 오기만을 학수고대하는 중이라서."

"제발. 내일 식사 시간에 맞춰 와줘요, 알았죠?"

"네, 네, 좋아요, 좋아!"

그가 서둘러 대답했다. 그녀는 가게로 들어가버렸다.

'아, 하나님 맙소사, 일이 어떻게 되어가는 거야! 난데없이 바위 밑에 깔린 꼴이군! 이제 어쩐담? 소네치카! 자하르! 멋쟁이 신사 양반들……'

제6장

완전히 식어버린 차가운 식사를 자하르가 내온 것도 그는 전혀 알아차리지 못했다. 식사 후에 어떻게 침대로 가서 돌처럼 깊은 잠에 빠졌는지도 전혀 기억에 없었다.

이튿날 그는 올가에게 갈 생각에 몸서리를 쳤다. 어떻게 간단 말인가! 자신을 향한 의미심장한 눈길들이 눈에 선했다.

문지기가 여느 때와는 달리 그를 상냥하게 맞이할 것은 뻔하다. 그가 물 한 잔이라도 청하면 세묜은 즉시로 쏜살같이 달려오겠지. 카짜와 유모도 애정이 듬뿍 담긴 미소로 그를 배웅하리라.

'신랑, 신랑!' 모든 이들의 얼굴엔 이런 글귀가 씌어 있다지만 정작 그는 아직 숙모의 승낙도 요구한 적이 없고 더군다나 지금 땡전 한 푼수중에 없다. 돈이 언제 생길지도 모를 일이다. 심지어 올해 시골에서 얼마의 수입을 올리게 될지 전혀 아는 바가 없다. 시골 영지엔 집도 절도 없는 이 마당에, 신랑이라니 꼴 좋다!

그는 결심을 했다. 시골에서 긍정적인 회신이 오기 전까지는 남들이 있는 데서만 올가와 만나기로 말이다. 그래서 이튿날이 되었는데도 그는 아침에 올가에게 갈 준비를 해야 할 필요성을 느끼지 못했다.

면도도 하지 않았고 옷도 갈아입지 않았으며, 그저 느긋하게 일리인스카야 댁에서 지난주에 가져온 프랑스 신문을 뒤적거렸다. 되풀이해서 시계를 보지도 않았고 시곗바늘이 영 더디게 간다고 인상을 쓰지도 않았다.

자하르와 아니시야는, 그가 여느 때와 마찬가지로 밖에서 식사를 하겠거니 지레 생각하고 식탁을 차려야 하는지에 대해서도 묻지 않았다.

그는 그들을 책망하고는 이렇게 공언했다. 요컨대, 일리인스카야 댁에서 매주 수요일에 식사를 했던 것은 아니고 이것은 절대 '중상'이며, 이반 게라시모비치 집에서 식사를 한 적도 있고 앞으로는 일요일을 제외하고는, 비록 매일은 아니더라도, 집에서 반드시 식사를 하겠다는 것이다.

아니시야는 황급히 내장을 사러 시장으로 달려갔다. 내장 수프를 오블로모프는 제일 좋아했던 것이다.

주인집 아이들이 그에게 찾아오곤 했다. 그는 바냐의 덧셈과 뺄셈을 검사하고 실수 두 개를 찾아냈다. 마샤에게는 공책에 선을 그어 크게 A를 써주었다. 그런 다음엔 카나리아가 지저귀는 소리를 듣고 반쯤 열린 문 안을 들여다보았다. 여주인의 팔꿈치 움직임이 눈앞에 어른거렸다.

2시가 되어갈 무렵 문 저편에서 요기하실 의향이 있는지 묻는 여주인의 목소리가 들렸다. 잼과자를 구웠던 것이다. 잼과자와 구즈베리 보드카 한 잔이 나왔다. 일리야 일리이치의 흥분이 약간 진정되었다. 단지 어렴풋한 상념 하나가 떠날 줄을 몰랐다. 거의 식사 전까지 그랬다.

식사를 마치고 그는 소파에 누워 졸음을 이기지 못하고 고개를 떨구기 시작했다. 여주인의 방문이 반쯤 열려 있었다. 열린 문 사이로 양손에 양말을 한 움큼 들고서 아가피야 마트베이브나가 나타났다.

그녀는 두 의자에 나누어서 내려놓았다. 오블로모프는 벌떡 일어나 세 번이나 의자에 앉기를 청했지만 그녀는 앉지 않았다. 그런 것에 그녀는 익숙해 있지 않았던 것이다. 그녀는 늘 서 있었고 끊임없이 걱정거리를 안고 있었으며 끊임없이 움직였다.

"제가 오늘 양말을 정리했어요. 쉰다섯 짝인데, 거의 다 낡았더군요……"

"정말 친절하시군요!"

오블로모프는 그녀에게 다가가 장난삼아 살짝 그녀의 팔꿈치를 건드리며 말했다. 그녀는 미소를 지었다.

"이렇게 보살펴주시니 제가 몸둘 바를 모르겠습니다."

"한 일도 없어요. 집안일이 다 우리네 할 일이죠. 신경 쓰실 필요 없어요. 제가 좋아서 하는 일인걸요. 여기 스무 짝은 전혀 못 쓰겠어요. 이젠 기우지도 못할 정도죠."

"필요 없습니다. 그냥 버리세요, 제발! 이런 쓰레기를 들고 뭐하세요. 새 걸로 사면 되는데……"

"버리다뇨, 왜요? 여기 있는 것들은 천을 덧댈 수가 있어요."

그녀는 재빨리 양말을 세기 시작했다.

"좀 앉으세요. 왜 서 계세요?"

그가 다시 앉기를 권했다.

"아뇨, 감사합니다만 일손 놓고 앉아 있을 만한 짬이 없어요." 의자에서 물러나며 그녀가 대답했다. "오늘 세탁하는 날인걸요. 이불 호청 죄다 준비를 해야만 해요."

"당신은 초인입니다. 절대로 가정주부가 아녜요!"

그녀의 목덜미와 가슴에 시선을 고정시키면서 그가 말했다. 그녀는 웃기만 했다.

"어떻게 양말을 덧댈까요? 목면과 실을 주문할게요. 시골에서 우리한테 그딴 걸 가져다주는 노파가 있어요. 여기서는 살 게 못 되요. 죄다 몹쓸 것들뿐이라니까요."

"정 친절을 베푸시겠다면 부탁드리겠습니다. 전 그저 그렇게 배려를 해주시니 몸둘 바를 모르겠군요."

"천만에요. 무슨 하는 일이 있다고 그러세요? 여기 이건 제가 덧대도록 하고 저건 할머니한테 주면 돼요. 내일 시누이가 오기로 했어요. 저녁에는 여느 때나 마찬가지로 별로 할 일이 없으니까 덧대는 일을 하면 되요. 우리 마샤가 벌써 뜨개질도 시작했어요. 아직은 뜨개바늘이 늘 빠지긴 하지만요. 좀 큰가 봐요. 아직 손에 익지 않아서."

"마샤가 벌써 그런 것도 할 줄 알아요?"

"그럼요, 맹세라도 할 수 있어요."

"어떻게 감사의 말씀을 드려야 할지 모르겠습니다." 오블로모프는 아침에 뜨거운 잼과자를 바라보던 때의 그 만족감에 도취되어 그녀를 쳐다보았다. "정말, 정말 감사합니다. 절대 이 신세는 잊지 않겠습니다. 특히 마샤에게. 마샤에게는 비단옷이라도 사 입혀야겠군요. 인형을 옷 사 입히듯이."

"무슨 말씀이세요? 감사받을 일 한 거 없습니다. 애한테 무슨 비단 옷이 필요해요? 사라사로 지은 옷만 입혀도 과분한 거죠. 뭘 입혀놔봐야 금세 엉망이 되어버려요. 특히 반장화가 그래요. 시장에서 사기가 무섭다니까요."

그녀는 일어나 양말을 집어들었다.

"왜 그렇게 서두르시죠? 더 앉아 계세요. 전 하나도 안 바쁘거든요."

"다른 날, 이를테면 휴일 같은 날에 누추합니다만 커피 드시러 오세요. 이젠 세탁을 해야겠어요. 가서 아쿨리나가 시작을 했는지 봐야겠네요……"

"그럼, 더 이상 제가 감히 잡지는 못하겠군요."

그녀의 등과 팔꿈치를 눈으로 쫓으며 오블로모프가 말했다.

"헛간에서 실내복을 찾아냈거든요. 수선을 해서 깨끗이 빨아야겠어요. 옷감이 어찌나 좋던지! 한참은 더 입으실 수 있을 거예요."

"공연한 일을 하고 계시군요! 전 그 실내복 더 이상은 안 입을 작정이랍니다. 제가 좀 유행에 뒤떨어지다 보니 입을 일이 없네요."

"그래도 세탁을 하게 해주세요. 혹시라도 나중에…… 결혼식 때라도 입게 되는지 모르는 일이잖아요!"

그녀는 겨우 말을 끝내고는 웃음을 억지로 참으며 문을 소리나게 닫고 나가버렸다. 갑자기 잠이 확 달아나고 귀가 번쩍 뜨이며 눈이 휘둥그레졌다.

"그녀마저도 알고 있어, 모든 걸!" 그녀에게 건넸던 의자에 털썩 주저앉으며 탄식 어린 말을 읊조렸다. "오, 자하르, 자하르!"

다시 자하르에게 '욕설'이 퍼부어졌고, 다시 아니시야는 코로 이렇게 말을 하지 않으면 안 되었다. 요컨대 '여주인에게서 결혼 얘기를 듣는 것은 처음이며 그녀와의 대화 중에도 그와 비슷한 얘기도 없었고 특히 결혼에 관한 얘기는 한 번도 들어본 적이 없는데, 이게 어찌 된 노릇이냐? 이건 필시 어떤 인간의 탈을 쓴 적의 소행이 분명하며 정말 부끄러워서 쥐구멍이라도 찾고 싶은 심정이다. 여주인은 언제라도 벽에서 성상을 떼어낼 준비가 되어 있으며, 또 일리인스카야 아가씨에 대해서는 들도 보도 못 한 그녀로서는 아마도 어떤 다른 신부를 염두에 두고 곡해를 한 것 같다……' 등등.

아니시야의 수다가 길어지자 일리야 일리이치는 손을 내저었다. 가로호바야 거리의 옛집에 다녀오는 일도 자하르는 다음으로 미룰 수밖에 없었다. 보통은 허락을 해주기 마련이지만 그는 지금 거의 걷기도 힘들 정도로 기진맥진한 상태였던 것이다.

"거긴 아직 모르고들 있을 테니까 또 소문을 퍼트려야 하겠지? 집에 얌전히 처박혀 있어!"

오블로모프가 화를 잔뜩 내며 덧붙였다.

수요일이 지나갔다. 목요일에 오블로모프는 다시 올가로부터 온 시내 우체국 소인의 편지를 받았다. 편지에는 무슨 일이 생긴 것이며 오지 않은 이유가 뭔지를 묻고 있었다. 또 그녀는 쓰기를, 저녁 내내 울었고 밤새 한잠도 못 잤다고 했다.

"천사가 눈물을 흘리고 잠을 못 이룬다니!" 오블로모프는 탄식을 했다. "이런! 대체 나를 왜 사랑하는 걸까? 나는 또 그녀를 왜 사랑하는 걸까? 우리는 왜 만났던가? 다 안드레이 때문이야. 종두(種痘)하듯 우리 둘에게 사랑의 주사를 놓은 거야. 대체 인생이란 무엇이란 말인가, 내내 흥분과 공포만으로 가득한 이 인생! 언제나 평온한 행복이, 평화가 찾아올까?"

그는 큰 탄식과 함께 누웠다 일어섰다를 반복했다. 심지어 밖으로 나갔다 돌아오기까지 했다. 인생의 규범과 내용이 풍성한 생활을 찾고자 애를 썼다. 하루하루 물방울이 흐르듯 자연의 무언의 직관과, 가족적이고 평온하면서도 분주한 삶의 현상 속에서 고즈넉하고 유유자적한 세월을 낚는 그런 생활 또한 갈망했다. 그는, 슈톨츠가 그렇듯이, 들끓는 파도를 동반한 광활하고 광포한 강으로 삶을 무장시키고 싶지 않았다.

"이건 병이야. 열병이자 급류에 휩싸여 날뛰는 것이고 둑이 터지는 것이고 홍수가 밀려드는 거야."

그는, 여름 정원에서 약간 감기가 들어 약초를 우려낸 뜨거운 약을 마시고 한 이틀 집에서 쉬어야만 했는데 이제는 감기도 떨어지고 했으니 일요일에 만나기를 희망한다는 내용의 편지를 올가에게 써보냈다.

그녀는 그에게 답장을 보냈다. 몸을 건사하기 위해 그가 취한 조치가 옳았음을 칭찬하면서 만약 필요하면 일요일에도 집에 있으라고 충고

하는 내용이었다. 몸이 나아지기만 한다면 한 주일 정도 더 보고픔을 참을 수도 있노라는 말도 덧붙였다.

니키타가 답장을 가져왔다. 그는 아니시야의 말대로라면 소문의 주범이었다. 그는 아가씨의 새 책들도 가져왔는데, 읽을 만한 책인지 어떤지를 만났을 때 이야기해줬으면 좋겠다 하더라는 올가의 말도 함께 전했다.

그녀는 건강에 대한 회신을 요구하고 있었다. 오블로모프는 답장을 쓰고 자신이 직접 니키타의 손에 건넸다. 현관에서 곧장 마당으로 그를 배웅했다. 공연히 부엌에 들어가 '중상(中傷)'을 다시 반복해 떠벌리지 못하게 하고 자하르가 그를 밖으로 배웅하지 못하게 하려는 속셈이었다.

몸조심하고 일요일에도 오지 말라는 올가의 제의에 그는 기쁨을 감출 수가 없었다. 그래서 올가에게 완전히 건강을 회복하려면 사나흘 더 집에서 쉬어야만 하겠노라고 편지에 썼다.

일요일에 그는 여주인을 방문했다. 커피를 마시고 피로그를 먹고 저녁식사 즈음엔 강 건너로 자하르를 보내 아이들에게 줄 아이스크림과 사탕을 사오게 했다.

자하르는 간신히 강을 건너 되돌아올 수 있었다. 다리들이 이미 제거되었다고 했다. 네바 강은 막 결빙기에 들어섰던 것이다. 오블로모프로서는 수요일에 올가에게 가는 것을 포기해야만 했다.

물론, 지금이라도 당장 강 건너로 내달리면 이반 게라시모비치의 집에서 사나흘 묵으면서 올가의 집을 드나들고 심지어 매일 식사를 할 수도 있으리라.

핑계치고는 쓸 만했다. 네바 강이 강 건너 쪽을 덮쳐서 건너지 못했다고 하면 그만이다.

오블로모프는 늘 생각만 앞세웠다. 발을 재빨리 마루로 내려 뻗어 보지만 잠시 생각에 잠기고는 수심이 가득한 얼굴로 한숨을 내쉬며 천천히 다시 자기 자리에 누웠다.

'아냐, 소문이 가라앉게 그냥 놔두자. 올가의 집을 방문한 외부 사람들이 소문에 대해 잊게 만드는 거야. 그러다가 그들이 매일 보게 될 때쯤이면 벌써 우린 신랑, 신부로 공표가 된 다음이지.'

"기다리는 것도 이젠 지긋지긋해. 할 일도 없고."

올가가 보내준 책을 펴들면서 그가 탄식과 함께 중얼거렸다. 그는 열다섯 쪽을 읽었다. 마샤가 그를 부르러 왔다. 네바 강에 나가고 싶은 마음이 있는지를 물었다. 모두들 강이 얼어붙는 걸 보러 간다고 했다. 그래서 나갔다가 차를 마실 때쯤 해서 돌아왔다.

그렇게 며칠이 지났다. 일리야 일리이치는 좀이 쑤셨고 그럴 때마다 책도 읽고 거리를 산책도 했으며 집에선 여주인의 방문을 들여다보았다. 심심풀이 삼아 말이라도 건네볼 요량이었다. 언젠가 한번은 그녀에게 3푼트*의 커피를 갈아주기도 했다. 이마가 흥건하게 젖을 정도로 그렇게 열심이었다.

그는 그녀에게 읽을 책을 주고 싶었다. 그녀는 느릿느릿 입술을 씰룩이면서 속으로 제목을 읽고는 책을 돌려주었다. 그리고 성탄 주간이 오면 책을 다시 빌려서 바냐에게 소리내서 읽게 하겠다는 말을 덧붙였다. 그러면 할머니도 들을 수가 있을 텐데 지금은 그럴 짬이 없다고 했다.

그러는 사이 네바 강에 임시 널빤지가 깔렸다. 얼마 안 있어 쇠사슬에 매인 개의 발광 소리와 구슬픈 개 짖는 소리가 니키타의 두번째 방문 소식을 알려주었다. 그의 손에는 건강을 묻는 쪽지 편지와 책이 들려 있었다.

---

* 옛날 러시아의 중량 단위로 1푼트가 0.41킬로그램에 해당.

오블로모프는 두려웠다. 그래서 널빤지를 따라 강을 건너는 일은 어떻게 해서든지 면해보려고 니키타를 애써 피했다. 대신 건넨 편지에는 목에 종기가 나서 아직 바깥 출입은 삼가야겠으며 '가혹한 운명이 보고 또 보아도 보고 싶은 올가와의 만남의 행복을 앗아가버렸다'라고 썼다.

그는 니키타와 수다를 떨지 못하도록 자하르에게 단단히 일러두고 다시 쪽문까지 그를 눈으로 배웅했다. 부엌에서 코를 내밀고 뭔가를 니키타에게 물어보려 하는 아니시야에게 손가락으로 겁을 주기도 했다.

제7장

일주일이 지나갔다. 아침에 눈을 뜨자마자 오블로모프는 우선 다리가 놓여졌는지를 걱정스럽게 물었다.

"아뇨, 아직인데요"라는 대답을 들은 그는 회중시계의 똑딱 소리와 커피 분쇄기의 탁탁 튀는 소리, 카나리아의 노랫소리를 들으면서 하루를 평화로이 보냈다.

병아리의 쨱쨱 소리도 더 이상 들리지 않았다. 오래 전에 다 큰 닭이 되어서 양계장으로 자취를 감춘 것이다. 올가가 보내준 책을 다 읽지 못했다. 105쪽이 펼쳐진 책은 장정이 위로 향한 채 방치되어 있었다. 벌써 그런 상태로 며칠을 보내고 있다.

대신 그는 여주인의 아이들과 노는 일에 대부분의 시간을 보내고 있다. 바냐는 어찌나 이해가 빠른 소년이던지 세 번 만에 유럽의 주요

도시들을 다 외웠다. 그래서 일리야 일리이치는 강 건너에 가는 대로 작은 지구의를 선물하겠노라고 약속했다. 마쉔카는 그의 손수건 세 장에 테두리를 달아주었다. 물론 볼품이 없는 것은 사실이다. 하지만 앙증맞은 손으로 작업을 하는 모습은 우습기 짝이 없다. 그리고 조금만 테를 두르고 나면 총총 달려와 그것을 그에게 보여준다.

여주인과의 대화는 중단 없이 이어졌다. 이젠 반쯤 열려진 문을 통해 그녀의 팔꿈치를 멀리서도 알아보게 되었다. 이미 팔꿈치의 움직임만으로도 씨를 뿌리는지, 가루를 빻는지, 다림질을 하는지, 하여튼 여주인이 무엇을 하고 있는지 백발백중 알아맞힌다.

심지어 할머니와의 대화도 시도해보았다. 물론 대화가 끝까지 가는 경우는 없다. 말을 하다 말고 주먹으로 벽을 짚고는 허리를 굽히고서 기침을 시작했다. 마치 어떤 힘든 일을 해내는 것만 같다. 다음엔 한숨을 내리쉰다. 그렇게 대화는 끝이 나버렸다.

단지 오빠 한 사람만은 만날 길이 없다. 어쩌다 창문 옆을 스쳐 지나는 커다란 서류 봉투만이 보일 뿐이었다. 집 안에서도 그의 인기척은 들리지 않았다. 심지어 서로 찰싹 붙어 앉아 식사를 하고 있는 방안으로 오블로모프가 불쑥 들어갔을 때에도 오빠는 황급히 손가락으로 입술을 훔치고는 자기 방으로 숨어버렸다.

어느 날, 오블로모프가 아무 걱정 없이 아침에 눈을 뜨고 커피를 마시려 할 때 갑자기 자하르가 다리가 놓여졌다는 소식을 전했다. 심장이 철렁하고 내려앉았다.

"내일은 일요일이야. 올가에게 가서 하루 온종일 외지인들의 의미심장하면서도 호기심 어린 눈길을 용감하게 견뎌내야만 한다. 그런 다음 올가에게 숙모와 이야기를 할 때가 왔노라고 선언해야지."

그렇지만 마구 밀어붙인다는 것이 아직은 시기상조라는 생각은 여

98

전했다.

자신이 신랑으로 공표된 다음날과 그 다음날 여러 부인들과 남자들이 찾아들고, 자신이 갑자기 호기심의 대상이 되고, 자신을 공식적인 만찬에 초대하고는 서로 앞을 다투어 그의 건강을 위해 잔을 드는 모습이 눈앞에 선했다. 다음엔…… 다음엔 신랑의 권리이자 의무대로 신부에게 선물을 바친다……

"선물이라!"

그는 경악을 하며 혼잣말로 중얼거리고는 쓰디쓴 너털웃음을 짓는다.

선물! 호주머니에는 200루블이 전부가 아닌가! 만약에 성탄절에 맞추어 돈을 보내온다면 좋으련만! 어쩌면 소출한 곡물을 팔고, 수확이 어찌 되었든 그것을 팔고 난 후에야 늦게 보내올지도 모를 일이다. 하여튼 얼마나 받게 될는지는 편지가 모두 설명해줄 것이다. 헌데 편지가 없다. 어떻게 된 영문인가? 2주간의 평안도 이젠 안녕!

이런 걱정의 와중에도 올가의 아름다운 얼굴과 무언가를 말하는 듯한 그녀의 짙은 눈썹, 초롱초롱한 진청색 눈, 머리, 목덜미 아래까지 길게 땋아 내린 머리채가 그에게서 떠나지 않는다. 땋아 내린 머리 때문에 머리에서 어깨를 지나 몸통에 이르는 그녀의 자태는 더욱 우아하게 보인다.

하지만 사랑으로 가슴이 두근거리기가 무섭게 돌과도 같은 무거운 상념이 그를 덮쳐온다. 어떻게 해야 하며 무엇을 해야 하며 결혼 문제를 어떻게 대처해야 하며 어디에서 돈을 구하고 다음엔 또 무엇으로 살아야만 한단 말인가?

'조금만 더 기다려보자. 설마하니 내일 아니면 모레라도 편지가 오겠지.'

그리고는 그의 편지가 시골에 도착했어야만 하는 시간을 계산해보기 시작했다. 이웃이 어느 정도 늑장을 부릴 수도 있고 보낸 답장이 오는 데도 어느 정도의 시간이 걸리기 마련이다.

'편지가 도착하는 데에는 사흘, 여유 있게 잡는다 해도 나흘이면 충분하니까 올가에게 가는 것은 조금만 미루자'라고 결론을 내렸다. 게다가 다리가 다시 놓였다는 사실도 올가는 모르고 있을 것 아닌가……

"카쨔, 다리를 놓았다던?"

아침에 눈을 뜨자마자 올가는 하인에게 물었다. 이 질문은 매일 반복되었다. 오블로모프는 이 사실을 까맣게 모르고 있었다.

"모르겠어요, 아가씨. 요즘 마부도 문지기도 본 적이 없거든요. 니키타도 모른대요."

"넌 내가 알고 싶은 건 언제나 모르는구나!"

올가는 침대에 누워 목의 목걸이를 보면서 불만스럽게 말했다.

"지금 알아보고 올게요, 아가씨. 언제 잠을 깨실지 몰라서 아가씨 곁을 떠날 엄두를 못 냈어요. 안 그랬으면 벌써 뛰어갔다 왔을 텐데."

그 말과 함께 카쨔는 방에서 사라졌다. 올가는 책상서랍을 열어 오블로모프의 마지막 쪽지를 집어들었다.

'몸이 아프다니, 가엾기도 해라. 거기 혼자서 얼마나 답답할까…… 아, 맙소사, 얼른 다리가……'

그녀는 마저 다 읽지 못했다. 얼굴이 시뻘겋게 달아오른 카쨔가 방 안으로 날아들었던 것이다.

"놓였대요, 오늘 새벽에 다리가 놓였대요!"

그녀가 기쁨에 폴짝폴짝 뛰며 말했다. 그리고는 침대에서 황급히 일어서는 아가씨의 손을 얼른 맞잡았다. 그녀에게 블라우스를 입히고 조그마한 구두를 대령했다. 올가는 기민하게 서랍을 열어 무언가를 꺼내고서 카쨔에게 손을 내밀었다. 카쨔가 그녀의 손에 입을 맞추었다. 이 모든 것, 침대에서 벌떡 일어나고 카쨔의 손에 동전이 떨어지고 카쨔가 아가씨의 손에 입을 맞추는 일련의 행동이 단 한순간에 벌어진 일이다. '아, 내일이 일요일. 공교롭게도 그렇게 되었군. 내일 오블로모프가 온다!' 올가는 이런 생각을 하면서 부산하게 옷을 챙겨 입고 서둘러 차를 후루룩 마신 다음, 숙모와 가게로 향했다.

"숙모님, 내일 스몰느이 사원에 가요. 아침 예배 드리러."

그녀가 운을 띄웠다. 숙모는 약간 인상을 찌푸리고는 잠시 생각에 잠겼다가 이윽고 입을 열었다.

"그러자꾸나. 그런데 너무 멀지 싶구나, 조카야! 이 엄동설한에 그러고 싶어?"

올가는 그러고 싶었다. 그 이유는 단지 오블로모프가 강에서 이 사원을 가리킨 적이 있기 때문이다. 그녀는 거기서…… 그를 위해 기도를 하고 싶었다. 그가 건강하기를, 그의 사랑이 변치 않기를, 그가 자신으로 인해 행복해지기를, 그리고…… 이러한 망설임과 어찌 될지 모르는 미래의 불안감이 하루빨리 끝장나기를…… 가엾은 올가!

드디어 일요일이 찾아왔다. 올가는 오블로모프의 입맛에 맞게 식탁을 차릴 줄 알고 있었다.

그녀는 흰옷을 입고 그가 선물해준 팔찌를 레이스 밑으로 숨겼다. 그리고 그가 좋아하는 대로 머리를 빗었다. 어제 저녁에 이미 피아노를 내어놓으라고 일러두었었다. 아침에 Casta diva를 불러보았다. 목소리가 낭랑했다. 별장에서도 그런 목소리는 나온 적이 없었다. 기다리기 시작했다.

남작이 기다림에 들떠 있는 그녀를 붙잡고는 조금 수척해지긴 했어도 얼굴색이 여름에 그랬던 것처럼 좋아졌다고 말했다.

"시골 공기를 못 쐬고 여기 생활이 좀 질서가 없다 보니, 그게 눈에 띄게 당신에게 영향을 미친 것 같군요. 사랑스런 올가 세르게브나, 당신에겐 들판의 공기와 시골이 필요합니다."

그는 수차례 그녀의 손에 입을 맞추었다. 염색한 콧수염 때문에 그녀의 손가락에는 심지어 작은 얼룩이 생길 정도였다.

"네, 시골요."

생각에 잠겨 대답은 하고 있지만 마치 그에게가 아닌 허공의 누군가에게 하는 것만 같다.

"시골 영지 건에 대해 말씀드리자면, 다음 달이면 마무리가 될 것 같습니다. 사월이면 영지로 출발할 수 있을 겁니다. 영지가 그리 넓진 않습니다만 입지 여건만큼은 정말 기가 막힙니다! 만족하실 겁니다. 그 저택하며 그 정원! 거기 산엔 정자가 하나 있어요. 마음에 드실 겁니다. 강풍경이…… 당신은 아마도 기억 못 하실 겁니다. 당신이 다섯 살 되던 해에 아버님께서 당신을 데리고 그곳을 떠나셨지요."

"아, 정말 기쁠 거예요!"

그녀는 금세 다시 생각에 잠겼다.

'이제 다 해결이 되었어. 우린 그곳으로 가는 거야. 하지만 그는 전혀 모르게 해야지, 그전까진……'

"다음 달이라고 하셨나요, 남작님?" 그녀가 활기를 띠며 물었다. "믿을 만한가요?"

"정말 당신은 아름답군요, 특히 오늘은 더욱."

그리고서 그는 숙모에게로 갔다.

올가는 꼼짝도 않고 다가올 행복을 꿈꾸었다. 하지만 그녀는 이 소식, 자신의 미래의 설계에 대해서 오블로모프에게 입도 뻥긋하지 않기로 작정했다.

그녀는 그의 게으른 마음 속에서 어떻게 사랑이 극한 변화를 보이는지, 그가 어떻게 완전히 마음의 부담을 털어버리는지, 그리고 그가 임박한 행복 앞에서 자신의 고집을 꺾고 시골에서 보내온 좋은 편지를 손에 들고 얼굴이 환해져서 날다시피 달려와 그녀의 발밑에 편지를 내놓는 모습을 끝까지 예의주시하고 싶었다. 그런 다음 서로 앞을 다투어 숙모에게로 달려가고 그런 다음엔……

그런 이후에 갑자기 그에게 말을 꺼내는 것이다. 시골에 영지와 정원, 정자, 강풍경, 당장 들어가서 살 수 있도록 준비된 저택이 있다는 사실을 말이다. 그러니 어서 그곳으로 갔다가 오블로모프카로 가자는 말과 함께.

'맞아, 내 마음 같아선 그가 시골에서 좋지 않은 회답을 받았으면 좋겠어. 내게 내 소유의 영지와 집, 정원이 있다는 걸 알면 아마 더욱 자신을 고립시키고 기쁨도 전혀 느끼지 못할 거야. 그래, 기왕이면 안 좋은 편지를 받고 기분이 상한 채로 왔으면 좋겠다. 요컨대, 시골이 엉망진창이어서 직접 다녀가시라는 등의 편지 말야. 그러면 쏜살같이 오블로모프카로 달려가서는 필요한 조치를 서둘러 취하겠지. 하지만 잊어먹고 가지고 가지 않은 게 있다는 것을 알고 어쩔 줄을 모르고 있다가 다시 황급히 되돌아오고 말걸. 그리고는 생각지도 않은 사실을 알게 되는 거야. 그렇게 서둘러 갈 필요가 없었다는 사실을. 왜냐, 집도 정원도 멋진 풍경의 정자도 다 있거든. 오블로모프카가 아니더라도 살 곳이야 있더란 말이지…… 그래, 그래, 말할 필요가 없어. 끝까지 모른 척하고 있는 거야. 가게 놔두고 활동도 하고 사는 맛도 느끼게 해줄 필요가 있어. 이게 다 나를 위한 거고 미래의 행복을 위해서야! 아니, 그게 아니지. 시골에 가게 놔두어서 구태여 헤어져 있을 필요가 있을까? 아냐, 그가 여행복 차림으로 얼굴이 백짓장이 되어 찾아와서는 수심이 가득한 말투로 한 달 동안의 이별을 고하려 하는 그 순간에 말을 하는 거야. 여름이 오기 전까지 갈 필요가 없다, 그때 함께 가자,라고……'

이런 꿈에 취해 있던 그녀는 남작에게로 달려가, 때가 올 때까지 이 소식을 어느 누구에게도 발설하지 말라고 귀가 솔깃한 경고를 했다. 어느 누구에게도란 말에 힘을 주었다. 어느 누구에게도란 말을 할 때 사실 그녀는 오블로모프 한 사람을 염두에 두고 있었다.

"네, 알았어요, 그런데 왜죠? 얘기가 나오게 되면 그래도 오블로모프 씨에게만은……"

올가는 자신을 억제하고 아무렇지도 않게 말했다.

"아뇨, 그분에게도 말씀하지 마세요."

"알고 계시겠지만, 당신 말씀은 제겐 법이랍니다……"

남작이 아주 상냥하게 덧붙였다.

그녀에겐 능청맞은 점 또한 없지 않았다. 사람들이 보는 앞에서 오블로모프를 쳐다보고 싶을 땐 우선은 차례로 다른 서너 명을 죽 둘러본 후에야 오블로모프에게 눈길을 주었던 것이다.

그토록 많은 생각을 했지만 이 모든 것은 다 오블로모프를 위한 것이었다! 그녀의 양 볼에 반점 두 개가 붉어졌던 것이 몇 번이던가! 몇 번이나 피아노가 너무 고음으로 조율되어 있지는 않은가를 알아보려고 이 건반 저 건반을 두드려댔던가! 게다가 악보는 얼마나 자주 이리 옮기고 저리 옮겼던가! 그러다 갑자기 정신이 들어 보니 그가 없다! 이게 도대체 어찌 된 영문이란 말인가?

3시, 4시가 되어도 아직 그가 나타나지 않았다. 4시 반이 되자 그녀의 아름다움과 활짝 핀 얼굴은 어디론가 사라지기 시작했다. 그녀는 눈에 띄게 기운을 잃고 낯빛이 백짓장처럼 하얗게 변한 채로 자리에 털썩 주저앉았다.

다른 사람들은 아무 일 없다. 누구 하나 눈치를 채는 이도 없다. 그를 위해 준비된 음식을 잘들 먹어 치운다. 유쾌하고 태연하게 모두들 이야기에 열중이다.

식사가 끝나고 저녁이 되어도 그는 없다, 없다. 10시가 될 때까지 그녀는 일말의 기대를 버리지 못하고 잔뜩 긴장하고 있었다. 무섭기도 했다. 10시에 자기 방으로 가버렸다.

처음에 그녀는 가슴속에 맺혀 있는 그의 얼굴에다가 마음속으로 온갖 짜증을 퍼부었다. 하지만 신랄한 비난은 아니었다. 그녀는 원래 혹독한 말을 할 줄 몰랐다. 또 굳이 그런 말로 그를 벌하고픈 생각이 없었으리라.

잠시 후 갑자기 온 정신이 불꽃으로 그리고는 다시 얼음으로 충만해지는 것만 같았다.

'그는 지금 앓고 있는 거야. 혼자잖아. 편지도 쓸 수 없을 정도로……' 문득 그런 생각이 머리를 스쳤다.

급기야 이런 확신에 사로잡힌 그녀는 밤새 잠을 이룰 수가 없었다. 오한으로 떨며 두 시간을 꾸벅꾸벅 졸았고 밤새 헛소리를 했다. 하지만 아침에 눈을 떴을 때는 비록 얼굴이 하얗게 변하긴 했어도 예의 침착함과 단호함을 되찾고 있었다.

월요일 아침에 여주인이 오블로모프의 서재를 들여다보며 말했다.

"어떤 아가씨가 찾아왔는데요."

"나를요? 그럴 리가 없는데! 어디 있어요?"

"문 앞에요. 잘못 알고 우리집 현관으로 왔더라고요. 들여보낼까요?"

오블로모프가 어찌할 바를 모르고 있을 때 그의 앞에 카쨔가 나타났다. 여주인은 가버렸다.

"카쨔!" 오블로모프가 놀라 말했다. "어떻게 여길? 무슨 일이야?"

"아가씨가 여기 와 있어요." 그녀가 속삭이며 대답했다. "가서 계신 지 여쭈어보라 하셔서······"

오블로모프의 놀란 기색이 역력했다.

"올가 세르게브나!" 깜짝 놀란 그가 기어 들어가는 목소리로 말 했다. "거짓말, 카쨔, 너 농담하는 거지? 날 당혹스럽게 하지 마!"

"정말이라니까요. 마차를 빌려 타시고 찻가게에 들르셨는데 좀더 기다렸다가 이리로 오신대요. 절 보내시면서 자하르를 어디든지 심부름 을 시켜 내보내시라고 말씀드리랬어요. 삼십 분 후에 오시겠대요."

"내가 가는 게 낫지. 어떻게 여길 오시게 해?"

"그럴 시간이 없어요. 당장 들이닥치실 텐데요. 도련님이 편찮으시 다고 생각하신걸요. 안녕히 계세요. 저는 이만 가봐야겠어요. 절 기다리 고 계실 거거든요······"

그리고 그녀는 떠났다.

오블로모프는 여느 때 볼 수 없는 빠른 속도로 넥타이를 매고 조끼 를 입고 장화를 신은 다음 자하르를 불렀다.

"자하르, 요전에 강 건너편 가로호바야 거리에 다녀오고 싶다고 했 지? 자 지금 다녀와!"

오블로모프가 극도로 흥분된 어조로 말했다.

"안 갈래유."

자하르가 단호하게 대꾸했다.

"안 돼, 가란 말야!"

오블로모프가 완강하게 말했다.

"평일에 무슨 마실을 가라시는 거유? 못 가유!"

자하르 역시 고집을 피웠다.

"주인이 호의를 베풀면 좋아하고 고집을 피우질 말아야지. 보내줄 테니까 어서 친구들한테 가봐!"

"친구는 무슨 친구!"

"친구들 만나보고 싶지 않아?"

"죄다 치사한 놈들인걸유. 쌍판대기두 보구 싶지 않어유!"

"가라니까, 가라고!"

오블로모프가 완강하게 소리쳤다. 피가 거꾸로 솟았다.

"싫어유. 오늘은 왼종일 집에 있을래유. 일요일이면 모를까!"

자하르가 태연하게 볼멘소리를 했다.

"지금 당장 가, 당장!" 오블로모프가 흥분해서 재촉했다. "가야만 해……"

"지가 왜 그런 헛짓거리를 해야 하냐구유?"

자하르가 극구 사양하며 버텼다.

"그럼 어디 가서 두어 시간만 놀다 오든가. 네 상통을 좀 봐, 아직 잠이 덜 깼잖아. 바람 좀 쐬고 오란 말야!"

"상통이 다 그렇지. 우리 같은 놈들 상통이 다 그렇쥬!"

천천히 창문을 쳐다보며 자하르가 응수했다.

'아이구, 맙소사, 곧 들이닥칠 텐데!' 이마의 땀을 훔치며 오블로모프는 생각했다.

"제발 부탁이니까 나가서 좀 놀다 와, 이렇게 내가 부탁하잖아! 여기 십 코페이카짜리 은전 두 닢 줄 테니까 친구들하고 맥주라도 한잔 걸치면 되잖아."

"차라리 현관 계단에 있을래유. 이런 엄동설한에 어딜 가유? 대문 옆에 앉아 있으라면 지가 그럴 수는 있겠지만……"

"안 돼, 대문에서 더 멀리 떨어져." 오블로모프가 힘을 주어 말했다. "딴 동네로 가, 저쪽 정원 있는 곳으로…… 저리로."

'별 희한한 꼴을 다 보겠네. 놀다 오라구 내쫓을 때도 다 있군. 생전 그런 적이 없었는디.'

"일요일에 나가 놀게유, 일리야 일리이치……"

"나갈 거야 안 나갈 거야?"

오블로모프가 입술을 깨물며 자하르를 밀쳐냈다. 자하르는 자취를 감췄다. 오블로모프는 아니시야를 불렀다.

"시장에 다녀와. 저녁거리를 좀 사와……"

"저녁거리라면 벌써 장만해놓았는데요. 금방 준비되는데……"

그녀의 코가 입을 열었다.

"입 닥치고 듣기나 해!"

오블로모프가 어찌나 큰 소리를 질렀던지 아니시야는 겁에 질렸다.

"아스파라거스라도 가서 사와……"

궁리를 해보았지만 무슨 구실로 그녀를 시장에 보내야 할지 도무지 생각이 나지 않았다.

"나으리, 아스파라거스라 하셨나요? 여기서도 구할 수 있는데……"

"앞으로 갓!" 그가 고함을 쳤다. 그녀는 바로 줄행랑을 쳤다. "있는 힘껏 달려." 그가 그녀의 뒤에다 대고 소리쳤다. "뒤도 돌아볼 것 없어. 거기서는 될 수 있는 대로 천천히 일을 보고, 2시 이전엔 얼씬도 해선 안 돼."

"별꼴이여 정말!" 대문 밖에서 아니시야와 마주친 자하르가 말했다. "놀다 오라구 내쫓으면서 이십 코페이카를 주더라구. 워디루 가지?"

"나으리님들 일을 우리가 어찌 알겠어." 머리가 잘 돌아가는 아니

시야가 말했다. "백작님 댁 마부 아르쩨미에게나 가보구려. 맨날 얻어
먹었으니 이번에 차라도 한잔 사주면 되겠네. 난 시장에 가봐야 해요."

"도대체 영문을 모르겠어, 아르쩨미!" 자하르가 그에게 말했다.
"주인님이 놀다 오라구 내쫓으면서 맥주 값을 다 주더라구……"

"그래, 자넨 한잔 생각이 없고?" 아르쩨미가 날카롭게 속마음을 헤
아렸다. "아쉬운 소리 하지 말라고 줬나 보지. 자 가자구!"

그는 자하르에게 눈짓을 보내고 저쪽 어떤 거리로 고갯짓을 했다.

"가자구!"

자하르 역시 말을 따라하면서 똑같이 고갯짓을 했다.

"별꼴이야. 놀다 오라구 쫓아내다니!"

그는 속으로 비아냥거렸다.

그들은 떠났다. 아니시야는 첫번째 사거리까지 뛰어가서 바자울 너
머 도랑에 앉았다. 어찌할까 생각했다.

오블로모프는 귀를 쫑긋 세우고 기다렸다. 누군가가 쪽문 손잡이를
건드렸다. 그 순간 필사적인 개 짖는 소리와 함께 발광하는 쇠사슬 소리
가 들리기 시작했다.

"저 망할 놈의 개새끼!"

오블로모프는 이를 부드득 갈았다. 그리고 프록코트를 집어들고 쪽
문을 향해 뛰어갔다. 문을 열었다. 하마터면 현관 계단에서 올가를 끌어
안을 뻔했다.

그녀는 혼자였다. 카쨔가 대문에서 얼마 떨어지지 않은 마차에서
그녀를 기다리고 있었다.

"몸은 괜찮아요? 왜 누워 있지 않고요? 대체 무슨 일이죠?"

그들이 서재 안으로 들어섰을 때 그녀는 외투도, 모자도 벗지 않고
그를 머리끝에서 발끝까지 살피며 연이은 질문을 퍼부었다.

"한결 나아졌어요. 아프던 목도 나았고…… 거의 다 나았어요."

목을 건드리고 가벼운 기침을 하면서 그가 대답했다.

"어제는 왜 안 왔죠?"

심문하는 듯한 눈길로 쳐다보면서 그녀가 물었다. 그는 한마디의 대꾸도 할 수 없었다.

"이게 무슨 해괴망측한 행동이요, 올가?" 그가 놀라며 물었다. "당신이 지금 뭘 하고 있는지 알기나 해요?"

"그런 얘길랑은 나중에 해요!" 그녀가 말을 급하게 가로막았다. "제가 지금 묻고 있잖아요, 왜 오지 않았는지?"

"눈에 다래끼라도 났나요?"

그는 아무 말도 하지 않았다.

"아팠던 게 아니군요. 목이 아팠단 말은 순 거짓말이에요."

눈썹을 찌푸리며 그녀가 말했다.

"맞아요, 말짱해요."

오블로모프가 학생 같은 목소리로 대답했다.

"당신은 날 속였어요!" 그녀는 눈이 휘둥그레져서 그를 쳐다보았다. "왜죠?"

"다 설명할게요, 올가. 두 주간 나를 못 가게 한 중요한 원인이 있었어요…… 난 두려웠어요……"

"뭐가요?"

모자와 외투를 벗고 자리에 앉으며 그녀가 물었다. 그는 그녀에게 모자와 외투를 받아 소파에 올려놓았다.

"소문과 중상……"

"내가 밤새 한잠도 못 자고 이 궁리 저 궁리 하다가 아예 자리에 누울 뻔한 것은 두려운 일이 아니고요?"

타는 듯한 시선으로 그를 쳐다보며 그녀가 말했다.

"당신은 몰라요, 올가, 내게 무슨 일이 벌어지고 있는지." 가슴과 머리를 가리키며 그가 말했다. "마치 불 속에라도 있는 것처럼 불안해요. 당신은 몰라요. 무슨 일이 있었는지."

"또 무슨 일이 있었는데요?"

그녀가 냉랭하게 물었다.

"당신과 나에 관한 소문이 너무나도 쫙 퍼졌어요! 당신을 놀라게 하고 싶지 않았어요. 그래서 나타나기가 두려웠던 거죠."

그는 자하르와 아니시야로부터 들은 모든 것을 그녀에게 털어놓았다. 멋쟁이들의 대화도 상기시키면서 그 이후로 잠을 이루지 못했고 모든 이들의 시선에서 의혹, 혹은 비난, 혹은 그들의 만남에 대한 교활한 암시를 보고 있다는 말로 결론을 맺었다.

"하지만 이번 주에 숙모님께 공표하기로 하지 않았던가요? 그러면 이런 소문도 다 잠잠해질 게 뻔하고……"

"맞아요. 하지만 이번 주까지는, 편지를 받기 전까지는 숙모님과 이야기를 하고 싶지 않았어요. 내 생각에 숙모님은 내 사랑 따위는 안중에도 없고 영지에 대해서만 물으실 텐데, 그러다 보면 아주 자세한 사항까지도 언급이 되겠죠. 그러나 대리인으로부터 편지를 받기 전에는 설명할 게 하나도 없어요."

그녀는 한숨을 내쉬었다.

"내가 그런 당신을 진작에 알았더라면 정말 생각조차 하지 않았을 거예요. 한낱 하인들의 소문 때문에 내가 놀랄까봐 두려워하는 사람이 그래 외려 날 놀라게 하는 건 두려워하지 않는 꼴이로군요! 더 이상 당신을 이해하고 싶지 않아요."

"난 그들의 쑥덕공론이 당신을 자극할 줄 알았어요. 카쨔, 마르파,

세묜, 그리고 멍청이 니키타가 무슨 말을 할는지 몰라서……"

"무슨 말들을 하고 있는지 난 진작에 알고 있었어요."

그녀가 무뚝뚝하게 말했다.

"어떻게 알았어요?"

"그냥요. 카쨔와 유모가 벌써 그런 말을 내게 해줬어요. 당신에 대해 물으면서 축하도 해줬는걸요……"

"정말 축하를 해줬어요?" 그가 놀라며 물었다. "그래서 당신은요?"

"아무렇지도 않아요. 고맙다고 했죠. 유모한테 손수건을 선물했어요. 그러자 유모는 세르기 사원에 도보로 다녀오겠다는 약속을 했어요. 카쨔는 과자 상인에게 시집을 보내려고 서두르고 있어요. 카쨔만의 로맨스가 있거든요……"

그는 놀란 눈으로 그녀를 바라보았다.

"매일 당신은 우리집에 들르시잖아요. 사람들이 이러쿵저러쿵하는 게 당연하죠. 이제 겨우 이야기들을 시작하고 있는 건데. 소네치카의 경우도 마찬가지였어요. 그런데 당신은 뭐가 그리 두렵다는 거죠?"

"그러니까 그 소문이 어디서 나온 거냐고요?"

그가 천천히 말했다.

"근거 없는 소문은 아니잖아요? 진실 아닌가요?"

"진실이라!" 오블로모프가 묻는 것도 아니고 그렇다고 부정하는 것도 아닌 어투로 반복했다. "그래요, 사실 당신이 옳아요. 난 그저 남들이 우리 만남에 대해서 몰랐으면 좋겠어요. 그 때문에 두렵고……"

"당신은 마치 어린아이처럼 겁을 집어먹고 벌벌 떨고 있어요…… 이해를 할 수 없군요! 당신이 날 훔치기라도 했다는 건가요?"

그로서는 난처하기 그지없었다. 그녀가 유심히 그를 살피고 있는 것이다.

"내 말 좀 들어보세요. 물론 그 중엔 거짓말도 있고 어떤 말은 전혀 터무니없기도 하고…… 이리 와서 마음속에 있는 모든 것을 털어놔보세요. 조심하느라 하루 이틀도 아니고 일주일이나 우리집에 못 오셨다 하는데, 그랬으면 내게 사전에 알렸어야죠, 편지를 쓰든가. 당신도 알다시피 난 이제 그 따위 소문에 괴로워하는 어린애가 아니라고요. 자초지종을 말해봐요."

그는 잠시 생각에 잠겼다가 그녀의 손에 입을 맞추고 한숨을 내쉬었다.

"그러니까 그게, 올가. 당신이 놀라면 어쩌나 싶어서 난 요즘 전전긍긍하고 있었답니다. 머릿속에 고민이 말이 아니었어요. 어떤 땐 예견된 희망으로 어떤 땐 사라진 희망으로, 또 오장육부가 부들부들 떨릴 것 같은 예감에 가슴이 저며왔습니다. 온몸이 마비가 되어가는 것이, 순간이나마 안정이 필요했어요……"

"나라고 왜 온몸이 마비가 되지 않겠어요? 당신 곁에서만 나 역시 안정을 찾을 수 있어요."

"당신에겐 젊고 강인한 힘이 있어요. 또 당신은 분명하면서도 평화로운 사랑을 하는 반면, 나는…… 하지만 당신도 알다시피, 정말 당신을 사랑합니다!"

그가 마룻바닥에 무너져 내려 그녀의 손에 입을 맞추면서 말했다.

"아뇨, 아직 당신은 절 몰라요. 정말 이상하신 분이군요. 정말 헷갈려요. 이성과 희망이 사라지고 있어요…… 우린 곧 서로를 이해하지 못하게 될 거예요. 그땐 끝장이라고요!"

둘 다 아무 말도 하지 않았다.

"요즘 뭘 하면서 시간을 보냈죠?" 처음으로 방안을 둘러보며 그녀가 물었다. "여긴 마음에 들지 않는군요. 이렇게 천장이 낮을 수가! 창문은 낮고 벽지는 낡았고…… 다른 방은 또 어디죠?"

그는 서둘러 그녀에게 집을 보여주기 시작했다. 요즘 그가 무엇을 했는지에 대한 물음을 대충 얼버무릴 속셈이었다. 다음 그녀는 소파에 앉았다. 그는 다시 그녀의 발 옆 양탄자에 자리를 잡았다.

"두 주 동안 뭘 했어요?"

"책도 읽고 편지도 쓰고 당신 생각도 했죠."

"내 책 읽어봤어요? 어떻든가요? 오늘 가져갈게요."

그녀는 책상에서 책을 집어들고 펼쳐져 있는 페이지를 쳐다보았다. 먼지가 뽀얗게 앉았다.

"안 읽었군요!"

"네."

그녀는 구김살이 지고 여기저기 기운 흔적이 있는 베개와 너저분하게 널려 있는 것들, 먼지가 뽀얀 창문, 책상을 쳐다보았다. 먼지가 뽀얗게 내려앉은 서류들을 뒤적이고 바싹 마른 잉크병 속의 펜을 움직여보았다. 그리고 놀란 눈으로 그를 쳐다보았다.

"대체 뭘 했어요? 책도 안 읽고 편지도 쓰지 않고?"

"시간이 없었어요." 그가 말을 더듬었다. "아침에 일어나면 방청소를 한다고 방해를 하고 저녁 준비 얘기가 시작되기 일쑤죠. 또 주인집 아이들이 숙제를 봐달라며 찾아오고 그러다 보면 식사 시간이고 식사가 끝나면…… 언제 책을 읽어요?"

"저녁 먹고 잤군요."

안 봐도 뻔하다는 투로 그녀가 말했다. 잠시 머뭇거리다가 그가 기어 들어가는 목소리로 대답했다.

"잤어요……"

"왜요?"

"시간 가는 게 두려웠어요. 당신도 곁에 없고, 올가. 당신이 없으니 하루하루가 지루하고 견디기 힘들어서……"

그는 말을 멈췄다. 그녀가 무섭게 그를 노려보고 있었다.

"일리야!" 그녀가 진지하게 말을 시작했다. "공원에서 내게 했던 말 기억해요? 살맛이 난다면서 내가 당신의 삶의 목적이자 당신의 이상이라고 했던 말. 그리고는 내 손을 잡고 내가 당신 것이라고 했던 말. 내가 당신에게 동의했던 것도 기억해요?"

"그럼요, 그걸 어떻게 잊어요? 내 인생을 송두리째 뒤집어놓았죠. 당신 눈엔 내가 얼마나 행복한지 안 보여요?"

"아뇨, 전혀 안 보여요. 당신은 날 속였어요." 그녀가 쌀쌀맞게 말했다. "당신은 다시 예전의 모습으로 돌아가고 있어요……"

"속였다고요? 그런 말 하면 벌받아요. 맹세컨대, 그렇다면 나란 놈은 나락으로 굴러떨어져도 싸죠!"

"네, 저기 당신 발아래 나락이 있기만 하다면 이 순간 그럴걸요? 사흘을 더 미적거리다 단념을 하고 놀라서는, 특히 자하르와 아니시야가 쑥덕거리기 시작하면 당신은 또…… 이건 사랑이랄 수 없어요."

"내 사랑을 의심하는 건가요?" 그가 열을 올렸다. "당신 때문이 아니라 나 때문에 두려워서 내가 꾸물거리기라도 한단 말인가요? 난 벽처럼 당신의 이름을 지켜주고 싶었고 소문이 감히 당신을 어쩌지 못하도록 하려고 마치 엄마처럼 밤에 잠을 설쳐가며 애를 썼는데…… 아이구, 올가! 제가 증거를 대보죠! 다시 한 번 말하겠어요. 난 당신이 다른 사람과 더 행복해질 수만 있다면 군소리 하나 없이 내 권리를 양보할 자세가 되어 있어요. 당신을 위해 죽어야만 한다면 난 기쁘게 죽을 수도 있어요!"

그가 눈물로 호소를 했다.

"그런 말은 전혀 필요 없어요. 누구도 요구한 적도 없고요! 당신의 인생이 나와 무슨 상관이 있어요? 하고 싶으면 마음대로 하세요. 이건 어디 한 군데 쓸모라고는 없고 남들에게 미움만을 받는 사람들을 희생양으로 삼으려 할 때 교활한 자들이 부리는 잔꾀에 불과해요. 정말 아예 몹쓸 인간으로 만들기 위해서. 당신이 교활하지 않다는 건 누구보다도 내가 잘 알아요. 하지만⋯⋯."

"당신은 아직 잘 몰라요. 이 열정과 번민이 얼마나 내 건강을 해쳤는지. 당신을 알게 된 이후부터 난 딴생각을 할 겨를이 없었어요⋯⋯ 그래요, 다시 반복하지만, 당신은 내 목적이고 오로지 당신뿐입니다. 당신이 내 곁을 떠난다면, 난 당장 죽어버리든가 아니면 미쳐버리고 말 겁니다! 난 지금 당신으로 인해 호흡하고 바라보고 생각하고 느끼고 있어요. 당신을 보지 못한 요 며칠 동안 내가 잠에 빠지고 풀이 죽은 게 뭐 그리 대단한가요? 모든 게 혐오스럽고 지긋지긋해요. 난 기계나 똑같아요. 걸어 다니고 뭔가는 하고 있으면서 뭘 하는지는 정작 모르는걸요. 당신은 이 기계의 불꽃이자 원동력입니다."

그는 말을 멈추고 무릎을 꿇은 채로 똑바로 섰다. 공원에서 그랬던 것처럼 그의 눈이 빛나기 시작했다. 다시 자부심과 의지력이 타오르기 시작한 것이다.

"난 지금 당신이 이끄는 대로 가고 당신이 원하는 대로 할 준비가 되어 있어요. 당신이 나를 쳐다보고 말을 하고 노래를 할 때 난 살아 있음을 느낍니다."

그녀는 생각에 잠겨서 그의 감정 토로를 들었다.

"들어봐요, 일리야. 난 당신의 사랑과 자제력을 믿어요. 대체 왜 그런 망설임으로 날 놀라게 하고 의심까지 하도록 만드는 거죠? 내가 당신의 목적이라고 말하면서 왜 나를 향한 발걸음은 그렇게 더디고 소심한 거죠? 아직 갈 길도 멀고 당신은 내 위에 서야만 해요. 난 그 순간만을 고대하고 있어요! 서로 사랑하는 이들의 행복을 본적이 있어요." 그녀가 한숨과 함께 덧붙였다. "그들의 모든 것도 마구 들끓고 있지만 평온함은 당신의 그것과는 달랐어요. 그들은 절대 고개를 숙이는 법이 없어요. 눈을 크게 뜨고 졸린 기색은 전혀 찾아볼 수 없이 행동을 한다고요! 그런데 당신은…… 그렇지 않아요. 사랑하는 사람의 모습, 내가 당신의 목적이라고 말하는 사람의 모습이 아녜요……"

그녀는 의심스러운 듯 고개를 내저었다.

"당신, 당신이!" 그가 다시 그녀의 손에 입을 맞추고 발 옆에서 어쩔 줄을 몰라 하면서 말했다. "내겐 당신뿐입니다! 하나님 맙소사, 이렇게 행복할 수가!" 그가 잠꼬대를 하듯 횡설수설했다. "당신을 속인다는 것이, 또 감정의 격정 이후에 잠을 이룬다는 것이 가능하다고 생각하십니까? 도저히 주인공이 되지 않고는 못 배깁니다! 당신과 안드레이는 곧 알게 될 겁니다." 영감에 가득 찬 눈을 깜빡이며 그가 말을 이어나갔다. "당신과 같은 여인의 사랑이 한 인간을 얼마나 높은 곳까지 끌어올릴 수 있는지를 말입니다! 날 보세요, 날 보라고요. 내가 혹 부활한 것은 아닙니까? 이 순간 내가 살아 있지 않은 것은 혹 아닙니까? 여기를 떠납시다! 멀리! 멀리! 단 일 분도 나는 여기 머무를 수가 없습니다. 숨이 막히고 역겹습니다!" 그가 꾸밈없는 증오의 눈길로 주위를 둘러보며 말했다. "오늘 하루만이라도 이런 감정으로 살게 해주세요…… 아, 지금 나를 태우고 있는 이 불길이 나를 완전히 집어삼킨다면, 내일도, 그리고 영원히! 하지만 당신이 없다면 난 불이 꺼지고 쓰러지고 말 겁니다. 이젠 다시 살아났어요, 부활한 겁니다. 내 생각에 나는…… 올가, 올가! 당신은 이 세상 무엇보다도 아름답고, 당신은 최고의 여인이고, 당신은…… 당신은……"

그는 그녀의 손에 얼굴을 부벼대고는 실신해버렸다. 더 이상의 말은 그의 입에서 나오지 않았다. 흥분을 가라앉히려고 손을 가슴에 갖다댔다. 그리고 열정적이고 촉촉한 시선을 올가에게로 던졌다. 더 이상 꼼짝도 하지 않았다.

'너무 심약해, 심약해, 심약해!'

올가는 속으로 확신했다. 공원에서는 전혀 볼 수 없었던 한숨을 내쉬고는 깊은 생각에 빠졌다.

"가봐야겠어요!"

정신을 차리고 다정하게 그녀가 말했다. 그의 정신이 갑자기 또렷해졌다.

"당신 여기 있었어요, 하나님 맙소사! 내 옆에?"

그의 영감이 가득 찬 시선은 수줍은 두리번거림으로 바뀌어 있었다. 격렬한 말은 더 이상 나오지 않았다. 그는 서둘러 모자와 외투를 집어들고 부산을 떨며 외투를 그녀의 머리에 씌우려 했다.

그녀가 웃음을 터뜨렸다.

"내 걱정은 하지 말아요." 그녀가 진정을 시켰다. "숙모는 오늘 하루 종일 일이 있다면서 나갔어요. 내가 집에 없는 줄 아는 사람은 유모와 카쨔뿐이에요. 바래다주세요."

그녀는 그에게 손을 내밀었다. 전혀 떨지도 않고 있다. 외려 자신의 무죄를 자랑스럽게 생각하면서 기분좋게 마당을 가로질렀다. 그리고 격렬한 쇠사슬 소리와 개 짖는 소리를 뒤로한 채 마차에 올라타고는 떠나버렸다.

주인집 창문에서 이쪽을 훔쳐보는 누군가의 머리가 보였다. 구석바자울 너머 도랑에서는 아니시야의 머리가 보였다.

마차가 옆길로 접어들자 아니시야가 달려와, 온 시장을 다 뒤졌는데 아스파라거스는 없더라는 말을 했다. 자하르는 세 시간이 지나 돌아와서는 하루 온종일 잠을 퍼 잤다.

오블로모프는 방안을 오래 거닐었다. 발아래 감각이 없었고 발소리도 들리지 않았다. 마치 마루에서 약간 떠서 걷고 있는 것만 같았다.

그의 삶을, 행복을 가져가버린, 눈 위를 달리는 마차 바퀴 소리가 잠잠해지자 걱정도 사라졌다. 고개와 등이 곧추세워졌다. 의욕에 넘친 빛줄기가 얼굴에 감돌았고 두 눈은 행복과 감동으로 촉촉해졌다. 온몸에 어떤 따스함과 신선함, 용기가 용솟음쳤다. 이전처럼 갑자기 여기저기, 어디든 멀리 떠나고만 싶어졌다. 슈톨츠가 있는 곳으로 올가와 함께, 그리고 시골의 들판과 숲으로 달려가고 싶었다. 그런가 하면 자신의 서재에 틀어박혀 일에 몰두하고 르이빈스카야 부두로 직접 가서 길을 내고 싶기도 했고 또 인구에 회자되는 새로 나온 책을 읽고 오페라에 가고 싶었다. 당장 오늘……

그래, 오늘 그녀가 그를 찾았으니 그녀를 찾아가 오페라를 들으러 가는 것이다. 정말 멋진 하루다! 이런 인생이라면, 올가와 함께 하는 분위기라면, 그녀의 순결한 광채와 활기찬 힘, 그리고 젊지만 예리하고 속 깊으며 건강한 이성의 빛줄기 속에서라면 정말이지 얼마나 호흡이 가뿐하랴! 그는 마치 날듯이 걷고 있다. 누군가 방안에서 그를 들고 다니는 것만 같다.

"올가가 말한 대로, 앞으로, 앞으로 돌진! 더욱 높이높이, 부드러움과 우아함의 힘이 자신의 권리를 잃고 남자의 왕국이 열리는 전선을 향해 달려라!"

인생을 바라보는 그녀의 눈은 얼마나 명료한가! 불가사의한 책 속에서 자신의 가야 할 바를 읽어내고는 본능적으로 그 길을 알아내는 그 재주! 두 인생이 마치 두 강이 그러하듯 결합해야만 한다. 그는 그녀의 인도자이자 사령관이다!

그녀는 그의 힘과 능력을 보고 그가 할 수 있는 일이 무한하다는 사실을 대번에 알아차리고는 순순히 그의 지배를 기다린다. 더없이 아름다운 올가! 침착하면서도 대담하고 솔직한, 그러나 결단력이 있는 여인! 자연스럽기가 삶 자체와도 같은 여인!

"정말 여긴 추악 그 자체군!" 그가 주위를 둘러보며 말했다. "영락없이 천사가 늪에 내려와 자신의 존재로 빛을 환하게 비추고 간 꼴이군!"

그는 사랑 가득한 눈으로 그녀가 앉았던 의자를 쳐다보았다. 갑자기 그의 눈이 빛나기 시작했다. 의자 옆 마룻바닥에서 아주 작은 장갑을 발견했다.

"증표로군! 그녀의 손, 이것은 길조야! 오!"

장갑을 입술에 대면서 그가 환희의 탄성을 질렀다. 문 안쪽에서 여주인이 아마포를 들고 들여다보고 있다. 팔겠다고 가져왔는데 필요 없는지 묻는다. 하지만 그는 그저 고맙다는 인사만 할 뿐 그녀의 팔꿈치는 거들떠보지도 않는다. 매우 바쁘다며 양해를 구했다. 여름의 추억 속으로 빨려 들어간다. 세세한 것까지 눈에 선하다. 나무 하나하나, 관목, 벤치, 나누었던 모든 말들을 떠올린다. 당시 느꼈던 것보다 지금 이 순간의 느낌이 더욱 사랑스러움을 깨닫는다.

그는 감정을 자제하지 못하고, 노래를 부르고 아니시야와 다정하게 이야기를 나누기 시작한다. 아이가 없다며 농담을 하기도 하고 아기가 태어나면 그 즉시로 세례를 주겠노라 약속을 한다. 마샤와도 똑같은 소란을 피운다. 결국 이를 보던 여주인이 세입자가 '일하는 것'을 방해하지 말라고 마샤를 집으로 쫓아버렸다.

그날의 남은 시간은 거의 정신이 아찔할 정도다. 올가는 기분이 어찌나 좋은지 노래가 절로 나왔다. 오페라에도 갔다 왔다. 오블로모프는 올가 집에서 차를 마셨고, 차를 마시면서 숙모와 남작과 올가와 더불어 진심 어린 정다운 대화를 나누었다. 오블로모프는 정말 이 작은 가정의 구성원이 된 자신을 느낄 수 있었다. 그동안은 정말 고독한 삶이었다. 하지만 지금은 그에게도 자기 자리가 있다. 자신의 삶을 끈으로 튼튼히 감았다. 그에게도 빛과 따스함이 있다. 이런 삶을 살아간다는 것은 얼마나 좋은 일인가!

밤에 그는 잠을 많이 자지 않았다. 올가가 보내준 책을 모조리 읽을 작정이었다. 한 권하고도 반을 읽었다.

'내일 시골에서 편지가 와야만 해.'

생각만 해도 가슴이 두근거렸다. 쿵쾅쿵쾅…… 드디어!

제8장

이튿날 자하르는 방청소를 하다가 책상에서 아주 작은 장갑을 발견했다. 한참을 들여다보고는 미소를 지으면서 오블로모프에게 내밀었다.

"분명 일리인스카야 아가씨가 잊고 가신 거 맞쥬?"

"망할 자식!" 그의 손에서 장갑을 낚아채며 일리야 일리이치가 고함을 버럭 질렀다. "말도 안 되는 소릴 하고 있어! 무슨 일리인스카야 아가씨! 이건 여재단사가 가게에서 셔츠를 재보러 왔다가 놓고 간 거야. 무슨 엉뚱한 생각을 하는 거야!"

"망할 자식이라뉴? 그럼 지가 없는 말을 지어내기라두 했단 말인가유? 저기, 주인집에선 벌써 다들 쑥덕거리구 있던디……"

"쑥덕거린다니, 뭘?"

"들어보니, 일리인스카야 아가씨가 계집애 하나를 데리구 왔다구……"

"하나님 맙소사!" 오블로모프가 깜짝 놀라 탄식을 쏟아냈다. "일리인스카야 아가씨를 어떻게 알고? 네놈 아니면 아니시야가 벌써 떠벌린 거지……"

갑자기 아니시야가 현관문에서 몸을 반쯤 들이밀었다.

"천벌을 받지, 자하르 트로피므이치. 무슨 헛소리를 늘어놓고 있수? 이 사람 말 듣지 마세요, 주인님. 아무도 입도 벙긋하지 않았고 아는 사람도 하나도 없어요. 신을 걸고 맹세합니다……"

"어라, 어라, 얼씨구!" 팔꿈치를 가슴을 향해 치켜올리면서 자하르가 그녀에게 볼멘소리를 했다. "누가 물어봤어? 왜 끼어들구 난리여?"

아니시야가 모습을 감췄다. 오블로모프는 두 주먹으로 자하르에게 위협을 하고는 재빨리 주인집으로 통하는 문을 열어젖혔다. 아가피야 마트베이브나가 마루에 앉아서 낡은 함에서 잡동사니들을 고르고 있었다. 주위엔 걸레와 솜, 낡은 옷가지, 단추와 모피 조각이 산더미처럼 쌓여 있었다.

"제 말 좀 들어보세요." 오블로모프가 다정하지만 꽤 흥분된 어조로 입을 열었다. "내 집 사람들이 온갖 황당무계한 말들을 늘어놓고 있는데, 제발, 곧이 들어선 안 됩니다."

"전 아무 말도 듣지 못했어요. 뭐라고들 쑥덕거리는데요?"

"어제 방문에 관해서 하는 말이, 어떤 아가씨가 찾아왔대나 어쨌대나, 원 참……"

"세입자에게 누가 찾아오든 그게 우리와 무슨 상관인가요?"

"지당하신 말씀입니다만, 어쨌든, 저들을 믿어선 안 됩니다. 이건 완벽한 중상이라고요! 어떤 아가씨도 다녀간 적이 없습니다. 셔츠를 짓는 재단사 여자가 그냥 왔다간 것뿐이에요. 치수를 재러 왔었죠……"

"어디에다 셔츠를 주문하셨나요? 셔츠를 지어주는 사람이 누구죠?"

여주인이 생기를 띠며 물었다.

"프랑스 가게에서……"

"다 만들어서 가져오거든 보여주세요. 내가 아는 아가씨가 둘 있는데, 얼마나 옷을 잘 만들고 바느질이 촘촘한지 프랑스 여자는 흉내조차 못 낼 정도랍니다. 메틀린스키 백작의 옷을 가봉하느라 가져온 것을 본 적이 있어요. 누구도 그런 바느질은 할래야 할 수가 없어요. 물론 어디다 맡기든 당신 마음이지만……"

"잘 알겠습니다. 기억해두죠. 하지만 한 가지, 제발 아가씨가 왔었다고는 생각지 말아주십시오……"

"누가 찾아오든 무슨 상관이에요? 그게 아가씨가 되었든……"

"아뇨, 아뇨! 자하르의 입에 오르내리는 그 아가씨는 키도 아주 크고 목소리도 아주 굵은 저음이에요. 그런데 여재단사의 목소리는, 들으셔서 아시겠지만, 아주 카랑카랑하거든요. 정말 놀라운 목소리라고 할 수 있죠. 꿈에라도 그런 생각일랑 하지 마세요……"

"아무 상관 없대두요?" 물러나는 그에게 여주인이 말했다. "셔츠를 지으실 일이 생기면 제게 말하는 것 잊지 마세요. 정말 촘촘하게 바느질을 하는 사람들을 알고 있어요…… 이름은 리자베타 니콜라브나와 마리야 니콜라브나랍니다."

"알았어요, 알았어요. 잊지 않겠습니다. 제발 그런 생각일랑 추호도 하지 마세요."

그는 그 자리를 물러나 옷을 입고 올가에게로 향했다.

저녁때 집에 돌아온 그는 자신의 책상에서 시골 이웃이자 그의 대리인으로부터 온 편지를 발견했다. 그는 등잔 아래로 달려가 읽어 내려갔다. 기운이 쭉 빠졌다. 그 내용은 이러했다.

'삼가 부탁드리건대, 신임장을 다른 이에게 전해주십시오. 처리해야 할 일이 산더미처럼 쌓여 있는 관계로 솔직히 말씀드려 당신의 영지를 관리할 수가 없습니다. 손수 왕림하시는 것이 가장 좋을 듯싶고, 영지에 내려와 사시게 된다면 더할 나위가 없을 듯합니다. 무엇보다도 부역 노동과 소작료 건은 좀더 신중을 기할 필요가 있습니다. 주인도 없이 이 일을 한다는 것은 당치도 않습니다. 농부들은 버르장머리가 없어서 새 촌장의 말은 들을 생각도 하지 않고, 옛 촌장은 교활하기 이를 데가 없는 작자입니다. 예의주시할 필요가 있습니다. 수입량을 산출할 수가 없습니다. 요즘의 이런 난장판 속에서는 3,000 이상을 기대하기는 어려울 것 같습니다. 곡물에서 나온 수입을 말씀드리는 것이고 소작에는 기대할 것이 거의 없습니다. 얼른 일에 착수를 해야 하고 체납금도 처리를 해야 하는데 그렇게 하기 위해서는 약 석 달이 소요됩니다. 소출은 좋고 가격도 괜찮아서 만약 직접 판매를 관장하신다면 3월이나 4월에 돈을 받으실 수 있을 겁니다. 현재 현금은 땡전 한 푼 없습니다. 베르홀료보를 지나는 도로와 다리 건에 대해 말씀드리자면, 오랫동안 당신에게서 회신이 없었기 때문에 아단초프, 그리고 벨로보도프와 상의를 해서 넬키의 제 영지부터 도로를 건설하기로 결정을 했습니다. 따라서 오블로모프카는 멀리 비껴가게 되었습니다. 결론적으로 다시 한 번 말씀드리건대, 하루속히 제 부탁을 들으십시오. 석 달을 어떻게 보내느냐에 따라서 내년 기대할 바가 있을는지, 없을는지가 결정됩니다. 말이 나온 김에 덧붙이자면, 곧 선거입니다. 혹 지방법원 배심원에 출마할 의향은 없으

십니까? 서두르십시오. 당신의 저택은 지금 아주 안 좋은 상태입니다.'
그리고 말미에 다음과 같이 덧붙였다. '가축지기와 나이 든 마부, 그리
고 두 할멈에게 움막으로 옮기라고 일러두었습니다. 더 이상 그곳에 남
아 있는 것은 위험천만일 테니까요.'

편지엔 곡물의 수확량과 탈곡량, 가게로 입하된 양과 예상되는 매
출량 등등의 자세한 회계장부가 첨부되어 있었다.

'무일푼, 3개월, 왕림, 농민 문제 처리, 수입 결정, 선거 운동.' 이
모든 것이 유령의 모습을 한 채 오블로모프를 에워쌌다. 그는 관목과 나
무마다에서 강도와 사자(死者), 그리고 짐승의 소리가 들리는 한밤중에
숲 한가운데에서 눈을 뜬 듯한 기분이었다.

"이건 치욕이다. 절대 항복할 수 없어!"

실눈을 가늘게 뜨고 유령을 쳐다보려고 애는 쓰지만 심장은 얼어붙
고 손발엔 매가리라고는 전혀 없는 겁쟁이처럼 그는 이 유령들을 살피
려고 무던 애를 썼다.

오블로모프가 기대했던 것은 무엇이란 말인가? 편지에는 그가 받
게 될 돈의 액수가 결정되어 있겠거니 생각했다. 물론 많을수록 좋겠지
만 적어도, 예를 들어, 6,7천은 되겠지 싶었다. 또 저택도 아직은 쓸 만
해서 필요하다면 새 저택을 지을 때까지는 살 수 있으려니 생각했다. 마
지막으로 대리인이 3,4천의 돈을 보낼 것이라는 기대도 있었다. 예컨
대, 편지에서 그는 올가의 쪽지에서 읽어왔던 그 미소와 삶의 유희, 그
리고 사랑을 읽을 수 있으리라 기대했던 것이다.

그는 이미 유영하듯 방안을 걷지도 않았고 아니시야와 농담을 주고
받지도 않았으며 행복에 대한 희망으로 흥분하지도 않게 되었다. 행복
을 석 달이나 미뤄야만 한단 말인가! 안 돼! 석 달이라고 해봐야 일에
착수하고 자신의 영지에 대해 파악하다 보면 금세 지나고 말 텐데, 그럼

결혼식은……

"앞으로 일 년간은 결혼식 꿈도 꿀 수 없어" 그가 겁에 질려 말했다. "그래, 맞아, 일 년 후에나, 그전엔 절대 안 돼! 계획도 마무리를 지어야 하고 건축가와도 결정을 내려야 해. 그 다음엔…… 그 다음엔……"

한숨이 절로 나왔다.

'일을 하자!' 번개처럼 머릿속에 스치는 생각이 있었다. 하지만 그는 이 생각을 억지로 밀어냈다.

'어떻게 한단 말인가! 기한 내에 맞추지 못한다면? 일이 잘못되면 빚 독촉이 들어올 테고, 그러는 날엔 여태껏 오점 하나 없이 신성불가침이나 진배없던 오블로모프라는 이름에……' 맙소사! 그땐 평온도 자존심도 끝이다…… 안 돼, 안 돼! 다른 작자들이 옳거니 하고 때만 노리다가 잠도 안 자고 일에 죽기로 매달릴 것이다. 귀신이 씌어도 단단히 씌인 격이라고나 할까. 그래, 빚, 이게 바로 귀신이자 돈 말고는 무엇으로도 쫓아낼 수 없는 마귀라고 할 수 있다!

내내 남의 돈으로 사는 수완가들이 있게 마련이다. 그런 작자들은 좌우에서 하나 남김 없이 싹 쓸어가고도 아주 태연하다! 어떻게 그런 작자들이 편안히 잠을 자고 식사를 하는지 정말 알다가도 모를 일이다! 빚! 그 결과라는 것은 강제 노동과 같은 끝없는 노역이거나 아니면 능욕이다.

시골을 저당 잡힌다? 이런 종류의 빚이란 가차없기 이를 데 없고 절대 지불 기한이 연기될 수 없는 것 아닌가? 매년 이자를 갚아야 하고 그러다 보면 생계를 꾸려나갈 돈조차 남지 않는 법이다.

행복을 1년 미루는 방법밖에는 도리가 없지 않은가! 오블로모프는 병적인 탄식을 토해내고는 침대에 몸을 던졌다. 하지만 갑자기 뇌리를 스치고 지나가는 것이 있었다. 얼른 일어났다. 올가가 뭐라 했던가? 남자로서의 그에게 마음이 끌렸고 그의 힘을 믿는다 하지 않았던가? 그가 앞으로 나아가 정상에 도달하기만을, 그래서 바로 그곳에서 그녀에게 손을 내밀어 이끌어주고 그녀의 길을 보여주기만을 올가는 손꼽아 기다리고 있지 않은가! 그래, 그래! 하지만 무엇부터 시작을 해야 할까?

생각에 생각을 거듭하다가 갑자기 그는 자신의 이마를 치고는 주인집으로 향했다.

"오라버님 댁에 계십니까?"

그가 여주인에게 물었다.

"있긴 합니다만, 벌써 잠자리에 들었습니다."

"그렇다면 내일 제가 좀 뵙잔다고 전해주십시오. 꼭 만나뵙고 상의할 일이 있거든요."

제9장

오라버니라는 사람은 예의 그 행색으로 방안으로 들어와 조심스럽게 의자에 앉고는 소매 안에 손을 집어넣었다. 그리고 일리야 일리이치가 말을 꺼내기만을 기다렸다.

"일전에 보낸 신임장에 대한 회신으로 시골에서 매우 좋지 않은 편지를 받았습니다. 기억나시죠? 괜찮으시다면 읽어봐주시겠습니까?"

이반 마트베이치는 편지를 받아들고 능숙한 솜씨로 한 줄 한 줄 빠르게 읽어 내려갔다. 그의 손안에서 편지가 가늘게 떨렸다. 읽기를 마친 그는 편지를 책상에 내려놓고 두 손을 등뒤로 감추었다.

"이제 어떻게 했으면 좋겠습니까?"

"직접 왕림하시라고 권고하고 있군요. 어쩌겠습니까. 천이백 베르스타면 꽤나 멀지만 일주일 후에 도로가 깔린다니 다녀오시는 게 나을 것 같군요."

"전 그런 먼 여행은 질색입니다. 익숙하지가 않거든요. 더구나 겨울엔, 솔직히 말씀드려서, 힘이 곱절은 더 들 겁니다. 그렇게까지 하고 싶은 마음도 없고요…… 게다가 답답해서 어떻게 시골에 혼자 있습니까?"

"소작을 많이 주고 있습니까?"

"네…… 잘은 모르겠습니다. 시골에 다녀온 지가 오래되었거든요."

"알아야만 합니다. 그걸 모르고서야 어떻게 하겠습니까? 수입이 어느 정도인지를 조사할 방법이 달리 없습니다."

"네, 그렇겠군요. 이웃 역시도 겨울까지 기다려야 한다고 편지에 썼어요."

"소작료는 어느 정도나 예상하십니까?"

"소작료요? 아마…… 실례합니다, 어딘가에 장부가 있을 겁니다…… 슈톨츠가 한참 전에 작성한 것이라서 찾기는 힘들겠습니다만, 자하르가 분명 어딘가에 처박아놓았을 겁니다. 제가 다음에 보여드리죠…… 아마, 가구당 삼십 루블이던가?"

"농부들은 어떻습니까? 어떻게 살고 있죠? 부자로 살고 있습니까, 아니면 쫄딱 망해서 가난합니까? 부역 노동은 어떻습니까?"

"제 말씀 좀 들어보세요."

오블로모프가 그에게 다가가 제복의 앞섶을 움켜쥐며 말했다. 이반 마트베이치는 재빨리 일어섰다. 하지만 오블로모프가 그를 다시 앉혔다.

"제 말씀 좀 들어보세요." 그가 거의 속삭이는 목소리로 천천히 반복했다. "전 말이죠, 부역 노동이 뭐고 마을 노동이 뭔지, 또 가난한 농부, 혹은 부자 농부가 무슨 의미가 있는지 전혀 모릅니다. 호밀이나 귀리 한 가마니가 어떻게 되는지, 가격은 얼마인지, 어느 달에 파종하고 수확을 하는지, 언제 어떻게 내다 파는지 전혀 몰라요. 또 내가 부자인지, 아니면 가난뱅이인지, 일 년 후엔 내가 배가 부를지 아니면 깡통을 차게 될지, 전혀 아는 바가 없습니다!" 제복의 앞섶을 놓고 이반 마트베이치에게서 물러나며 그가 풀이 죽은 목소리로 말을 맺었다. "그러니까 어린애에게 이야기한다 생각하시고 말씀을 해주시고 또 충고를 해주셨으면 합니다……"

"어떻게 그럴 수가 있습니까? 당연히 알아야지요. 그걸 모르고서야 무슨 생각하고 말 건넉지나 있겠습니까?" 이반 마트베이치가 비굴한 미소를 지으며 말했다. 그리고는 자리에서 일어나 한 손은 등뒤로, 또 한 손은 품속으로 집어넣었다. "지주라면 당연히 자신의 영지를 잘 알아야만 합니다. 또 어떻게 관리해야 하는지도 말입니다……" 그가 훈계하듯 말했다.

"전 전혀 아는 바가 없습니다. 가능하다면 가르쳐주세요."

"저도 이 분야에 대해서는 별로 아는 바가 없고 하니, 잘 아는 사람들의 충고를 받아야만 할 것 같습니다. 그리고 여기 편지에 씌어 있던데." 이반 마트베이치가 손톱을 아래로 향하게 하고서 중지로 편지의 한 구절을 가리키며 말을 이었다. "선거에 나가시라고 하는 것 같은데, 정말 대단한 일입니다! 거기서 사시게 되면 지방법원에서 일도 하시게 될 테고, 영지 살림에 대해 아시는 것도 시간 문제겠습니다."

"저는 지방법원이 뭐고 또 뭐하는 곳이고 어떻게 근무를 하는지, 전혀 모릅니다!"

오블로모프는 이반 마트베이치의 코 바로 밑에까지 다가와 의미심장한 목소리로 속삭였다.

"하다 보면 적응하시겠죠. 여기 의회에서도 근무해보신 적이 있잖습니까. 형식이 조금 달라서 그렇지 어디나 하는 일이야 매일반이죠. 명령, 인간관계, 조서…… 비서만 좋은 사람으로 데리고 있다면 무슨 걱정할 일이 있겠습니까? 서명만 하면 그만이죠. 의회 업무란 것이 어떻게 돌아가는지에 대해서만 알고 계시면……"

"전 의회 업무가 어떻게 돌아가는지 전혀 모릅니다……"

오블로모프가 같은 어조의 목소리로 말했다. 이반 마트베이치는 자신의 이중 시선을 오블로모프에게 던졌다. 그리고 입을 다물었다.

"책은 읽으시겠죠?"

예의 비굴한 미소를 지으며 그가 물었다.

"책은 무슨!"

오블로모프가 대뜸 응수를 하려다가 멈췄다. 관리 앞에서 굳이 속마음을 다 털어놓고 싶지 않았다. '난 책도 모릅니다'란 말이 입 안에서만 맴돌 뿐 입 밖으로 나오지 않았다. 구슬픈 탄식만이 새어나왔다.

"무슨 일이든 그래도 하시는 게 더 낫지 않을까 싶습니다." 이반 마트베이치가 겸손하게 덧붙였다. 마치 오블로모프의 머리 속에서 책에 대한 대답을 죄다 읽고 있는 것만 같았다. "그래선 안 돼죠, 적어도……"

"그럴 수도 있습니다, 이반 마트베이치. 여기 살아 있는 증거가 있지 않습니까! 바로 나! 내가 누굽니까? 도대체 나란 사람이 누구란 말입니까? 자하르에게 가서 물어보세요. 이렇게 말할 겁니다. '주인님!'

이라고. 맞아요, 나는 주인 나으리, 할 줄 아는 것이라고는 전혀 없는 지주올시다! 알고 계시면 좀 해주시고, 할 수만 있다면 도와주세요. 원하시는 일을 좀 맡아 해주세요. 그러기 위해 배우는 것 아니겠습니까?"

그는 방안을 거닐기 시작했다. 이반 마트베이치는 제자리에 꼼짝도 않고 서서 오블로모프가 걷는 방향을 따라 매번 약간씩 몸통을 돌리곤 했다.

"어디서 공부를 하셨습니까?"

그의 앞에 다시 서서 오블로모프가 물었다.

"중학교에서 공부를 시작했는데, 육학년 때 아버지가 저를 데려다가 관청에 넣었어요. 학문이랄 게 있습니까? 읽기, 쓰기, 문법과 셈이 전부고 그 이상은 가지도 않았습니다. 업무에 겨우 적응을 하고서 지금은 그럭저럭 살아가고 있는 거죠. 당신들의 하시는 일이란 전혀 다르죠. 진정한 학문을 배우셨지 않습니까……"

"그렇죠." 오블로모프가 한숨과 함께 맞장구를 쳤다. "내가 고급 대수학과 정치경제학, 그리고 법학 과정을 이수한 건 사실이지만 실제 업무에는 전혀 쓸모가 없습니다. 그렇지 않습니까? 고급 대수학을 알면 뭘 합니까? 내 수입이 많은지, 적은지에 대해서도 모르는데요. 시골에 내려가, 우리집과 영지, 그리고 우리 주변이 어떻게 돌아가고 있는지에 대해 귀로 듣고 눈으로 보았습니다만 배운 법과는 전혀 상관없는 일들뿐이더군요. 여기로 떠나와서 어떻게든 정치경제학으로 세상으로 나가야겠다고 생각했습니다…… 헌데 내게들 그러더군요. 학문이란 것은 나중에, 그러니까 나이가 지긋해서나 쓸모가 있을 테고 우선은 관리가 되어야 하는데, 이를 위해서는 단 하나의 학문, 즉 서류 작성법이 필요하다고 하더군요. 그렇게 해서 난 업무에 적응을 못 하게 됐고 그저 주인으로 남을 수 있었습니다. 당신은 적응을 했잖습니까? 그러니 어떻게 난국을 타개하면 좋을지 결정을 내려주세요."

"방법이 있긴 합니다. 크게 걱정할 일은 아니죠."

이반 마트베이치가 대뜸 말했다. 오블로모프는 그를 정면으로 보고 멈춰 서서 그가 말을 하기만을 기다렸다.

"모든 걸 알고 있는 사람에게 이 일을 전적으로 맡기고 그 사람 명의로 위임장을 쓰실 수가 있습니다."

이반 마트베이치가 덧붙였다.

"헌데 그런 사람을 어디서 구하죠?"

"동료 한 사람을 알고 있습니다. 이사이 파미치 자쬬르트이라는 사람입니다. 말을 약간 더듬긴 합니다만 일에 관한 한 모르는 것이 없습니다. 삼 년 동안 큰 영지를 관리한 적이 있는데, 지주가 말을 더듬는다는 이유만으로 해고를 했답니다. 그렇게 해서 우리 관청에 들어오게 되었지요."

"모든 걸 맡겨도 될 만한 위인입니까?"

"가장 깨끗한 영혼의 소유자니까 걱정하실 필요는 전혀 없을 겁니다! 위임자를 만족시키는 일이라면 최선을 다할 사람입니다. 십이 년째 우리 관청에서 일을 하고 있습니다."

"관청에서 일을 하고 있다면 어떻게 시골에 갈 수 있죠?"

"걱정 마세요. 넉 달 정도 휴가를 얻으면 됩니다. 직접 결정하세요. 제가 일간 한번 데리고 오겠습니다. 물론 대가 없이 가지는 않겠지만⋯⋯."

"물론이죠, 그래선 안 되죠."

"여비와, 일당으로 계산한 생활비를 지불하시고, 거기서 일이 끝나는 대로 그에 합당한 보상을 해주셔야만 할 겁니다. 그럼 마다할 이유가 없겠죠!"

"정말 감사합니다. 제 큰 고민거리 하나를 덜어주셨습니다." 그에게 손을 내밀며 오블로모프가 말했다. "이름이 어떻게 된다고 하셨죠?"

"이사이 파미치 자쬬르트이입니다." 이반 마트베이치는 다른 쪽 소맷부리에 손을 재빨리 닦고는 오블로모프의 손을 잠시 잡았다가 곧바로 소매 속으로 감췄다. "내일 이야기를 해보고 데려오도록 하겠습니다."

"같이 식사를 하면서 상의를 해봅시다. 정말, 정말 감사합니다!"

이반 마트베이치를 문까지 배웅하면서 오블로모프가 말했다.

제10장

바로 그날 저녁에 건물의 한쪽 면은 오블로모프가 살고 있는 거리로 향해 있고 또 다른 면은 강변을 향하고 있는 2층집의 위층 방들 가운데 한 방에서는 이반 마트베이치와 타란찌에프가 마주 앉아 있었다.

이른바 '선술집'이었다. 문 옆에는 항상 두어 대의 빈 마차가 손님을 기다리며 서 있었고 마부들은 손에 작은 접시들을 든 채로 아래층에 앉아 있었다. 위층은 브이보르그 방면의 '유지님들'을 위한 곳이었다.

이반 마트베이치와 타란찌에프 앞에는 차와 럼주병이 놓여 있었다.

"백 퍼센트 자마이카산(産)이야." 떨리는 손으로 자기 잔에 럼주를 따르면서 이반 마트베이치가 말했다. "이보게, 사양하지 말고 어서 들게."

"솔직히 고백해, 술을 사는 이유가 분명 따로 있는 거지?" 타란찌에프가 말했다. "그런 세입자 다시 찾으려면 집이 다 헐어서 무너지고 난 다음에나 가능할 거야."

"맞아, 맞는 말이야. 우리 일이 성사만 되고 그래서 자쬬르트이가 시골에 가게만 된다면, 내 그에 상응하는 잔치라도 열겠네!"

"째째한 친구 같으니라구. 자네와는 그냥 말로는 안 된다니까. 좋은 세입자 찾아준 대가로 오십 루블 내놓게."

"직접 다녀오겠다고 큰소리칠까봐 겁나."

"이런 친구를 보겠나. 아직 전문가가 되려면 멀었어! 제깟 게 어딜 다녀와? 쫓아내도 소용없을걸, 이젠."

"헌데 결혼식은? 결혼을 할 거라는 말이 있던데."

타란찌에프가 껄껄 큰 소리로 웃었다.

"결혼을 한다! 내기할까? 난 안 한다에 걸겠네. 잠자는 것 하나까지도 자하르의 시중이 없이는 못 하는 위인이 결혼을 한다! 오늘날까지 내가 한 일은 다 그 작자를 생각해서 한 일이야. 내가 없었다면, 이보게 나 친구, 그 양반, 굶어죽어도 벌써 굶어죽었고 그도 아니면 감옥소에 들어갔을 거야. 경찰이 오건 건물주가 와서 묻건 정말 아는 게 전혀 없어. 내가 다 대답을 했다니까! 거의 아무 생각이 없는 사람이이야……"

"정말 아무것도 모르더군. 말하는 걸 들어보니까, 지방법원에서 뭘 하는지, 의회에서 뭘 하는지도 몰라. 자기 소유 농부들도 본 적이 없대. 머리통이 어떻게 생겨먹은 거야! 듣고 있자니 나도 절로 웃음이 나오더라니까……"

"계약서, 계약은 어떤 식으로 체결했어?" 타란찌에프가 자신만만한 어조로 크게 말했다. "자넨 서류 꾸미는 데는 도가 튼 사람 아닌가, 이반 마트베이치. 전문가 말일세! 고인이 되신 아버지 생각나나? 한때는 내 솜씨가 더 나은 적도 있었지만, 지금은 깡그리 잊어버렸어, 잊어버렸다구! 앉기만 하면 왜 그리 눈물이 쏟아지는지, 원. 읽어보지도 않고 휙 서명을 하곤 했지! 거기엔 울타리도 마구간도 창고도 있었는데 말야."

"맞아, 읽지도 않고 서류에 서명을 하는 바보 천치가 러시아에서 사라지지 않는 한 우리 같은 사람들은 살 수가 있어. 만약에라도 없어지는 날엔 정말 안 좋지! 노인네들 말 들어봐야 말짱 헛일이야! 이십오 년 동안 관청근무를 했지만 모은 재산이라곤 눈꼽만큼도 없어! 브이보르그 방면에서 처박혀 살 수 있을 정도지. 바깥 세상에 코빼기도 내밀 여유도 없이. 불평하는 게 아니라, 과식만 안 한다면 빵 한 조각도 감지덕지 아니겠어? 리쩨이느이 거리에 집을 얻고 양탄자를 깔고 부자와 사돈 맺자고 애새끼들을 줄줄이 낳던 시대는 벌써 지났어! 이 쌍통하며 벌게진 손가락 좀 봐. 보드카를 퍼마시는 이유가 다 있는 거라구…… 어떻게 안 마실 수가 있어? 생각해봐! 하인도 이보다는 못하지 않을 거야. 요즘 이런 장화를 신고 다니는 하인은 없다고 하더라구. 셔츠도 매일 갈아입는대. 교육 문제만 해도 그래. 이마에 피도 안 마른 것들이 허구한 날 부수기나 하고 생떼를 쓰면서 읽고 말하는 건 다 프랑스어라더군……"

"지금 그게 중요한 것이 아니고."

"아냐, 이보게나, 중요해. 요즘 일이라는 게 그렇지가 않아. 모두들 간단한 것만을 추구한단 말야. 그럴수록 우리한텐 유리하지. 구태여 서류를 꾸밀 필요조차 없거든. 다시 베껴 쓸 이유가 없어. 시간 낭비일 뿐이지. 한시라도 빨리 해치우는 거야…… 그게 유리해!"

"계약서에 서명만 하면 그땐 어쩔 수가 없어!"

"아주 완벽해. 이보게, 술이나 들자구! 자쬬르트이를 오블로모프카에 보내서 약간 빨아먹게 한 다음, 재산 상속인들에게 접근을 시키는 거지……"

"그거 좋군! 재산 상속인들이래야 육촌들인데, 정말 까마득히 먼 친척뻘이잖아."

"그런데 결혼식이 마음에 걸려!"

"신경 쓸 것 없다 하잖아. 두고 봐, 내 말대로 다 잘될 테니까."

"그렇겠지?" 이반 마트베이치가 신이 나서 반문을 했다. "그런데 그 작자 내 누이를 보는 눈길이 심상치가 않던데……" 속삭이는 소리로 덧붙였다.

"정말?"

타란찌에프가 놀라 물었다.

"입도 뻥긋해선 안 돼! 제발……"

"그렇다면," 타란찌에프는 겨우겨우 정신을 차리며 말했다. "정말 난 꿈에도 그런 생각은 못 했어! 그런데 누이는 어때?"

"어떠냐구? 자네가 더 잘 알 거 아닌가, 그대로지 뭐!"

그는 주먹으로 탁자를 내려쳤다.

"호박이 덩굴째 굴러온 걸 알기나 할까? 암소, 그래 정말 암소야. 기분만 좀 맞춰주고 살짝 안아만 줘도 눈웃음을 살살 치는 게, 마치 귀리를 앞에 두고 있는 암말이라니까. 다른 여자라면…… 아휴, 아휴! 절대 한순간도 눈을 떼서는 안 돼. 무슨 냄새가 나는지 알게 되겠지!"

제11장

'넉 달! 앞으로 넉 달을 더 부자연스럽게 몰래 밀회를 가져야만 하고 수상쩍은 표정과 미소를 견뎌내야 한다!' 일리인스카야 댁 현관 계단을 오르며 오블로모프는 생각했다. '하나님 맙소사! 언제나 이것이 끝나려나? 올가는 재촉을 할 것이다. 오늘도, 내일도. 그녀는 집요하고 의지가 강하다! 그녀를 설득하는 일은 쉽지만은 않을 것이다……'

오블로모프는 올가의 방 가까이 오는 동안 누구와도 마주치지 않았다. 올가는 침실 바로 앞의 자기만의 거실에서 독서삼매경에 빠져 있었다.

갑작스런 그의 출현에 그녀는 깜짝 놀랐다. 하지만 이내 미소를 머금은 채 다정스레 그에게 손을 내밀었다. 눈은 아직도 책에서 떼지 않고 있다. 얼이 빠져 있는 눈길이다.

"혼자예요?"

"네, 숙모는 짜르스코여 셀로*에 갔어요. 저보고도 오래요. 우린 거의 매번 둘이서만 식사를 하게 될 텐데, 마리야 세묘노브나가 온다는군요. 안 그랬으면 당신을 못 볼 뻔했어요. 오늘은 고백을 못 할 거예요. 아 정말 심심해! 대신 내일……" 그녀는 웃으며 덧붙였다. "내가 오늘 짜르스코여 셀로로 출발했다면 어쩔 뻔했어요?" 그녀가 농담 삼아 물었다.

그는 대답을 하지 않았다.

"걱정이 있어요?"

"시골에서 편지를 받았어요."

그가 심드렁하게 말했다.

"어디 있어요? 가져 왔어요?"

그는 그녀에게 편지를 내밀었다.

---

* 뻬쩨르부르그 근교 도시로, 그 뜻은 황제의 마을이며 지금은 푸쉬킨 시로 불림.

"난 뭐가 뭔지 하나도 모르겠어요."

편지를 보면서 그녀가 말했다. 그는 그녀에게서 다시 편지를 받아 들고 소리내서 읽었다. 그녀는 깊은 생각에 잠겨 있다.

"이젠 어쩌죠?"

그녀가 이렇게 묻고는 입을 다물었다.

"오늘 여주인의 오빠라는 사람과 상의를 했어요. 대리인으로 이사 이 포미치 자쬬르트이라는 사람을 추천하더군요. 일처리를 그 사람에게 모두 맡길까 해요……"

"알지도 못하는 남한테요?" 올가가 깜짝 놀라며 말했다. "소작료를 걷고 농부들의 일을 처리하고 곡물의 판매를 관장하게 한다고요?……"

"아주 성실한 사람으로 십이 년 동안이나 같이 근무를 했다더군 요…… 약간 말을 더듬긴 하지만."

"여주인의 오빠라는 사람은 어떤 사람인데요? 잘 알아요?"

"아뇨. 보니까, 일만 아는 괜찮은 사람인 것 같고, 더구나 내가 그 사람 집에 살고 있잖아요. 날 속이기야 하겠어요?"

올가는 아무 말 없이 자리에 앉아서 눈을 내리떴다.

"안 그러면 직접 가야만 하는데, 솔직히 말하면, 그러고 싶지 않아 요. 여행엔 이제 진력이 났어요. 더구나 특히 겨울엔…… 한 번도 여행 을 해본 적이 없거든요."

그녀는 여전히 아래만을 쳐다보고 있었다. 구두코만을 꼼지락거릴 뿐이었다.

"내가 직접 간다 해도 별 뾰족한 수가 있는 것도 아니죠. 내가 다 이해를 할 수도 없을뿐더러 농부들이 날 속일 겁니다. 촌장은 자기 마음 대로 지껄일 테고 나야 믿어야 별 수 있겠어요. 자기가 생각한 액수의 돈 이상은 내놓지도 않을 거구요. 아휴, 이럴 때 안드레이만 여기 있어도 까짓것 문제도 아닌데!"

못내 아쉬운 듯 그가 덧붙였다. 올가는 미소를 지었다. 단지 입술만 웃고 있을 뿐 가슴은 그렇지 않았다. 속이 탔다. 그녀는 창 밖을 내다보기 시작했다. 한쪽 눈을 약간 찡그리며 지나는 마차를 쫓았다.

"게다가 이 대리인은 넓은 영지를 관리해본 경험자이기도 해요. 그런데 지주가 말을 더듬는다는 이유 하나만으로 해고를 했다는군요. 위임장을 써주고 계획도 다 넘길 생각입니다. 그러면 저택을 짓는 자재들을 알아서 장만할 테고 소작료도 걷고 곡물을 팔아 그 돈을 가져오겠죠. 그러면 그땐…… 얼마나 기쁘다고요, 사랑스런 올가." 그녀의 손에 입을 맞추며 그가 말했다. "당신을 떠나지 않아도 되니 말입니다! 이별을 참을 수가 없을 거예요. 당신도 없는 시골에서 혼자서…… 정말 끔찍한 일입니다! 단지 이젠 좀더 조심하는 일만 남은 셈이죠."

그녀는 커다란 눈으로 그를 쳐다보며 다음 말을 기다렸다.

"그러니까," 그가 아주 천천히, 거의 말을 더듬어가면서 다시 입을 열었다. "아주 가끔씩만 만나야겠어요. 어제 또 주인집에서도 쑥덕거리더라니까요…… 내가 그런 걸 원치 않아요…… 일이 다 정리가 되고 대리인이 저택 문제도 해결을 하고 돈을 가져오면…… 그게 언제일지는 잘은 모르겠지만, 하여튼 그때는 더 이상의 이별은 없을 겁니다. 숙모님께 모든 걸 털어놓을 수도 있을 테고요. 그리고…… 그리고……"

그는 올가를 바라보았다. 그녀에게서는 전혀 감정의 변화가 없었다. 한쪽으로 고개를 돌리고 있었고 하얗게 변한 입술 사이로는 이가 보였다. 그는 '일이 다 정리가 되고 대리인이 해결을 하면'이라고 말하면서 어찌나 기쁨과 꿈에 부풀어 있었던지 올가가 하얗게 변하고 그의 말을 듣고 있지 않다는 사실조차도 눈치채지 못했다.

"올가!…… 하나님 맙소사, 어디 불편한가 보군요!"

그는 종을 잡아당기며 말했다.

"아가씨가 몸이 안 좋으신가 봐." 뛰어들어온 카쨔에게 말했다. "얼른, 물!…… 약도……"

"이게 웬 난리야! 아침만 해도 기분이 좋아 보이시더니…… 대체 무슨 일이야?"

숙모의 책상에서 약을 가져와서는 물 컵을 들고 수선을 떨면서 카쨔가 중얼거렸다.

올가는 정신을 차리고는 카쨔와 오블로모프의 부축을 받으며 의자에서 일어나 비틀거리며 자기 침실로 들어갔다.

"괜찮아질 거예요." 그녀가 죽어가는 목소리로 말했다. "신경을 좀 썼더니 그래요. 잠을 제대로 못 잤거든요. 카쨔, 문 좀 열어줘. 잠시만 기다려주세요. 정신을 좀 차리고 곧 나올게요."

오블로모프는 혼자 남아서 문에 귀를 갖다 대고 열쇠구멍으로 방안을 들여다보았다. 아무 소리도 들리지 않았고 아무것도 보이지 않았다.

30분 후에 그는 복도를 따라서 하인의 방까지 와서는 카쨔에게 물었다.

"아가씨는 어떠셔?"

"괜찮으세요. 처음엔 자리에 누우시겠다며 절 내보내셨는데, 다시 들어가보니까 의자에 앉아 계시더라구요."

오블로모프는 다시 거실로 가서 문틈을 들여다보았다. 아무 소리도 들리지 않았다. 손가락으로 살며시 노크를 해보았다. 대답이 없다.

자리에 앉아서 생각에 잠겼다. 한 시간 반 동안 이런저런 생각을 했다. 머릿속에서 많은 생각이 변했고 많은 새로운 결심을 했다. 드디어 대리인과 함께 시골에 직접 가겠노라 다짐하기에 이르렀다. 하지만 그에 앞서 숙모로부터 결혼 승낙을 받아내고 올가와 약혼식을 올려야 하며 이반 게라시모비치에게 새집을 찾아봐달라고 부탁을 해야 한다. 돈도 빌려야 한다. 결혼식을 올리기 위한 약간의 돈이라도……

빚이라면 곡물을 내다 판 돈으로 갚을 수가 있다. 그런데 그토록 낙담하는 이유가 무엇일까? 아, 맙소사, 어떻게 이 모든 것이 한순간에 뒤바뀔 수가 있단 말인가! 그곳, 시골에서 대리인과 더불어 소작료 문제를 일단락 짓고 나서 슈톨츠에게 이런 내용의 편지를 보낼 수도 있을 텐데. 즉 대리인이 돈을 장만해주었고 오블로모프카를 아주 훌륭하게 재정비해놓았기 때문에 이제 내려가서 도처에 길을 내고 다리를 놓고 학교를 세우는 일만 남았다,라는 내용의 편지 말이다. 그곳에서의 올가와의 삶!…… 이런! 이것이 바로 행복이 아닐까!…… 어떻게 이런 생각을 못 할 수가!

갑자기 날아갈 듯이 기분이 좋아졌다. 그래서 거실 안을 왔다갔다하기 시작했다. 심지어 살며시 손가락을 튕기기까지 했으며 하마터면 너무나도 기쁜 나머지 소리를 지를 뻔했다. 다시 올가의 방문으로 다가가 나지막하게, 그러나 유쾌한 목소리로 그녀를 불렀다.

"올가, 올가! 할 말이 있어요!" 문 안으로 입술을 들이밀고서 그가 말했다. "아마 당신은 상상도 못 할 겁니다……"

그는 심지어 오늘만큼은 그녀를 떠나지 않고 남아 있다가 숙모를 끝끝내 만나고 가리라 결심했다.

'오늘 숙모에게 공표를 하는 거야. 그래서 신랑이 되어서 여기를 나서야지.'

문이 조용히 열리고 올가가 나타났다. 하지만 그녀를 쳐다보는 순간 갑자기 기운이 쭉 빠지면서 기쁨도 어디론가 자취를 감추어버렸다. 올가의 얼굴은 약간 더 나이가 들어 보였다. 얼굴은 하얗게 변해 있었지만 두 눈만은 반짝였다. 꾹 다문 입술과 얼굴 표정에는 마치 살얼음과도 같은 강요된 평온과 부동성으로 뒤덮인 내면의 긴장된 삶이 숨겨져 있다.

그녀의 시선에서 그는 어떤 결심을 읽었다. 하지만 어떤 결심인지는 구체적으로 알 수 없었다. 그저 가슴이 두근거렸다. 여태껏 한 번도 경험해보지 못한 두근거림이다. 그런 순간은 난생처음이었다.

"내 말 좀 들어봐요, 올가. 그렇게 쳐다보지 말아요. 무서워요! 생각을 바꿨어요. 완전히 다른 방법으로 시골을 정리해야 할까봐요." 목소리가 점점 기어 들어갔다. 잠시 하던 말을 멈추고 그는 여느 때 볼 수 없었던 그녀의 눈과 입술, 그리고 무언가 말을 하는 듯한 눈썹의 새로운 의미를 알아내려고 애를 써보았다. "직접 시골에 다녀오기로 결심했어요, 대리인하고 함께…… 거기서……" 거의 들릴락 말락 한 목소리로 그가 말했다.

그녀는 마치 유령처럼 그를 물끄러미 쳐다볼 뿐 아무 말도 하지 않았다.

그는 어떤 판결이 자신을 기다리고 있는지 어렴풋이 알 것도 같았다. 그래서 모자를 집어들긴 했는데 마지막 질문을 못 하고 쭈뼛거렸다. 운명적인 판결을 듣는 것이 무서웠던 것이다. 아니면 상고(上告)는 더군다나 없을 것이라는 것을 뻔히 아는 터이기 때문일는지도 모르겠다. 드디어 용기를 냈다.

"알겠어요?"

그가 목소리를 바꾸어서 그녀에게 물었다. 그녀가 동의의 표시로 천천히 그러나 다정스레 고개를 끄덕였다. 그는 고갯짓이 무엇을 의미하는지 충분히 잘 알면서도 얼굴이 하얗게 질려서 내내 그녀 앞에 서 있었다.

약간의 피곤함이 엿보이긴 했어도 마치 석상처럼 전혀 미동도 없는 그녀의 모습은 심지어 평온해 보이기까지 했다. 이는 인간이 자신을 억제하기 위해 비록 일순간이나마 전력을 다해 골똘히 생각을 하거나 충격적인 감정 변화를 겪는 순간에만 나타나는 그런 초자연적인 평온이었다. 그는 마치 죽음에 임박해서 마지막 한마디의 말을 하기 위해 상처를 부여잡고 있는 부상자를 대하고 있는 듯했다.

"당신은 날 증오하는 건 아니죠?"

"무엇 때문에요?"

그녀가 힘없이 말했다.

"내가 당신에게 한 모든 짓 때문에……"

"당신이 내게 한 짓이 뭔데요?"

"당신을 사랑했어요. 이보다 더 큰 모욕은 있을 수 없습니다!"

그녀가 참 딱하다는 표정으로 미소를 지었다.

"그리고," 아니라는 듯 고개를 설레설레 저으며 그가 말을 이었다. "당신은 실수를 하고 만 겁니다. 그렇다 해도 절 용서하겠죠? 내 경고를 잊지 않았다면 말입니다. 결국엔 수치심에 후회를 하게 될 거라고 누차 말했잖습니까?"

"난 후회하지 않아요. 그저 마음이 아플 뿐입니다, 마음이……"

그녀가 숨을 고르느라 하던 말을 멈추었다.

"난 아주 나빠졌어요. 다 내 탓이려니 합니다만 당신의 괴로움은 대체 어쩐 일입니까?"

"자존심 때문이죠. 난 죗값을 치르고 있는 거랍니다. 내 능력을 과대평가했어요. 그게 바로 내 실수입니다. 당신이 두려워하고 있는 것이 아니랍니다. 내가 꿈꿨던 것은 청춘도 아름다움도 아니었어요. 난 그저 당신에게 생기를 불어넣고 싶었어요. 당신이 나를 위해 살 수 있도록 말입니다. 하지만 당신은 죽은 지 이미 오래입니다. 진작에 이 실수를 예견치 못하고 줄곧 기다리고 희망을 품고 있었던 거죠…… 그렇다는 거예요!"

그녀가 숨을 몰아쉬며 힘겹게 말을 마쳤다.

그녀는 잠시 아무 말을 않고 있다가 자리에 앉았다.

"다리가 후들거려서 서 있지 못하겠어요. 어떻게 해서든 바위가 다시 소생하기를 바랐죠." 그녀가 피곤한 기색이 역력한 목소리로 말을 이었다. "이제 아무 일도 하지 않을 작정입니다. 걸음조차 떼어놓기가 싫군요. 여름 정원에도 가지 않으렵니다. 다 부질없는 짓이에요. 당신은 이미 죽었어요! 내 말에 동의해요, 일리야? 내가 당신과 헤어진 이유가 내 자존심과 변덕 때문이라면서 날 비난하지는 않겠죠?"

그가 부정의 뜻으로 고개를 내저었다.

"우리에겐 더 이상 남은 것이 하나도 없고 일말의 희망도 없다고 확신해요?"

"네. 그건 맞는 말입니다…… 하지만 어쩌면……" 그의 목소리에서는 확신이라고는 찾아볼 수 없었다. "일 년 후에라도……" 그는 자신의 행복에 결정타를 날릴 만한 마음의 준비가 되어 있지 않았다.

"정말 당신은 일 년 후에 일을 다 처리하고 새롭게 인생 설계를 할수 있으리라고 생각해요? 마음대로 생각하세요!"

그는 한숨을 내쉬고 생각에 잠겼다. 자신과의 힘든 싸움을 진행 중이었다. 그녀는 그의 얼굴에서 이 싸움을 읽어냈다.

"내 말 좀 들어보세요. 요즘 어머니의 초상화를 보면서 조언도 구하고 힘도 얻었어요. 만약 당신이 정말 정직한 사람이라면, 지금 이 순간…… 일리야, 우린 더 이상 장난이나 칠 어린아이들이 아니라는 사실을 알아야만 해요. 우리 인생이 걸린 문제란 말예요! 양심에 손을 얹고 말씀해보세요. 나를 믿고, 나를 알고, 평생 나를 위할 것인가를 말입니다. 나를 위해서 내게 필요한 사람이 되어줄 자신이 있나요? 나를 누구보다도 잘 아는 당신이니까 내가 무슨 말을 하고 싶은지에 대해서도 잘 이해할 겁니다. 만약 당신이 용기를 내어 사려 깊은 '네' 라는 대답을 한다면 난 내 결심을 철회하겠어요. 여기 내 손이 있어요. 어디든 가고 싶은 데로 날 데려가요. 외국이든, 시골이든, 심지어 브이보르그 방면이든 난 아무 상관없어요!"

그는 아무 대답도 하지 않고 있다가 이윽고 입을 열었다.

"내가 얼마나 당신을 사랑하는지 당신이 안다면……"

"내가 바라는 것은 사랑의 확신이 아니라 짧은 대답이에요."

그녀가 거의 매정하다 싶을 정도로 딱 잘라 말했다.

"날 괴롭히지 말아요, 올가!"

그가 죽어가는 목소리로 애원했다.

"일리야, 내 말이 옳다는 거예요, 그르다는 거예요?"

"옳아요." 그가 명료하면서도 결단력 있게 말했다. "당신 말이 옳아요!"

"그렇다면 이젠 헤어질 시간이군요. 더 이상 기분이 상하기 전에, 그럼!"

그는 아직도 꿈쩍도 않고 있다.

"이런 당신이 결혼이라도 한다면 어떻게 될까요?"

그에게서는 아무런 대꾸도 없다.

"매일 단꿈에 젖어 깊이 잠이 들겠죠, 그렇지 않은가요? 그럼 난 어떨까요? 내가 어떤 여자인지 잘 알잖아요? 난 늙지도 않고 삶에 싫증도 느끼지 않을 거예요. 우린 성탄절과 사육제를 기다리고 여기저기 마실을 다니고 춤을 추며 아무 생각 없이 하루하루를 살아가겠죠? 잠자리에 누워선 하루도 무사히 보내게 해주신 하나님께 감사의 기도를 드리고, 아침이면 오늘도 어제만 같았으면 하는 바람으로 눈을 뜨고…… 이게 바로 우리의 미래겠죠, 네? 이것이 정말 인생인가요? 난 쇠약해지고 죽겠죠…… 대체 왜 사는 건가요, 일리야? 당신은 행복할지 모르지만……"

그는 고통스럽게 눈동자를 굴려 천장을 살폈다. 자리를 얼른 뜨고 싶었다. 뛰어 달아나고 싶었지만 발이 말을 듣지 않았다. 무언가 말을 하고 싶었지만 입 안은 쩍쩍 마르고 혀는 꿈쩍도 하지 않았으며 목소리는 가슴에서 나오지 않았다. 그녀에게 손을 내밀었다.

"그렇다면……"

잔뜩 처진 목소리로 간신히 입을 열어보지만 끝까지 말을 하지 못했다. 눈길로 '안녕!' 하고 말했다.

그녀 역시도 무슨 말이든 하고 싶었다. 하지만 아무 말도 할 수 없었다. 그에게 손을 내밀었다. 하지만 그의 손에 채 닿기도 전에 그녀의 손은 아래로 툭 떨어졌다. 또한 마찬가지로 '안녕'이란 말을 하고 싶었지만 목소리는 온전히 말을 내뱉지 못하고 거짓 음조로 변해버렸다. 얼굴은 경련으로 일그러졌다. 손과 머리를 그의 어깨에 얹고서 그녀는 흐느꼈다. 손에서 무기를 빼앗긴 사람 같았다. 깍쟁이 아가씨는 어디 가고 고통에 대항해 싸울 기력이 없는 평범한 여자만이 남았다.

"안녕, 안녕……"

흐느낌 속에서 몇 마디의 말들이 간간이 찢겨 나왔다. 그는 아무 말도 하지 않고 두려움에 떨며 그녀의 흐느낌을 들었다. 방해할 엄두도 내지 못했다. 그녀에 대해서도, 자신에 대해서도 그는 하등의 연민의 감정을 느끼지 않았다. 그 자신이 가련한 인간이었던 것이다. 그녀는 의자에 몸을 맡겼다. 머리를 손수건에 파묻고 책상에 기댄 채로 무척이나 서럽게 울었다. 공원에서의 갑작스럽고 순간적인 고통 때문에 흐르는 눈물이 아니었다. 다시 말해 일시적으로 잔뜩 불어난 격렬한 실개천과는 달랐다. 무참히도 텃밭을 싹 쓸어가는 가을비와도 같은, 차디찬 급류와도 같은, 무자비하게 흘러내리는 눈물이었다.

"올가." 이윽고 그가 입을 열었다. "그토록 자신을 괴롭히는 이유가 뭡니까? 당신은 날 사랑하고 있어요. 그리고 이별을 감당해내지도 못할 겁니다. 있는 그대로의 나를 가져요. 내 안에 있는 장점만을 사랑해봐요."

그녀는 그저 아니라는 듯이 고개를 가로저을 뿐이었다. 고개를 들지도 않았다.

"아뇨…… 아뇨……" 안간힘을 쓰며 말했다. "내 걱정도, 내가 감내할 고통에 대한 걱정도 할 필요 없어요. 내가 나 자신을 알아요. 실컷 울고 나면 더 이상은 눈물도 나오지 않을 거예요. 지금만큼은 우는 걸 방해하지 말아줘요…… 가세요…… 아, 아뇨, 잠깐 기다려봐요!…… 내가 천벌을 받고 있군요!…… 너무 아파요, 아, 너무 아파요…… 여기, 가슴이……"

다시 흐느낌이 시작되었다.

"만약 아픔이 없어지지 않는다면? 당신의 건강이 나빠진다면? 그런 눈물은 너무나도 해로워요. 올가, 내 천사, 울지 말아요…… 모든 걸 잊어요……"

"아뇨, 울게 그냥 놔두세요! 내가 우는 건 미래 때문이 아니라 과거 때문이라고요……" 그녀는 힘겹게 말을 이었다. "지난 과거는 '다 져버렸고 떠나버렸어요'…… 내가 우는 것이 아니라 추억이 울고 있는 겁니다!…… 여름…… 공원…… 기억나요? 우리의 오솔길과 라일락이 안타까울 따름입니다…… 이것들이 내내 가슴속에서 자라고 있었기 때문에 이제 떼어내려니 너무도 아파요!……"

그녀가 흐느끼며 말했다.

"오, 너무나도 아파요, 정말 아파요!"

"만약 당신이 죽는다면?" 갑자기 놀란 목소리로 그가 말했다. "생각해봐요, 올가……"

"아뇨." 고개를 들어 눈물 사이로 그를 쳐다보려 애를 쓰면서 그녀가 말을 가로챘다. "내가 당신에게서 사랑했던 것은 다름아니라 당신에게 있었으면 하고 내가 원했던 것, 슈톨츠가 내게 알려주었던 것, 우리가 스스로 지어낸 것이었음을 얼마 전에야 난 알게 되었어요. 난 미래의 오블로모프를 사랑했던 거죠! 당신은 온화하고 정직해요, 일리야. 너무나도 부드러운 사람이에요…… 나의 비둘기. 당신은 날개 밑으로 머리를 감추고서 더 이상 아무것도 원하지 않고 있어요. 평생 처마 밑에서 구구대며 울 준비만 하고 있어요…… 하지만 난 달라요. 내겐 부족해요. 무언가가 더 내겐 필요한데, 난 그게 무엇인지를 모르겠어요! 내게 가르쳐줄 수 있나요? 내게 부족한 것이 무엇이라고 꼭 집어서 말해줄 수 있나요? 내가 원하는 모든 것을 줄 수 있나요?…… 부드러움, 차라리 그 부드러움이 없다면……"

오블로모프는 더 이상 서 있을 수도 없었다. 의자에 털썩 주저앉아 손수건으로 손과 이마를 훔쳤다.

정말 잔인한 말이었다. 오블로모프에게 깊은 마음의 상처를 주었다. 안으로는 불을 지폈으며 밖으로는 오한을 불러일으켰다. 그는 마치 헐벗음으로 비난을 받는 거지처럼 어딘가 가련하면서도 병적으로 잔뜩 모욕감에 젖은 미소로 화답을 했다. 그는 무력한 미소를 머금고 앉아 있었다. 흥분과 모욕으로 온몸엔 기운이 하나도 없었다. 흐리멍덩한 눈길로 그는 속으로 말을 하고 있었다. '맞아, 난 부족한 것이 많은 가련한 놈이지. 거지라고나 할까…… 차라리 날 쳐, 치라구!……'

올가는 자신의 말이 얼마나 심했던가를 갑자기 깨닫고는 그에게로 몸을 던졌다.

"날 용서해줘요, 일리야!" 그녀가 부드럽게 말했다. 마치 눈물로 호소하는 듯했다. "내가 무슨 말을 하고 있는지 나 자신도 모르겠어요. 내가 미쳤어! 다 잊어버려요. 예전으로 돌아가요. 이제껏 해왔던 대로 그냥 지내요……"

"아뇨!" 그가 자리에서 벌떡 일어나 단호한 몸짓으로 그녀를 밀치며 말했다. "그냥 지낼 순 없어요! 당신은 진실을 말했을 뿐인데 왜 놀라는 거죠? 난 그런 말을 들어도 싸요……" 그가 의기소침해져서 덧붙였다.

"난 꿈을 먹고사는 몽상가예요! 불행한 성격을 타고났어요. 다른 사람들은 어떻게 그렇게도 행복한 것일까. 소네치카는 어찌 그리 행복할까……"

그녀가 다시 흐느끼기 시작했다.

"가세요!" 그녀가 젖은 손수건을 꼭 쥔 채로 단호하게 말했다. "나는 감당할 수 없어요. 과거가 아직도 내겐 소중하단 말예요……"

그녀는 다시 손수건으로 얼굴을 가리고 흐느낌 소리를 내지 않으려고 애를 썼다.

"대체 모든 것이 엉망이 되어버린 이유가 뭐죠?" 그녀가 갑자기 고개를 들고는 물었다. "당신을 저주한 이가 누구죠, 일리야? 당신은 무슨 짓을 한 거죠? 착하고 똑똑하고 부드럽고 후덕한 당신이…… 파멸하다니! 무엇이 당신을 망쳐놓았나요? 이름도 없는 그 사악함……"

"있어요."

그가 거의 들릴락 말락 한 목소리로 말했다. 그녀가 눈물이 가득한 눈으로 반문하듯 그를 쳐다보았다.

"오블로모프 기질!"

그렇게 속삭이고는 이내 그녀의 손을 잡고 입을 맞추려고 했다. 그러나 할 수 없었다. 그저 우악스럽게 입술에 갖다 댔다. 뜨거운 눈물이 그녀의 손가락을 적셨다. 고개도 들지 않고, 그녀에게 얼굴도 보이지 않고 그는 돌아서서 그곳을 나와버렸다.

제12장

그가 어디를 헤매고 돌아다녔는지, 하루 온종일 무엇을 했는지 누가 알겠는가! 하여튼 집에는 늦은 밤이 되어서야 돌아왔다. 문 두드리는 소리를 처음 들은 사람은 여주인이었고 개 짖는 소리가 아니시야와 자하르의 잠을 깨웠다. 주인님이 돌아왔음을 알리는 신호다.

일리야 일리이치는, 자하르가 옷을 벗기고 장화를 잡아당기고 그리고 잠옷을 입혀준 사실도 깨닫지 못하고 있었다.

"이게 뭐야?"

잠옷을 보고 나서야 이렇게 물었다.

"여주인이 오늘 가져왔슈. 세탁두 하구 수선두 했다대유."

오블로모프는 잠자코 자리에 앉아 있었다.

모든 것이 꿈과, 그를 둘러싼 어둠 속으로 빠져들었다. 그는 팔을 괴고서 앉아 있었다. 어둠도 알아채지 못했고 시계종 소리도 듣지 못했다. 그의 이성은 뒤죽박죽이 되어버린, 막연하고 애매한 생각 속으로 묻혀버렸다. 생각들은 마치 아무 목적도 없이 제멋대로 떠다니는 하늘의 구름처럼 찾아들었다. 하지만 그는 어느 것 하나도 잡을 수가 없었다.

심장이 멎었다. 순간 목숨이 끊긴 것이다. 회생, 즉 축적된 생명력이 다시 회복이 되어 정상으로 돌아오는 과정은 너무도 더뎠다.

피의 솟구침이 어찌나 심하던지 오블로모프는 사지의 감각을 느낄 수 없었고 피곤함도, 어떠한 육체적 욕구도 느끼지 못했다. 이대로라면 마치 바위처럼 하루 온종일 누워 있거나 아니면 온종일 걷고, 마차를 타고 달리고, 기계처럼 움직이는 것도 가능하리라.

조금씩 어렵사리 인간에게는 운명에 대한 복종심이 생겨날 수도 있다. 바로 그때 인간의 유기체는 천천히 점차적으로 각각의 제 기능을 발휘하게 된다. 혹은 슬픔이 인간을 쓰러뜨릴 수도 있다. 그러면 인간은 다시는 일어서지 못한다. 물론 어떤 고통인가 그리고 그가 누구인가에 따라 다르겠지만.

오블로모프는 자신이 지금 어디에 앉아 있는지, 심지어는 앉아 있다는 사실조차도 기억하지 못했다. 기계적으로 어딘가를 바라볼 뿐이었다. 날이 샜다는 사실도 전혀 깨닫지 못했다. 노파의 마른기침 소리, 뜰에서 문지기가 장작 패는 소리, 집 안의 왁자지껄한 소리를 듣고 있으면서도 듣지 못했고, 시장에 가는 여주인과 아쿨리나, 담장 곁을 스치는 서류 봉투를 보고도 보지 못했다.

수탉도, 개 짖는 소리도, 삐걱거리는 문소리도 멍한 상태의 그를 깨우지 못했다. 찻잔이 쨍그렁 소리를 내고 사모바르가 쉬쉬 소리를 내기 시작했다.

이윽고 9시가 넘은 시각에 자하르가 쟁반으로 서재 문을 열었다. 언제나 그렇듯 다시 문을 닫기 위해 뒷발질을 해보지만 아니나 다를까 헛발질을 했다. 하지만 쟁반만은 꼭 쥐고 있었다. 오랫동안의 연습으로 숙달이 되었고 게다가 뒤에서 아니시야가 보고 있음을 잘 알고 있는 터였다. 무엇 하나라도 떨어뜨리는 날엔 그녀가 곧바로 달려와 그를 곤경에 빠뜨리곤 했던 것이다.

그는 수염을 쟁반에 밀어넣고 꽉 끌어안고서 용케도 침대맡까지 도달했다. 침대 옆 탁자에 찻잔을 내려놓고 주인님을 깨워야지 생각하며 눈을 드는 순간, 이게 어찌 된 영문이란 말인가! 침대는 엉망이고 주인님의 모습은 보이지 않았다!

그가 갑자기 몸을 뒤틀었다. 순간 찻잔이 마룻바닥으로 날아가고 설탕통이 그 뒤를 따랐다. 허공에서 날아가는 물건들을 잡으려고 쟁반을 흔드는 통에 다른 것들이 허공을 날았다. 하지만 그가 쟁반과 더불어 잡은 것은 숟가락뿐이었다.

"대체 이게 뭔 난리랴?" 아니시야가 설탕 조각과 찻잔 파편, 그리고 빵을 쓸어담는 것을 힐끔거리며 자하르가 말했다. "주인님은 워디 간 겨?"

주인님은 의자에 앉아 있다. 안색이 말이 아니다. 자하르는 입을 떡 벌리고서 그를 쳐다보았다.

"뭔 일이 있는규, 일리야 일리이치? 밤새 눕지두 않으시구 이렇게 앉아만 계셨단 말유?"

오블로모프는 천천히 고개를 돌려 넋 나간 시선으로 자하르와 엎질러진 커피, 그리고 양탄자 위에 쏟아진 설탕을 쳐다보았다.

"넌 왜 찻잔을 깨먹었어?"

이렇게 묻고는 이내 창가로 걸음을 옮겼다. 함박눈이 내려 대지를 가득히 덮었다.

"눈, 눈, 눈이야!" 담장과 바자울, 그리고 밭이랑 위에 겹겹이 덮인 눈을 바라보면서 그가 의미 없는 말을 내뱉었다. "모든 걸 덮어버렸군!" 절망 섞인 한마디 말을 던지고는 침대에 누워 납빛의 우울한 꿈속으로 빠져들었다. 여주인 집 문의 삐걱거리는 소리에 잠을 깼을 때는 벌써 정오가 한참 지난 시각이었다. 접시를 들고 있는 맨 팔뚝이 문으로 쑥 들어왔다. 접시엔 김이 모락모락 나는 피로그가 담겨 있다.

"오늘은 일요일이에요." 목소리가 다정스레 말했다. "그래서 피로그를 구웠어요. 좀 들지 않으시겠어요?"

하지만 그는 아무 대꾸도 할 수 없었다. 온몸이 불덩이었던 것이다.

제4부

제1장

일리야 일리이치가 앓아 누운 지도 1년이란 세월이 흘렀다. 이 1년 동안 세상 구석구석 많은 변화가 있었다. 저 벽촌이 흥분으로 들끓는가 싶다가는 금세 진정되었고, 어디선가는 세상의 거성(巨星)이 지는가 싶더니 다른 것이 새로 빛을 발했다. 또 어디선가는 세상이 삶의 새로운 비밀을 터득하는가 하면 또 어떤 곳에서는 주거(住居)와 세대(世代)가 흔적도 없이 사라지기도 했다. 낡은 삶이 무너진 바로 그곳에서도 새싹과도 같은 새로운 삶이 다시 움텄다……

브이보르그 방면의 미망인 프쉐니찌나의 집도 예외는 아니었다. 비록 단조로운 삶 속에 하등의 강렬하고 돌발적인 변화도 가져오지 못했다고는 하나 어쨌든 평온하게 낮과 밤이 흘렀고, 또 사계절이 지난해와 마찬가지로 각각의 제 기능을 반복했다. 삶은 한 순간도 멈추지 않았고 모든 각각의 현상이 변화를 겪었다. 물론 이 변화가 지구의 지질학적 변형 과정과도 같이 아주 점진적이었음은 물론이다. 조금씩 산이 무너지기도 하고 어떤 곳에서는 영겁(永劫)의 시간 동안 바다가 진흙을 몰고 오거나 혹은 해변에서 꽁무니를 뺌으로 해서 지반의 증식을 가져오기도 한다.

일리야 일리이치는 건강을 되찾았다. 대리인 자쬬르트이는 시골로 향했고 곡물 값으로 받은 돈을 전액 보내왔다. 그는 여비와 일당을 받았고 수고비조로 받은 포상에 만족해했다.

소작료에 관해서는 자쬬르트이가 편지로 알리기를, 이 돈을 거두어 들인다는 것은 불가능하며, 농부들이 일부 영락했고 일부는 각지로 떠 났으며 그들이 현재 어디에 있는지는 알 수 없고, 자신은 지금 현지에서 정보를 수집 중이라고 했다.

도로와 다리에 대해서도 그는, 아직 서두를 필요는 없어 보이는데, 왜냐하면 정작 농부들도 새 도로를 닦고 다리를 놓느라 애쓰느니 먼지를 뒤집어쓰더라도 산과 골짜기를 가로질러 다니기를 더 희망하기 때문이라고 썼다.

한마디로 말해서, 대리인이 보내온 보고와 돈은 만족스러웠다. 일리야 일리이치는 적어도 직접 시골에 다녀올 필요가 없음에 적이 만족하는 눈치였고 이 점에선 내년까지 마음을 놓아도 될 성싶었다.

대리인은 저택을 짓는 일에도 착수했다. 시내의 건축가와 함께 필요한 재료의 양을 결정한 그는 촌장에게 봄이 시작됨과 동시에 목재를 운반하고 벽돌을 저장하기 위한 창고를 지으라고 지시했다. 오블로모프가 이제 할 일이란 봄에 직접 시골로 가서 축복을 하고 건축을 시작하는 것뿐이었다. 그리고 그때 가서 거두어들인 소작료에 영지를 담보로 융통한 돈을 합한다면 그 비용을 충당할 수 있으리라 생각했다.

병을 앓고 난 후에 일리야 일리이치는 오랫동안 우울증에 빠졌다. 몇 시간씩이나 병적인 명상에 빠지기 일쑤였다. 간혹 자하르의 질문에 대답을 하지 않는 경우도 있었다. 또 자하르가 찻잔을 마룻바닥에 떨어뜨리건 말건, 책상의 먼지를 훔치건 말건 전혀 개의치 않았다. 명절 때마다 피로그를 들고 나타나는 여주인 역시 눈물을 흘리고 있는 그를 간혹 발견할 수 있었다.

이후 시간이 가면 갈수록 극도의 슬픔은 말없는 무관심으로 대체되었다. 일리야 일리이치는 눈이 내려 안마당과 거리에 쌓이고 장작과 닭장, 그리고 개집, 정원과 밭이랑을 덮어버리는 광경, 담장의 말뚝 위에 피라미드가 만들어지는 광경을 몇 시간씩이나 꼼짝도 하지 않고 바라보곤 했다. 모든 것들이 죽어버렸고 수의(壽衣)로 뒤덮였다.

한참을 그는 커피 분쇄기의 튀는 소리, 쇠사슬 소리와 개 짖는 소리, 자하르가 장화를 닦는 소리와 리듬감 있는 회중시계의 진자 소리에 귀를 기울였다.

여전히 여주인은 살 것이 있는지, 혹은 요기할 의향은 있는지를 물으며 그의 방을 들락거렸고, 주인집 아이들 역시도 이리저리 뛰어다녔다. 그는 태연하면서도 다정하게 여주인과의 대화를 즐겼고 아이들에게는 숙제를 내주고 그들이 읽는 것을 들어주었다. 그리고 축 늘어져서 마지못해 아이들의 천진난만한 수다에 미소를 보내곤 했다.

하지만 산은 조금씩 무너져 내렸고 바다는 해변을 들락거렸다. 오블로모프도 조금씩 이전의 생활로 돌아가고 있었다.

가을과 여름, 그리고 겨울이 능장을 부리며 따분하게 지나갔다. 그러나 오블로모프는 다시 봄을 기다렸고 시골에 갈 날만을 꿈꾸었다.

3월에 새 모양의 맛있는 빵을 구웠고, 4월엔 이중 창틀을 제거했다. 얼었던 네바 강이 풀리면서 봄이 도래했음을 누구나 알게 되었다.

그는 정원을 거닐었다. 다음엔 밭에 채소를 심었다. 트로이차,* 세믹,** 5월 1일제*** 등의 축제가 찾아왔다. 이 모든 것은 자작나무와 그 화관을 보면 알 수 있다. 또 사람들은 너 나 할 것 없이 숲속에서 차를 마신다.

여름 초엽에 집에서는 코앞에 닥친 두 큰 축제에 대한 말들이 오가

---

* 부활절 이후 50일째 되는 날의 종교적 축제.
** 부활절 이후 제7주째의 목요일에 행해지는 민간 제사.
*** 봄에 자연의 소생을 기념하기 위한 오랜 민간 축제.

기 시작했다. 오빠란 사람의 명명일인 성(聖) 이바노프의 날과 오블로모프의 명명일인 성 일리야의 날이 바로 그것이다. 이는 목전에 두고 있는 가장 중요한 사건이었다. 여주인은 시장에서 훌륭한 송아지 고기를 사거나 볼 때마다, 그리고 특히 피로그가 잘 구워질 때면 그때마다 이렇게 중얼거리곤 했다. "아휴, 이바노프의 날이나 일리야의 날에 이런 송아지 고기가 걸리고 이런 피로그를 구워낼 수 있으면 좋으련만!"

성 일리야의 금요일과 매년 시행되는 화약 공장까지의 도보 산책, 그리고 콜피노 스몰렌스크 공동묘지에서의 축제에 대해서도 사람들은 수군거렸다.

창문 아래서는 암탉들의 역겨운 꼬꼬댁 소리와 새로 태어난 병아리들의 쨱쨱 우는 소리가 다시 들려왔다. 병아리 고기 피로그와 신선한 버섯 피로그, 그리고 절인 오이가 나왔고 곧바로 산딸기가 모습을 나타냈다.

"요즘의 내장은 영 좋지 않아요." 여주인이 오블로모프에게 말했다. "어제는 두 줄에 칠십 코페이카를 달라지 뭐예요. 대신 싱싱한 연어 고기가 있으니까 매일 냉수프는 만들 수 있을 거예요."

프쉐니찌나 집안의 살림살이는 날로 번성했다. 아가피야 마트베이브나가 완벽한 안주인으로 살림이 그녀의 천직인 이유만은 아니었다. 그에 덧붙여서 이반 마트베이비치 무하야로프가 대단한 식도락가라는 사실 또한 한몫 했다. 그는 차림새나 속옷에는 이상하리만치 무관심했다. 수년을 옷 하나로 버텼다. 새 옷을 장만하는 데 돈을 쓰는 것, 이것은 그에겐 혐오스럽고도 유감스러운 일이었다. 옷을 정성스레 걸어놓기는커녕 구석에다 휙 집어던져 수북이 쌓아놓기 일쑤였다. 속옷도 막노동꾼처럼 토요일에만 딱 한 번 갈아입었다. 하지만 먹는 것과 관련해서는 비용을 아끼는 법이 없었다.

이 점에서만은 그는 관직 생활을 하면서 스스로가 터득해낸 자신의 독특한 논리에 어느 정도 철저했다. '뱃속에 들어 있는 것에 대해서는 보이지 않기 때문에 이러쿵저러쿵 말들이 없다. 그에 반해 묵직한 시곗줄과 새 프록코트, 그리고 번쩍거리는 장화, 이 모든 것들은 쓸데없는 말을 만들어낸다.'

이 때문에 프쉐니찌나 가족의 식탁에는 최고급 송아지 고기와 최상의 용철갑상어, 흰 들꿩이 올라오곤 했다. 그는 이따금 직접 시장과 밀류찐의 가게를 세터 견처럼 냄새를 맡으며 돌아다녔다. 웃옷의 앞깃에 숨겨 최상품의 살찐 암탉을 가져오기도 했다. 게다가 칠면조 고기 값으로 치르는 4루블도 그는 전혀 아까워하지 않았다.

포도주는 도매상에서 사 가지고 와서 직접 숨기고 직접 꺼냈다. 하지만 식탁에는 구즈베리로 담근 보드카 병만이 올라올 뿐이었다. 포도주는 전망 좋은 방에서 마셨다.

그가 타란찌에프와 투망고기잡이를 갈 때면 영락없이 그의 외투 속에는 최고급 마데이라 포도주 병이 감춰져 있었다. '선술집에서' 차를 마실 때도 그는 자기 럼주를 가지고 오곤 했다.

점진적인 침전 혹은 바다 밑바닥의 출현과 산의 무너짐은 어느 누구에게도 예외일 수 없었다. 아니시야 역시 마찬가지였다. 아니시야와 여주인의 서로간의 애착은 끊을래야 끊을 수 없는 관계로 변했다. 즉 한 사람이라 해도 무방할 정도였다.

오블로모프는 자신의 집안일에 깊숙이 개입하고 있는 여주인을 보고서 언젠가 한번은 농담 삼아 식생활과 관련한 모든 일을 책임질 의향은 없는지, 자신을 온갖 성가신 일에서 벗어나게 해줄 의향은 없는지를 넌지시 떠보았다.

그녀의 얼굴에 기뻐하는 빛이 역력했다. 심지어 의미심장한 미소를 지어 보이기도 했다. 그녀의 활동 범위가 얼마나 넓어졌던가! 한집 살림을 하다 이젠 두 집 살림이라니! 한집 살림이라 해도 무방하겠지만, 어쨌든 정말 큰 살림이다! 게다가 아니시야까지도 그녀의 사람이 되었지 않았는가.

여주인은 오빠와 상의를 했다. 이튿날 오블로모프네 부엌 살림 모두가 프쉐니찌나의 부엌으로 옮겨졌다. 그의 은제품과 접시가 그녀의 식기실(食器室)을 채웠다. 아쿨리나는 요리사에서 닭장지기 겸 채소밭지기로 좌천되었다.

모든 일이 이전보다 넉넉하게 진행되었다. 설탕과 차와 식료품의 구입, 오이를 소금에 절이는 일, 사과와 버찌를 물에 절이는 일, 잼을 만드는 일, 하여튼 이 모든 일의 규모가 훨씬 커졌다.

아가피야 마트베이브나는 더욱 분주해졌고, 아니시야는 두 팔을 독수리 날개처럼 쫙 벌려야만 했다. 삶이 들끓기 시작했고 강물처럼 흘러갔다.

오블로모프는 식구들과 3시에 식사를 했다. 오빠만이 따로 나중에 부엌에서 식사를 했다. 퇴근 시간이 매우 늦는 경우가 허다했기 때문이었다.

이제 차와 커피를 오블로모프에게 나르는 일도 자하르가 아닌 여주인의 몫이 되었다.

자하르로 말하자면, 그는 마음이 내킬 때만 먼지를 훔쳤고 내키지 않을 땐, 아니시야가 질풍처럼 달려와 일부는 앞치마로, 일부는 맨손으로 먼지를 털어버리고 쓸고 닦고는 사라졌다. 콧김으로 단번에 먼지를 날려버린다고 해도 틀린 말은 아닐 것이다. 이도 저도 아니면 여주인이 직접, 오블로모프가 산책하러 정원에 나가는 틈을 이용해 그의 방안을 살며시 들여다보고 혹 방안이 엉망이면 고개를 설레설레 흔들고 혼잣말로 중얼거리면서 베개를 산처럼 부풀려놓았다. 그러다 베갯잇을 보고 갈아야겠다고 다시 속으로 궁시렁거리고는 그것을 벗겨낸 다음, 창문틀의 먼지를 훔쳐내고, 소파의 등받이 뒤를 들여다보고 나서야 방을 나갔다.

바다 밑바닥의 점진적인 침전과 산의 무너짐, 그리고 경미한 화산 폭발이 가져온 진흙의 첨가, 이 모든 것은 무엇보다도 아가피야 마트베이브나의 운명 속에서 이루어졌다. 그녀 자신이 더욱 그러했지만, 이 점에 대해서 눈치를 채고 있는 사람은 아무도 없었다. 단지 예기치 못했던 끊임없는 많은 결과들로 인해 그것이 눈에 띄게 되었을 뿐이다.

언젠가부터 그녀는 생판 다른 사람으로 변해 있었다. 그 이유가 무엇일까?

이전만 하더라도 고기를 태우고 생선을 지나치게 익히고 수프에 야채를 넣지 않으면 엄하지만 차분하면서도 품위 있게 아쿨리나에게 질책을 하고는 곧바로 언제 그랬냐는 듯 까맣게 잊던 그녀였다. 그런데 이제는 비슷한 일이 일어나기라도 하면 자리를 박차고 일어나 부엌으로 달려가서는 아쿨리나를 호되게 꾸짖었고, 그 화는 아니시야에게까지 미쳤다. 그리고 이튿날엔 수프에 야채가 들어갔는지, 생선이 제대로 익었는지를 직접 살폈다.

말하기 좋아하는 사람들은 아마도 그녀가 외부 사람들 눈에 자신이 다른 일도 아닌 집안 살림에 꼼꼼하지 못한 사람으로 비칠까봐 두려워 그런다고 말할지도 모르겠다. 사실 그녀의 자존심과 모든 활동이 집중되어 있는 곳이 바로 살림이 아니던가!

좋다. 그런데 이전엔 저녁 8시경이면 벌써 눈꺼풀이 감기고 9시에 아이들을 침대에 누이고, 부엌의 등불은 꺼졌는지, 환기구는 닫혔는지, 모든 것이 제대로 정돈이 되었는지를 일일이 살펴보고 나서 잠자리에 들던 그녀가, 지금에 와서는 어떤 대포 소리에도 아침 6시 이전엔 절대 눈을 뜨지 못하는 이유는 대체 무엇일까?

행여 오블로모프가 극장에 가거나 이반 게라시모비치의 집에 가서 늦도록 돌아오지 않으면 그녀는 잠을 이루지 못했다. 연신 뒤척이고 성호를 긋고 한숨을 내쉬었다. 눈을 감아보지만 잠이 올 리 만무했다. 바로 이것이다!

밖에서 기척 소리라도 들리는가 싶으면 그녀는 고개를 들고 간혹 침대에서 벌떡 일어나 환기창을 열고 혹 그가 온 것은 아닌지 귀를 쫑긋거렸다.

마음씨 고운 가정주부라면 의당 술에 취한 문지기가 인기척을 듣고 문을 열 동안 세 들어 사는 사람을 한밤중에 한데서 기다리게 해서는 안 되고 문 두드리는 소리에 아이들이 잠에서 깰까봐 노심초사해야만 한다고 쉽게 말하는 사람이 있을는지도 모르겠다.

좋다. 오블로모프가 몸이 불편할 때 누구도 그의 방에 들락거리지 못하게 하고 두꺼운 펠트천과 양탄자를 깔고 창문의 커튼을 내리는 그녀. 바냐나 마샤가 소리를 지르거나 혹은 큰 소리로 웃을 때 그토록 마음 좋고 다정다감하던 그녀의 눈에 살기가 도는 이유는 대체 무엇일까?

밤마다 자하르와 아니시야에게는 아무 기대도 하지 않고 그녀 자신이 오블로모프의 침대맡을 지키고 앉아서 이른 새벽 예배 시간까지 한시도 눈을 떼지 않고 있으면서, 낡은 외투를 걸친 채 큰 글씨로 종이에 '일리야'라고 적는 이유는 또 무엇인가? 또 새벽에 교회로 달려가 쾌유를 빌기 위해 성단에 종이를 올리고는 다시 구석으로 물러나 무릎을 꿇고 머리를 마루에 댄 채로 한참을 누워 있고, 다음엔 서둘러 시장으로 향했다가 겁먹은 표정으로 집에 돌아와 문 안쪽을 들여다보면서 아니시야에게 이렇게 속삭여 묻는 이유는 도대체 무엇이란 말인가?

"어떠셔?"

어떤 이들은, 이것은 연민과 동정에 다름아니며, 그런 것은 여자가 살아가는 존재 이유가 아니냐고 반문할지도 모르겠다.

좋다. 그렇다면 기운을 회복한 오블로모프가 겨울 내내 우울증에 빠져서 그녀와는 거의 말을 하지 않고 그녀의 방도 엿보지 않고, 그녀가 무엇을 하고 있는지에 대해서도 전혀 관심을 보이지 않고 농담도 하지 않고 웃지도 않게 되었을 때, 그녀가 수척해지고 갑자기 소름이 쫙 끼칠 정도로 사람들을 대하는 태도에 냉기가 흐르게 된 사실을 어떻게 설명할 수 있을까? 그녀는 커피를 갈면서도 자기가 무엇을 하고 있는지 혹은 마시지도 못할 정도의 많은 양의 치커리를 넣고 있다는 사실, 또 자신이 거의 입도 뻥긋하지 않고 있다는 사실도 전혀 느끼지 못하고 있었다. 아쿨리나가 생선을 다 익히지 않아 오라버니가 투덜대며 식탁을 떠나도 그녀는 아무 말도 듣지 못하는 바위처럼 앉아 있기만 할 뿐이었다.

전에는 생각에 잠겨 있는 그녀를 본 사람이 하나도 없었다. 생각에 잠긴다는 것은 그녀와는 전혀 어울릴 수 없는 것이었다. 내내 이리 뛰고 저리 뛰며 분주히 돌아다니고 주의 깊게 주위를 살피고 그래서 일어나고 있는 일을 훤히 꿰뚫고 있던 그녀가 어느 순간부터 느닷없이 무릎에 절구통을 끼고 앉아서 마치 졸고 있는 듯이 꼼짝도 않고 있는 경우가 허다해졌다. 그러다가 갑자기 절구질을 시작하면 심지어 개가 문을 두드리는 소린 줄 알고 짖어댈 정도였다.

하지만 기운을 차린 오블로모프의 얼굴에 화색이 돌고, 예전과 같은 다정한 눈빛으로 그가 그녀를 쳐다보기 시작하고 그녀의 방문을 엿보면서 농담을 던지기 시작하자마자, 그녀는 다시 살이 찌기 시작했고 그녀의 집안일은 생기가 돌면서 다시 활기를 띠고 즐거워졌다. 물론 미묘한 차이점도 눈에 띄었다. 예전의 그녀는 잘 조립된 기계처럼 정연하고 규칙적으로 온종일을 움직였고, 헤엄치듯 사뿐히 걸음을 내디뎠으며, 말도 크지도 작지도 않은 목소리로 하고, 커피를 갈고 설탕을 빻고 체질을 하고, 앉아 바느질을 하는 바늘의 놀림이 늘 규칙적이었다. 나중에 일어설 때도 절대 수선을 떨지 않았다. 부엌으로 가는 중에도 찬장을 열어 무엇인가를 꺼내거나 내왔다. 한마디로 기계 자체였다.

그러나 지금, 일리야 일리이치가 가족의 일원이 된 이후로 그녀의 절구질과 파종의 양상이 완전히 달라졌다. 자신의 자수판을 완전히 잊었다. 바느질을 하기 위해 자리를 잡고 잘 앉아 있다가도 오블로모프가 자하르에게 커피를 내오라고 고함을 치는 소리가 들리기 무섭게 그녀는 단 세 걸음에 부엌에 나타나, 마치 어떤 목표물을 조준하듯이 일일이 살피고 숟가락을 집어들고는 커피가 진하거나 묽지는 않은지, 찌꺼기가 혹 가라앉지는 않았는지를 알아보기 위해 서너 숟갈을 떠서 밝은 곳에서 들여다보았다. 또 프림이 채 녹지 않고 혹 떠 있는지도 확인했다.

그가 좋아하는 음식이 제대로 준비가 되어 있는지를 보기 위해 그녀는 냄비를 들여다보고 뚜껑을 열어 냄새를 맡고 맛을 본 다음, 직접 냄비를 들고 불의 강약을 조절했다. 편도(扁桃)를 으깨거나, 혹은 그를 위해서 절구질을 해야만 하는 경우 얼마나 열정적으로 공을 들여 하던지, 일이 끝나면 그녀의 몸은 땀으로 뒤범벅이 되었다.

절구질, 다림질, 파종 따위의 모든 그녀의 집안일은 새롭고 활기찬 의미를 띠게 되었다. 즉 일리야 일리이치의 안정과 편안함을 위해서였다. 이전엔 이런 일들이 의무였으나 지금은 그녀의 낙(樂)이 되었다. 그녀는 자신만의 방식으로 충만된, 그리고 다양한 삶을 살기 시작한 것이다.

그러나 그녀는 자신에게 무슨 일이 일어나고 있는지 알지 못했고 자문해본 적도 단 한 번도 없었다. 이 달콤한 속박 밑으로 무조건적으로 들어간 것이다. 저항이나 집착도 없이, 걱정도 안 하고 열정도 없이, 어렴풋한 예감이나 고뇌도 없이, 신경을 곤두세우거나 안달해본 적도 전혀 없이 말이다.

그녀는, 마치 별안간 개종을 하고는 이 종교가 어떤 종교인지, 또 교리가 어떤지 판단도 전혀 하지 않고 맹목적으로 그 법칙을 따르면서 고해를 시작하는 사람과 같다고 말할 수 있겠다.

타고난 그녀의 팔자라고나 할까. 그녀는 먹구름을 뚫고 다가왔다. 뒷걸음질을 칠 생각도, 앞으로 내달리겠다는 생각도 전혀 하지 않았다. 독감에 걸려 열병을 앓듯이 그저 그렇게 오블로모프를 사랑하게 된 것이다.

그녀 자신은 전혀 이를 깨닫지 못하고 있었다. 누군가가 만약 이야기를 해준다면 이는 의당 그녀에겐 새로운 소식이 될 게 뻔하다. 미소를 지어 보이고 약간 수줍어할지도 모르겠다.

그녀는 묵묵히 오블로모프에 대한 의무를 받아들였다. 그의 셔츠 한 장 한 장의 특성을 알게 되었고 어떤 양말의 뒤꿈치가 헤어졌는지를 속속들이 파악하고 있었으며 그가 어느 발로 침대에서 일어서는지조차도 알고 있었다. 그의 눈에 다래끼가 나려고 한다는 것, 그가 무슨 음식을 얼마나 먹는지, 그의 기분이 좋은지 아니면 심심해하는지, 잠은 많이 잤는지 적게 잤는지도 한눈에 알아차렸다. 마치 평생을 그렇게 해온 사람 같았다. 그녀에게 오블로모프가 과연 어떤 사람이고 왜 그를 위해 자신이 이토록 분주해야만 하는지, 그녀는 자문조차 하지 않았다.

만약에 그를 사랑하느냐고 누가 물으면 그녀는 다시 미소를 짓고 긍정적으로 대꾸를 할 것이다. 하지만 오블로모프가 이 집에 산 지 일주일밖에 안 되었을 때 물었어도 대답은 마찬가지일 것이 틀림없다.

대체 어쩐 일로 그녀는 다른 사람도 아닌 그를 사랑하게 되었을까?

사랑도 없는 결혼을 했고 사랑하지도 않으면서 서른 살이 되기까지 결혼 생활을 했던 그녀에게 이게 웬 아닌 밤중에 홍두깨란 말인가?

비록 사랑이 변덕스럽고 도대체가 이유를 설명할 수 없는, 그래서 마치 병처럼 찾아오는 감정이라고 흔히 말들은 하지만 그녀 역시도 누구나와 마찬가지로 자신만의 법칙과 이유를 갖고 있다. 만약 여태껏 이 법칙에 대한 연구가 빈약하다고 말할 수 있다면, 그 이유는 다름아니라 사랑에 빠져 넋을 잃은 사람은 학자들의 연구 안목으로는 도저히 접근조차 하지 못할 영역이라는 점이다. 예컨대, 첫인상의 느낌이 어떻게 인간의 마음 속에 비집고 들어와 꿈으로 뒤덮이고, 어떻게 눈을 멀게 하고, 어느 순간부터 맥박, 그 뒤를 이어서 심장의 박동이 강해지고, 어떻게 하루 만에 죽으라면 죽는 시늉까지 할 정도의 충성심과 자신을 희생코저 하는 욕구가 생기고, 어떻게 점차로 자아는 사라지고 그나 혹은 그녀에게로 이전되어가는가, 또 어떻게 자신의 자유를 타인의 자유를 위해 헌납할 수 있으며, 어떻게 고개를 숙이게 되고 무릎을 바들바들 떨게 되며, 눈물과 열이 나타나게 되는가 등등의 문제가 그러하다.

아가피야 마트베이브나에게는 예전에는 오블로모프와 같은 부류의 사람들을 볼 기회가 적었다. 보더라도 멀찍이 떨어져서 보는 것이 전부였고, 설사 마음에 드는 사람이 있더라도 그들은 그녀의 세상과는 생판 다른 세상에 살고 있는 사람들이다 보니 그들과는 가까이할 기회조차 가져보지 못했다고 봐야 할 것이다.

일리야 일리이치는 걸음걸이부터가 그녀의 죽은 남편, 10등관 프쉐니찐의 볼품없고 사무적인 종종걸음과는 사뭇 달랐다. 오블로모프는 끊임없이 서류를 써대지도 않고 관청에 늦을까봐 두려움에 벌벌 떨지도 않을뿐더러 사람들을 보는 눈빛 또한 말에 안장을 얹고 출발을 구걸하는 눈빛이 아니라 마치 복종을 요구하는 듯한 대담하면서도 자유분방한 눈빛이었다.

그의 얼굴은 투박하지도 불그스름하지도 않고 하얗고 부드러웠다. 손은 오빠의 손과는 전혀 닮은 데라곤 없다. 떨지도 않고 불그죽죽하지도 않으며 외려 하얗고 자그마하다. 그는 앉아서도 발을 꼬고 손으로 고개를 받치는데, 이 모든 행동은 자유분방하고 안정감이 있으며 아름답기조차 했다. 말하는 품도 오빠나 타란찌에프와는 다르고, 남편과도 달랐다. 알아듣는 말은 거의 없었지만 그가 하는 말들이 현명하고 훌륭하며 특별하다는 것을 느낌만으로도 알 수 있었다. 또 그녀가 이해하는 바대로라면 그가 하는 말은 적어도 다른 사람들의 말과는 어딘가 틀렸다.

속옷도 세련된 것만을 입고 매일 갈아입으며 향기로운 비누로 목욕을 하고 발도 매일 씻었다. 그의 모든 것이 근사하고 정갈했다. 아무것도 안 할 수도 있고 실제로 하지도 않았다. 다른 사람들이 그를 위해 모든 일을 했다. 그에게는 자하르와 또 3백의 자하르가 있었다……

그는 지주 귀족인데다가 인물도 훤하고 번쩍거리기까지 했다! 게다가 그는 선량하다. 그의 걸음걸이 하나, 행동 하나가 모두 유연했다. 그의 손이 닿는 감촉을 비로드에 비유한다면 남편이 건드리는 것은 마치 매질과도 같았다! 그의 눈길과 말투는 부드럽고 정말 친절하기 이를 데가 없다……

그녀가 이런 생각을 하지도 않을뿐더러 전혀 신경조차 쓰고 있지 않음은 물론이다. 하지만 누군가 다른 사람이, 오블로모프가 그녀의 인생에 나타나 그녀의 마음 속에 만들어낸 인상을 추적해, 설명해보고자 하는 생각을 행여 해보았다면 이렇게 말고 어떤 또 다른 설명을 찾아낼 수 있겠는가.

일리야 일리이치는 오라버니라는 사람을 위시해서 그가 나타난 그 순간부터 세 배나 더 많은 양의 뼈다귀를 먹게 된 사슬 묶인 개까지, 이 집에 그가 가져다준 의미가 어떤 것인지에 대해서는 이해하고 있었다. 그러나 이 의미가 어떤 뿌리를 내렸고, 그로 인해 여주인의 가슴이 받게 된 예기치 못한 충격이 어떤 것이었는지는 전혀 이해하지 못했다.

그의 식탁과 속옷 그리고 방에 대한 그녀의 분주한 염려 속에서 그는 단지 처음 방문 당시 이미 눈치챘던 그녀의 성격상의 주요 특징만을 보았다. 아쿨리나가 푸드득거리는 수탉을 들고 느닷없이 방안으로 들어 왔을 때, 여주인은 요리사의 달갑지 않은 시샘에 당황스러웠음에도 불구하고 그 수탉이 아닌 잿빛 수탉을 가게 주인에게 내주라고 분명하게 일렀었다.

아가피야 마트베이브나는 오블로모프에게 아양을 떨거나 그녀 안에서 일어나고 있는 어떤 징후를 그에게 내비칠 만한 여자가 못 되었다. 이미 말한 바와 마찬가지로 그녀는 이를 의식하지도 전혀 알아차리지도 못했고 심지어 얼마 전까지만 해도 그녀 안에서는 아무 일도 일어난 적이 없었다는 사실조차도 까맣게 잊고 있을 정도였다. 그녀의 사랑은 단지 극도의 충성심으로만 설명이 가능한 것이다.

오블로모프 역시 그를 대하는 그녀의 태도의 진정한 특성에는 전혀 문외한이었다. 그는 이것을 그저 그녀의 성격 탓으로 돌렸다. 프쉐니찌나의 감정, 즉 아주 정상적이고 자연스러우며 사심이 전혀 없는 감정은 오블로모프와 그녀의 주변 사람들, 그리고 그녀 자신에게도 비밀로 남았다.

그 감정엔 실제로 전혀 사심이 없었다. 왜냐하면 그녀가 교회에서 촛불을 꽂고 오블로모프의 건강을 기원했던 것은 말 그대로 그의 쾌유를 바랐기 때문이었다. 물론 오블로모프는 이에 대해 결코 알 수가 없었다. 그녀는 밤새 그의 머리맡을 지키고 앉아 있다가 새벽녘이 되어서야 그 자리를 떠났지만 이후에도 그런 말은 입 밖에 내본 적도 없었다.

그녀에 대한 그의 태도는 훨씬 더 단순했다. 아가피야 마트베이브
나에게서, 그녀의 끊임없이 움직이는 팔꿈치에서, 모든 사물에 걱정스
럽게 머무는 그녀의 눈길에서, 찬장에서 부엌으로, 부엌에서 헛간으로,
다시 술저장고로 한 순간도 쉼 없이 이리 뛰고 저리 뛰는 그녀의 발걸음
에서, 집안 시설 및 집안 살림에 대한 탁월한 식견에서 망망대해처럼 아
득한, 그리고 절대 깨뜨릴 수 없는 가장 이상적인 삶의 평안이 구현되어
있음을 그는 보았다. 그러한 평온한 삶의 화폭은 일찍이 어렸을 때 아버
지의 지붕 아래 살고 있던 때부터 그의 마음 속에 지울 수 없는 기억으
로 자리잡고 있었다.

그곳에선 그의 아버지와 할아버지, 자식들과 손자들, 그리고 손님
들이 아주 느긋한 평온을 즐기며 앉아 있거나 누워 있었다. 또 집에는
수발들 거리를 찾아 끊임없이 그들 주위를 맴도는 눈과 지칠 줄 모르는
손들이 있다는 사실도 그들은 잘 알고 있었다. 사실 이 손들이야 말로
그들에게 옷을 만들어주고 먹여주고 마시게 해주고 옷을 입혀주고 신발
을 신겨주고 이부자리를 펴주고, 임종시에는 눈을 감겨주는 손들이었
다. 마찬가지로 지금의 오블로모프 역시 소파에 꼼짝 않고 앉아서 그를
위해 활발하고 민첩한 그 무언가가 연신 움직이고 있음을 목도하고 있
었다. 내일 태양이 떠오르지 않고 눈보라가 하늘을 가리고 우주의 끝 중
의 끝에서 폭풍이 불어닥친다 해도 식탁엔 수프와 고기가 올라오고 깨
끗하고 뽀송뽀송한 속옷이 그를 기다릴 것이며 거미줄 또한 벽에서 제
거되리라는 사실 또한 잘 알고 있었다. 그러면서도 그는 이런 일이 어떻
게 있을 수 있는지에 대해서 전혀 알고 싶어하지도 않았을뿐더러, 자기
가 뭘 원하는지에 대해서 생각하는 수고조차도 구태여 하려 들지 않았
다. 애쓰지 않아도 다 알게 마련이고, 생각하고 어쩌고 할 시간이면 벌
써 모든 것이 그의 코앞에 쫙 펼쳐진 후였다. 그것도 자하르의 늑장과

툴툴거림과 더러운 손에 의해서가 아니라, 깊은 충성심에서 우러나오는 미소와 깨끗하고 하얀 손과 맨 팔꿈치에 의해서 말이다.

그는 매일 조금씩 여주인과의 우정을 키워나갔다. 사랑, 얼마 전 경험했던 전염병, 혹은 열병과도 같은 사랑은 더 이상 생각하기도 싫었다. 생각만 해도 몸서리가 쳤다.

그는 아가피야 마트베이브나와 가까워졌다. 불꽃에 가까이 다가갔다고나 할까. 사실 가까이 다가가면 다가갈수록 따뜻한 것이 불꽃이지만 사랑할 수는 없는 법이다.

점심 후에도 그는 그녀의 방안에 기꺼이 남아서 담배를 피워 물었다. 그리고 그녀가 식기실에 은제품과 접시를 포개놓고, 찻잔을 꺼내 커피를 따르는 것을 지켜보았다. 보아하니 그녀는 유독 찻잔 하나를 아주 꼼꼼하게 닦아 제일 먼저 커피를 따르고 그에게 내밀고는 그가 만족스러워하는지 어떤지를 살피곤 했다.

하지만 아침이 찾아오고 그녀가 눈에 띄지 않아도 그의 마음은 전혀 동요되지 않았다. 점심을 먹고 그녀의 방에 그대로 남아 있기는커녕 그는 자주 두어 시간 눈을 붙이기 위해 자기 방으로 가버리곤 했다. 그가 눈을 뜨자마자, 눈을 뜨는 바로 그 순간에 그를 위한 차가 준비된다는 사실에 대해서는 까맣게 모르고 있다.

그리고 중요한 것은, 이 모든 일이 아주 조용하게 진행된다는 사실이었다. 심장이 벌렁거린 적도 없고 여주인을 못 보면 어쩌나 하는 생각에 마음 졸인 적도 없었다. 또 그녀가 무슨 생각을 할까, 그녀에게 어떤 말을 할까, 그녀의 질문에 어떻게 대답을 할까, 그녀의 시선은 어떤가 등등의 일로 마음 써본 적은 단 한 번도 없었다.

우울함도, 불면의 밤도, 달콤하고도 쓰디쓴 눈물도 경험해본 적도 없었다. 그냥 앉아서 그녀의 바느질하는 모습을 보고 아무 말이나 건네면 그만이었다. 설령 아무 말도 건네지 않는다 해도 마음이 거북할 이유는 하나도 없었다. 더 이상 필요한 것도 없고 더 이상 바랄 것도 없었다. 필요한 것은 모두 제자리에 있는 느낌이었다.

아가피야 마트베이브나가 재촉하는 법도, 요구하는 법도 없었으니 그에게 어떤 이기적인 바람도, 욕구도, 큰일을 해보고자 하는 열망도 생기지 않았던 것은 당연했다. 시간이 가고 있구나, 기력이 쇠하고 있구나, 선한 일이든 악한 일이든 무엇 하나 하는 일이 없구나, 이래서야 아무짝에 쓸모 없는 위인일 뿐, 산다 할 수도 없고 무위도식하고 있구나 등등의 괴로운 고민도 하지 않았다.

어떤 보이지 않는 손이 아주 귀한 식물을 심듯 그를 땡볕을 피해 그늘진 곳에 심어놓고 비를 피할 지붕을 얹고 애지중지하면서 온갖 정성을 다 쏟는 듯했다.

"어떻게 그렇게 민첩하게 바늘이 코 옆을 스쳐 지나다닐 수가 있죠, 아가피야 마트베이브나? 너무 밑으로 고개를 숙이시니까, 혹 코를 치마에 꿰매시는 건 아닌지 해서 겁이 다 납니다."

그녀는 빙그레 웃었다.

"여기까지만 바느질을 하고 저녁을 차릴게요."

그녀가 거의 혼잣말처럼 속삭였다.

"저녁은 뭐죠?"

"연어 고기를 곁들인 절인 양배추랍니다. 용철갑상어를 구할 수가 있어야죠. 가게란 가게는 다 다녀보고 오빠도 알아봤는데 없다네요. 싱싱한 용철갑상어가 나오면, 마부 출신의 한 상인이 주문을 했다던데, 일부 잘라주기로 약속을 했어요. 그리고 송아지 고기와 냄비에 끓인 죽하고……"

"정말 끝내주는군요! 그런 걸 다 기억하시니, 정말 훌륭하세요, 아가피야 마트베이브나! 아니시야가 잊지 않으면 좋으련만."

"제가 뭐랬어요? 끓는 소리 들리죠?" 부엌문을 약간 열면서 그녀가 대꾸했다. "벌써 끓고 있어요."

바느질을 끝낸 그녀는 실밥을 물어뜯고서 일감을 돌돌 말아 침실로 가져갔다.

그렇게 그는 그녀에게 한 발 한 발 다가갔다. 마치 따뜻한 불꽃에 다가가듯. 언젠가 한번은 너무 가까이 다가간 나머지 불이, 아니 폭발이 일어날 뻔한 적도 있었다.

자기 방안을 거닐던 그가 주인집 문 쪽으로 돌아섰다. 팔꿈치가 아주 민첩하게 움직이고 있는 모습이 눈에 띄었다.

"쉴 틈이 없군요!" 여주인의 방으로 들어가며 그가 말했다. "이게 뭐죠?"

"계피를 빻고 있어요."

심연을 바라보듯 절구를 쳐다보면서 그녀가 대답했다. 인정사정없이 절구질을 하고 있었다.

"제가 혹시 방해가 된 것은 아닌가요?"

그가 그녀의 팔꿈치를 잡아 절구질을 더 이상 하지 못하게 하고서 물었다.

"놓으세요! 설탕도 더 빻아야 하고 푸딩에다가 포도주도 넣어야 해요."

여전히 그는 그녀의 팔꿈치를 잡고 있었다. 그의 얼굴이 그녀의 뒷덜미에 바짝 붙었다.

"말씀해보세요, 만약 제가 당신을…… 사랑하게 된다면?"

그녀가 빙그레 웃었다.

"당신도 절 사랑하게 된다면?"

그가 다시 물었다.

"사랑 못 할 게 뭐 있어요? 하느님께서 모두를 사랑하라 하셨잖아요."

"제가 당신께 키스를 한다면?"

그녀의 볼에 고개를 숙이며 그가 속삭였다. 그의 입김이 그녀의 볼을 뜨겁게 했다.

"지금은 부활절 주간도 아니잖아요."

그녀가 웃으면서 말했다.

"그렇다면, 내게 키스해주시구려!"

"우리가 부활절까지 살아남는다면, 그때 키스를 하도록 해요."

그녀는 전혀 당황하거나 민망해하거나 두려워하지도 않았다. 마치 멍에를 쓰고 있는 말처럼 꼿꼿이 서서 꼼짝도 하지 않았다. 그가 살짝 그녀의 볼에 입을 맞추었다.

"보세요, 계피를 엎질렀잖아요. 이러다간 피로그에 아무것도 넣어드릴 수가 없겠어요."

"대수로운 일도 아닌데요 뭐!"

"옷에 그 얼룩은 또 뭐죠?" 실내복의 앞섶을 움켜쥐면서 그녀가 걱정스럽게 물었다. "기름인가 봐요?" 그녀가 얼룩의 냄새를 맡았다. "어디서 얼룩을 묻히신 거죠? 등잔을 엎지르신 건 아닌가요?"

"어디서 이렇게 됐는지 저도 몰라요."

"분명 문틈에 끼었었나 보군요?" 아가피야 마트베이브나가 갑자기 알겠다는 듯 말했다. "어제 경첩에다가 기름칠을 했어요. 하도 삐걱거려서. 얼른 벗어주세요. 가져가서 세탁해 올게요. 내일이면 말끔하게 없어질 겁니다."

"아가피야 마트베이브나, 당신은 정말 마음씨도 고우셔!" 천천히 실내복을 어깨에서 벗어던지며 오블로모프가 말했다. "시골에 가서 살면 어때요? 거기서도 집안일은 마찬가지일 테고! 없는 게 없어요. 버섯, 산딸기, 잼, 새들, 외양간······"

"싫어요, 왜 그래야 하죠?" 그녀가 한숨을 쉬며 소리쳤다. "태어나서 여태껏 살아온 데가 여긴데, 여기서 죽어야죠."

그녀를 쳐다보는 그의 눈길에선 가벼운 흥분이 느껴졌다. 하지만 그의 눈은 빛이 나지 않았고 눈물이 핑 돌지도 않았으며 한껏 마음이 부풀어올라 하늘을 찌르지도 않았다. 그저 소파에 앉아 하염없이 그녀의 팔꿈치만을 바라보고 싶을 뿐이었다.

제2장

이반의 날은 축제 분위기로 지났다. 이반 마트베이치는 전날 관청에 출근하지 않고 시내 곳곳을 미친 듯이 쏘다녔다. 매번 집에 돌아올 때면 손엔 서류 봉투 아니면 바구니가 들려 있었다.

아가피야 마트베이브나는 커피 하나로 3일을 살았다. 그러면서도 일리야 일리이치를 위해서만은 음식을 세 가지나 준비했고 다른 이들은 겨우겨우 끼니만 때웠다.

아니시야는 그 전날 잠을 한숨도 못 잤다. 단지 자하르 혼자만 자신은 물론이려니와 그녀의 몫까지도 잠을 퍼 잤고 이 모든 음식 준비에 태평하면서도 어느 정도는 경멸의 눈빛을 보냈다.

"우리 오블로모프카에서는 명절 때마다 음식 장만을 하고는 했지."

백작 댁 부엌에서 불려온 두 요리사에게 자하르가 말했다. "피로그두 다섯 종류나 되구 소스는 셀 수조차 없을 지경이었지! 하루 온종일 나으리님들은 먹구 마시구, 그 다음날두 마찬가지였어. 그럼 우린 남은 음식을 닷새에 걸쳐서 해치우곤 했지. 다 먹었다 싶으면 손님들이 또 몰려와서 다시 또 준비하곤 했는디, 여긴 고작 일 년에 단 한 번이잖여!"

그는 식탁에서 제일 먼저 오블로모프에게 음식을 날랐고 목에 커다란 십자가를 걸고 있는 어떤 신사에게는 절대로 음식을 날라다주지 않았다.

"우리 나으리님들은 뼈대가 있는 가문의 귀족들이셨어." 그가 우쭐하며 말했다. "여기 이 손님들 좀 보라구!"

끄트머리에 앉은 타란찌에프에게는 음식을 날라다주지 않아 적당한 양의 먹을 것을 직접 접시에 담아야만 했다.

이반 마트베이치의 동료라는 사람들이 한 자리에 모이니까 서른 명가량 되었다.

큼지막한 연어, 잘게 간 병아리 고기와 메추라기, 아이스크림과 고급 포도주, 이 모든 것은 1년에 단 한 번뿐인 명절을 기념하기에 충분했다.

식사가 끝날 무렵 손님들은 서로 얼싸안고서 안주인의 음식 솜씨를 침이 마르도록 칭찬한 다음, 카드놀이를 하기 위해 둘러앉았다. 무하야로프는 고개를 숙여 감사의 인사를 했다. 귀한 손님들을 대접하는 행복을 위해서라면 1년 봉급의 3분의 1을 내놓아도 아깝지 않노라는 말도 잊지 않고 했다.

아침 무렵이 되어서야 손님들은 겨우 뿔뿔이 흩어졌다. 집안은 다시 일리야의 날이 올 때까지 잠잠해졌다.

그날 온 손님 중에 외지인은 이반 게라시모프와 알렉세에프뿐이었다. 알렉세에프는 말수도 적고 대답도 전혀 없는 사람으로, 소설의 초입부에 일리야 일리이치보고 5월 1일 소풍에 가자던 위인이다. 오블로모프는 이반 마트베이치에게는 뒤지고 싶지 않았다. 그래서 이 촌구석에서는 전혀 찾아볼 수 없는 세련되고 우아한 음식 접대로 자리를 빛내고자 애를 썼다.

기름기 많은 큼지막한 파이 대신 속에 아무것도 넣지 않은 피로그가 선을 보였다. 수프 전에 굴이 나왔다. 송로(松露)버섯을 곁들인 병아리 고기, 입 안에서 살살 녹는 고기, 가는 야채, 영국식 수프가 뒤를 이었다.

식탁 중앙에는 커다란 파인애플이 자태를 뽐내고 주변엔 복숭아와 버찌, 살구가 놓여져 있었다. 생화가 꽂혀 있는 화병도 눈에 띄었다.

수프가 나오자 타란찌에프가 피로그를 예로 들면서 요리사에 대한 험담을 늘어놓기 시작했다. 피로그 안에 아무것도 넣지 않은 것은 멍청한 발상이라는 것이었다. 그때 사슬에 묶인 개의 필사적으로 날뛰는 소리와 짖는 소리가 들렸다.

안뜰로 여행 마차가 도착해 누군가가 오블로모프를 찾았다. 모두가 놀라 입을 쩍 벌렸다.

"옛 친구 중에 누군가가 내 명명일을 기억하고 있나 보군. 집에 없다고 해, 난 집에 없는 거야!"

그가 자하르에게 귓속말로 말했다.

정원 정자에서 식사를 하고 있던 자하르는 손님을 돌려보내려고 뛰어가다가 도중에 슈톨츠와 맞부딪쳤다.

"안드레이 이바느이치."

자하르가 기뻐 어쩔 줄을 몰라 하며 쉰 소리를 냈다.

"안드레이!"

오블로모프가 그를 큰 소리로 부르며 달려가 얼싸안았다.

"내가 먹을 복은 있어서 식사 시간에 딱 맞추어 온 게로군! 먹을 것 좀 주게나, 허기가 지군. 간신히 자넬 찾아냈어!"

"어서 들게나 어서, 자 앉아!"

자기 옆에 그를 앉히며 오블로모프가 수선을 피웠다. 슈톨츠가 나타나자 타란찌에프가 첫번째로 재빨리 바자울을 넘어 텃밭으로 훌쩍 뛰었다. 그의 뒤를 따라서 이반 마트베이치가 정자 뒤에 몸을 숨기고는 제방으로 사라져 버렸다. 여주인 역시도 자리에서 일어났다.

"내가 방해가 됐나 봐."

슈톨츠가 벌떡 일어서며 말했다.

"어딜 가는 거야, 왜들 그래? 이반 마트베이치! 미헤이 안드레이치!"

오블로모프가 소리쳤다. 그는 여주인을 제자리에 앉혔다. 이반 마트베이치와 타란찌에프는 붙잡을 수가 없었다.

"어디서 오는 길이야? 어떻게 된 거야? 오래 머무를 생각인가?"

오블로모프가 질문을 퍼부었다. 슈톨츠는 일 때문에 2주 예정으로 왔고 시골에도 다녀왔으며 다음은 키예프로 갈 예정이라 했다. 그 다음 행선지가 어디가 될는지는 아무도 모를 일이다.

슈톨츠는 식사 중에 말을 아끼면서 배불리 먹기만 했다. 보아하니 정말 배가 고픈 것 같았다. 나머지 사람들은 더구나 말없이 먹기만 했다.

식사를 마치고 식탁이 다 치워졌을 때, 오블로모프는 정자에 샴페인과 생수를 갖다놓으라고 일렀다. 그리고 슈톨츠와 단둘이 마주 앉았다.

한참을 둘은 말이 없었다. 슈톨츠가 오랫동안 그를 뚫어지게 쳐다보았다.

"언제, 일리야?!" 드디어 슈톨츠가 입을 열었다. 엄하게 다그치는 듯했다. 오블로모프는 말없이 아래만을 쳐다보았다. "그러니까, '영원히'?"

"'영원히' 라니?"

영문을 모르겠다는 듯 오블로모프가 물었다.

"자네 벌써 잊은 게로군. '지금 아니면 영원히!' 라 했던 말."

"난 이제 예전의 내가 아냐…… 안드레이. 다행히도 만사형통이라 네. 하릴없이 눕지도 않고, 계획은 거의 끝나가고, 잡지 두 권을 정리하고 있어. 또 자네가 남겨둔 책은 거의 다 읽었어……"

"러시아를 떠나지 않은 이유가 뭐야?"

"떠나려고 하는데 방해하는 게 있어서……"

그가 빙그레 웃었다.

"올가?"

의미심장한 눈길로 그를 보며 슈톨츠가 말했다. 오블로모프의 얼굴이 확 달아올랐다.

"벌써 다 들은 게로군…… 그런데 올가는 지금 어디에 있지?"

슈톨츠를 보며 그가 얼른 물었다. 슈톨츠는 대꾸도 하지 않고 계속 그만을 쳐다보았다. 그의 속마음을 꿰뚫고 있는 것만 같았다.

"내가 듣기로, 그녀는 숙모와 외국으로 떠났다던데……"

오블로모프가 서둘러 말했다.

"그녀가 자신의 실수를 깨달은 직후에."

슈톨츠가 뒷말을 마저 했다.

"자네도 알지 모르지만……"

당황해 어쩔 줄을 모르며 오블로모프가 말했다.

180

"다 알아. 라일락 가지에 대해서까지도. 부끄럽다거나 속상하지도 않아, 일리야? 후회되거나 안타까운 마음도 없냐고?"

"말하지 마, 기억하고 싶지도 않아!" 오블로모프가 서둘러 그의 말을 가로막았다. "나와 그녀 사이에 어떤 심연이 가로막고 있는지를 알았을 때, 난 그녀에겐 당치도 않다는 확신을 했을 때, 내가 얼마나 열병을 앓았다고…… 아, 안드레이! 진정 날 사랑한다면 더 이상 괴롭히지 말고, 그녀 기억일랑 들춰내지 말아줘. 오래 전에 그녀에게 실수를 알려줬어. 그런데도 그녀는 믿지를 않았지…… 사실, 난 그리 잘못한 게 없어."

"자네의 잘못을 가리자는 게 아냐, 일리야." 다정하면서도 부드럽게 슈톨츠가 말을 이었다. "자네의 편지를 읽어보았어. 누구보다 내 잘못이 가장 크고, 다음엔 그녀, 그리고 자네야, 거의 자넨 잘못이 없다고 할 수 있지."

"그녀는 지금 어때?"

오블로모프가 소심하게 물었다.

"어떠냐고? 슬픔에 빠져서 하염없이 눈물을 흘리고 자네를 원망하고 있지……"

경악, 고통, 놀람, 회한의 기색이 한마디 한마디 할 때마다 오블로모프의 얼굴에 나타났다.

"자네 무슨 말을 하는 거야, 안드레이!" 자리에서 일어서며 그가 말했다. "가세, 제발, 지금, 지금 당장. 그녀의 발아래 엎드려서 용서를 구해야 해……"

"가만히 앉아 있어봐!" 슈톨츠가 웃으면서 그를 막았다. "그녀는 지금 아주 즐거워, 행복하기까지 해. 자네에게도 안부를 전해달라더군. 편지를 쓰겠다는 걸, 내가 말렸어. 자넬 흥분시킬지도 모르겠다 싶어서."

"그렇다면 천만다행이야!" 오블로모프가 거의 울먹이며 말했다. "이렇게 기쁠 수가, 안드레이. 자네에게 입을 맞춰도 되겠나? 우리 그녀의 건강을 위해서 건배하세."

그들은 샴페인 잔을 비웠다.

"그녀는 지금 어디 있어?"

"지금 스위스에 있어. 가을에 숙모와 자기 시골로 간대. 내가 여기 온 것도 그 일 때문이야. 마지막으로 의회에 이런저런 처리할 일이 있거든. 남작이 일을 끝내놓지 못했어. 아마 올가에게 청혼할 생각이었던 모양이야……"

"정말? 그럴 리가? 그래서, 그녀는?"

"당연히 거절했지. 그러자 그 사람은 화가 머리끝까지 나서 떠나버렸지. 그래서 내가 그 일을 마무리해야 해! 이번 주엔 다 끝날 거야. 그건 그렇고, 자넨? 왜 이런 촌구석에 처박힌 거야?"

"여긴 평온하고 조용해, 안드레이. 방해하는 사람도 없고……"

"뭘 방해하는데?"

"일을 방해하지……"

"미안하지만, 여긴 또 하나의 오블로모프카에 불과해. 더 혐오스러운." 슈톨츠가 주위를 둘러보며 말했다. "시골로 가세, 일리야."

"시골로 간다…… 물론 좋지. 그곳에서도 곧 건축이 시작될 거야. 너무 급하게 서두르지 말게, 안드레이. 생각할 시간을 줘……"

"생각은 또 무슨 생각! 자네 생각을 잘 알아. 이 년 전에 외국으로 가는 일도 생각해본다 했었잖아. 지금하고 뭐가 달라? 다음 주에 떠나세."

"그렇게 갑자기, 다음 주에?" 오블로모프가 잔뜩 웅크렸다. "자네야 일 때문에 들렀다지만, 난 준비도 해야 하고…… 여기 집 살림은 어쩌고. 어떻게 다 팽개쳐? 아무것도 없는데."

"맞아, 아무것도 필요 없어. 그래, 자네한테 뭐가 더 필요해?"

오블로모프는 아무 말도 하지 않았다.

"몸이 안 좋아, 안드레이. 천식을 앓고 있어. 다래끼가 이쪽 눈 저쪽 눈 번갈아 나고 다리가 부었어. 밤에 잠이 들면 잊혀지다가도 갑자기 누군가가 머리 아니면 등을 후려치는 것 같아서 깜짝 놀라 깨곤 해……"

"잘 들어, 일리야. 진지하게 말하는데, 삶의 모습을 바꾸어야만 해. 그러지 않으면 수종에 걸리거나 중풍을 달고 살게 돼. 미래에 대한 희망도 끝장이야. 만약 올가, 이 천사가 날개로 자네를 이 늪에서 건져내지 않으면 나도 어쩔 수가 없어. 작은 활동 범위를 선택하고 작은 시골 마을을 건설하고 농부들을 다스리고 그들의 일로 깊숙이 들어가고 뭔가를 건설하고 씨를 뿌리는 일, 이 모든 일을 자네 스스로가 해야만 해…… 자네에게서 한시도 떨어지지 않겠어. 이젠 나만의 바람이 아닌 올가의 의지에 따르겠다고. 그녀가 뭘 원하는지 알아? 들어볼래? 자네가 완전히 죽는 것도, 생매장되는 것도 그녀는 원치 않아. 난 자네를 이 무덤에서 끄집어내겠다고 약속했어……"

"아직 그녀가 날 잊진 않았군! 내가 그럴 정도의 위인은 되지!"

오블로모프가 제정신이 드는 듯했다.

"그럼 안 잊었지. 모르긴 해도 평생 못 잊을걸. 그녀는 그런 여자가 아냐. 자넨 그녀를 찾아가야만 해."

"지금은 안 돼, 제발, 지금은 안 돼, 안드레이! 잊게 해줘. 아, 여기가 아직……"

그가 가슴을 가리켰다.

"거기 뭐? 사랑 아냐?"

"아냐, 수치와 고통이지!"

오블로모프가 한숨을 내쉬며 대꾸했다.

"그래, 좋아! 그럼 자네 시골로 가세. 처리할 일이 있다며? 지금 이 여름, 보물처럼 귀중한 시간이 지나고 있어……"

"그럴 필요 없어, 대리인이 따로 있어. 그 사람 지금도 시골에 있거든. 나중에 갈 거야. 언제가 좋을지는 더 생각해보고."

그는 슈톨츠 앞에서 큰소리를 치기 시작했다. 가만히 앉아서도 모든 일을 훌륭하게 처리한 일, 대리인이 도망간 농부들의 서류를 모으고 곡물을 후한 값에 팔아서 1,500루블을 보내온 일에 대해 말했다. 아마도 올해 소작료도 걷어서 보내줄 것이라는 말도 빠뜨리지 않았다.

슈톨츠가 이 대목에서 손바닥을 쳤다.

"주위에 순 날강도들뿐이군! 삼백의 농노에서 그래 천오백 루블이라고! 누가 대리인이야? 어떤 작자야?"

"천오백이 넘어." 오블로모프가 얼른 고쳤다. "곡물 팔고 난 돈에서 포상금과 일에 대한 대가를 그 사람한테 지불했거든……"

"얼마나?"

"기억 안 나. 보여줄게, 어딘가에 적어놓은 계산서가 있을 거야."

"그래서, 일리야! 정말 자넨 죽은 거야, 죽은 거나 진배없어! 옷 입고, 내 숙소로 가세!"

오블로모프는 반항을 해보려고 했다. 그러나 슈톨츠는 거의 강제로 그를 자기의 숙소로 데려갔다. 자신의 이름으로 된 위임장을 쓰고는 오블로모프에게 서명을 하게 했다. 그리고는 오블로모프가 직접 시골에 내려가 영지 경영에 익숙해질 동안까지만 오블로모프카를 임대하겠노라고 공표했다.

"자넨 두 배는 더 받게 될 거야. 단 오랫동안 자네의 임차인이고픈 생각은 추호도 없어. 나도 내 할 일이 있으니까. 나하고 같이 시골에 내려가든가 아니면 내 뒤를 따라와. 난 올가의 영지에 있을 테니까. 삼백 베르스타 떨어진 거리니까 내가 일간 자네 영지에 들러 대리인을 내쫓고 직접 일처리를 할게. 그런 다음에 직접 오도록 해. 날 떼놓을 생각일랑 하지도 마."

"아, 인생이라니!"

"무슨 인생?"

"한 번 건드리면 평온은 없어! 누워서 잠들고 싶다…… 영원히……"

"불꽃을 꺼버리고 어둠 속에 그대로 있겠단 말이군! 인생이란 정말 멋진 거야! 어이, 일리야! 그래 철학자가 되어보시겠다? 정말! 삶은 순간순간 번쩍거리는데 그래 누워서 잠들겠다고? 불꽃이 영원히 타오르게 해야 할 것 아냐! 아, 이백, 삼백 년이라도 살 수만 있다면야 골백번이라도 고쳐 하면 되겠지!"

"자넨 달라, 안드레이. 자네한텐 날개가 있어. 자넨 사는 게 아니라 날아다니고 있어. 또 재능도 있고 자존심도 있어. 자넨 뚱뚱하지도 않고 다래끼가 나는 법도 없고 뒷머리를 긁적일 일도 없겠지. 자넨 왠지 다르게 생겨먹었어……"

"아이고, 됐어! 인간이란 자신을 새롭게 만들 수 있게 창조되었어. 자기의 천성을 바꾸라고 말이지. 그런데도 인간이란 자기 배를 스스로 불룩하게 만들고서 고작, 천성이 이 짐을 보냈다고 생각하는 거야! 자네에게도 날개가 있었는데, 자네가 그 날개를 묶어놓았어."

"날개가 어디 있다고 그래?" 오블로모프가 의기소침해져서 말했다. "난 할 줄 아는 것도 하나도 없고……"

"하고 싶은 마음이 없겠지. 아무것도 할 줄 모르는 인간이란 없어, 정말, 하나도 없어!"

"난 아무런 능력이 없다니까 그러네!"

"자네 얘기만 들으면 자네가 무슨 집주인에게 편지 하나 제대로 작성해 써보내지 못하는 위인 같군. 올가에겐 어떻게 편지를 썼어? 관계대명사와 관계사도 헷갈리지 않고? 매끄러운 편지지에 영국제 잉크, 게다가 필체 또한 힘차던데, 그건 뭐야?"

오블로모프는 얼굴이 화끈거렸다.

"닥치니까 생각도 나고 말도 나오는 거야. 비록 어딘가 소설에서 읽은 것들이라 해도. 닥치지 않으면 할 줄 아는 게 하나도 없어. 눈도 도통 보이지가 않고 두 손에도 기력이라곤 없어! 자넨 그 능력을 어린 시절 오블로모프카에서 다 잃어버렸어. 숙모들과 유모, 그리고 삼촌들에게 둘러싸여서. 양말을 못 신는 사람은 살아갈 능력도 없는 거야."

"자네 말이 다 맞을지도 몰라, 안드레이. 할 일도 없고 어쩔 도리가 없어!"

일리야가 체념의 한숨을 내쉬면서 말했다.

"어쩔 도리가 없다니!" 슈톨츠가 화를 내며 반박했다. "다 쓸데없는 짓이야. 내 말대로만 해. 그러면 어쩔 도리가 있게 돼!"

그러나 슈톨츠는 혼자 시골로 떠났고 오블로모프는 가을에 간다는 약속을 하고 그냥 남았다.

"올가에겐 뭐라 말하지?"

떠나기 전에 슈톨츠가 오블로모프에게 물었다. 오블로모프는 고개를 떨구고 슬픔에 젖어 아무 말도 하지 못했다. 한숨만을 내쉴 뿐이었다.

"내 얘기는 하지 말아줘!" 오블로모프가 곤혹스러워하며 입을 열었다. "듣지도 보지도 못한 걸로 해줘……"

"믿지 않을걸."

"그럼 이렇게 얘기해, 내가 죽었다고, 행방불명이라고……"

"눈물을 쏟고 오랫동안 마음을 잡지 못할 거야. 대체 무엇 때문에 그녀에게 슬픔을 안겨주어야만 하지?"

오블로모프는 감정이 복받쳤다. 두 눈은 촉촉하게 젖어 있었다.

"그럼, 알았어. 내가 거짓말을 할게, 자네가 그녀에 대한 추억으로 살고 있노라고. 그리고 엄격하면서도 진지한 생의 목적을 찾고 있노라고. 자네도 명심해, 삶 그 자체와 노동은 생의 목적이 될 수는 있지만 여자는 아니라는 사실을. 이 점에서 둘은 실수를 한 거야. 그녀도 만족해하겠지!"

그렇게 둘은 작별을 했다.

제3장

타란찌에프와 이반 마트베이치는 이튿날 일리야의 날 저녁때 다시 선술집에서 마주 앉았다.

"차!" 이반 마트베이치는 침울하게 주문을 했다. 웨이터가 차와 럼주를 내왔을 때 그는 화를 버럭 내며 럼주 병을 그에게 내밀었다. "이걸 럼주라고 마시느니 차라리 못을 삼키고 말지!"* 그리곤 외투 주머니에서 자신의 병을 꺼내서 마개를 따고 웨이터에게 냄새를 맡게 했다.

---

* 럼주의 질이 나쁘다는 의미로, 부드럽게 넘어가지 않는다는 것을 비유적으로 표현했다.

"괜한 소란 피우지 말고 가져온 거나 도로 갖고 가."

"이보게, 일이 영 꼬이고 있어!"

웨이터가 물러나자 그가 말했다.

"응, 젠장할!" 노기가 등등해서 타란찌에프가 맞장구를 쳤다. "그런 교활한 놈이 있담. 독일 놈 말야! 위임장을 없애버리고 영지를 임대했어! 우리 일을 다 들은 걸까? 우리 양의 털을 다 강탈해갈 참이야."

"만약 자초지종을 다 알게 되면, 이보게, 난 겁나. 죄다 까발려질 거 아니냐구. 소작료도 벌써 거두어들여서 우리가 꿀꺽한 걸 알면 분명 우릴 고소할 텐데……"

"이미 엎질러진 물이야! 자네, 순 겁쟁이가 됐구만! 자쪼르트이도 땅 주인의 돈을 꿀꺽한 게 처음이 아닌데, 꼬리가 안 밟히도록 뒷처리를 잘하겠지. 영수증을 농부들한테 주었다가 쥐도 새도 모르게 다시 빼돌리거든. 독일 놈이 열이 올라 소리친다 해도 뭐 어쩌겠어. 일이란 게 다 그런 거지!"

"그래?" 생기가 돌며 무하야로프*가 말했다. "그럼 한잔하세."

그는 자기 잔과 타란찌에프의 잔에 럼주를 따랐다.

"이 세상, 맨정신으로는 살 수가 없어. 술 한잔 들어가야 살 수가 있지!"

그가 스스로 위안을 했다.

"자넨 이제 이렇게 하게. 뭐든 계산서를 만들어. 뭐라도 좋아, 장작 값도 좋고 배추 값도 좋고, 하고 싶은 대로 해. 다행히도 오블로모프가 집안 살림을 자네 누이에게 다 맡긴 상태니까. 그래서 총비용을 보여줘. 자쪼르트이가 오면 소작료로 가져온 돈은 얼마가 되었든 비용으로 다

---

* 이반 마트베이치를 말함.

나갔다고 말하는 거야."

"그 사람이 계산서를 가져와서 독일 놈에게 나중에 보여주면? 그래서 일일이 계산을 맞춰보면 어쩌지……?"

"제기랄! 계산서야 어디다 처박아두면 제깟 놈이 무슨 재주로 찾아. 그리고 다시 올 때쯤이면 다 잊혀지는 거지……"

"그럴까? 한잔하세, 이보게나." 이반 마트베이치가 럼주 한 잔을 더 따르며 말했다. "이 좋은 게 차 때문에 맹탕이 되어서 못내 아쉽구만. 냄새 좀 맡아보게. 삼 루블짜리야. 생선 수프 하나 주문할까?"

"좋지."

"헤이!"

"안 될 말이지, 교활한 놈! '내가 임대하겠네'라고 했겠다." 타란찌에프가 다시 약이 바짝 올라 말했다. "나나 자네 같은 러시아인의 머리로는 생각할래야 할 수도 없어! 어딘가 독일 놈 냄새가 물씬 난다 말야. 농장이다 임대다 하면서 말이지. 이것 봐라, 그러니까 그것도 주식으로 구워삶겠지."

"주식이 대체 뭔 나부랭이야, 전혀 감을 못 잡겠더라구?"

"독일 놈들이 생각해낸 거야!" 타란찌에프가 표독스럽게 말했다. "예를 들어, 어떤 지주가 불에 전혀 타지 않는 집을 지어야겠다고 생각하고 그 집을 지을 도시를 하나 물색 중이라고 해보자 이거지. 그러기 위해선 돈이 필요하잖아. 그럼 종잇조각을 팔겠다고 내놓는 거야. 뭐 오백 루블이라고 쳐. 어수룩한 사람들이 그걸 사서 서로 팔고 사고 하는 거지. 회사가 잘나가면 종이쪽도 덩달아 오르는 거고 회사가 안 좋으면 쫄딱 망하는 거야. 종이쪽은 갖고 있는데 돈은 없어. 그럼 도시는? 하고 물으면 다 타버렸다, 혹은 다 못 지었다고 하면 그만이야. 처음 그 생각을 한 놈은 벌써 그 돈을 갖고 달아나버렸고. 이런 게 바로 주식이라는 거지! 독일 놈이 이제 그를 주식에 끌어들이겠지! 여태껏 끌어들이지 않은 게 신기할 노릇이군! 내가 내내 방해를 했고 동향인이라서 선처를 베풀어준 덕이지!"

"맞아, 이 일도 끝이 났어. 사건은 다 종결됐고 서류는 기록 보관소로 넘어갔어. 오블로모프카에서 더 이상 돈 나올 구석도 없잖아……"

약간 술기운이 도는 무하야로프가 말했다.

"염병할, 이보게! 자넨 돈방석에 앉는 일만 남은 거야!" 타란찌에 프 역시 거나하게 취해서 말했다. "돈이 샘물 나오듯 하니, 자네야 고단하단 소리 말고 그저 퍼올리기만 하면 돼. 자 건배!"

"이보게나, 샘물이라니? 한 푼, 두 푼 모아서 어느 천년에……"

"이십 년을 모으고 있잖아. 실수나 하지 마!"

"이십 년은 무슨!" 이반 마트베이치가 꼬인 혀로 말했다. "자넨 벌써 잊었군, 내가 서기로 일한 지가 기껏해봐야 십 년이야. 전엔 호주머니에 동전 몇 닢 딸랑거리는 게 전부였어. 가끔, 말하긴 부끄럽지만, 구리를 주워 모아야만 했던 적도 있었어. 인생이 뭐 이 따위야! 에이, 제기랄! 이 세상엔 정말 행복한 인간들도 있다구. 말 한마디 다른 사람 귀에다 속삭이거나 글 한 줄 받아 적게 하거나, 아니면 그냥 제 이름을 서류에 적어넣기만 해도 베개처럼 호주머니가 빵빵해지는 작자들 말이지. 아마 베개로 베고 자도 될 거야. 뼈빠지게 일해봐야 뭐해." 그는 점점 더 술에 취해갔다. "의뢰인들은 코빼기도 보이지 않고 찾아올 생각도 안 하는걸. 마차에 앉아서 '클럽으로'라고 소리치면 그만이야. 거기 클럽에서는 훈장을 주렁주렁 매단 나으리님들이 서로 악수를 하고 오 코페이카짜리가 아닌 성대한 만찬을 드시지, 만찬을, 아휴! 생선 수프는 입에 올리기도 부끄럽지. 인상을 찌푸리고 아마 침을 뱉을 거다. 한겨울에 병아리 고기를 만찬에 내놓는 데는 다 이유가 있다니까. 사월에 딸기가 다 나오고! 집엔 비단 레이스를 곱게 차려입은 아내가 있고 아이들에겐 가정 교사가 딸리고, 어린 애새끼들까지도 곱게 빗기고 때때옷으로 치장을 한단 말야. 에이! 천국이 따로 없어. 죄지을 일이 없지. 자 마시자고! 저기 생선 수프를 가져오는군!"

"이보게나, 불평할 필요 없어. 유감스럽게 생각할 일도 아니고. 자본이 있잖아, 그것도 막대한……" 피처럼 눈이 벌게진 타란찌에프가 술에 완전히 취해서 말했다. "은화로 삼만 오천이 어디 누구네 강아지 이름인가?"

"목소릴 낮게 낮춰, 이보게나!" 이반 마트베이치가 말을 가로막았다. "그러니까 삼만 오천이라! 오만이 되려면 얼마나 걸릴까? 오만을 가지고서 천국에 갈 생각은 말아야겠지? 결혼이나 하고 신중한 인생을 살아야지. 한푼이라도 아끼고 자메이카산도 이젠 다 잊어버리고 인생이란 과연 무엇인가를 생각할 때가 된 거야!"

"마음은 편하겠지. 일 루블, 이 루블, 그러다가 어느 날에는 칠 루블을 저금할 때도 올 거야. 불평할 일도, 트집 잡을 일도, 얼룩도 연기도, 흔적 하나 없이 사라지는 거지. 괜히 아주 큰일에 이름 한 번 잘못 올리고 나중에 평생을 후회할 일이 생길 수도 있어. 그래, 이보게나, 죄짓고 살지 말자구!"

이반 마트베이치는 벌써부터 딴생각하느라 그의 말은 듣고 있지도 않았다.

"들어보게." 무슨 좋은 일이 있는지 눈을 부릅뜨고서 그가 갑자기 말을 시작했다. 술기운이 확 달아난 듯했다. "아냐, 무서워서 말 못 하겠어. 이런 보물을 머릿속에서 꺼낼 수는 없어. 보물이 날아가버릴 거야…… 마시자구, 어서 마시기나 하자구."

"말하기 전엔 더 이상 안 마셔."

타란찌에프가 럼주잔을 밀치며 말했다.

"아주 중요한 일이야."

문 쪽을 힐끔거리며 무하야로프가 속삭였다.

"그게 뭔데?"

타란찌에프가 성급하게 물었다.

"기가 막힌 횡재를 만난 거야. 그러니까, 자네도 알겠지만, 큰일에 이름 한 번 올린다고 해서 뭐가 어때서?"

"그래서 어쨌다는 거야?"

"잔치를 벌인다면? 잔치를?"

"그래서?"

타란찌에프가 재촉을 했다.

"잠깐, 생각 좀더 해보고. 그래, 뭔가를 싹 없애버려야 해, 법이라는 게 있어. 그러려면, 내가 말해주지, 왜냐하면 자네가 필요해. 자네 없인 어려워. 아냐, 맹세코 발설하면 안 되겠어. 이 일은 다른 사람이 알아서는 절대 안 되는 일이거든."

"내가 그래 자네한텐 다른 사람밖에 안 되나, 이보게? 내가 자네를 위해서 일한 게 한두 번이 아니고, 증인도 서줬지, 그리고 복사본도…… 기억 안 나? 이런 돼지만도 못한 놈 같으니!"

"이보게, 이봐! 혓바닥 함부로 놀리지 마. 자넨 한번 입을 열면 발포하듯이 다 쏟아 부어버린단 말야!"

"젠장 여기 누가 엿듣는 사람이라도 있어? 내가 또 언제 그랬어?" 타란찌에프가 화를 내며 말했다. "왜 날 못 잡아먹어서 안달인데? 어서 얘기나 해봐."

"잘 들어봐. 일리야 일리이치는 겁쟁이에다가 세상 물정에 까막눈이잖아. 계약서를 보자마자 정신을 잃더라구. 위임장을 보내면서도 그

192

게 무슨 위임장인지도 몰라. 소작료를 얼마나 받는지도 기억을 못 하더라니까. 직접 그러더라구. '난 아는 것이 하나도 없습니다' 라고……"

"그래서?"

타란찌에프가 다시 재촉을 했다.

"그래서는 무슨, 그 사람 누이에게 뻔질나게 들락거리거든. 최근엔 자정이 넘은 시간까지도 안 가고 있더란 말이지. 현관에서 나하고 한 번 맞닥뜨린 적이 있는데 날 못 본 것 같아. 더 지켜봐야 하겠지만 어떻게 되겠어? 그리고 결국엔…… 자네가 넌지시 그 사람을 만나서 말을 하는 거야. 집에서 부정을 저지르는 것은 좋지 않다, 과부 아니냐, 벌써 이 사실을 모르는 사람들이 없게 되었다, 그녀는 이젠 시집도 못 간다, 청혼을 한 부유한 상인이 있었는데, 당신이 저녁마다 그녀의 집에 머무른다는 소문을 듣고 결혼하고 싶은 생각이 싹 달아났다더라, 등등."

"그러면 그 인간 깜짝 놀라서 침대 위에 나자빠지겠지. 살찐 돼지처럼 뒹굴거리다가 한숨을 내쉴 거야. 아마 그게 전부일걸. 그래서 이득이 뭔데? 잔치는 또 뭐고?"

"이런 사람 보겠나! 내가 불만을 털어놓고 싶어한다, 그리고 사람들이 벌써 예의주시하고 있는 것처럼, 그리고 증인도 있는 것처럼 뻥을 쳐야지……"

"그래서?"

"아주 놀라서 정신을 잃을 정도가 되면 이렇게 말하란 말야. 목돈을 쓰면 협상의 여지도 있다고 말이지."

"그 작자 돈이 어디 있어? 만 루블에도 벌벌 떨 텐데……"

"자네는 그 순간에 나한테 신호만 보내. 내가 누이의 이름으로 된…… 차용증을 준비해놓을 테니까…… '본인 오블로모프는 만 루블을 아래 과부로부터 얼마얼마의 기한으로 차용하였음'."

"그래서 어쩌겠다는 거야? 이해할 수가 없어. 돈은 누이와 아이들 차지고, 잔치는 어디 있냐니까?"

"누이가 같은 액수의 차용증을 나한테 다시 주는 거지. 난 누이에게 서명하게 하면 되고."

"누이가 서명을 안 하면? 거부하면?"

"누이라는 게 뭔가!"

이반 마트베이치는 가는 미소를 흘렸다.

"서명할 거야, 서명할 거라구. 제 사형 선고에 서명을 하고 뭔지도 묻지 않을 거야. 웃으면서 제대로 보지도 않고 삐뚤빼뚤 황급히 서명을 하겠지, '아가피야 프쉐니찌나'라고. 뭘 서명했는지 알지도 못 해. 알겠어? 우린 느긋하게 한쪽으로 물러나 있으면 돼. 누이는 10등관 오블로모프에 대한 청구권을 갖게 되고 우린 자동적으로 여10등관 프쉐니찌나에 대한 청구권을 갖는 거지. 독일 놈이 열을 받을 테면 받으라지, 합법적인 일인걸!" 떨리는 손을 위로 들어올리며 그가 말했다. "자 마시자고!"

"합법적인 일이라!" 타란찌에프가 기뻐 어쩔 줄 모르며 말했다. "자 들게나!"

"제대로만 되면 한 이 년이 지나서 다시 써먹어도 돼. 합법적인 일이니까!"

"합법적인 일!" 인정한다는 듯 고개를 끄덕이며 타란찌에프가 소리쳤다. "그리고 또 해먹는다 이거지!"

"또 해먹는 거야!"

그들은 다시 한 잔을 들이켰다.

"그런데 오블로모프라는 작자가 독일 놈에게 의지하지 않고 미리 편지도 띄우지 않으면 어쩌지?" 무하야로프가 미심쩍은 듯 말했다. "그러면 좋을 게 없는데! 일을 공연히 만들 필요는 없거든. 처녀도 아니고 과부인데!"

"편지를 쓰겠지! 어떻게 안 쓸 수가 있어! 한 이 년 후에 쓸 거야. 의지하게 될 거야……"

"아냐, 아냐, 당치도 않아! 일 다 그르치겠어. 강요받았다고 말하고 구타에 대해서 진술을 한다면 형사사건감이야. 안 돼, 이래선 별 재미가 없어! 이렇게 한번 해보자구. 그러니까 언제 미리 같이 식사를 하고 술을 마시는 거야. 구즈베리로 담근 술을 좋아하거든. 술이 좀 들어갔다 싶으면 내게 눈짓을 보내란 말야. 그때 내가 서류를 가지고 들어가는 거지. 아마 액수는 쳐다보지도 않고 서명을 할거야. 그런 다음 계약서는 중개인 입회하에 공증을 받은 것과 똑같은 효력을 갖게 되니까 나중에 딴소리해봐야 소용없어! 맨 정신이 아닌 상태에서 서명했다는 사실을 알면 저만 창피한 일이지. 합법적인데!"

"합법적인 일이지!"

타란찌에프가 따라했다.

"그렇게 되는 날엔 오블로모프카는 고스란히 우리 재산이 되는 거야."

"고스란히 우리 재산이 된다 이거지! 자 들게나."

"바보 천치의 건강을 위해서!"

이반 마트베이치가 말했다. 그들은 잔을 비웠다.

제4장

이제 슈톨츠가 오블로모프의 영지에 도착하기 전의 또 다른 장소,

즉 브이보르그 방면에서 아주 먼 곳으로 잠깐 옮겨갈 필요가 있겠다. 거기서 독자들에게 낯익은 얼굴들을 만나게 될 것이다. 슈톨츠가 오블로모프에게 한 그들에 관한 이야기는 그가 알고 있는 전부가 아니었다. 그에 대한 슈톨츠의 어떤 특별한 배려 때문일 수도 있고 아니면 오블로모프는 오블로모프대로 나름의 배려를 하느라 꼬치꼬치 묻지 않은 때문일지도 모르겠다.

어느 날 파리에서 슈톨츠는 산책길을 따라 걸으며 지나는 행인들과 상점 간판을 무심코 훑어보고 있었다. 어느 한 곳에 시선을 고정시키지 않았다. 그는 오랫동안 러시아에서, 그러니까 키예프에서도, 오데사에서도, 뻬쩨르부르그에서도 편지 한 통 받지 못한 상태였다. 너무나도 무료해서 편지 세 통을 우체국에서 부치고 집으로 돌아오는 길이었다.

갑자기 그의 시선이 무엇엔가에 멈춰버렸다. 당혹감에 꼼짝도 할 수 없었다. 하지만 금방 예의 눈빛을 되찾았다. 귀부인 둘이서 산책길을 벗어나 상점으로 들어가고 있었다.

'아냐, 그럴 리 없어. 무슨 생각을 하고 있는 거야! 그렇다면 알아보고도 남았지. 그 사람들 아냐.'

하지만 그는 그 상점의 창문으로 다가가 유리를 통해서 부인들을 살펴보지 않을 수 없었다. '뒤로 돌아서 있어서 통 알아볼 수가 없네.'

슈톨츠는 상점으로 들어가 물건을 사기 시작했다. 둘 중의 한 부인이 밝은 쪽으로 몸을 돌리는 순간, 그는 그 부인이 올가 일리인스카야라는 사실을 알 수 있었다. 아니 처음에는 알아보지 못했다! 그녀에게로 달려가고 싶었지만 다시 멈춰 서서 주의 깊게 살피기 시작했다.

하나님 맙소사! 변해도 저렇게 변할 수가 있단 말인가! 그녀는 그녀인데, 그녀가 아니었다. 생김새로 보면 분명 그녀인데, 얼굴은 창백해졌고 눈은 약간 퀭해진 느낌이고 입술에선 천진난만한 미소도 순진함도 여유도 찾아볼 수가 없다. 눈썹 위에는 엄숙한 생각도, 애처로운 생각도 찾아볼 수 없고, 눈은 전에는 알지도 못했고 말한 적도 없는 많은 것을 이야기하고 있었다. 무언가를 쳐다보는 눈길에서도 이전의 솔직함과 쾌활함, 그리고 평온함은 사라지고 없었다. 만면에 슬픔 혹은 혼란의 구름이 드리워져 있었다.

그는 그녀에게로 다가갔다. 그녀의 눈썹이 약간 움직였다. 그녀는 도대체 어찌 된 일인지 모르겠다는 듯이 그를 1분 가량 쳐다보고는 겨우 그를 알아보았다. 눈썹이 좌우로 약간 벌어지더니 서로 일직선이 되고 눈은 잔잔한, 그렇다고 열정적이지는 않지만 깊은 기쁨의 빛으로 반짝였다. 사랑하는 누이가 그렇게 반겨 맞을 때 행복하지 않을 오빠는 이 세상에 없으리라.

"하나님 맙소사! 정말 당신인가요?"

그녀가 그의 마음 속까지도 스며드는 기쁜 목소리로 말했다. 숙모가 휙 돌아섰다. 셋이서 일시에 입을 열었다. 그가 왜 편지를 쓰지 않았냐면서 그들에게 잔소리를 했다. 이런저런 이유를 말했다. 그들은 도착한 지 사흘밖에 안 되었고 줄곧 그를 찾아다녔다고 했다. 어떤 집에서 그가 리옹으로 떠났다는 말을 듣고는 어찌해야 좋을지를 몰라 난감했더란 말도 했다.

"이게 도대체 어떻게 된 일이죠? 나한테는 일언반구도 없이!"

그가 나무라는 말을 했다.

"하도 서둘러서 짐을 싸다 보니 당신에게 편지를 쓸 형편도 못 되었지요." 숙모가 말했다. "올가는 당신을 깜짝 놀라게 해줄 참이었어요."

그는 올가를 쳐다보았다. 그녀의 얼굴은 숙모의 말을 뒷받침해주지 못했다. 더욱 뚫어져라 그녀를 바라보았다. 하지만 그녀는 그의 관찰로는 전혀 헤아릴 수 없는, 도달할 수 없는 그런 여자였다.

'무슨 일이 있었을까? 보통은 금방 짐작을 하곤 했는데, 지금은 도무지…… 이렇게 변할 수가!'

"올가 세르게브나, 더 크고 한껏 성숙해져서 정말 못 알아보겠어요! 기껏해야 일 년 동안 만나지 못했는데도 말이죠. 그동안 어땠어요, 무슨 일이라도 있었나요? 말씀해주세요, 말씀해주세요!"

"알았어요…… 특별한 일은 없어요."

그녀가 옷감을 살피며 말했다.

"노래는 여전한가요?"

슈톨츠는, 그에게 전혀 새로운 올가를 파악하기를 멈추지 않고, 전혀 낯선 얼굴빛을 읽어내려고 애를 쓰면서 말했다. 하지만 이 얼굴빛은 번개처럼 나타났다가 이내 자취를 감추었다.

"노래부른 지 오래됐어요, 두어 달."

그녀가 태연하게 말했다.

"오블로모프는 어때요?" 그가 갑작스런 질문을 던졌다. "살아는 있나요? 편지는 안 쓰고요?"

이 대목에서 숙모의 도움이 없었다면 올가는 자신도 모르게 자신의 비밀을 모두 털어놓았을 것이다.

"마음대로 생각하세요." 상점을 나오면서 숙모가 말했다. "매일 우리집에 오곤 했는데, 어느 날 갑자기 행방불명이 됐어요. 외국으로 떠나야겠다 싶어서 사람을 보냈는데, 아프다고 만나주지 않더래요. 그렇게 더 이상 보지 못했죠."

"당신도 전혀 아는 바가 없고요?"

슈톨츠가 올가에게 걱정스럽게 물었다. 올가는 오페라 글라스로 지나는 마차를 주의 깊게 살폈다.

"정말 병이 났나 봐요." 짐짓 오가는 마차를 살피는 척하며 그녀가 말했다. "잘 보세요, 숙모. 저기 우리 일행인 것 같은데."

"일리야에 대해서 알아듣게 설명 좀 해주세요." 슈톨츠가 고집스럽게 말했다. "무슨 일이 있었던 거죠? 왜 같이 오지 않은 거죠?"

"Mais ma tante vient de dire(숙모가 말한 대로예요)."

"그 사람 지독하게 게으른 사람이랍니다." 숙모가 말했다. "야만인도 그런 야만인이 없어요. 우리집에 손님 서너 명만 와도 바로 가버려요. 생각해보세요, 오페라를 예약해놓고는 절반도 못 들어요."

"루비니* 노래였어요."

올가가 덧붙였다. 슈톨츠가 고개를 가로젓고서 한숨을 내쉬었다.

"어떻게 이런 결정을 하게 되었죠? 오래 계실 건가요? 갑작스럽게 이런 생각을 하신 이유는요?"

슈톨츠가 물었다.

"의사의 권고에 따른 겁니다. 이 애를 위해서요." 숙모가 올가를 가리키며 말했다. "뻬쩨르부르그가 몸에 아주 안 좋다 해서 겨울만 외국에서 보내려고 온 거랍니다. 하지만 아직 어디서 겨울을 보낼지는 결정 못 했어요, 베니스가 될지 아니면 스위스가 될지."

"어쨌든, 정말 많이 변하셨군요."

올가를 뚫어져라 쳐다보며 슈톨츠가 우울하게 말했다. 실핏줄 하나라도 놓칠세라 그녀의 눈에서 눈을 떼지 않았다.

일리인스카야는 파리에서 반 년을 살았다. 슈톨츠는 매일 찾아오는 그들의 유일한 대화 상대이자 여행 안내인이었다.

올가의 건강은 눈에 띄게 좋아졌다. 우울함에 빠져 있던 그녀는 안정과 냉정함을 되찾았다. 적어도 겉으로 보기엔 그랬다. 마음속에선 무

---

* Jean Baptiste Rubini(1794~1854): 이탈리아의 유명한 오페라 가수.

슨 일이 일어나고 있는지 신만이 알 일이지만 어쨌든 그녀는 익히 슈톨츠가 알던 친구의 모습으로 돌아오고 있었다. 비록 슈톨츠가 우스갯소리를 할 때 예전처럼 천진난만하게 큰 소리로 웃는 것이 아니라 억제된 미소만을 흘리긴 했지만 말이다. 이따금 심지어 화가 난 듯도 했고 전혀 웃지 못하는 사람으로 변해버린 것은 아닌가 싶기도 했다.

그럴 때면 그는 이젠 더 이상 그녀를 웃길 수 없음을 깨달았다. 그녀는 멍한 눈빛과 서로 비대칭적으로 삐뚤어진 눈썹, 그리고 이마에 깊게 패인 주름을 드러내며 우스갯소리를 듣고도 전혀 웃지도 않고 말없이 그만을 바라보기 일쑤였다. 마치 경박스러움을 힐난하거나 더 이상 참을 수 없다는 표정이었다. 어느 땐 갑자기 농담에 대한 대답 대신에 심원한 질문을 던지고 곧바로 고집스런 시선을 던졌다. 그럴 때면 그는 속 모르는 공허한 이야기를 했구나 싶어 부끄러움에 몸둘 바를 몰랐다.

가끔 그녀에게선 매일매일 반복되는 사람들의 헛된 분주함과 수다로 인한 고단한 마음이 느껴지기도 했다. 그럴 때면 슈톨츠는 어떻게 해서든 화제를 다른 곳으로 돌려야만 했다. 슈톨츠가 여자와 그런 이야기를 나누는 것은 아주 드문 일이었고 사실 내키지도 않는 일이었다. 올가의 무언가를 묻는 듯한 시선이 다시 맑아지고 안정을 되찾게 하기 위해, 그가 있는 곳을 지나쳐 더 먼 곳에서 무언가를 미심쩍게 갈망 내지는 갈구하지 못하도록 하기 위해 얼마나 많은 생각을 하고 얼마나 열심히 지혜를 짜 모았던가!

무심코 던진 한마디에 그녀의 눈초리가 무미건조해지고 험상궂어지고 눈썹이 추켜올라가고 얼굴에 무언의 그러나 깊은 불만족이 드리워질 때, 그의 불안감은 이루 말할 수 없었다. 올가의 가슴에서, 어렵겠지만 그래도 조금씩이나마, 노을빛을 얼굴로 불러내고 온화한 화해를 시선과 미소에 불러내기 위해서 그는 2, 3일을 꼬박 머리를 쥐어짜내고 술

수도 써보고 화도 내는 등 여자를 다루는 온갖 수완을 동원해야만 했다.

그런 날이 저물 때면 그는 이러한 싸움에 녹초가 되어서 집에 돌아오곤 했다. 승리자가 되었을 땐 행복하기까지 했다.

'정말 그녀는 성숙해졌어, 맙소사! 언제 이렇게 큰 거야! 그 선생이 누구였단 말인가? 어디서 그런 인생 공부를 했지? 남작의 영향인가? 그 사람은 하도 말이 유창해서 그런 멋들어진 말에선 얻을 게 하나도 없었을 텐데! 일리야도 아니고!'

여전히 그는 올가를 이해할 수 없었다. 다시 이튿날 그녀에게로 달려갔다. 아주 조심스럽게, 불안에 떨며 그녀의 얼굴을 읽어 내려갔다. 겨우겨우 모든 이성과 삶의 지식을 총동원해서 의혹과 의심, 그리고 요구라는, 그녀의 용모에서 언뜻 내비쳐지는 모든 것에 승리를 거두었다.

그는 경험이라는 등불을 손에 쥐고서 그녀의 이성과 성격의 미로 속으로 내려가, 매일 새로운 특징과 사실들을 발견해내고 공부했다. 하지만 매번 그 밑바닥은 보지 못하고 단지 놀람과 불안감에 그녀의 이성이 매일 일용할 양식을 요구하고 있고 그녀의 영혼이 한시도 잠자코 있는 법 없이 시종일관 경험과 인생을 구하고 있다는 사실만을 주시하게 되었다.

슈톨츠의 모든 활동과 모든 삶에 매일 또 다른 낯선 활동과 삶이 뿌리를 내렸다. 꽃으로 올가를 치장하고 책과 악보와 앨범으로 에워싸놓고서야 슈톨츠는 마음을 놓았다. 이 정도면 올가가 한가할 틈이 없겠거니 생각하고 그는 일을 하러 가고 탄광과 영지를 보러 떠나곤 했다. 그리고 사람들 모임에 참석해서 새로운 인물들, 혹은 훌륭한 인물들과 사귀고 부딪혔다. 지친 몸을 이끌고 집에 돌아온 그는 그녀의 피아노 옆에 앉아서 그녀의 목소리를 들으며 휴식을 취했다. 그러다 갑자기 그녀의 얼굴에서 이미 준비된 질문을, 그리고 눈길에선 보고에 대한 완강한 요구를 찾아낼 수 있었다. 자신도 모르게 조금씩 그는 그녀 앞에서 어디를 둘러보았으며, 왜 둘러보았는지를 털어놓게 되었다.

가끔 그녀는 그가 직접 눈으로 확인하고 그래서 알게 된 모든 것을 자신도 확인해보고 알고 싶다는 바람을 직접적으로 표현하기도 했다. 그는 다시 한 번 자신의 일을 반복해야만 했다. 즉 건축물과 어떤 장소, 그리고 기계를 보고 벽과 암석에서 오래 전 일어났던 사건을 읽어내기 위해 그녀와 동행했다. 조금씩 눈에 띄지 않게 그는 그녀 앞에서 소리 내서 생각하고 느끼는 법을 터득하고 있었다. 그러다 어느 날인가는 자신을 엄하게 돌아볼 기회가 있었는데, 가만 보니 혼자가 아닌 둘의 인생이 시작되었으며 이런 삶은 올가가 오고 나서부터 시작되었다는 사실을 깨닫게 되었다.

그는 혼잣말로 자신에게 해왔던 획득된 보물에 대한 평가를 그녀에게 들으라고 거의 무의식적으로 소리를 내서 하고 있다는 사실에, 더욱이 그런 스스로와 그녀에 대해 놀라고 있었다. 그리고는 그녀의 시선에 의문점은 남아 있지 않은지, 얼굴에 불만족의 그늘이 드리워져 있지는 않은지, 그녀의 시선이 그를 승리자 보듯 하는 것은 아닌지를 걱정스럽게 확인했다.

확인이 끝나면 그는 우쭐해서 흥분을 억지로 참으며 집으로 돌아와 한밤중이 되도록 몰래 내일을 위한 저만의 각오를 다졌다. 가장 지루하고 전혀 필요 없는 것으로 여겼던 일이 이젠 무미건조한 것이 아니라 꼭 필요한 것으로 생각되었다. 삶의 근본이 되고 씨줄 날줄이 되었다. 상념과 관찰, 그리고 현상들은 아무 말 없이 고민할 거리도 없이 기억 보관소에 쌓이는 것이 아니라 하루하루에 밝은 색조를 부여해주었다.

뭔가를 묻는 듯하고 뭔가를 갈구하는 듯한 눈초리를 채 기다릴 생각도 하지 않고 그녀 앞에 그가 의욕적으로 새로운 비축 물자와 새로운 재료들을 서둘러 내던졌을 때, 올가의 파리한 얼굴을 사로잡은 열정은 얼마나 뜨거웠던가!

그녀의 이성이 그의 시선과 말 한마디 한마디에서 꼼꼼하고 충성스럽게 무언가를 포착해내고자 서둘렀을 때, 그는 밀려오는 행복을 감당키 어려웠다. 둘은 서로를 주의 깊게 쳐다보았다. 그가 그녀를 보는 이유는 그녀의 눈에 혹 의문점이 남아 있는지를 보기 위함이었고, 그녀가 그를 보는 이유는 다 말 못 한 것이 혹 있지 않을까, 대부분이 그러하겠지만, 혹 잊고 말하지 않은 것은 있지 않을까, 행여라도 어떤 어렴풋한, 그녀로서는 전혀 감을 잡을 수 없는 것을 열어 보이고 자신의 생각을 발전시켜 나가는 것을 그가 대수롭지 않게 생각하면 어쩌나 하는 조바심에서였다.

문제가 중요하고 복잡할수록, 그가 문제를 설명하면서 공을 들이면 들일수록 그녀의 감사의 눈길은 더욱 오랜 시간 그에게 머물렀다. 그리고 더욱 따뜻해졌고 깊어졌으며 더욱 사랑스러워졌다.

'아직 소녀야, 올가는!' 그가 놀라움을 금치 못하며 생각했다. '그런데도 나를 앞지르고 있어!'

그는 올가에 대해서 곰곰이 생각해보았다. 여태껏 무슨 생각이든 이렇게 골똘히 해본 적이 없었다.

봄에 올가와 그녀의 숙모는 스위스로 떠났다. 파리에 홀로 남은 슈톨츠는 이젠 올가 없이는 살 수 없음을 깨닫게 되었다. 문제 하나를 해결한 그는 이번엔 올가는 과연 그가 없어도 살 수 있을 것인가 하는 문제를 가지고 씨름을 했다. 하지만 이 문제만큼은 쉽게 풀리지가 않았다.

그는 천천히, 신중히, 아주 조심스럽게 이 문제에 접근했다. 때론 일일이 손으로 더듬어가며, 때론 과감하게 지나치며, 이제 목표 지점이 가까웠으니 어떤 의심할 바 없는 징조, 눈길, 말, 권태와 기쁨을 깨닫게 되리라 생각하곤 했다. 이제 작은 특징과 거의 눈에 띄지 않는 올가의 눈썹의 움직임과 숨결만이 남아 있다. 내일이면 비밀도 사라지겠지. 그는 사랑에 빠진 것이다!

그녀의 얼굴에서 그는 자신에 대한 그녀의 유아적 신뢰를 읽었다. 그를 바라보는 그녀의 눈길이 예사롭지 않았다. 만약 어머니가 살아 계신다면 어머니를 보는 그녀의 눈길이 그렇지 않았을까!

짬을 내서 찾아오고 몇 날 며칠을 기분을 맞춰주는 그의 행동을 그녀는 친절이나 사랑의 달가운 선물, 가슴에서 우러나온 호의가 아닌 단순한 의무로 여겼다. 그녀에게 그는 오빠이자 아버지, 심지어 남편이라 해도 무방한 사람이었기 때문이다. 어쩌면 이점은 많은 것을 시사하고 있는지도 모르지만, 사실 그 이상 더 무엇이 필요하단 말인가. 그런고로 그녀는 말 한마디 할 때도 그와 함께 걷는 발걸음 하나에서도 자유롭고 진실할 수 있었다. 마치 그녀에게 그는 말이 필요 없는 권위에 다름아닌 듯했다.

그 역시도 자신이 이러한 권위를 갖고 있음을 잘 알고 있었다. 그녀는 매 순간 이 사실을 입증시켜주었고, 믿을 수 있는 사람은 오직 한 사람 그뿐이며, 이 세상 누구보다도 전적으로 그를 신뢰한다는 말을 입버릇처럼 하곤 했던 것이다.

그는, 물론, 이런 사실이 자못 자랑스러웠다. 하지만 중년의, 그것도 똑똑하고 경험이 풍부한 아저씨라면, 특히 남작 같이 머리 회전이 빠르고 나름의 성깔이 있는 사람이라면 고작 그 따위 것에 자부심을 느낄 수는 없으리라.

하지만 이것이 사랑의 권위라면? 문제는 달라진다. 이 권위 속에 수없이 많은 사랑의 매혹적인 기만이, 달콤한 눈멂이 들어 있다면? 사랑에 눈먼 여자는 지독한 실수를 하고도 그 실수 때문에 행복해할 수 있는 준비가 늘 되어 있다.

그녀의 경우는 달랐다. 그녀는 의식적으로 그에게 복종을 했다. 그가 어떤 생각을 펼쳐내고 그녀 앞에서 마음을 열어 보일 때, 그녀의 눈이 빛을 발함은 엄연한 사실이었다. 그녀는 눈빛으로 그를 사로잡았다. 더구나 그 이유도 항상 명료했다. 이따금 그녀 자신이 그 이유를 말했던 것이다. 사랑에서의 영웅적 행위는 맹목적으로, 무의식적으로 달성되고 이 맹목과 무의식 속에 행복이 있다. 그녀가 모욕을 당했다 치자. 곧바로 모욕당한 이유가 명백해진다.

갑작스런 홍조도, 놀랄 만큼의 기쁨도, 괴롭거나 때로는 불꽃이 이글거리는 시선도 그는 결코 엿볼 수가 없었다. 만약 그와 비슷하기라도 한 무엇인가가 있었다면 그가 며칠 예정으로 이탈리아로 떠난다고 말했을 때, 그녀의 얼굴이 고통스럽게 이지러지는 것처럼 그에겐 비쳤으리라. 다만 너무나도 귀하고 드문 시간이었기에 그의 가슴은 오그라들고 피가 거꾸로 솟구칠 뿐이고 순간적으로 갑자기 엷은 베일에 가려진 듯한 느낌이었다. 그녀는 순진하면서도 솔직하게 덧붙였다. "함께 가지 못하는 것이 못내 안타깝군요. 정말 가고 싶은데! 나중에 제가 직접 갔다 온 것처럼 그렇게 죄다 말씀해주셔야 해요."

황홀경도 어느 누구 앞에서건 숨길 줄을 모르는 공공연한 바람과 그의 말솜씨에 대한 평범하고 형식적인 칭찬에 의해 무참히 깨져버리기 마련이다. 그는 다만 아주 작은 특징들만을 모을 뿐이었다. 그에게는 다만 섬세한 레이스를 성공적으로 짜고 매듭 하나 엮는 일만이 남아 있었다. 자 이제 두고 보자……

갑자기 그녀는 안정을 되찾고 온화해지고 순박해졌다. 심지어 냉담해졌다고나 할까. 그녀는 가만히 앉아서 일을 하고 말없이 그의 말에 귀를 기울이고 간간이 고개를 들어 호기심 어린, 뭔가를 묻는 듯한 눈길을 그에게 던졌다. 그 때문에 그가 화가 나서 책을 집어던지거나 하던 설명을 그만두고 벌떡 일어나 그 자리를 떠난 것도 한두 번이 아니었다. 뒤를 돌아보며 그녀는 그에게 황당한 시선을 던졌다. 부끄러워진 그는 다시 돌아와 변명거리를 생각해야만 했다.

그녀는 듣는 대로 다 곧이들었다. 심지어 의혹이나 능청맞은 미소도 그녀에게선 찾아볼 수 없었다.

'사랑하는 걸까 아니면 아닐까?'

그의 머리 속에선 이 두 물음이 떠나질 않았다. 사랑한다면 그렇게 조심스럽고 마음을 터놓지 않는 이유가 무엇일까? 사랑하지 않는다면 왜 그리도 친절하고 순종적일까? 그는 일주일 예정으로 파리에서 런던으로 떠났다. 이 말을 하기 위해 그는 떠나던 날에 예고도 없이 불쑥 그녀를 찾아왔다.

그녀가 만약 깜짝 놀라 표정이 변하면 물론 비밀은 간파되는 것이고 그는 행복하리라! 하지만 그녀는 그의 손을 굳게 잡고 슬퍼했다. 그는 낙담했다.

"정말 적적할 거예요. 눈물이 복받치는군요. 이제 전 고아나 다를 바가 없어요. 숙모! 보세요, 안드레이가 떠난다네요!"

울먹이는 목소리로 그녀가 덧붙였다. 그녀는 그를 절망의 구렁텅이로 몰아넣었다.

'또 숙모를 찾는군. 아직도 멀었어! 이 정도의 사랑이라면 시장에서 물건을 사면서도 때만 잘 만나고 주의만 잘 기울이고 입에 발린 말 몇 마디만 건네면 충분히 돈 주고도 살 수 있어…… 더 이상 못 참겠어. 좀더 순종적일 수는 없을까, 올가, 아가씨! 아직도 목이 너무 뻣뻣해. 왜 그러는 거야?'

그는 깊은 상념에 빠져들었다. 그녀에게 무슨 일이 있었던 걸까?

그는 그녀가 언젠가 사랑에 빠진 적이 있고 이미 자신을 통제할 능력이 없는 처녀가, 요컨대 갑작스런 홍조를, 가슴속에 숨겨진 아픔을, 정열적인 사랑의 징조를, 그리고 최초의 열병을 겪어냈다는 사실을 전혀 짐작도 하지 못했다.

이 사실만 알았어도 그녀가 그를 사랑하는지 아니면 사랑하지 않는지가 그에게 비밀이 될 리 만무했을 테고, 그녀를 어떻게 대하면 좋을지 판단하는 것이 이토록 곤란한 이유를 어렵지 않게 간파해냈을 것이다.

스위스에서 그들은 여행객이라면 의당 가봄직한 모든 곳을 돌아다녔다. 하지만 자주 그들은 커다란 사랑의 감정으로 사람들이 많이 찾지 않는 한적한 곳에 머물곤 했다. 그들은, 적어도 슈톨츠만큼은 '자신의 사적인 일'에 매달렸다. 때문에 그들은 여행에 지칠 대로 지쳤다. 그들에게 여행은 사실 뒷전이었던 것이다.

그는 그녀를 따라서 산에 오르고 절벽과 폭포를 구경했다. 가는 곳이 어디든 그의 안중엔 그녀밖에 없었다. 숙모가 아직 마차에 앉아 있는 동안 그녀의 뒤를 따라서 좁은 오솔길을 거닐었다. 그는 몰래 그녀가 걸음을 멈추고, 산을 오르며 숨을 몰아쉬는 것을, 어떤 눈으로 그를 쳐다보는지를 무엇보다 먼저 예의주시했다. 그는 그녀가 무엇보다도 자기를 쳐다본다는 사실에 대해 확신할 수 있었다.

근사한 일이었다. 가슴이 따뜻해지고 환해졌다. 그러다 갑자기 그녀가 풍경에 시선을 돌리고 전신이 마비되듯 몰아지경에 빠져 상념에 잠기면 벌써 그녀 앞엔 그가 없었다.

조금만 움직이거나 어쨌든 자신의 존재를 상기시키거나 입이라도 뻥긋할라치면 그녀는 깜짝 놀라고 때론 비명을 지르기도 했다. 그가 곁에 있는지 멀리 있는지, 그도 아니면 그가 이 세상에 존재한다는 사실조차도 그 순간만큼은 잊고 있음이 분명했다.

대신 나중에 집에서는 창가 발코니에서 그녀는 그 한 사람에게만 한참 동안 이야기를 했다. 아직 입 밖에 내기도 전에 한참 동안 마음속 감동을 정리해서 열정적으로 다급하게 이야기를 했다. 때론 하던 말을 멈추고 말을 가리기도 하며 그의 입에서 나온 표현을 즉석에서 이해했다. 그녀의 눈길엔 도와주어 고맙다는 빛이 역력했다. 혹은 피곤함에 하얗게 상기된 얼굴로 커다란 안락의자에 앉아 더 듣고 싶다는 말을 지칠 줄 모르는 탐욕스러운 눈으로 전하고는 했다.

그녀는 꼼짝도 하지 않고 귀를 기울였다. 무심코 말을 흘리거나 아니면 말 한마디 놓치는 법이 없었다. 그가 침묵을 지키는 순간에도 그녀는 듣고 있었고 눈은 질문을 던졌다. 그는 이 말없는 부름에 새로운 힘과 새로운 열정으로 말을 이어갔다.

근사한 일이다. 밝고 따뜻하며, 가슴이 뛴다. 그녀는 지금 살고 있고 그녀에겐 더 이상 필요한 것이 없다는 것을 의미했다. 여기에 그녀의 빛과 불꽃, 이성이 있었다. 피곤에 지친 그녀가 벌떡 일어섰다. 그 순간 무언가를 묻는 듯한 그녀의 두 눈이 그에게 이젠 가라는 부탁을 한다. 혹은 식욕이 돋는다는 신호를 보내고 왕성한 식욕으로 요기를 한다……

이 모든 일이 다 멋지다. 그는 몽상가가 아니다. 그는 발작적인 열정은 원치 않았다. 하지만 오블로모프가 그것을 원치 않았던 이유와는 사뭇 달랐다. 그는 감정이 처음에는 뜨겁게 들끓은 다음 일정한 궤도를 따라 흘러, 마음껏 퍼내고 마음껏 즐기고 다음엔 평생 펑펑 솟아오르는, 행복이라는 샘물의 진원지를 알고 싶어했다.

"그녀는 사랑을 하는 것일까, 아닐까?"

그는 흥분된 상태에서 고통스러운 질문을 스스로에게 던져보았다. 피 같은 땀이 흐르고 눈물마저도 왈칵 쏟기 직전이다.

이 질문은 격렬하게 불타오르더니 불꽃처럼 그를 에워싸고 급기야 그를 옴짝달싹 못하게 만들었다. 이젠 사랑의 문제가 아니라 인생이 걸린 중요한 문제였다. 그의 마음 속엔 이외에 다른 자리는 없었다.

최근 반 년 동안, 그가 여태껏 여자들과의 만남에서 항시 경계를 늦추지 않았던 사랑의 고통과 가책이 한꺼번에 그를 덮친 것처럼 보였다.

그는, 만약 이러한 이성과 의지 그리고 신경의 긴장 상태가 몇 달 더 지속되었다간 그의 건강한 신체가 더 이상 견뎌내지 못하리라는 사실을 직감적으로 알고 있었다. 이처럼 열정과의 눈에 보이지 않는 마음 안의 싸움에 정력을 소진하는 것, 피는 안 나지만 시름시름 앓다가 끝내는 목숨을 잃게 되는 불치병, 가슴앓이는 여태껏 자신과 상관없는 남의 일이라고만 그는 생각해왔다.

그의 마음 속엔 자신의 능력에 대한 어느 정도 거만한 신념이 잠자고 있었다. 남들이 갖가지 이유 때문에, 특히 사랑 때문에 분별력을 잃고 얼굴이 꺼칠해지는 이야기를 들으면서도 그는 이제 경솔한 농담을 던지지 않게 되었다.

무서워졌다.

"아냐, 이젠 끝을 내야겠어. 이전처럼 그녀의 마음 속을 들여다보자. 내일이면 내가 행복해지든지 아니면 떠나든지 판가름이 나겠지!"

"그럴 힘이 없어!" 거울을 보며 그가 말을 이었다. "정말 말도 안 돼…… 됐어!"

그는 곧바로 목표, 즉 올가에게로 향했다. 올가는 어떨까? 그녀는 그의 상태를 전혀 눈치채지 못하고 있는 걸까, 아니면 그에게 전혀 별다른 감정을 못 느끼는 것일까?

그녀가 눈치를 못 챌 수는 결코 없었다. 그녀와 같이 예민한 여자들은 우정이나 비위를 맞추는 행동과 다른 감정의 자연스런 표현을 당연히 구분할 수 있다. 진실하고 전혀 위선이 깃들지 않은, 어느 누구에 의해서도 부추김 받지 않은 그녀만의 도덕성이란 관점에서 보자면 교태란 그녀에겐 결코 허용될 수 없었다. 그녀는 이러한 약해 빠진 저속함보다는 한참 위에 올라서 있는 여자였다.

한 가지 가정을 해볼 수 있다. 요컨대 슈톨츠와 같은 인간의 지혜와 열정, 그것들로 충만한 끝없는 숭배가, 현실적인 문제를 고려하지 않고서라도, 그녀의 마음에 들었다는 가정이다. 물론 마음에 들었다. 이러한 숭배로 인해 그녀의 모욕당한 자존심은 치유가 되었고 그녀는 잃었던 권좌를 되찾을 수 있었다. 차츰 그녀의 자신감이 되살아난 것이다.

하지만 그녀의 생각은 어떨까? 이런 숭배가 어떻게 해결될 수 있을까? 슈톨츠의 탐구욕과 그녀의 고집스런 침묵과의 끊임없는 다툼 속에서 이런 숭배가 항상 표출되리라고 기대할 수는 없는 노릇이었다. 적어도 그의 이 모든 투쟁이 헛되지 않다는 사실, 그가 상당한 의지와 고집을 쏟아 부었던 승부에서 승리를 거둘 것이라는 사실을 그녀는 예감했던 것일까? 그가 불꽃과 광채를 소비하는 것은 헛된 일일까? 이 광채 속에 오블로모프의, 그리고 그 사랑의 형상이 익사하고 말 것인가?

그녀는 이 사실을 전혀 이해할 수 없었고 명료하게 의식하지도 않았으며 이들 문제와의 싸움에 필사적이지도 않았다. 이 혼란에서 어떻게 빠져나가면 좋을지 알지 못했던 것이다.

그녀는 어쩌면 좋은가? 문제를 그대로 미해결 상태로 방치할 수는 없었다. 언젠가는 가슴속에 앙금으로 남아 있는 이 닫힌 마음을 열어 무언의 싸움에 종지부를 찍고, 결국엔 과거에 대해 책임을 져야 한다! 이를 뭐라 설명하고 슈톨츠에 대한 감정을 무엇이라 정의할 수 있단 말인가?

그녀가 만약 슈톨츠를 사랑한다면 그 사랑은 도대체 무엇이란 말인가? 교태, 바람기 혹은 그보다 더 못한 것? 이런 생각을 하자 그녀는 수치심에 얼굴이 화끈거리고 빨개졌다. 그녀는 그런 죄목으로 자신을 얽어매지 않을 것은 분명하다.

만약 그것이 순수한 첫사랑이라면 슈톨츠에 대한 그녀의 태도는 또 무엇이란 말인가? 그를 결혼으로 끌어들이고 그럼으로써 자신의 바람기 있는 행동을 덮기 위한 유희, 기만, 치밀한 계산? 갑자기 추워진다. 이런 생각에 그녀의 얼굴은 백짓장이 되고 말았다.

유희도 기만도 계산도 아니라면…… 그렇다면…… 다시 사랑?

이런 가정에 그녀는 어찌할 바를 몰랐다. 첫사랑이 지나고 7, 8개월이 지나서 두번째 사랑이라니! 이제 누가 그녀를 믿으려 하겠는가? 경악, 증오를 불러일으키지 않으면서 어떻게 그녀는 사랑에 대해 입을 열 수 있겠는가! 그녀는 생각할 용기도 그럴 권리도 없다!

그녀는 자신의 경험을 모조리 뒤졌다. 하지만 거기서 두번째 사랑에 대한 어떤 정보도 찾을 수가 없었다. 숙모들과 노처녀들, 다양한 재주꾼들, 그리고 마지막으로 작가들, '사랑에 대한 사상가들'의 권위를 떠올려보았다. 사방에서 이런 가차없는 선고만이 들렸다. '여자는 단 한 번 진정 사랑한다.' 오블로모프도 이와 같은 자신의 견해를 피력한 적이 있었다. 소네치카에 대해서도 떠올렸다. 그녀가 마치 두번째 사랑에 대해 이야기하는 것만 같았다. 하지만 러시아에서 온 사람들의 입을 통해서 그녀의 이 친구가 세번째 사랑으로 옮겨갔다는 소식을 들었다……

슈톨츠에 대한 사랑의 감정은 없노라고, 또 그럴 수도 없노라고 그녀는 결론을 내렸다! 그녀는 오블로모프를 사랑했었다. 그리고 그 사랑은 죽었고 인생의 꽃은 영원히 시들었다! 그녀에겐 슈톨츠에 대한 우정만이 존재한다. 우정은 그의 남다른 성격, 그리고 그녀에 대한 그의 우정, 관심과 신뢰에 근거한다.

그렇게 그녀는 생각, 심지어 자신의 오랜 친구에 대한 사랑의 가능성마저도 밀쳐냈다.

이것이 바로 슈톨츠가 그녀의 얼굴과 말에서 어떠한 징표도, 긍정적인 무관심도, 순간적인 느낌도, 심지어 따뜻하고 진정 어린, 그러나 평범한 우정의 경계를 털끝만큼이나마 넘어설지도 모르는 감정의 불꽃마저도 포착할 수 없었던 이유다.

이 모든 것을 단번에 끝내기 위해서는 그녀에게 남은 것은 단 한 가지였다. 슈톨츠에게서 생겨나고 있는 사랑의 징조를 알아채고 그 사랑에 양식과 길을 내주지 않고 빠른 시일 내에 그로부터 떠나는 것이다. 하지만 그녀는 이미 때를 놓쳤다. 이 일이 벌어진 지 오래일 뿐 아니라 그녀는 그의 감정이 열정으로 변해갈 것이라는 사실을 예견했어야만 했다. 오블로모프와는 전혀 달랐다. 그에게선 절대로 벗어날 수가 없었다.

예컨대, 육체적으로는 가능할지 몰라도 떠난다는 것이 정신적으로는 불가능했다. 처음에 그녀는 예전의 우정의 법칙들만을 이용했다. 슈톨츠에게서 오래 전과 마찬가지로 때로는 장난기 어리고 재기발랄하며 농담을 잘하는 대화 상대를, 때로는 삶의 현상들, 즉 그 현상들과 더불어 일어나는 혹은 그 현상들을 스쳐 지나가는, 그리고 그 현상들을 점유해버린 모든 일들의 바르고 깊은 관찰자를 발견하곤 했다.

하지만 자주 만나면 만날수록 그들은 정신적으로 가까워졌고 그의 역할은 활기를 띠었다. 관찰자에서 그는 현상들의 해석자, 그녀의 영도자의 역할로 서서히 옮겨갔다. 그는 보이지 않게 그녀의 이성과 양심이 되었다. 올가의 평생을, 그녀가 그의 관찰과 재판으로부터 꼼꼼하게 감추어놓은 귀중한 한 구석만을 제외하고 모든 것을 옭아매는 새로운 권리와 새로운 속박이 모습을 드러냈다.

그녀는 자신의 이성과 가슴에 대한 이 정신적 보살핌을 받아들였고, 자신 역시도 그에 대한 영향을 자신의 몫으로 받아들이고 있음을 깨달았다. 그들은 서로의 권리를 교환했다. 그녀는 어느새 말없이 교환을 허용하고 있었다.

이제 와서 어떻게 난데없이 이 모든 걸 물러달랄 수 있단 말인가? 게다가 이렇게 되기까지 얼마나 많은 공을 들였고…… 인생의…… 얼마나 많은 만족과 다양성이 존재하는데…… 만약 그런 것이 없다 한들 그녀가 이제 와서 갑작스레 할 수 있는 일이 무엇일까? 그녀의 머리 속에 도망가야겠다는 생각이 떠올랐을 때는 이미 늦었다. 그녀에겐 그럴 만한 힘이 없었다.

그와 함께 보내지 못한 하루하루, 그에게 털어놓지 못한, 그래서 그와 나누어 갖지 못한 생각, 이 모든 것은 저만의 빛깔과 의미를 상실했다.

'하나님 맙소사! 그의 누이가 될 수만 있다면! 그런 사람, 이성뿐 아니라 가슴에 대한 영원한 권리를 갖는 것, 합법적이고 공개적으로, 어떤 고통스런 희생, 고뇌, 안타까운 과거의 신뢰에 대한 대가도 치르지 않고 그의 존재 자체를 만끽할 수 있다는 것은 얼마나 큰 행복인가. 지금 이 마당에 과연 나는 무엇인가? 그가 떠난다면 내겐 그를 잡을 권리도 없을 뿐만 아니라 영원히 작별을 고해야만 한다. 잡는다면 또 뭐라 말한단 말인가? 무슨 권리로 나는 매 순간 그를 보고 그의 말을 듣고자 원하는가? 왜냐하면 나는 심심하고 권태로운데, 그는 나를 가르치고 나를 즐겁게 해주기 때문에, 그래서 그는 내겐 유익하고 유쾌하기 때문이다. 물론 이것은 이유이지 권리가 아니다. 그렇다면 내가 그에게 해줄 수 있는 것은 무엇일까? 사심 없이 날 아껴줄 수 있는 권리, 서로간의 교감에 대해서 따로 생각하지 않아도 되는 권리. 사실 다른 대부분의 여

자들은 바로 그럴 때 자신을 행복한 여자라고 느끼고 있지 않은가……'

그녀는 괴로움에 몸부림쳤다. 어떻게 하면 이 상황에서 빠져나갈 수 있을지를 생각해보았지만 어떤 목적도 끝도 보이지 않았다. 앞에는 그의 환멸과 영원한 작별의 공포만이 있을 뿐이었다. 가끔 자신과 그의 이 싸움을 단번에 끝내기 위해 그에게 모든 것을 털어놓을까 하는 생각이 들기도 했다. 이런 생각을 하자마자 그녀는 숨이 막힐 지경이었다. 부끄럽고 고통스러웠다.

무엇보다도 이상한 것은 그녀가 자신의 과거를 존중하기를 그만두었다는 사실이다. 슈톨츠와 떨어질 수 없는 사이가 되고 그가 그녀의 인생을 차지한 그 순간부터 과거를 부끄럽게 여기기 시작했다. 예를 들어 남작, 혹은 누구건 알게 된다면 그녀는 아마도 민망해서 몸둘 바를 모르겠지만 그렇다고 그 민망함이란 슈톨츠가 알면 어쩌나 하는 생각에서 오는 괴로움에 비하면 아무것도 아니었다.

그녀는 그의 얼굴 표정과 그녀를 바라보는 그의 눈길, 그의 말과 생각을 떠올리면 당혹스럽기 그지없었다. 갑자기 그녀는 그의 앞에서 하찮고 연약하며 변변치 못한 존재가 되어버리는 것이다. 안 돼, 안 돼, 그럴 수는 없는 법!

그녀는 자신을 관찰하기 시작했다. 그리고 두려움에 떨며 자신의 지나간 사랑뿐 아니라 그 사랑의 주인공마저도 부끄러워하고 있는 자신을 발견했다. 옛 친구의 깊은 애정에 대한 배반은 아닐까 하는 회한의 감정이 그녀를 괴롭혔다.

아마도 그녀는 자신의 부끄러움에 길들여지고 익숙해질지도 모르겠다. 인간이 길들여지지 못할 것이 무엇이란 말인가! 설령 슈톨츠에 대한 그녀의 우정이 모든 탐욕스런 의도와 바람과는 전혀 관계가 없다 쳐도 그렇다. 하지만 그녀가 만약 가슴이 속삭이는 모든 간사하기 이를 데 없는 아부조의 말에 귀를 막았다면, 공상의 꿈을 제대로 처리하지 못했을 것이다. 그녀의 눈앞에는 자주 그녀의 권위에 반하는 이런 또 다른 사랑의 형상이 생겨나고 환하게 빛을 발하곤 했다. 멋진 행복의 단꿈이 점점 유혹적으로 커가기만 했다. 하지만 그것은 이미 오블로모프와의 행복도 아니고, 게으른 졸음 속의 행복도 아닌, 삶의 전 영역에 걸친 넓은 활동 무대를 배경으로 하는, 인생의 깊이가 있고 모든 매력과 비애가 깃든, 예컨대 슈톨츠와 함께 하는 행복이었다.

그때 그녀는 자신의 과거를 눈물로 가득 채웠다. 씻어낼 수가 없었다. 그녀는 꿈에서 깨어나 침묵과, 슈톨츠를 괴롭혔던 우정 어린 무관심이라는 뚫을 수 없는 벽 뒤로 숨어버렸다. 다음엔 자신을 까맣게 잊고서 다시 친구의 존재에 사심 없이 몰두했다. 그리고는 대신 권리를 포기했던 행복에 대한 그릇된 꿈으로 인해, 미래는 슬플 것이며 장밋빛 꿈은 이제 과거의 일이 되어버렸고 인생도 빛이 바랬다는 사실을 떠올리기 전까지, 그녀는 매혹적이고 친절하며 신뢰할 만한 여자로 남을 수 있었다.

아마도 시간이 지남에 따라 그녀는 자신의 상황과 화해를 하는 데 성공할 것이고 모든 노처녀들이 그러하듯 미래에 대한 희망을 저버리게 되고 차가운 권태 속으로 빠져들거나 선행에 몰두할 수 있을 것이다. 하지만 슈톨츠가 내뱉은 몇 마디의 말 속에서 친구를 잃은 대신 열정적인 숭배자를 얻었다는 사실을 깨달았을 때, 그녀의 그릇된 꿈은 갑자기 무서운 모습으로 변했다. 우정이 사랑 속에 익사해버린 것이다.

이것이 기정사실화된 날 아침에 그녀는 얼굴이 하얗게 변해서 온종일 집 밖으로 나오지 않았다. 잔뜩 흥분해서 자신과의 싸움을 해나갔다. 그리고 이제 어찌해야 할 것인가, 어떤 의무가 지워질 것인가에 대해 생각해보았다. 하지만 아무 생각도 나지 않았다. 애시당초 수치심을 극복하지 못하고 슈톨츠에게 진작 과거를 털어놓지 못한 자신을 저주했다. 이제 그녀가 할 일은 두려움을 극복하는 것이었다.

그녀의 가슴이 저며왔을 때, 그에게 달려가 말이 아닌 통곡과 흐느낌, 그리고 졸도로 자신의 사랑을 이야기함으로써 그에게 속죄를 하고 싶었을 때 그녀는 발작적으로 각오를 다지곤 했다.

그녀는 비슷한 경우에 다른 사람들이 어떻게 행동하는지를 들은 적이 있었다. 소네치카는, 예를 들어, 기병소위에 대한 고백을 자신의 신랑에게 했다. 그를 우롱했으며 그는 아직 소년이고 밖으로 나가 마차에 오를 때까지 일부러 그를 엄동설한에 기다리도록 만들었노라고.

소네치카라면 오블로모프에 대해서 고백할까 하는 문제로 고민도 하지 않았을 것이다. 예컨대, 즐기기 위해 농담을 했다거나, 그런 웃긴 '얼간이'를 사랑할 수 있을까, 이런 사랑을 믿을 사람은 아무도 없다는 둥의 말 말이다. 하지만 그런 행동 방식은 소네치카의 남편이나 다른 사람들에 의해서나 정당화될 일이지 슈톨츠의 경우는 어림도 없었다.

올가는, 오블로모프를 심연에서 구해내고 싶었고 이 때문에, 말하자면, 우정 어린 교태에 의지했노라고…… 점점 삶의 불꽃이 꺼져가는 인간을 다시 살리고 그 다음에 그에게서 떠나기 위해서 그랬노라고 그럴듯한 이유를 댈 수도 있을 것이다. 하지만 이것은 너무나도 멋들어진 억지이자 십중팔구 거짓이리라…… 아니, 구원이 아니다!

'맙소사, 내가 어떤 심연에 빠져 있담!' 올가는 자책을 했다. '솔직해야 해! 아, 안 돼! 오랫동안, 아니 영원히 모르는 게 더 낫지! 솔직할 필요 없어. 뭘 훔치든 그게 무슨 상관이야. 기만이나 아첨과 다를 게 뭐 있어. 하나님, 도와주소서!'

하지만 도움은 없었다. 그녀가 슈톨츠의 존재 자체를 즐겼다 치자. 하지만 시간이 지남에 따라 그와의 만남을 더 이상 기대하지 말고, 거의 눈에 띄지 않는 그림자처럼 그의 인생을 관통하고 제멋대로의 열정으로 그의 명백하고 이성적인 존재를 괴롭히는 일을 하루빨리 그만두는 것이 더 나을 것 같다는 생각을 하기에 이르렀다.

그녀는 실패한 사랑을 그리워하고 지난 일로 눈물을 흘리고 마음속에 그에 대한 기억을 묻고, 그 다음엔…… 그 다음엔 대다수의 사람들이 하는 대로 '멋진 배우자'를 찾아내고는 자신은 착하고 현명한 아내이자 어머니가 될 수도 있을 것이다. 과거를 소녀적 꿈이라 여기고, 인생을 살아간다기보다는 인생을 견뎌낼 수도 있으리라. 사실 다들 그러면서 살고 있지 않은가!

하지만 이것은 그녀 혼자만의 문제가 아니었다. 다른 사람이 연관되어 있고 이 다른 사람은 그녀에게 최상의 궁극적인 희망을 보장해주고 있는 것이었다.

'왜…… 나는 사랑을 했던가?'

그녀는 슬픔에 잠겨 탄식을 쏟아냈다. 오블로모프가 뛰고 싶어했던 공원에서의 아침이 떠올랐다. 당시에 그녀는 그가 뛰기만 한다면 그녀의 인생의 책장이 영원히 펼쳐지리라고 생각했었다. 그녀는 사랑과 인생의 문제를 용감하지만 경솔하게 결정해버렸다. 모든 것이 분명해 보였던 것이다. 그런데 모든 것이 풀리지 않는 매듭으로 꼬여버렸다.

그녀는 잘난 체하며 그냥 바라보기만 해도 되고 곧바로 걸어나가면 삶은 식탁보처럼 그저 순종하려니, 발에 밟혀 그냥 퍼지려니, 그러면 그만이다라고 생각했다! 누구를 탓하랴. 그녀만의 잘못이었다!

올가는 왜 슈톨츠가 찾아왔는지 속셈도 모르고 무심결에 소파에서 일어나 책을 내려놓고서 그를 맞으러 나갔다.

"제가 방해가 되는 건 아닌가요?" 호수 쪽으로 나 있는 그녀의 방, 창턱에 걸터앉으며 그가 물었다. "독서 중이셨나 봐요?"

"아뇨, 그렇지 않아도 그만 읽으려고 했어요. 어두워지고 있잖아요. 당신을 기다렸어요!"

그녀가 부드럽게 친밀감과 신뢰감을 드러내며 말했다.

"그렇다면 잘됐군요. 저도 당신과 이야기를 나누고 싶었거든요."

창 쪽으로 다른 의자를 가져와 그녀에게 내밀며 진지하게 그가 말했다. 그녀는 전율하며 그 자리에 굳어버린 듯했다. 다음에 기계적으로 의자에 털썩 주저앉았다. 고개를 숙인 채 눈도 들지 못하고 괴로운 상태로 앉아 있었다. 그 순간 그녀는 그 자리에서 100베르스타 떨어진 곳에 있고 싶었다.

순간 마치 번개처럼 지난 과거의 추억이 스쳐 지나갔다. '심판의 날이 왔다! 인형극 하듯 인생을 즐기면 안 돼!' 누군가 제3자의 목소리가 들리는 듯했다. '인생으로 장난을 치면 안 돼. 그 죗값을 받아라!'

그들은 몇 분 동안 아무 말도 하지 않았다. 보아하니 그는 생각을 정리하는 듯싶었다. 올가는 겁에 질려 그의 수척해진 얼굴과 찌푸린 눈썹, 그리고 각오가 엿보이는 꽉 다문 입술을 살폈다.

'네메시스*로군!'

속으로 떨면서 그녀가 생각했다. 둘은 마치 결투를 준비 중인 것만 같았다.

"당신은 물론 짐작하실 겁니다, 올가 세르게브나, 제가 무슨 말을 하려고 하는지 말이죠."

그녀를 쳐다보며 그가 말했다. 그는 그의 얼굴을 가리고 있는 칸막이 뒤에 앉아 있었다. 창으로부터 빛이 그녀에게로 곧바로 비치고 있었기 때문이다. 그는 그녀의 속마음을 읽었다.

---

* Nemesis: 그리이스 신화에 나오는 복수의 신.

"제가 어떻게 알겠어요?"

그녀가 나지막이 대답했다. 이 위험한 적수 앞에서는 그녀의 의지력도 고집도 명민함도, 오블로모프 앞에서만은 단 한 번도 잃지 않은 자제력도 아무 소용이 없었다.

여태껏 그녀가 슈톨츠의 예리한 눈길로부터 숨을 수 있었고 성공적으로 전쟁을 치를 수 있었던 것은 오블로모프와의 싸움에서와 마찬가지로 자신의 힘 덕분이 아니라 단지 슈톨츠의 고집스런 침묵과 그의 비밀스런 처신 덕분이란 사실을 그녀 자신이 잘 알고 있었다. 하지만 개활지에서의 우위는 그녀의 것이 아니었다. 그래서 '제가 어떻게 알겠어요?'라는 질문으로 상대방이 자신의 의도를 명백하게 드러내도록 한 치의 공간, 1분의 시간이라도 벌어보고 싶었던 것이다.

"모르신다고요?" 그가 무뚝뚝하게 말했다. "좋습니다, 제가 말씀드리죠……"

"아, 아뇨!"

자신도 모르게 그녀의 입에서 이런 말이 튀어나왔다. 그녀는 그의 손을 잡고 마치 용서를 구하기라도 하는 듯 그를 쳐다보았다.

"그거 보세요. 당신이 알고 계시다고 짐작했어요! '아뇨'라니요?"

잠시 후 그가 슬픈 어조로 덧붙였다. 그녀는 말이 없었다.

"언젠가 제가 말씀드리리라는 사실을 미리 알고 계셨다면 당연히 제게 할 대답도 생각해놓았겠군요?"

"미리 알고 있었어요, 그래서 괴로웠어요!"

그녀는 의자 등받이에 등을 기대고 빛을 외면했다. 그리고 그가 그녀의 얼굴에서 당혹감과 애수의 싸움을 읽어내지 못하도록 의식적으로 어둠에 도움을 청하면서 말했다.

"괴로우셨다고요! 무서운 말이로군요." 그가 거의 속삭이듯 말했다. "단테의 말이죠. '희망을 영원히 버려라.' 더 이상 할 말이 없군요. 됐어요! 하지만 감사드립니다." 깊은 한숨을 내쉬며 그가 덧붙였다. "혼란과 어둠에서 빠져나왔어요. 적어도 이제 어떻게 해야 할지는 알겠어요. 구원의 길은 단 하나, 하루빨리 도망치는 겁니다!"

그가 벌떡 일어섰다.

"안 돼요, 제발, 안 돼요!" 그에게로 몸을 던져 그의 손을 다시 잡고서 놀란 목소리로 애원하듯 그녀가 말했다. "절 가엾게 여겨주세요. 전 어떻게 되는 거죠?"

그가 다시 자리에 앉았고 그녀 역시 자리에 앉았다.

"당신을 사랑합니다, 올가 세르게브나!" 그가 거친 말투로 말했다. "최근 반 년 동안 제게 무슨 일이 벌어졌는지 당신은 다 보셨습니다! 당신이 바라는 것은 무엇이죠? 완전한 승리인가요? 제가 초췌해지고 정신이 나가기를 원하시나요? 정말 고맙습니다!"

그녀의 얼굴 표정이 변했다.

"떠나세요!"

수치심과 깊은 슬픔을 꾹꾹 눌러 참으며 그녀가 말했다. 이러한 감정을 그녀로서는 도저히 감출 수가 없었다.

"용서하세요, 죄송합니다! 우리는 서로를 전혀 이해하려 하지도 않고 말다툼만 하고 말았군요. 전 알고 있습니다, 당신은 그런 걸 원할 분이 아니라는 걸. 하지만 당신은 내 상황을 이해할 수도 없습니다. 때문에 도망치고자 하는 내 행동이 당신에게는 이상하게 보일는지도 모르겠습니다. 인간이란 때론 무의식적으로 이기주의자가 되곤 하니까요."

그녀는 마치 앉아 있기가 거북하기라도 한 듯 의자에 앉은 자세를 바꾸었다. 하지만 아무 말도 하지 않았다.

"절 그냥 혼자 있게 놔두세요. 무슨 일이라도 있겠어요? 당신은 물론 제게 우정을 제안하시겠죠. 우정이란 그런 제안 없이도 원래 제것 아니었나요? 전 떠나겠습니다. 일 년이 지나고 이 년이 지나도 우정은 여전히 제 것일 겁니다. 우정이란 좋은 것 아닙니까, 올가 세르게브나? 우정이란 젊은 선남선녀 사이에선 사랑이기도 하고 혹은 노인네들 사이에선 사랑에 대한 추억이기도 할 테니까요. 하지만 우정의 반쪽이 우정이라면 그 반쪽은 사랑이지요. 저와 함께 있는 당신은 지루하지 않다는 걸 잘 압니다. 하지만 당신과 함께 있는 저는 어떤가요?"

"네, 그렇다면 떠나세요. 행운을 빌어드리죠!"

그녀가 거의 들릴락 말락 한 소리로 속삭였다.

"남아 있으렵니다!" 그가 머릿속 생각을 소리내어 말했다. "칼날 위를 걷겠습니다. 이 얼마나 좋은 우정입니까?"

"그게 저를 위한 일일까요?"

그녀가 의외의 반박을 했다.

"아닐 이유라도 있나요?" 그가 활기를 띠며 물었다. "당신은······ 당신은 사랑하고 있는 것이 아닌가요······"

"모르겠어요, 맹세컨대, 모르겠어요! 하지만 만약 당신이······ 만약 어떻게든 내 실제 삶이 변화된다면 전 어떻게 되는 거죠?"

슬프게, 거의 혼잣말처럼 그녀가 덧붙였다.

"이것을 제가 어떻게 이해해야만 할까요? 제게 지혜를 주옵소서, 제발!"

그녀에게로 의자를 끌며 그가 말했다. 그녀의 말과 그 깊고 꾸밈없는 어조에 당혹스런 빛이 역력했다.

그는 그녀의 표정을 살피려고 애를 썼다. 그녀는 아무 말도 하지 않았다. 그녀의 가슴 속에서는 그를 위로하고 '괴로웠어요'란 말을 돌이키거나 혹은 그가 이해한 것과는 다르게 해석하고픈 바람이 들끓었다.

하지만 어떻게 해석하면 좋을지 그녀 자신도 알지 못했다. 단지 둘 다 운명적인 망설임의 부담을 지고 부자연스런 상황에 놓여 있고 이 때문에 서로 힘들어하고 있으며 그만이, 혹은 그의 도움으로 그녀가 과거와 현재를 명백하게 하고 질서를 잡게 할 수 있으리라는 사실을 어렴풋이 느낄 수 있었다. 하지만 이를 위해서는 심연을 건너고 그녀에게 일어났던 일을 그에게 털어놓아야만 했다. 그의 심판을 그녀가 얼마나 원하면서도 얼마나 두려워하고 있었던가!

"전 아무것도 이해할 수가 없어요. 전 당신보다 더 혼란스럽고, 어둠 속에 갇혀버린 듯해요!"

"제 말 좀 들어봐요. 절 믿으시나요?"

그녀의 손을 잡으며 그가 물었다.

"어머니를 믿듯 한없이 당신을 믿어요. 당신이 잘 아시잖아요."

그녀가 기어 들어가는 목소리로 대답했다.

"제게 말씀해주세요, 우리가 헤어진 이후로 당신에게 무슨 일이 있었는지. 지금의 당신은 전혀 이해할 수가 없어요. 전에는 당신의 얼굴에서 생각을 다 읽었었거든요. 서로를 이해하기 위한 유일한 처방이 아닐까 싶어요. 동의하시나요?"

"그럼요, 당연히 그래야죠…… 어떻게든 끝을 보아야만 해요……"

고백이 임박한 데서 오는 슬픔을 주체하지 못하고 그녀가 말했다. '네메시스! 네메시스!' 고개를 숙이며 그녀가 생각했다.

그녀는 고개를 숙인 채 아무 말도 하지 않았다. 그의 마음 속엔 이 평범한 말, 아니 그보다는 그녀의 침묵에서 오는 공포의 전율이 일었다.

'그녀는 고통스러워하고 있어! 하나님! 무슨 일이 있었던 것일까?'

식은땀을 흘리면서 그가 생각에 잠겼다. 손과 발이 떨리고 있음을 느꼈다. 매우 끔찍한 무엇이 생각났다. 그녀는 내내 침묵을 지키고 있었다. 보아하니 자신과 싸움 중인 듯했다.

"그래서…… 올가 세르게브나……"

그가 재촉을 했다. 그녀는 아무 말도 하지 않았다. 단지 어둠 속에서는 보이지 않는 초조한 움직임만이 느껴졌다. 그녀의 비단옷자락의 끌림 소리만이 들렸다.

"용기를 내보겠어요." 드디어 그녀가 입을 열었다. "당신이 알게 된다면 얼마나 힘이 드는지!" 다른 곳을 응시하며 싸움을 승리로 이끌기 위해 애쓰면서 그녀가 잠시 후 덧붙였다.

그녀는, 슈톨츠가 그녀의 입을 통해서가 아니라 어떤 기적에 의해 모든 걸 알게 되었으면 하고 바랐다. 다행히도 사위는 어두워졌고 그녀의 얼굴은 어둠에 묻혔다. 바꿀 수 있는 것은 목소리뿐이었다. 하지만 말은 입 안에서만 맴돌 뿐이었다. 마치 어떤 음조로 말을 시작해야 할까 고민하고 있는 듯했다.

'하나님 맙소사! 이렇게 부끄럽고 마음이 아픈 걸 보면 분명 내 잘못이 큰 거야!'

그녀는 속으로 괴로움을 삭이고 있었다. 그녀가 확신을 가지고 자신과 타인의 운명을 바꾸어놓은 지도 오래되었다. 그토록 똑똑하고 강한 그녀가! 이젠 자신이 소녀처럼 벌벌 떨 차례가 되었다! 과거에 대한 부끄러움과 현재, 즉 부자연스런 상황으로 인한 자존심의 상처가 그녀를 괴롭혔다. 견딜 수가 없었다!

"제가 도와드리죠…… 당신은…… 사랑했나요?"

슈톨츠가 겨우 말을 꺼냈다. 자신의 말 때문에 마음이 아팠다. 그녀는 침묵으로 확인시켜주었다. 그는 무서운 생각이 들었다.

"누구를요? 비밀이 아니라면?"

단호하게 말하려고 애쓰면서 그가 물었다. 하지만 입술이 떨리고 있음을 스스로 느낄 수 있었다. 그녀는 더욱 괴로워졌다. 다른 이름을 대고 다른 이야기를 궁리해내고 싶었다. 1분 가량 머뭇거렸지만 달리 방도가 없었다. 위험 천만한 순간에 험한 해안에서 물로 몸을 던지거나 아니면 불길 속으로 뛰어드는 사람처럼 그녀는 불쑥 '오블로모프'라는 이름을 내뱉었다.

그는 선 채로 굳어버렸다. 침묵이 2분 가량 흘렀다.

"오블로모프라구요!" 그가 놀라 반복했다. "진실이 아녜요!" 목소리를 내리깔고서 그가 결정적으로 덧붙였다.

"진실이에요!"

그녀가 침착하게 말했다.

"오블로모프라고요? 그럴 리가 없어요!" 다시 확신에 가득한 목소리로 덧붙였다. "뭔가 잘못된 겁니다. 당신은 자신과 오블로모프, 혹은 결과적으로 사랑을 이해하지 못한 겁니다."

그녀는 입을 열지 않았다.

"이건 사랑이 아니라, 제 말은, 뭔가 다른 것입니다!"

그가 단호하게 고집을 부렸다.

"네, 그를 유혹해서 모욕을 줬고 그를 불행하게 만들었어요…… 다음엔 당신 생각대로 당신에게 똑같은 짓을 하고 있습니다!"

그녀가 의미심장한 목소리로 말했다. 그녀의 목소리에서는 부끄러움의 눈물이 다시 끓기 시작했다.

"사랑스런 올가 세르게브나! 화내지 마세요, 그렇게 말씀하지 마세요. 이건 당신의 억양이 아닙니다. 당신도 아시겠지만 이럴 줄은 몰랐어요. 그런 생각은 추호도 해본 적이 없어요. 이해할 수가 없군요, 어떻게 오블로모프가……"

"하지만 그는 당신의 우정을 받기에 충분한 사람이에요. 당신은 그를 평가할 줄을 몰라요. 그가 왜 사랑할 만한 사람이 못 된다고 생각하시죠?"

"제가 아는 바에 따르면, 사랑은 우정보다 덜 까다롭죠. 사랑은 심지어 맹목적일 때도 흔하고 공을 따져가며 서로 사랑할 수는 없는 법이죠. 그렇고 말고요. 하지만 사랑을 위해서는 가끔은 사소해 보이기도 하면서, 정의를 내리자니 그럴 수도 없고 이름을 붙일 수도 없는 그런 무엇이 필요할 때가 있어요. 그 누구와도 비할 바가 없이 게을러터진 일리야에게는 없는 어떤 것 말이죠. 바로 이 때문에 제가 깜짝 놀란 거죠. 들어보세요." 그가 활기를 띠며 말을 이었다. "우리는 결코 끝까지 갈 수도 없고 서로를 이해할 수도 없습니다. 자세하게 이야기한다고 부끄러워하실 필요도 없고 딱 반 시간만 자신을 아끼는 일일랑 멈추시고 죄다 말씀해보세요. 그게 과연 무엇이었는지, 심지어 어떻게 될 것인지에 대한 제 의견을 말씀드릴게요…… 줄곧 제겐…… 그게…… 아닌 것만 같은 생각이 드는군요. 아, 이것이 정말 사실인가요?" 그가 용기를 내 덧붙였다. "다른 사람도 아니고 오블로모프라니! 오블로모프! 이는 당신이 과거에도 사랑에도 얽매어 있지 않고 당신은 자유롭다는 것을 의미하지는 않을는지…… 말씀해주세요, 어서 말씀해주세요!" 그가 침착한, 거의 유쾌한 목소리로 말을 맺었다.

"네, 알았어요!" 멍에의 일부가 벗겨졌음에 기뻐하며 그녀가 믿음직스럽게 대답했다. "전 정말 미치겠어요. 제가 얼마나 가엾은 여자인지 당신이 알아만 준다면! 전 모르겠어요. 제 잘못인지 아닌지, 지난 과거를 부끄러워해야 하는 건지, 그를 동정하고 있는지, 미래에 대한 희망을 품어야 할지, 혹은 절망해야 할지 말입니다…… 당신은 자신의 고통을 말씀하셨지만 전 제 고통에 대해서는 의심조차 해본 적이 없습니다.

끝까지 들어주세요, 다만 머리로 듣지 마시고요. 전 당신의 이성이 두렵습니다. 가슴으로 들어주시면 더 낫겠어요. 어쩌면 가슴은, 저란 사람에게 어머니가 없다 보니 저의 처지가 숲속에 홀로 남은 것과 다를 바 없노라고 판단할지도 모르겠습니다." 그녀는 가라앉은 나지막한 목소리로 덧붙였다. "아닙니다." 서둘러 잠시 후 정정을 했다. "절 용서하지 마세요. 이것이 만약 사랑이었다면 그땐…… 떠나세요." 그녀는 1분 가량 아무 말도 하지 않았다. "그리고 나중에, 다시 우정이 말을 할 수 있을 때 찾아오세요. 만약 이것이 바람기나 교태였다면 절 벌하세요. 멀리 달려가시어 절 잊으세요. 말씀드리겠습니다."

그는 대답으로 그녀의 두 손을 꼭 잡았다.

올가의 길고도 상세한 고백이 시작되었다. 그녀는, 그토록 오랫동안 자신을 갉아먹었던 모든 일에 대한 기억을 자신의 머릿속에서 하나둘씩 꺼내 시원시원하게 타인의 머릿속으로 옮겨놓았다. 예컨대 얼굴이 빨개졌던 일, 동정을 하게 되었던 일, 처음엔 행복했지만 얼마 후 난데없이 고뇌와 의혹의 미궁 속으로 빠져버렸던 일 등.

그녀는 산책과 공원에 대해서, 자신들의 희망, 오블로모프의 개안(開顔)과 타락, 라일락 가지, 심지어 입맞춤에 대해서까지 이야기를 했다. 단지 정원에서의 숨막히는 저녁만큼은 침묵으로 건너뛰었다. 아마도 당시 그녀에게 일어났던 발작이 어떤 것이었는지 아직 결론을 내리지 못한 때문이리라.

처음에는 그녀의 곤혹스런 속삭임만이 들렸지만 그녀가 이야기를 하면 할수록 그녀의 목소리는 더욱 카랑카랑해지고 거침없어졌다. 속삭임에서 목소리는 반음으로 바뀌었고 다음엔 가슴에서 나오는 소리까지 그 억양이 높아졌다. 그녀는 침착하게 말을 끝맺었다. 마치 다른 사람의 이야기를 대신 전하는 듯했다.

그녀의 눈앞에서 커튼이 올려지고 이 순간까지 똑바로 쳐다보기를 두려워했던 과거가 쫙 펼쳐졌다. 드디어 그녀는 눈을 뜨고 많은 것을 볼 수 있게 되었다. 만약에 어둡지만 않았다면 그녀는 자신의 말상대를 감히 쳐다보았을 것이다.

그녀는 말을 마치고 선고를 기다렸다. 그러나 대답으로 돌아온 것은 공동묘지와도 같은 정적이었다.

그는 어떠한가? 말소리도 미동 소리도 심지어 숨소리조차 들리지 않아 마치 그녀 옆에 아무도 없는 것만 같았다.

이 말없음으로 그녀는 다시 망설이지 않을 수 없었다. 침묵이 길어졌다. 이 침묵은 무엇을 의미하는 것일까? 이 세상에서 가장 통찰력 있고 냉정한 판사는 그녀에게 어떤 선고를 준비하고 있는 것일까? 다른 모든 이들은 그녀에게 무자비한 판결을 내리겠지만 그녀가 그를 선택할 수가 있다면 그 한 사람만큼은 그녀의 변호사가 되어줄 수 있을 것이다. 그는 모든 걸 이해하고 헤아려서 그녀 자신이 생각하는 것보다도 훨씬 더 그녀에게 유리한 결정을 내릴 것이다! 하지만 그는 침묵을 지키고 있다. 과연 그녀는 난감해해야만 한단 말인가?

그녀는 다시 무서운 생각이 들었다……

문이 열리고 하인이 들여온 두개의 촛불이 그들이 있는 구석을 훤하게 비춰주었다.

그녀는 그에게 잔뜩 겁에 질린, 그러나 탐욕스럽고 뭔가를 구하는 듯한 시선을 던졌다. 그는 두 손을 십자로 포갠 채 부드러우면서도 솔직한 눈으로 그녀를 보면서 그녀의 당혹스러워함을 즐기고 있었다.

그녀의 흥분도 가라앉고 진정이 되었다. 그녀는 안도의 숨을 내쉬었다. 울음이 터질 뻔했다. 자신에 대한 용서와 그에 대한 신뢰가 되살아났다. 그녀는 용서를 받고 위로를 받고 게다가 다시 사랑을 되찾은 아이처럼 행복했다.

"전부인가요?"

그가 나지막이 물었다.

"전부예요!"

"그의 편지는요?"

그녀는 손가방에서 편지를 꺼내 그에게 건넸다. 그는 촛불로 다가가 편지를 다 읽고는 탁자에 내려놓았다. 그의 두 눈이 그녀가 오랫동안 본 적이 없는 눈길을 그녀에게로 던졌다.

그녀 앞에는 예전의 자신감에 가득 찬, 약간은 시큰둥하면서도 한없이 착하고 장난기 어린 그녀의 친구가 서 있었다. 그의 얼굴엔 고통의 그림자도 의혹도 없었다. 그는 그녀의 두 손을 잡아 한 손 한 손 차례로 입을 맞추고 깊은 상념에 빠졌다. 이번엔 그녀가 차분하게 마음을 가다듬고서 꼼짝도 하지 않고 얼굴에 나타난 그의 생각의 움직임을 살폈다.

갑자기 그가 벌떡 일어났다.

"하나님 맙소사, 오블로모프와 관련된 일인 줄 진작에 알았다면 정말 저 또한 괴로웠을 겁니다!"

마치 그녀에게 이런 끔찍한 과거가 없었던 듯이 그는 다정하고 믿음직스럽게 그녀를 바라보았다. 그의 마음은 한결 가벼워졌고 유쾌해졌다. 그녀도 한시름 놓았다. 부끄러워해야 할 사람은 바로 이 한 사람뿐인데 그는 그녀를 벌주지도 않고 도망치지도 않으리라는 사실이 그녀에겐 명백해졌다! 세상의 심판이야 어디 두려워할 필요나 있겠는가 말이다!

그는 벌써 자제력을 되찾고 기분 또한 좋아졌다. 하지만 그녀에게는 이것으로는 부족했다. 그녀는 자신의 무죄가 입증되었음을 깨달았다. 하지만 피고인으로서 그녀는 선고 내용을 알고 싶었다. 하지만 그가 모자를 집어들었다.

"어딜 가시려고요?"

"흥분하신 것 같으니까 좀 쉬세요. 내일 마저 이야기합시다."

"제가 밤새 잠 못 이루기를 바라시나요?" 그녀가 그의 손을 잡고 의자에 앉히며 말을 가로챘다. "떠나시겠다고요? 어떻다는…… 전 이제…… 제가 어찌해야 하는지 일언반구도 없이…… 제 생각도 해주세요, 안드레이 이바느이치. 누가 제게 말해주겠어요? 누가 절 벌주죠? 제가 만약 벌을 받아 마땅하다면…… 아니면 누가 절 용서하나요?" 그리고 그를 다정한 우정의 눈빛으로 쳐다보았다. 그는 하는 수 없이 모자를 다시 내던졌다. 마음 같아선 그녀에게로 달려가 직접 무릎을 꿇고만 싶었다.

"나의 천사여, 제가 말씀드리죠! 공연히 괴로워하지 마세요. 당신을 벌 줄 필요도 용서할 필요도 없습니다. 당신이 해주신 이야기에 덧붙일 말도 제겐 더 이상 없어요. 당신에게 무슨 의혹이 있을 수 있나요? 무슨 일이 있었는지 알고 싶으신가요? 제목이라도 붙이길 원하세요? 진작부터 알고 계시잖아요…… 오블로모프의 편지 어디 있죠?"

그는 탁자에서 편지를 집어들었다.

"잘 들어보세요!"

그가 편지를 읽어 내려갔다.

'당신의 사랑한다는 말은 현재의 사랑이 아니고 미래의 사랑입니다. 이것은 단지 사랑하고픈 무의식적 충동일 뿐입니다. 그런 충동이란 것은 양식의 부족으로 인해 간혹 아기나 다른 여인을 달랠 때 여인의 입을 빌려 표현되곤 하지요. 심지어 어떤 경우엔 눈물 범벅이 되거나 히스테리 발작을 일으키기도 합니다! 당신은 실수를 한 것입니다(슈톨츠는 실수란 단어를 강조하여 읽었다). 당신 앞에 있는 사람은 당신이 여태껏 기다렸고 꿈꿔왔던 사람이 아닙니다. 좀더 기다려보세요. 그가 올 겁니다. 그때 당신은 정신을 차리시고 자신의 실수에 화를 내고 치욕을 느끼실 겁니다……'

"보세요, 얼마나 옳은 말인가! 실수 때문에…… 당신은 화가 나고 부끄러웠던 겁니다. 더 이상 할 말이 뭐가 있겠습니까? 그가 옳았음에도 당신은 믿지 않았으니 이 점은 당신의 잘못입니다. 당시에 헤어져야만 했어요. 하지만 당신의 아름다움이 그를 꼼짝 못 하게 만들었고…… 당신은 그의 비둘기 같은 부드러움에…… 감동을 받았던 거죠!"

그가 약간은 조소적인 어조로 덧붙였다.

"전 그 사람을 믿지 않았어요. 하지만 가슴은 실수하는 법이 없다고 생각했어요."

"그렇지 않아요, 실수를 할 때도 있어요. 때론 치명적인! 하지만 당신의 경우 한편으로는 상상력과 자존심, 다른 한편으로는 연약함으로 인해 가슴의 감동에는 미치지 못한 것뿐입니다. 당신은 인생에 다른 경사가 없으면 어쩌나, 이 생기 없는 빛이 삶을 비추다가 금세 영원한 밤이 찾아오면 어쩌나 하는 마음에 두려웠던 거죠……"

"그럼 눈물은요? 제가 울었을 때 눈물이 가슴에서 나온 것이 아니라고 장담할 수 있나요? 전 거짓말을 못 해요. 전 진심이었어요……"

"하나님 맙소사! 여자가 무엇엔들 눈물을 흘리지 않겠어요? 직접 말씀하지 않으셨어요? 라일락 꽃다발과 좋아하던 벤치가 안타까웠다고. 여기에 기만당한 자존심과 실패한 구원자의 역할, 그리고 어느 정도의 습관을 더 보태세요…… 눈물의 이유가 얼마나 많은가요!"

"우리의 만남과 산책 또한 실수인가요? 기억하실 거예요, 제가…… 그 사람 집에 찾아갔던 날을……"

민망한지 간신히 그녀가 말을 이었다. 괜히 말을 꺼냈다 싶은 모양이었다. 그녀는, 그가 그녀를 더욱 강하게 감싸도록 하기 위하여, 그의 눈에 비친 모든 것을 정당화하기 위하여 모든 일을 스스로 자신의 탓으로 돌리려고 애를 썼다.

"당신 말씀을 들어보니 최근의 만남에 대해서 더 하실 말씀이 없을 것처럼 보이는데요. 이른바 당신의 '사랑'에는 별다른 특이점이 없어요. 그 사랑은 더 이상 진전되기가 힘들었던 겁니다. 그러니 헤어질 수밖에 없었고 당신은 사랑에 충실했던 것이 아니라 당신 스스로가 만들어낸 사랑의 환상에 충실했던 거죠. 모든 비밀이 여기에 있습니다."

"그럼 입맞춤은요?"

그녀가 나지막이 속삭였다. 그래서 그는 듣지 못하고 짐작으로 알 수밖에 없었다.

"아, 중요한 문제입니다." 그가 어딘지 모르게 웃음이 나옴직한 위엄 있는 목소리로 말했다. "그 대가로 식사 때 음식 하나를…… 당신에게서 빼앗았어야 하는데." 그가 애정과 사랑이 가득한 눈길로 그녀를 쳐다보았다.

"농담은 그런 '실수'의 합리화가 될 순 없어요!" 그의 천연덕스럽고 태연한 어조에 기분이 상한 그녀가 조심스레 반박했다. "당신이 어떤 말이든 잔인한 말로 절 벌주시고 제 죄목을 말씀하신다면 제 마음이 한결 가벼워질 것 같아요."

"일리야가 아닌 다른 사람과 관련된 일이었다면 제가 농담할 리가 없죠." 그는 스스로를 합리화했다. "실수가…… 재앙으로 끝이 날 수도 있었던 문제라고요. 물론 오블로모프는 제가 잘 알지만……"

"다른 사람이라뇨, 그럴 일은 없을 거예요!" 뾰로통해진 그녀가 그의 말을 가로챘다. "전 그를 당신보다 더 잘 알게 되었어요……"

"그것 보세요!"

"하지만 그가…… 변해서 새사람이 되고 내 말을 들었다면…… 그 래도 내가 그때 그를 사랑하지 않았을까요? 그래도 그것이 거짓이고 실 수였을까요?"

다각적으로 일을 살펴보고 작은 오점 하나도 어떤 미심쩍은 구석 하나도 남기지 않을 속셈으로 그녀가 말을 이어나갔다.

"그러니까 그 사람 대신 다른 사람이 그 자리에 있었다면 의심의 여지가 없이 당신의 태도는 사랑으로 변하고 더욱 확고해졌겠지요. 그 때는…… 하지만 이것은 우리와 전혀 상관이 없는 다른 소설이고 다른 주인공이죠."

그녀는 한숨을 토해냈다. 마치 마음속의 마지막 짐을 털어내는 듯 했다. 둘 다 말이 없었다.

"아, 얼마나 행복한 일인가요…… 병이 완쾌된다는 것은."

그녀가 천천히 말을 이어나갔다. 마치 활짝 핀 꽃과 같았다. 그녀는 깊은 감사와 흔치 않은 뜨거운 우정의 시선을 그에게 던졌다. 이 시선에 서 그는, 근 1년 동안을 붙잡으려 헛되이 애썼던 불꽃을 느낄 수 있었 다. 황홀한 전율이 온몸을 감쌌다.

"그렇지 않아요, 병이 나아가고 있는 사람은 바로 접니다!" 그가 말 을 마치고 잠시 생각에 잠겼다. "아, 그 소설의 주인공이 일리야라는 사 실만 제가 알았어도! 얼마나 많은 시간을 허비했고 얼마나 많은 피가 썩어버렸던가요! 무엇 때문에? 왜!" 그가 거의 화난 목소리로 말을 했 다.

하지만 돌연 그는 이러한 울분에서 정신이 맑아지고 고통스런 상념 에서 깨어나는 듯했다. 이마가 훤해지고 눈에는 기쁨의 빛이 역력했다.

"하지만 이건 필연적이라는 생각이 듭니다. 그렇기 때문에 전 지금 평온할 수 있고 어느 때보다도…… 행복합니다!"

그가 환호성을 질렀다.

"마치 꿈을 꾼 것 같아요. 아무 일도 없었던 듯해요!" 갑자기 기운이 솟는 자신의 모습에 적이 당황하며 생각에 잠긴 채 거의 들릴락 말락 한 목소리로 그녀가 말했다. "당신이 도려내준 것은 수치와 회한만이 아니라 비애와 고통 등 모든 것입니다…… 어떻게 이렇게 하실 수 있죠?" 그녀가 나지막이 물었다. "다 지나가버리겠죠. 이것도…… 실수인가요?"

"그럼요, 전 벌써 지나갔다고 생각합니다!" 처음으로 열정적인 눈으로 그녀를 바라보며 그가 말했다. 구태여 그 열정을 감추려 하지 않았다. "있었던 모든 일 말입니다."

"앞으로…… 있게 될 일은…… 실수가 아니라…… 진실이겠죠?" 그녀가 말을 차마 끝맺지도 못하고 물었다.

"여기 적혀 있잖습니까."

다시 편지를 집어들었다. '당신 앞에 있는 사람은 당신이 여태껏 기다리고 꿈꿔왔던 사람이 아닙니다. 그가 올 겁니다. 그러면 당신은 정신을 차리시고……'

"한마디 더 덧붙이자면, 사랑하세요, 일 년이 아니라 평생을 바쳐도 모자랄 사랑을 하세요. 하지만 전 모르겠습니다…… 그것이 누가 될는지는!"

그녀를 뚫어져라 쳐다보며 그가 말했다. 그녀는 고개를 떨구고 입술을 꽉 깨물었다. 하지만 눈꺼풀을 통해서 빛이 밖으로 새어나왔다. 입술은 미소를 억제하려 애쓰는 듯했지만 그러지 못했다. 그녀는 그를 쳐다보았다. 꾸밈없는 미소를 지어 보였다. 심지어 눈시울이 촉촉해졌다.

"당신에게 있었던 일과 앞으로 있을 일을 제가 말씀드렸습니다, 올가 세르게브나. 그런데 아직도 끝이 나지 않은 제 질문에는 아무 대답도

주시지 않을 생각이신가 보군요."

"제가 무슨 말을 할 수 있겠어요?" 그녀가 당혹스러워하며 말했다. "제게 그럴 권리가 있나요? 당신이 꼭 듣고 싶은 말이 있다면…… 당신은 그럴 만한 자격이 충분해요." 그녀는 나지막이 속삭이고 부끄러운 듯 그를 쳐다보았다.

그 눈길에서 그는 흔치 않은 우정의 불꽃을 느꼈다. 행복에 온몸이 떨려왔다.

"서두르지 마세요. 체면이라는 두터운 상복을 벗어던질 수 있을 때가 되면 제게 어떤 자격이 있는지 말씀해주세요. 올 한 해가 무언가를 제게 말해주었어요. 이제 제 질문에 답해주세요. 제게로 오시겠습니까 아니면 그냥 머무르시겠어요?"

"들어보세요, 지금 절 유혹하시는군요!"

그녀가 돌연 쾌활하게 말했다.

"오 아닙니다!" 그가 진지하게 응수했다. "이건 일전의 질문이 아닙니다. 이제는 의미가 달라요. 제가 머무를 수 있다면 과연 무슨 자격으로일까 하는 것입니다."

그녀는 갑자기 당혹스러워졌다.

"제가 유혹하고 있는 것이 아니라는 사실을 아시겠죠?" 그녀를 사로잡았음에 적이 만족해하며 그가 빙그레 웃었다. "오늘 이런 대화를 했으면 이젠 서로에게 다른 사람이 될 필요가 있지 않을까요? 우리는 둘 다 어제의 우리가 아닙니다."

"전 모르겠어요……"

그녀가 더욱 당혹스러워하며 속삭였다.

"제가 충고를 한마디 해도 될까요?"

"말씀하세요…… 무조건 따르겠어요!"

그녀가 순종적으로 덧붙였다.

"그가 다시 돌아오기를 기다리는 동안 저와 결혼해주세요!"

"아직 용기가 나지 않아서……"

두 손으로 얼굴을 가리며 그녀가 속삭였다. 흥분은 되었지만 행복했다.

"용기가 없다니요, 무슨 말씀이세요?"

그녀의 머리를 자신에게로 기울이며 그가 귓속말로 물었다.

"이것도 과거인가요?"

마치 어머니에게 그러하듯 그의 가슴에 얼굴을 묻으며 그녀가 속삭였다. 그는 조용히 그녀의 손을 얼굴에서 떼어내고 머리에 입을 맞추었다. 한참 동안을 그녀의 당혹감을 주시했다. 그리고 두 눈을 적셨다가 다시 말라버린 그녀의 눈물을 흐뭇하게 바라보았다.

"당신의 라일락처럼 시들어버릴 겁니다! 공부했다 쳐요. 이제는 활용할 때가 온 겁니다. 인생이 시작될 겁니다. 저에게 당신의 미래를 맡기시고 다른 생각일랑 하지 마세요. 제가 모든 걸 책임지겠습니다. 숙모님께로 갑시다."

아주 늦은 시각에 슈톨츠는 집으로 향했다.

'내 사람을 찾았어.' 사랑에 빠진 눈으로 나무와 하늘, 호수와 심지어 물 위로 피어오르는 물안개를 보며 그가 생각했다. '기다림도 이젠 끝이야! 감정을 갈구하고 인내하고 정신력을 아끼기를 몇 해던가! 얼마나 오랜 세월을 기다려왔던가! 이 모든 것이 그것에 대한 보상이야. 이것이 바로 인간의 최후의 행복이지!'

사무소, 아버지의 마차, 사슴 가죽 장갑, 기름 범벅의 계산서, 예컨대 일로 점철되어왔던 인생이 그의 눈에는 이제 행복으로 뒤덮이기 시작했다. 그의 기억 속에선 단지 향기를 품어내던 어머니의 방, 헤르츠의 변주곡, 공작의 회랑, 푸른 눈, 가루를 뒤집어쓴 밤색 머리털, 이 모든 것을 부드러운 올가의 목소리가 뒤덮었다. 마음속으로 그녀의 노래를 들었다……

"올가, 나의 아내!" 온몸의 전율을 느끼며 그가 중얼거렸다. "모든 걸 찾았으니 더 이상 찾을 것도 없고 더 이상 찾아 헤맬 곳도 없어!"

행복감에 도취되어 집으로 발걸음을 옮겼다. 길도 거리도…… 전혀 눈에 들어오지 않았다.

올가는 한참 동안 눈으로 그를 배웅했다. 창문을 열고 몇 분 동안 서늘한 밤 공기를 마음껏 호흡했다. 흥분도 점차로 가라앉고 가슴의 호흡도 고르게 변했다.

그녀는 호수와 그 너머 먼 곳을 응시하고 마치 잠이 든 것처럼 조용하게 깊은 생각에 빠졌다. 지금 현재 생각하고 느끼는 것이 무엇인지 알고 싶었지만 알 수 없었다. 생각이 파도처럼 잔잔하게 밀려왔고 피가 유영하듯 혈관 속을 흘렀다. 그녀는 행복을 몸으로 느끼면서도 그 경계가 어딘지, 대체 그 행복이 어떤 것인지 정의를 내릴 수가 없었다. 왜 이렇게 고요하고 평화로우며 깨뜨릴 수 없을 정도로 좋고, 왜 이렇게 마음이 편안한지 생각에 생각을 거듭해보았지만……

"내가 그의 약혼녀라니……"

혼자 속삭였다.

'난 약혼녀야!' 평생을 환하게 비춰줄 바로 이 순간을 고대했던 아가씨는 우쭐해서 설레며 이런 생각을 하고, 부쩍 커서는 높은 곳에서 어제 홀로 외로이 걸었던 어두운 오솔길을 바라보기 마련이다.

그런데 전혀 설렘이 없는 올가는 어찌 된 일일까? 그녀 역시 인적이 드문 오솔길을 홀로 외로이 걷곤 했다. 그리고 사거리에서 만난 그가 손을 내밀고 그녀를 데려간 곳은 눈이 부실 정도로 번쩍거리는 곳이 아

236

니라 넓은 강의 홍수와 광활한 들판, 그리고 우정 어린 미소를 보내고 있는 언덕이었다. 번쩍거림에 실눈을 뜨는 일도 없고 가슴이 얼어붙지도 않았으며 상상력이 갑자기 폭발하지도 않았다.

그녀는 인생의 홍수와 그 광활한 들판, 그리고 푸른 언덕에 머물고 있는 시선을 가벼운 설렘을 머금고 위로했다. 전율이 어깨를 타고 번지지도 않았고 우쭐함의 눈길에 타오르지도 않았다. 단지 이 시선을 들판과 언덕에서 그녀에게 손을 내밀었던 이에게로 돌렸을 때, 그녀는 눈물이 양 볼을 따라 천천히 흘러내리고 있음을 느낄 수가 있었다……

그녀는 내내 앉아 있었다. 잠을 자고 있다 해도 틀린 말이 아닐 것만 같았다. 그녀의 행복한 꿈이 그토록 고요했기 때문이었다. 그녀는 꼼짝도 하지 않았다. 거의 숨도 쉬지 않았다. 넋을 잃고 앉아서 그녀는 온화한 빛과 따스함, 그리고 향기를 머금은 고요하고 깊은 밤하늘에 생각에 잠긴 눈길을 고정시키고 있었다. 행복의 환상이 큰 날개를 펼치고 하늘의 구름처럼 그녀의 머리 위를 천천히 유영하고 있었다……

그녀는 두 시간이나 지속된 이 꿈속에서 망사와 비단 레이스로, 다음엔 평생 성장(盛裝)으로 포장된 자신의 모습을 보지 못했다. 꿈속에선 피로연도 불꽃도 즐거운 비명도 없었다. 꿈속에 나타난 행복은 평범하고 전혀 화려하지도 않았다. 그래서 그녀는 다시 한 번, 우쭐함에서 오는 전율도 없이 단지 깊은 감동을 느끼며 속삭여볼 따름이었다. '난 그의 약혼녀야!'라고.

제5장

하나님 맙소사! 뜻밖에 슈톨츠가 찾아와 식사를 했던 명명일 이후 1년 반 동안 오블로모프의 집엔 내내 암울하고 답답한 기운이 떠나지 않았다. 일리야 일리이치의 얼굴은 부석부석해졌고 두 눈에 가득한 권태는 그의 쇠약을 여실히 드러내고 있었다.

그는 방안을 서성이다 자리에 누워 천장을 쳐다보곤 했다. 책장에서 책을 꺼내 몇 줄 건성으로 읽다가 하품을 늘어지게 하고는 책상을 북삼아 손가락으로 소리를 내기 시작했다.

자하르는 더욱 꼴불견에 칠칠치 못한 위인이 되었다. 팔꿈치에는 바대가 나타났다. 바라보는 시선은 가엾고 굶주려 보였다. 마치 먹지도 자지도 못하고 3일 주야를 일만 한 사람 같았다.

오블로모프가 걸치고 있는 실내복은 엉망으로 헤졌다. 아무리 부지런히 구멍을 기워대도 또 구멍은 나게 마련이고 더 이상 기울 수도 없었다. 벌써부터 새 실내복이 필요했다. 침대보도 다 헤져서 여기저기 바대를 댄 흔적이 보였다. 커튼은 올려진 지 오래고 비록 세탁은 했지만 누더기나 진배없었다.

자하르가 낡은 식탁보를 가져와 오블로모프 앞으로 식탁의 절반만을 덮었다. 이를 악물고 아주 조심스럽게 보드카 병과 함께 식사를 내왔다. 그리고 흑빵을 내려놓고는 나갔다.

주인집 문이 열리고 아가피야 마트베이브나가 아직도 기름 튀는 소리가 나는 프라이팬을 들고 들어왔다. 오믈렛이었다.

그녀 역시도 끔찍하리만치 많이 변했다. 물론 좋은 쪽으로는 아니

238

었다. 그녀는 훨씬 수척해 보였다. 동그랗고 흰, 빨개지지도 않고 그렇다고 파리해지지도 않던 뺨도 없었다. 흔히 볼 수 없는 눈썹도 윤기가 나지 않았다. 두 눈 또한 퀭했다.

그녀는 낡은 사라사 옷 차림이었다. 그녀의 두 손은 그을리지도 않았고 일을 많이 해서, 불과 물 때문에 혹은 이러저러해서 투박해지지도 않았다.

아쿨리나는 이미 집에 없었다. 아니시야는 부엌이건 텃밭이건 안 가리고 휘젓고 다니고 있고 닭들을 쫓기도 하며 바닥 청소며 빨래도 마다하지 않았다. 그녀가 살림을 도맡아 하고 있는 것은 아니었다. 아가피야 마트베이브나 역시 자의든 타의든 손수 부엌일을 하고 있었다. 그녀는 여전히 빻고 씨를 뿌리고 으깨고 있지만 그 양은 적었다. 왜냐하면 들어오는 커피와 계피, 그리고 편도의 양이 적기 때문이었다. 레이스는 꿈도 꾸지 못했다. 최근 들어 그녀는 양파를 잘게 썰거나 고추냉이를 으깨는 등 양념 만들기에 여념이 없었다. 그녀의 얼굴엔 수심이 가득했다.

하지만 자신에 대해서도 커피에 대해서도 애타게 그리워하지 않았다. 그녀가 슬픈 이유는 부산을 떨거나 폭넓게 집안 살림을 하거나 계피를 빻거나 소스에 바닐라 향료를 넣거나 혹은 진한 프림을 빚을 기회가 없어서가 아니라, 일리야 일리이치가 먹을 것이 없게 되고 그를 위해 고급 상점에서 봉지째 커피를 사지 못하고 구멍가게에서 먹을 만큼씩만 구입할 수밖에 없게 된 처지 때문이었다. 프림도 핀란드제가 아니라 그 구멍가게에서 사먹었다. 그녀가 슬픈 또 하나의 이유는 맛있는 커틀릿 대신 그 구멍가게에 오랫동안 쌓여 있어서 맛이 형편없는 햄으로 맛을 낸 오믈렛을 그에게 아침식사로 내가기 때문이었다.

이것은 무엇을 의미하는가? 슈톨츠 덕에 오블로모프카에서 꼬박꼬박 보내오는 소득은 오블로모프가 여주인에게 넘긴 차용증의 이자를 갚는 데 들어간다는 것을 의미했다.

오라버니라는 사람의 '합법적인 일'은 기대 이상의 성공을 거뒀다. 파렴치한 행위에 대한 타란찌에프의 첫번째 암시가 있었을 때 일리야 일리이치는 너무 분해서 정신을 차릴 수가 없었다. 나중에 세 사람은 화해를 하고 함께 술을 마셨다. 그리고 오블로모프는 차용증에 4년 기한으로 서명을 했다. 한 달 후에 아가피야 마트베이브나가 오라버니의 이름으로 같은 차용증에 서명을 했다. 하지만 그 내용이 무엇이고 왜 서명을 하는지조차 그녀는 알지 못했다. 오라버니가 집과 관련된 필요한 서류라며 이렇게 쓰라고 일렀다. '이 차용증에 이런저런 사람이(관등, 이름과 성) 관여했다' 라고.

그녀는 써야 될 것이 너무 많아서 어려움을 느꼈기에 오라버니에게 차라리 바뉴샤*에게 쓰라고 하는 것이 더 낫겠다고 말했다. '요즘 바뉴샤 글솜씨가 아주 많이 늘었어요.' 자신이 쓰면 아마도 엉망이 될 거라고도 했다. 그러나 오라버니는 완강하게 요구를 했고 하는 수 없이 그녀는 큼지막한 글씨로 옆으로 삐뚜름하게 서명을 했다. 더 이상 이에 대한 일언반구도 없었다.

오블로모프는 서명을 하면서 이 돈이 애비 없는 아이들에게 쓰여질 거라는 사실에 자위를 했다. 하지만 이튿날 머리가 맑아지자 어찌나 부끄럽던지 이 일에 대해서라면 기억조차 하기 싫어 잊으려고 애썼다. 타란찌에프가 만약에 곧바로 집을 비우고 시골로 내려가라고 협박을 했다면 오빠란 작자를 만나기 위해 달려갔을 것이다.

나중에 시골에서 그가 돈을 받았을 때 오라버니라는 사람이 찾아와 일리야 일리이치에게 수입에서 즉시 빚을 갚는 것이 신상에 이로울 것

---

* 바냐의 애칭. 바뉴쉬카도 마찬가지.

이라고 큰소리를 쳤다. 3년 안에 부채를 변제해야 하는데 기일이 만료되어 행여라도 채무변제에 대한 독촉이라도 받는 날이면 오블로모프가 현금을 갖고 있지도 않고 또 그에게서 현금이 나올 기대도 할 수 없기 때문에 시골의 영지는 경매에 부쳐지게 될 게 뻔하다는 말이었다.

슈톨츠가 보내온 돈이 빚 갚는 데로 모조리 들어가 수중엔 결국 입에 풀칠할 정도의 돈만이 남았을 때 오블로모프는 자신이 어떤 협공하에 놓이게 되었는지를 깨닫게 되었다.

오빠란 작자는 행여라도 있을지 모르는 어떤 방해 요소를 미연에 방지하기 위해 자신의 채무자와의 이 자발적 거래를 2년 만에 끝내려고 서둘렀다. 때문에 오블로모프는 아닌 밤중에 홍두깨 격으로 더욱 곤란한 처지에 빠지게 되었다.

처음엔 모든 일이 전혀 눈에 띄지 않게 척척 진행되었다. 이는 순전히 수중에 얼마의 돈이 있는지 신경조차 쓰지 않는 오블로모프의 습성 덕분이었다. 엎친 데 덮친 격으로 이반 마트베이치가 어떤 곡물가게 주인의 딸과 결혼할 속셈으로 따로 집을 얻어서 이사를 가버렸다.

아가피야 마트베이브나의 집안일이 갑자기 중지되었다. 용철갑상어와 눈처럼 하얀 송아지 고기가 다른 부엌에서, 무하야로프의 새집에서 모습을 드러내기 시작했다.

그곳에서는 저녁마다 불빛이 환했고 그녀 오라비의 장래의 친척들과 동료들, 그리고 타란찌에프가 모여들었다. 그곳에선 모든 것이 잠에서 깨어났다. 아가피야 마트베이브나와 아니시야는 별안간 입을 떡 벌리고 텅 빈 프라이팬과 냄비 위에 할 일 없이 팔을 축 늘어뜨릴 수밖에 없는 처지가 되었다.

아가피야 마트베이브나는 처음으로 그녀에게 있는 것은 집과 텃밭과 병아리들뿐이며 계피도 바닐라 향료도 텃밭에서 자라고 있지 않음을 알게 되었다. 시장통에서도 언제부턴가 가게 주인들이 눈웃음을 치며 고개 숙여 하던 인사도 하지 않고 이 굽실거림이 그녀의 오라비의 옷을 잘 차려입은 새 뚱보 부엌데기의 차지가 되었다는 것을 깨달았다.

오블로모프는 끼니나 때우라며 그녀의 오라비가 남겨준 돈을 몽땅 그녀에게 넘겨주었다. 그녀는 서너 달 동안 아무 생각 없이 예전처럼 커피를 봉지째 갈았고 계피를 빻았으며 송아지 고기와 칠면조 고기를 구웠다. 마지막 남은 70코페이카를 써버리던 마지막 날까지도 그녀는 이렇게 부엌일을 하다가 그에게 찾아와서는 돈이 한푼도 없노라고 말했다.

그는 이 소식을 듣고 소파에서 세 번에 걸쳐 뒤척였다. 다음엔 자기 책상서랍을 쳐다보았다. 아무것도 없었다. 어디에 두었는지를 기억해내려고 애를 써보았지만 아무 생각도 나지 않았다. 책상을 손으로 두드리다가 동전이라도 혹 있는지 자하르에게 물어보았지만 자하르는 꿈에도 본 적이 없노라고 대꾸했다. 그녀는 오라비에게 가서 집에 돈이 떨어졌다고 순진하게 말했다.

"고관 나리께서는 내가 생활비하라고 준 천 루블을 어디에다 몽땅 쓰셨다던? 내가 돈이 어디 있어? 너도 알다시피, 난 지금 결혼을 앞두고 있어. 난 두 집 살림을 감당할 수가 없어. 너도 그렇고 나으리님도 그렇고 제 주제를 알아야 할 것 아냐."

"오라버니, 왜 나보고 나무라면서 나으리는 들먹거리세요? 그분이 오라버니에게 뭘 잘못했는데요? 아무에게도 해코지하지 않고 혼자 잘 살고 있는 분을. 그분을 꼬드겨 우리집으로 이사오게 만든 사람은 제가 아니라 오라버니와 미헤이 안드레이치잖아요."

그는 그녀에게 10루블을 쥐어주며 더 이상은 어림도 없다고 말했다. 그러나 나중에 선술집에서 타란찌에프와 모의를 하면서 이렇게 누이와 오블로모프를 내팽개쳐서는 안 되며, 행여라도 이 일이 슈톨츠의 귀에라도 들어가는 날이면 그자가 이를 갈고 사건을 해결하고는 어떻게든 좋은 쪽으로 일을 다시 처리할 것이 분명한 만큼, 그렇게 되는 날이면 빚을 독촉할 수도 없고 '합법적인 일'도 다 헛일이 될 것이라고 결론을 내렸다. 독일인은 교활하기 짝이 없기 때문이다!

그는 매달 50루블의 돈을 더 주기 시작했다. 오블로모프의 3년차 소득에서 미리 이 돈을 집행하는 조건이었다. 이에 대한 설명을 하면서 누이에게 한푼의 돈도 더 얹어줄 수 없노라고 딱 잘라 말했다. 이에 덧붙여 어떻게 식탁을 차려야 하는지 어떻게 하면 비용을 줄일 수 있는지에 대해서도 일일이 설명을 해주었고, 음식의 종류와 음식 장만하는 시간까지도 정해주었으며 병아리와 배추로 그녀가 받을 수 있는 돈까지도 대신 계산해주었다. 이렇게만 하면 사는 데는 별 어려움이 없을 거라는 말로 결론을 맺었다.

아가피야 마트베이브나는 여태껏 살아오는 동안 집안일이 아닌 다른 일로 처음 고민을 했으며 처음으로 눈물을 흘렸다. 아쿨리나가 깨뜨린 접시 때문에 화가 나서도 아니었고 설익은 생선 때문에 오라버니에게 야단을 맞아서도 아니었다. 처음으로 그녀는 궁핍을 몸소 체험했다. 하지만 사실 그 궁핍은 그녀가 아닌 일리야 일리이치의 궁핍이었다.

'귀족 나으리께서 어떻게 갑자기 아스파라거스 대신에 기름에 버무린 순무를, 들꿩 대신에 양고기를, 가치나산의 연어와 철갑상어, 절인 농어 대신에 가게에서 파는 생선 나부랭이를 드실 수가 있담……'

끔찍스러운 일이었다! 그녀는 차마 끝까지 생각하지도 못하고 서둘러 옷을 걸치고는 마부를 불러서 전 남편의 친척들에게로 향했다. 부활절도 아니고 성탄절도 아니고 가족 모임이 있는 것도 아닌데 아침 일찍 잔뜩 고민거리를 싸 가지고 와서는 전에 하지 않던 말도 하고 어떻게 하면 좋을지 자문을 구했으며 또 돈을 구했다.

그들에겐 돈이 많았다. 이것이 다 일리야 일리이치를 위한 것임을 알면 당장 돈을 내줄지도 모른다. 만약 이것이 그녀의 커피와 차, 아이들의 옷과 신발, 혹은 다른 비슷한 변덕에 들일 돈이 아니라, 정말 일리야 일리이치에게 아스파라거스를 사 먹이고 들꿩을 구워주기 위함이며 그는 프랑스산 콩을 좋아한다고 말을 더듬지 않고 했다면 혹시……

그러나 사람들은 어안이 벙벙해서 결국 그녀에게 돈을 주지 않았다. 그리고는 일리야 일리이치에게 만약 무엇이든 금으로 된, 아니면 은으로 된 물건이나 그도 아니면 모피라도 있어서 저당이라도 잡힌다면 요구한 액수의 3분의 1 정도는 그가 다시 시골에서 돈을 받을 때까지 융통해줄 만한 은인을 찾을 수도 있을 것이라고 말했다.

다른 때라면 이런 현장 수업이 전혀 그녀의 머리를 건드리지 않고 훌륭한 안주인의 머리 위를 날아 그냥 통과하고 어떤 방법으로도 그녀를 납득시킬 수 없었을 테지만, 이 시점에서 그녀는 모든 것을 헤아려 판단할 수 있었다. 그래서 지참금으로 받은 자신의 진주를…… 저울에 올려놓았다.

일리야 일리이치는 이런 줄은 꿈에도 모르고 이튿날 훌륭한 연어를 안주 삼아 구즈베리로 담근 보드카를 마셨고, 좋아하는 하얗고 신선한 들꿩의 내장을 먹었다. 아가피야 마트베이브나는 하인들이나 먹는 양배추 수프와 죽을 아이들과 나누어 먹었고 일리야 일리이치와 동석한 자리에서만 커피를 마셨다.

곧바로 그녀는 보석함에서 진주 말고도 다이아몬드 브로치를 꺼냈고, 나중엔 은붙이들이, 또 나중엔 모피 외투가 줄을 이었다……

시골에서 돈을 부치는 날이 찾아왔다. 오블로모프는 그 돈을 죄다 그녀에게 주었다. 그녀는 진주를 도로 찾아왔고 다이아몬드 브로치와 은붙이, 모피 외투에 대한 이자를 지불했다. 다시 그에게 아스파라거스와 들꿩 고기 음식을 만들어주었고 보이기 위해 그와 함께 있을 때만 커피를 마셨다. 진주가 다시 제자리로 돌아갔다.

한 주가 지나고 또 한 주가 지날수록, 하루가 지나고 또 하루가 지날수록 그녀는 기운을 잃어가고 괴로웠으며 엉망이 되어갔다. 스카프를 팔았고 화려한 옷을 팔기 위해 보냈다. 덕분에 그녀는 사라사 평상복 차림에 맨 팔꿈치 신세를 면치 못했다. 일요일마다 오래되어 낡아빠진 두건으로 목을 가려야 했다.

이렇게 해서 그녀는 수척해졌고 눈은 퀭해졌으며 손수 일리야 일리이치에게 아침식사를 날라다주어야만 했다.

오블로모프가 내일 타란찌에프와 알렉세에프, 혹은 이반 게라시모프가 와서 식사를 함께 할 것이라고 선언했을 때 그녀는 기쁜 표정을 짓기 위해 애를 써야만 했다. 식사는 맛이 있었고 정갈했다. 그녀는 주인을 부끄럽게 만들지 않았다. 그러나 그 뒤엔 어떤 소동과 분주함이 숨어 있는지 아무도 몰랐다. 가게마다 찾아다니며 사정을 해야 했고 하도 걱정이 되어서 눈물로 밤을 지새야만 했다!

그녀는 자신도 모르는 사이에 인생의 거친 파도 속으로 깊이 빠져들었다. 행복한 나날들과 불행한 나날들을 알게 되었다! 그러나 그녀는 이 삶을 사랑했다. 눈물과 근심의 비애에도 불구하고 그녀는 이전의 오블로모프를 알지 못했을 때의, 음식으로 가득 차고 톡톡 튀는 소리와 쉬쉬 소리가 끊이지 않는 냄비와 프라이팬, 그리고 항아리를 손아귀에 쥐고서 아쿨리나와 문지기들에게 이래라 저래라 하며 큰소리를 치던 때의 고요한 삶의 흐름으로 현재의 삶을 바꾸고 싶지 않았다.

갑자기 죽음에 대한 생각이 들었을 때 그녀는 어찌나 무섭던지 심지어 온몸의 전율을 느끼기도 했다. 비록 죽음이 그녀의 마르지 않는 눈물과 매일매일의 분주함, 밤마다 찾아오는 불면에 단번에 종지부를 찍을 수 있겠지만 말이다.

일리야 일리이치는 아침식사를 마치고 마샤가 프랑스어로 읽는 것을 들어주었다. 아가피야 마트베이브나의 방에 앉아서 그녀가 바네치키나*의 외투를 수선하는 모습을 바라보았다. 그녀는 열 번은 외투를 이리저리 뒤집다가 그와 동시에 점심에 먹을 양고기가 잘 구워지고 있는지, 수프를 끓일 시간이 된 건 아닌지를 살피기 위해 부엌을 끊임없이 들락거리고 있었다.

"정말 부지런하시군요! 그냥 놔두세요!"

"제가 아니면 누가 부지런을 떨겠어요? 헝겊 두 개만 더 덧대고 나서 수프를 끓이도록 할게요. 바냐 이 애가 얼마나 지저분하게 논다구요! 이번 주에 벌써 외투를 한 번 손을 보았는데 벌써 다시 헤졌잖아요! 뭐가 그리 우스워?"

그녀는 책상 옆에 앉아 있는 바냐에게로 얼굴을 돌렸다. 바냐는 반바지에 멜빵이 하나 달린 셔츠 차림이었다.

"아침까지 못 고치면 밖에 나가 놀 생각은 하지도 마. 분명 딴 아이들이 다 뜯어놓은 거야. 싸웠겠지. 자백해, 그렇지?"

"아뇨, 엄마, 저절로 뜯어진 거라고요."

"저절로라고? 집 안에 앉아서 공부나 할 일이지 왜 그렇게 나가서 뛰어다녀! 일리야 일리이치가 다시 한 번만 너 프랑스어 공부가 시원치 않다고 말씀하시는 날엔 내가 신발을 벗고 억지로라도 책을 보도록 만들 거야!"

"전 프랑스어 공부하기 싫어요."

"왜?"

---

* 바냐의 또 다른 애칭.

오블로모프가 물었다.

"프랑스어에는 좋지 않은 말이 많아요……"

아가피야 마트베이브나가 화를 버럭 냈다. 오블로모프는 껄껄 웃었다. 분명 이전에도 '좋지 않은 말'에 대한 대화가 오간 적이 있는 듯했다.

"잠자코 있어, 이 개구쟁이 같으니. 코나 훔쳐, 보이지도 않니?"

바뉴샤는 코를 킁킁거리기만 할 뿐 닦지는 않았다.

"잠깐만요, 시골에서 돈을 받으면 바냐에게 옷 두 벌을 지어줘야겠어요. 파란색 외투와 내년엔 제복을 말입니다. 중학교에 입학을 해야 할테니까."

"아직 입던 옷도 맞아요. 돈은 먹고사는 데 써야죠. 소금에 절인 고기도 비축을 해놓아야 하고 잼도 만들어놓아야 하고 말이죠…… 아니 시야가 크림을 가져왔는지 가서 봐야겠어요……"

그녀가 자리에서 일어났다.

"오늘은 뭔가요?"

"농어 수프와 구운 양고기와 만두예요."

오블로모프가 입을 다물었다.

갑자기 여행 마차가 도착해서 누군가 쪽문을 두드렸다. 쇠사슬 소리와 개 짖는 소리가 들리기 시작했다.

오블로모프는 누가 여주인을 찾아왔겠거니 생각하면서 자기 방으로 물러나왔다. 푸줏간 주인이나 채소 가게 주인 아니면 그렇고 그런 사람들이겠거니 했다. 그런 방문 뒤엔 보통 돈 요구가, 여주인 쪽에서는 거절이, 다음엔 장사꾼 쪽에서 협박, 다음엔 여주인 쪽에서 기다리라는 부탁, 다음엔 욕설과 쾅 하는 문과 쪽문 소리, 마지막으로 개의 발버둥 소리와 짖는 소리가 이어지기 마련이었다. 물론 그리 유쾌한 장면은 아니었다. 하지만 마차가 도착했다는 것은 무엇을 뜻할까? 푸줏간 주인이나 채소 가게 주인은 여행 마차를 타고 다니지는 않았다.

갑자기 여주인이 놀란 표정으로 헐레벌떡 그에게로 달려왔다.

"손님 오셨어요!"

"누군데요? 타란찌예프인가요, 알렉세예프인가요?"

"아뇨, 아뇨, 일전에 일리야의 날에 식사를 하셨던 그분인데요."

"슈톨츠?" 오블로모프가 숨을 곳을 찾느라 두리번거리며 놀라 말했다. "하나님! 내 이 꼴을 보면 무슨 말을 할까…… 나갔다고 말씀해주세요!" 서둘러 덧붙이고는 여주인의 방으로 가버렸다.

아니시야가 때마침 손님과 마주쳤다. 아가피야 마트베이브나는 간신히 그녀에게 주인의 말을 전했다. 슈톨츠는 그대로 믿었다. 다만 오블로모프가 집에 없다는 사실에 적이 놀라는 눈치였다.

"그럼 두 시간 후에 다시 와서 저녁을 먹겠다고 전해!"

이렇게 일러놓고 그는 근처 공원으로 향했다.

"저녁을 드시겠답니다!"

아니시야가 어쩔 줄을 모르며 전했다.

"저녁을 드시겠다는데요?"

아가피야 마트베이브나 역시 공포에 질려 오블로모프에게 말을 전했다.

"다른 저녁을 준비해야만 하겠어요."

이렇게 결정을 내린 그는 더 이상 말을 하지 않았다.

그녀는 공포에 질린 시선을 그에게 돌렸다. 남은 돈이라곤 기껏해야 반 루블밖에 없었다. 오라비가 돈을 주는 매월 1일까지는 아직도 열흘이나 남아 있었다. 돈을 빌려줄 사람은 아무도 없었다.

"못 하겠어요, 일리야 일리이치." 그녀가 겁먹은 목소리로 말했다.

"그냥 있는 대로 식사하게 놔둘 수밖에는……"

"입에 대지도 않을 겁니다, 아가피야 마트베이브나. 생선 수프는 입에도 대지 못할 테고 심지어 철갑상어 역시도 먹지 않을 겁니다. 양고기는 입에 대지도 않을 텐데."

"소시지 가게에서 혓고기는 구할 수 있을 거예요!" 갑자기 그녀가 좋은 생각이라도 난 사람처럼 말했다. "아주 가까워요."

"잘됐어요, 그럼 되겠어요. 채소하고 신선한 콩도 준비하라고 일러두세요……"

'콩은 반 킬로그램에 80코페이카나 하는데!'

이 말이 목구멍까지 차올라왔지만 혀가 말을 듣지 않았다.

"알았습니다, 제가 알아서 하죠……"

배추로 콩을 대신해야겠다고 작정하고 그녀가 말했다.

"스위스제 치즈도 일 킬로그램 가져오라 일러두세요!" 아가피야 마트베이브나의 주머니 사정은 전혀 아랑곳하지 않고 그가 명령했다. "더이상은 필요 없어요! 진작 말씀드리지 못해서 죄송합니다만…… 고기 국물이라도 있으면 좋을 텐데."

그녀가 막 자리를 뜨려던 참이었다.

"참, 포도주?"

갑자기 생각이 났다. 그녀가 공포에 질린 새로운 눈길로 답했다.

"프랑스산 적포도주도 구하라고 하세요."

그가 다급한 목소리로 말했다.

제6장

두 시간이 지나서 슈톨츠가 다시 왔다.

"무슨 일이야? 자네 왜 이렇게 변했어? 얼굴이 말이 아니고 백짓장처럼 허옇잖아! 건강은 괜찮은 거야?"

"몸이 안 좋아, 안드레이." 그를 포옹하며 오블로모프가 말했다. "왼쪽 발에 감각이 없어."

"여기 왜 이 모양이야!" 슈톨츠가 주위를 둘러보며 말했다. "자네, 이 잠옷은 아직도 안 버렸어? 좀 봐, 여기저기 덧댄 곳 투성이잖아!"

"정이 들어서 그래, 안드레이. 헤어지기가 너무 아쉬워서."

"이불하고 커튼 좀 봐…… 이것도 정이 들어서 그런 거야? 이런 걸레를 바꾸기가 아쉬워? 대체 자네 어떻게 된 거야?"

슈톨츠는 오블로모프를, 다음엔 커튼과 침대를 뚫어지게 쳐다보았다.

"괜찮아." 당황한 오블로모프가 입을 열었다. "방에 관한 한 내가 그리 부지런하지 못하다는 거, 자네도 잘 알잖아…… 어서 식사나 하세. 어이, 자하르! 어서 식탁을 차려야지. 그건 그렇고 정말 오랜만이군. 어디서 오는 길이야?"

"내가 어디서 오는 길인지 어디 맞춰봐. 살아 있는 세상에서 뭘 가져와도 여기 자네에겐 별 감동이 없을 것 같군, 안 그래?"

오블로모프는 호기심 가득한 눈으로 그를 쳐다보며 다음 말을 기다렸다.

"올가는 어때?"

"잊지는 않았군! 난 자네가 잊은 줄로 생각했어."

"아냐, 안드레이. 어떻게 그녀를 잊을 수가 있어? 내가 언젠가 진정 삶을 살았고 천국에 있었다는 사실을 잊는 거나 마찬가진데…… 지금이야 이 모양이지만!" 그가 한숨을 내쉬었다. "헌데 그녀는 어디 있나?"

"자기 시골에 있어, 영지 주인노릇을 하고 있지."

"숙모와?"

"그리고 남편과."

"시집을 갔단 말야?"

오블로프가 눈이 휘둥그레져서 물었다.

"놀라긴 왜 놀라? 옛 생각이라도 나서 그래?"

슈톨츠가 나지막한 목소리로 부드럽게 덧붙였다.

"아, 아냐, 무슨 그런 소리를!" 오블로모프가 정신을 차리며 아무렇지도 않다는 듯이 말했다. "놀라기는 그저 좀 당황스러워서 그러지. 왜 당황스러운지 나도 모르겠어. 오래됐어? 행복하대? 제발 말 좀 해봐. 자네가 내게서 무거운 짐을 내려준 느낌이야! 그녀가 부탁했던 것을 내게 자네가 우기긴 했지만, 자네도 알다시피…… 난 그때 편안하지 않았어! 뭔가가 나를 내내 물어뜯곤 했지…… 안드레이, 정말 자네에게 고맙게 생각해!"

그는 진정 기뻐했다. 소파에서 벌떡 일어나 왔다갔다했다. 이런 그의 반응이 슈톨츠에겐 흥미로웠다. 심지어 가슴이 찡하기도 했다.

"자넨 정말 너무 착해서 탈이야, 일리야! 자네 마음은 그녀를 감동시키기에 충분해. 하나도 빼놓지 않고 그녀에게 전해줄게."

"아니, 아니, 말하지 마! 내가 결혼 소식을 듣고도 기뻐하더라는 말을 하면 그녀는 아마 날 감정도 없는 사람으로 생각할 거야."

"기쁨은 왜 감정이 아니고? 게다가 이기적인 생각도 아닌데? 자넨 단지 그녀의 행복을 기뻐하고 있잖아."

"맞아, 사실이야! 내가 산산이 부서지고 있음을 누가 알겠어……누구야, 그 행운아가 누구야? 내가 부탁한 적도 없는데."

"누구냐구? 그렇게도 모르겠어, 일리야?"

오블로모프는 갑자기 자신의 친구에게 시선을 고정시켰다. 얼굴 근육이 일순간 굳어지고 얼굴에서 홍조가 사라졌다.

"자네는…… 아니겠지?"

"또 놀라는군! 왜 그래?"

웃음을 터뜨리며 슈톨츠가 말했다.

"농담하지 말고, 안드레이, 진실을 말해줘!"

오블로모프가 흥분된 어조로 말했다.

"맹세컨대, 농담은 안 해. 이듬해 난 올가와 결혼했어."

차츰 오블로모프의 얼굴에서 놀라움이 평화로운 상념에 자리를 내주고 사라졌다. 그는 아직 눈을 들지 못했다. 하지만 그의 상념은 1분 후엔 벌써 조용하고 깊은 기쁨으로 가득 찼다. 천천히 고개를 들어 슈톨츠를 쳐다보는 그의 눈길에선 감동과 눈물이 엿보였다.

"안드레이!" 그를 끌어안으며 오블로모프가 말했다. "사랑스런 올가…… 세르게브나!" 환희를 참으며 그가 덧붙였다. "신이 축복을 내렸어! 하나님 맙소사! 이렇게 행복할 수가! 전해줘……"

"난 다른 오블로모프는 알지 못한다고 전할게!"

깊은 감동을 받은 슈톨츠가 말을 가로막았다.

"아냐, 전해줘, 그리고 상기시켜줘. 내가 그녀를 만났던 것은 단지 그녀를 이 길로 이끌기 위함이었고 난 이 만남을 축복하며 이 새로운 길에 들어선 그녀 역시도 축복한다고 말일세! 만약 다른 사람이었다면…… 하지만 지금은 그런 내 역할이 부끄럽지 않아. 마음의 짐을 덜었어. 마음이 환해졌고 난 행복해. 하나님! 자네에게 감사해!"

그가 다시 흥분을 감추지 못하고 소파에서 벌떡 일어날 뻔했다. 눈물과 미소가 함께 새어나왔다.

"자하르, 식사 때 샴페인도 내와!"

수중에 한푼도 없다는 사실을 까맣게 잊고서 그가 소리쳤다.

"그대로 올가에게 전할게, 모두! 그녀가 자네를 잊지 못하는 이유가 있었어. 아니, 자넨 그녀에게 그만한 가치가 있어. 자네의 마음은 깊은 우물과도 같아!"

자하르의 머리가 현관에서 삐죽이 나타났다.

"저 좀 보셔유!"

주인에게 눈짓을 하면서 그가 말했다.

"무슨 일인데?" 참지 못하고 그가 물었다. "썩 꺼져!"

"돈 좀 주셔유!"

자하르가 속삭였다. 오블로모프는 갑자기 할 말을 잃었다.

"그럼, 필요 없어!" 그가 문 쪽을 보며 속삭였다. "잊고 있었다고, 여유가 없었다고 말해! 잠깐! 아니, 이리 와봐!" 그가 소리쳤다. "무슨 소식이 있는지 알아, 자하르? 안드레이 이바느이치가 장가를 갔대!"

"아, 도련님! 하나님께서 지를 이 기쁜 소식을 들으라구 여태껏 살려두셨나 보구만유! 축하해유, 안드레이 이바느이치. 오래오래 사시구 아들딸 많이 나으셔유. 아, 하나님, 정말 기쁘구먼유!"

자하르는 인사를 하고는 빙그레 웃었다. 여전히 쇳소리와 목쉰 소리를 냈다. 슈톨츠가 지폐를 꺼내 그에게 내밀었다.

"자 이 돈으로 코트라도 하나 사 입어. 좀 봐, 거지가 따로 없어."

"신부는 그래 누구신가유, 도련님?"

슈톨츠의 손을 잡으며 자하르가 물었다.

"올가 세르게브나, 기억나?"

오블로모프가 말했다.

"일리인스카야 아가씨! 하나님! 정말 훌륭한 아가씨유! 그때 일리야 일리이치가 지더러 망령든 개라구 욕을 한 것두 당연허구만유! 지가 죽을 죄를 진 거유, 다 지 못난 탓이쥬. 당시에 일리인스카야 댁 사람들한티 소문을 냈던 장본인은 지였슈, 니키타가 아니었다구유! 정말 유언비어였쥬. 아, 하나님, 아, 하나님 맙소사!"

현관으로 나가며 그가 말했다.

"올가가 자네더러 시골로 놀러 오라더군. 자네 사랑은 식어서 위험하지 않다고 말야. 질투도 하지 않을 거라면서. 같이 가세."

오블로모프가 한숨을 내쉬었다.

"아니, 안드레이. 사랑도 질투도 난 두렵지 않아. 하여튼 난 안 가."

"뭘 두려워하고 있지?"

"내가 두려워하는 것은 시샘이야. 자네 부부의 행복은 내게는 거울이나 마찬가지야. 내가 내내 고통스럽고 절망적인 인생을 보게 되겠지. 난 다른 인생을 살게 되지도 않을뿐더러 살 수도 없어."

"그만 해, 사랑하는 일리야! 자네 주위 사람들이 그러하듯 자네 또한 자신도 모르게 살게 될 거야. 셈을 하고 집안 살림을 하고 책을 읽고 음악을 듣게 되겠지. 지금 그녀의 목소리가 얼마나 근사하다고! Casta diva를 기억해?"

오블로모프가 손을 가로저었다. 더 이상 기억을 되살리고 싶지 않았다.

"함께 가세!" 슈톨츠가 고집을 부렸다. "이건 그녀의 마음인데, 아마도 양보하지 않을 거야. 난 양보할 수 있어도 그녀는 아냐. 이것이 내게 굴러온 불꽃이자 삶이야. 다시 자네 마음 속에 과거가 방황을 하고 있어. 공원과 라일락을 생각해내고 뭔가가 움직이기 시작하겠지……"

"아냐, 안드레이, 아냐. 상기시킬 필요도 없고 움직일 필요도 없어, 제발!" 오블로모프가 진지한 어조로 말을 가로막았다. "난 이것 때문에 위로를 받는 것이 아니라 고통스러워. 추억이란 그것이 생생한 행복에 대한 추억일 때는 한 편의 멋진 시가 될 수 있겠지만 그것이 다 아물어 버린 상처를 건드리는 날엔 찌르는 듯한 아픔이지…… 다른 얘기나 하세. 그래, 시골의 내 일을 처리해준다고 애써준 자네에게 고맙다는 인사도 아직 못 했군. 자넨 역시 내 친구야! 난 못 하겠어, 그럴 힘도 없고. 감사는 자네 자신의 마음 속에서, 자네 행복 속에서, 이를테면 올가…… 세르게브나에게서 찾아. 난…… 난…… 못 해! 미안해, 여태껏 자네를 이 번잡스러운 일에서 꺼내주지 못해서. 하지만 곧 봄이니까 당장 오블로모프카로 가볼게……"

"오블로모프카가 어떻게 변하고 있는지 아나? 아마 몰라볼 거야! 자네에게 편지를 띄우지는 않았어. 왜냐? 자네가 답장을 하지 않으니까. 다리도 놓아졌고 작년 여름엔 저택의 지붕을 올렸어. 내부를 정리하는 일만 자네가 직접 신경 좀 쓰게나, 자네 취향에 맞게. 그래서 내가 하지 않았어. 전반적인 경영은 새 관리인이 하고 있어. 내가 심어놓은 사람이지. 지출 계산서는 보았겠지……"

오블로모프는 아무 말도 하지 못했다.

"읽어보지 않았어?" 슈톨츠가 그를 쳐다보며 물었다. "어디 있어?"

"기다려, 식사하고 나서 내가 찾아볼게. 자하르에게 물어봐야 해……"

"아, 일리야, 일리야! 쇠뿔도 단김에 빼라는 말도 있잖아."

"우선 밥을 먹고 나서 찾아보자니까. 자 식사나 하세!"

슈톨츠가 식탁에 앉으면서 인상을 찌푸렸다. 그는 일리야의 날을 떠올렸다. 굴과 파인애플, 그리고 도요새도 있었는데, 지금은 두터운 식탁보에 코르크 마개도 없이 종이로 틀어막은 식초와 기름 그릇들이 눈에 들어왔다. 접시에는 커다란 빵조각과 손잡이가 망가진 포크들이 놓여 있다. 오블로모프에겐 생선 수프가, 하지만 그에겐 삶은 병아리 고기를 넣은 귀리 수프가 내놓아졌고 다음으로 딱딱한 혓고기가 그 다음엔 양고기가 따라 나왔다. 적포도주가 식탁에 올려졌다. 슈톨츠는 반 컵을 따라서 맛을 보았다. 탁자에 컵을 내려놓고 더 이상은 마시지 않았다. 일리야 일리이치는 구즈베리 보드카 두 잔을 거푸 마시더니 양고기를 게걸스럽게 먹어치웠다.

"포도주는 영 못쓰겠는데!"

슈톨츠가 말했다.

"미안해, 급히 서두르다 보니 강 건너에 다녀올 시간이 없었어. 자, 구즈베리 보드카 맛 좀 보지 않겠나? 맛이 그만이야, 안드레이. 맛 좀 보라고!"

한 잔을 더 따르더니 단숨에 마셨다. 슈톨츠는 놀란 눈으로 그를 쳐다볼 뿐 아무 말도 하지 않았다.

"아가피야 마트베이브나가 얼마나 고집을 부리던지. 정말 멋진 여자야!" 어느 정도 술에 취한 오블로모프가 말했다. "솔직히 말하자면, 그녀 없이 시골에서 내가 살 수 있을지 걱정이야. 저렇게 살림 잘하는 여자는 어디서도 보기 힘들어."

슈톨츠는 약간 눈썹을 찌푸리고서 그의 말을 들었다.

"자넨 누가 이걸 다 준비했다고 생각해? 아니시야? 아냐! 아니시야는 병아리 꽁무니나 쫓아다니고 텃밭에 배추나 심고 바닥 청소나 하지. 이건 전부 아가피야 마트베이브나의 작품이라고."

슈톨츠는 양고기와 만두는 입에 대지도 않고 포크를 내려놓고서 음식들을 게걸스레 먹어치우는 오블로모프를 쳐다보았다.

"이젠 내가 셔츠를 뒤집어 입는 꼴은 더 이상 볼 수 없을 거야." 뼈다귀를 게걸스레 빨면서 오블로모프가 말을 이었다. "그녀의 눈을 피할 수가 없어. 깁지 않은 양말이 한 켤레도 없다니까. 다 그녀가 직접 해. 커피를 얼마나 잘 끓이는데! 식사 후에 내가 커피 맛도 보여주지."

슈톨츠는 걱정스런 얼굴로 말없이 듣고만 있었다.

"그녀의 오라비가 이사를 했거든. 장가들 생각이래. 그래서 지금은 살림이 예전만치 크지 못해. 그녀의 손에만 들어가면 모든 게 펄펄 끓곤 했어! 아침부터 저녁까지 날아다닌다니까. 시장으로, 가스쩐느이 드보르*로…… 내 말 좀 들어봐." 오블로모프가 혀 꼬이는 목소리로 말을 이었다. "천이삼백 루블만 내게 주게. 그럼 자네에게 이런 혓고기나 양고기를 대접하진 않았을 텐데. 철갑상어 한 마리를 통째로, 게다가 연어에 최고급 생선 살코기를 대접했을 거야. 아가피야 마트베이브나라면 요리사 없이도 기적을 일궈냈을걸, 그럼!"

그는 다시 보드카 한 잔을 더 들이켰다.

"자 마시라구, 안드레이, 마시라니까. 정말 좋은 보드카야! 올가 세르게브나는 자네에게 이런 보드카 못 빚어줄 거야!" 그가 건성으로 말을 했다. "Casta diva는 불러줄지 몰라도 보드카는 담글 줄도 모를걸! 그리고 병아리 고기와 버섯으로 만든 이런 피로그도 못 만들어줄 거야! 오블로모프카에서만 그런 피로그를 구웠었고 그리고는 여기지! 요리사도 아닌 사람이 그러니 더 놀라운 일이잖아. 피로그 맛을 내는 그 재주는 아무도 몰라. 아가피야 마트베이브나는 정갈함 그 자체야!"

---

* 넵스키 거리에 늘어선 상점.

슈톨츠는 귀를 바짝 기울이고서 유심히 그의 말을 들었다.

"그녀는 정말 흰 손을 가졌었어." 포도주로 머리가 흐리멍덩해진 오블로모프가 말을 이었다. "입을 맞추지 않고는 못 배길 그런 손이었지! 지금은 아주 거칠어졌어, 직접 손을 대지 않는 것이 없으니까! 손수 내 셔츠의 풀을 먹여!" 오블로모프가 격앙된 어조로 거의 눈물을 글썽이며 말했다. "정말이야, 내 눈으로 직접 봤다니까. 진짜 아내라도 그렇게 보살피지는 못할 거야, 정말이라구! 아가피야 마트베이브나는 정말 대단한 부인이야! 아, 안드레이! 올가 세르게브나랑 언제 함께 와서 여기에 있는 별장을 좀 빌리지 그래. 아주 여기서 살림을 차려도 좋고! 숲속에서 차도 마시고 일리야의 금요일엔 화약 공장으로 산책도 가는 거지. 그럼 그 뒤로는 먹을 것과 사모바르를 가득 실은 마차가 따를 거야. 거기서 풀밭에, 양탄자를 깔고 누울 수도 있어! 아가피야 마트베이브나가 올가 세르게브나에게 살림하는 법을 가르칠 수도 있겠지, 정말 가르칠 수도 있을 거야. 물론 지금은 사정이 안 좋지만 말이지. 오빠란 사람이 이사를 했거든. 누가 삼사천만 준다면 자네에게 칠면조 고기를 대접할 텐데……"

"자네 내가 보내는 돈 오천을 받고 있잖아!" 슈톨츠가 갑자기 말했다. "그 돈 다 어디 갔는데?"

"빚은 어쩌고?"

저도 모르게 오블로모프의 입에서 이런 말이 툭 튀어나왔다.

"빚이라고? 무슨 빚?"

그는 마치 화가 난 선생님처럼 눈을 피하는 어린아이를 노려보았다. 오블로모프는 입을 다물었다. 슈톨츠가 그의 옆 소파로 옮겨 앉았다.

"누구한테 빚이 있어?"

오블로모프는 술이 깨면서 정신이 확 들었다.

"빚은 무슨 빚, 그냥 해본 소리야."

"아냐, 자네가 지금 한 말이 거짓말이야. 그렇게 서툴러서야. 무슨 일이야? 왜 그래 일리야? 양고기하며 쉬어터진 이 포도주가 의미하는 것이 뭐냐고! 돈이 한푼도 없다! 다 어쨌어?"

"조금 빚을 지고 있는 건 사실이야…… 이것저것 먹을거리 값으로 집주인 여자한테……"

오블로모프가 말했다.

"양고기와 혓고기 값 말인가? 일리야, 말해봐, 대체 무슨 일이야? 영문이나 좀 알면 안되겠나? 오빠란 사람이 이사를 가서 형편이 나빠졌다는 게 무슨 말이야…… 뭔가 이상해. 빚이 얼마야?"

"차용증에 따르면…… 만 루블."

슈톨츠가 벌떡 일어섰다가 다시 앉았다.

"만 루블? 집주인 여자한테? 먹을거리 값으로?"

"그래, 미리 사놓는 것이 많아, 우리집 살림이 보통 커야지…… 그러니 뭐 어쩌겠어?"

슈톨츠는 그에게 아무 말도 더 이상 하지 않았다. 생각을 정리해보았다. '오빠란 사람이 이사를 가서 형편이 나빠졌다. 바로 그런 이유로 헐벗고 가난하고 더러운 거야! 집주인 여자는 어떤 여자일까? 오블로모프의 칭찬이 대단하던데! 그를 돌보고 있고 그는 침이 마르도록 칭찬을 하고……'

돌연 슈톨츠의 얼굴색이 변했다. 짐작이 갔다. 갑자기 한기가 느껴졌다.

"일리야! 집주인이라는 여자 말야…… 자네에게 어떤 여자야?"

그러나 오블로모프는 벌써 탁자에 머리를 처박고서 코를 골고 있었다.

　'그녀가 강도짓을 하고 있어, 그가 가진 모든 것을 죄다 빼먹고 있는 거야…… 흔히 있을 수 있는 일이지. 내가 왜 여태 그 생각을 못했을까!'

　슈톨츠는 자리에서 일어나 주인집 문을 재빨리 열어젖혔다. 그런 그를 보고 깜짝 놀란 여주인이 커피를 휘젓던 스푼을 손에서 떨어뜨렸다.

　"드릴 말씀이 있습니다."

　그가 정중하게 말했다.

　"거실로 드세요, 곧 따라 들어가죠."

　그녀가 겁먹은 목소리로 대꾸했다. 그리고 삼각두건을 목에 두르고서 그의 뒤를 따라 거실로 들어와 소파의 끄트머리에 앉았다. 숄은 이미 보이지 않고 그녀는 손을 삼각두건 밑으로 감추려고 애를 썼다.

　"일리야 일리이치가 당신에게 차용증을 써주었습니까?"

　"아뇨." 어리둥절한 눈빛으로 그녀가 대꾸했다. "아무 문서도 제게 주신 적이 없는데요."

　"없다뇨?"

　"전 문서는 본 적도 없어요!"

　역시 어리둥절한 표정을 지으며 그녀가 힘주어 말했다.

　"차용증 말입니다!"

　그녀는 잠시 생각에 잠겼다.

　"오라버니와 말씀을 나눠보세요. 전 그런 서류 본 적도 없습니다."

　'이 여자는 바보야 아니면 사기꾼이야?'

　"하지만 당신에게 빚이 있다고 직접 그러던데요?"

　그녀가 생기 없는 눈으로 그를 쳐다보았다. 그리고는 갑자기 표정이 의미심장해지더니만 급기야 불안한 기색을 보였다. 저당 잡힌 진주와 은붙이, 그리고 외투가 떠올랐다. 슈톨츠가 이 빚을 암시하고 있는 것은 아닌가 하는 생각이 언뜻 들었다. 단지 슈톨츠가 어떻게 이 사실을 알았는지 도저히 이해할 수 없었다. 이 비밀에 관해서라면 오블로모프는 고사하고 돈 한푼의 씀씀이에 대해서도 일일이 알려주는 아니시야에게도 말 한마디 하지 않은 터였다.

"얼마를 빚지고 있죠?"

슈톨츠가 흥분된 어조로 물었다.

"전혀 없습니다. 한푼도!"

'내 앞이라 숨기고 있어, 양심은 있는가 보군. 탐욕스러운 몹쓸 인간, 고리대금업자! 하지만 내가 물러설 줄 알고?'

"그럼 만 루블은요?"

"만 루블이라뇨?"

불안감을 감추지 못하며 그녀가 물었다.

"제게 빚지신 돈이 없다니까요. 일전에 대제 기간에 푸줏간 주인에게 십이 루블 오십 코페이카를 빚진 적이 있었는데, 삼 주가 채 지나지 않아 갚았어요. 프림 값도 우유 가게 주인에게 지불했고요. 그분은 전혀 빚을 지고 있지 않습니다."

"무슨 증명할 만한 서류는 없으신가요?"

그녀가 흐리멍덩한 눈으로 그를 쳐다보았다.

"오라버니와 말씀을 나눠보시라니까요. 길 건너 자므이칼로프의 집에서 살고 계시거든요. 저기 말입니다. 포도주 가게가 있는 집입니다."

"아뇨, 당신과 말씀을 나눴으면 합니다." 단호하게 그가 말했다. "일리야 일리이치가 채권자로 생각하고 있는 분은 당신입니다, 오라버님이 아니고……"

"제게는 아무 빚이 없다니까요. 은붙이나 진주 그리고 모피를 저당
잡힌 적은 제 경우 있지만, 다 저를 위한 저당이었어요. 마샤와 제 구두
를 구입했고 바뉴샤에게는 셔츠 값으로 주었고 채소 가게에도 외상값을
갚았습니다. 일리야 일리이치를 위해서는 땡전 한푼도 나간 돈이 없어
요."

그는 그녀를 보며 귀를 기울였다. 그리고 그녀가 하는 말의 속뜻을
간파하려고 노력했다. 그는 아가피야 마트베이브나의 비밀을 푸는 데
가장 근접한 유일한 사람이었다. 그가 그녀에게 던진 멸시, 거의 경멸의
눈길은 그녀와 이야기를 나누는 와중에 저절로 호기심과 심지어 공감의
눈길로 변해갔다.

진주와 은붙이의 저당에서 그는 반쯤은 어렴풋이 희생의 비밀을 읽
을 수 있었다. 하지만 그것이 순수한 성의에서 나온 것인지 아니면 어떤
미래의 행복에 대한 희망에 연유한 것인지에 대해서는 판단을 내릴 수
가 없었다.

그는 일리야를 위해서 슬퍼해야 할 일인지 아니며 기뻐해야 할 일
인지 도무지 종을 잡을 수 없었다. 그가 그녀에게 빚을 지고 있지 않다
는 사실, 이 빚은 그녀의 오라비의 어떤 사기음모에 불과다는 사실만
은 명백해졌다. 하지만 그와 더불어 또 다른 많은 사실이 드러났다……
은붙이와 진주의 저당은 무엇을 의미할까?

"당신에겐 일리야 일리이치에 대한 채무변제 요구가 없단 말씀이
시죠?"

"오라버니와 말씀을 나눠보세요." 그녀가 똑같은 대답을 했다. "아
마 지금 이 시간이면 집에 계실 겁니다."

"일리야 일리이치가 당신에게 진 빚은 없다 그 말씀이시죠?"

"한푼도 없어요, 맹세코 정말이라니까요!"

성상을 보고 성호를 그으면서 그녀가 맹세를 했다.

"증언해주실 수도 있죠?"

"물론입니다, 고백이라도 하라면 하겠어요! 진주와 은붙이를 저당 잡힌 것은 나 자신의 비용을 충당키 위함이었다고 말입니다……"

"좋습니다! 내일 제가 아는 사람 둘과 함께 다시 찾아뵙겠습니다. 그 사람들이 있는 데서도 방금 하셨던 말씀을 해주실 수 있으시죠?"

"오라버니와 먼저 말씀을 나누세요. 전 차림새가 이래서…… 부엌에서만 있다 보니, 남들이 보면 좋을 게 없어요. 말도 많을 테고."

"상관없어요, 신경 쓰지 마세요. 오라버님과는 내일 당신이 서류에 서명을 하시고 나면 만나뵙도록 하지요……"

"서명을 해본 지가 오래되어서."

"쓰실 내용이 많지도 않아요, 기껏해야 두 줄만 쓰시면 됩니다."

"아닙니다, 용서해주세요. 바뉴샤에게 쓰라고 하는 게 더 나을 듯합니다만. 그 애는 아주 깨끗하게 쓰거든요……"

"아닙니다, 거절하지 마세요. 만약 직접 서류에 서명을 하지 않으시면 이는 곧 일리야 일리이치가 당신에게 만 루블의 빚을 지고 있음을 뜻합니다."

"아니라니까요, 빚지신 게 없어요, 한푼도." 그녀가 단호하게 말했다. "맹세합니다!"

"그렇다면 더욱이 서류에 서명을 하셔야 합니다. 그럼 내일 뵙겠습니다."

"내일 먼저 오라버니에게 들르세요……" 그녀가 그를 배웅하며 말했다. "저기 모퉁이에서 길을 건너면 됩니다……"

"아뇨, 부탁드리건대, 제가 직접 찾아뵙고 말씀드리기 전까지는 절대 오라버님께는 비밀로 해두세요. 안 그러면 일리야 일리이치에게 좋지 않은 일이 생깁니다……"

"그렇다면 오라버니께는 한마디도 하지 않겠습니다!"

그녀가 순종적으로 말했다.

제7장

이튿날 아가피야 마트베이브나는 자신이 오블로모프에게 어떤 금전적 권리도 없다는 사실에 대한 증명서를 슈톨츠에게 건넸다. 이 증명서를 가지고 슈톨츠는 예기치 않게 그녀의 오빠라는 사람 앞에 나타났다.

이는 이반 마트베이치에게는 진정 날벼락이었다. 그는 서류를 꺼내서 오른손의 떨리는 중지로 오블로모프의 서명과 중개인의 입회증명을 가리켰다.

"합법입니다요. 내 알 바가 아니지요. 전 다만 누이의 이익을 엄격히 지키고 있습니다. 일리야 일리이치의 이 돈이 어디서 났는지에 대해선 전 전혀 모릅니다."

"난 이런 식으로는 그냥 절대 물러서지 않는 사람입니다."

떠나면서 슈톨츠가 협박을 했다.

"합법적인 일입니다요. 저야 법적으로 할밖에요!"

손을 소매에 숨기면서 이반 마트베이치가 자신의 정당함을 말했다.

이튿날 그가 관청에 출근을 하자마자 즉시 자기 방으로 오라는 장관 전령의 전갈을 받았다.

"장관에게 가봐!" 관청 동료들이 한 목소리로 놀라 반복했다. "왜? 무슨 일이지? 무슨 급한 볼일이 있는 것일까? 그렇다면 무슨 일일까? 어서, 서둘러! 일을 팽개치고 명세서를 만들라고! 대체 무슨 일이지?"

저녁때 이반 마트베이치는 넋이 나가서 선술집에 들어섰다. 타란찌에프가 벌써 오래 전에 와서 그를 기다리고 있었다.

"이보게, 무슨 일이야?"

다급하게 그가 물었다.

"무슨 일!" 이반 마트베이치가 단조로운 목소리로 말했다. "자넨 무슨 일이라고 생각해!"

"욕이라도 먹었어?"

"욕먹었지!" 이반 마트베이치가 그의 흉내를 냈다. "차라리 얻어터지는 게 더 나아! 자넨 정말 잘났어!" 그가 나무라는 소리를 했다. "독일 놈이 어떤 놈인지 말도 안 해주고!"

"교활하기 이를 데 없는 놈이라고 내가 말했잖아!"

"교활한 놈이 대체 어떤데? 교활한 놈을 본 적은 있는 거야? 그놈이 그런 막강한 힘을 가진 놈이란 말은 왜 안 했어? 우리끼리 하는 대로 그놈은 장관하고도 말을 트고 지내는 사이더라구. 그런 줄 알았으면 이런 일에 끼지도 않았을 텐데."

"그래도 합법적인 일이잖아!"

타란찌에프가 응수했다.

"합법적인 일 좋아하네!" 무하야로프가 다시 그를 흉내냈다. "자네가 한번 말을 해보지 그래? 혀가 목구멍에 붙어버리고 말걸? 장관이 내게 무슨 질문을 했는지 알기나 해?"

"무슨 질문?"

타란찌에프가 호기심 어린 눈으로 물었다.

"당신이 어떤 몹쓸 놈과 공모해서 지주 오블로모프에게 술을 먹이고 당신의 누이의 이름으로 차용증에 서명하도록 만들었다는 말이 사실이요?"

"정말 '몹쓸 놈과'라고 말했어?"

"그래, 그렇게 말했다니까……"

"그 몹쓸 놈이 누군데?"

무하야로프가 그를 쳐다보았다.

"그걸 몰라서 물어?" 그가 신경질적으로 말했다. "자네는 아닌 것 같아?"

"왜 날 끌어들여?"

"독일 놈과 그 잘난 자네 동향인에게나 고맙다고 해. 독일 놈이 냄새를 맡고 다 수소문을 하고 다녔어……"

"자넨 다른 사람이라고 하고 난 아무 상관이 없는 사람이라고 말을 했어야지!"

"얼씨구! 자네가 무슨 성인이라도 되는 줄 아나 보군!"

"장관이 '어떤 몹쓸 놈과 공모해서 어쩌구가 사실인가?' 하고 물었을 때 자넨 뭐라고 대답했어? 잘 둘러댔어야지."

"둘러대? 자네나 둘러대! 눈빛이 얼마나 시퍼랬다구! 용기를 내고 또 내서 말을 하고 싶었지. '각하, 맹세컨대, 사실이 아닙니다. 전 오블로모프라는 사람 알지도 못합니다. 이게 다 타란찌에프란 놈이 저지를 일입니다!' 헌데 입안에서만 맴돌지 뭐야. 그냥 그분 발아래 엎드렸지."

"그래서 고소라도 하겠대?" 타란찌에프가 무뚝뚝하게 물었다. "난 아무 관련이 없어. 다 자네가……"

"아무 관련이 없다고! 자네가 관련이 없다고? 그렇지 않지. 올가미에 걸리기로 따지면 자네가 먼저지. 누가 오블로모프더러 술 먹자고 유혹했어? 모욕하고 협박한 사람이 누구야?"

"자네 벌써 훈계를 하려고 하는 것 같은데."

"자넨 아직 철이 들려면 멀었어, 안 그래? 난 알지도 못하거니와 본 적도 없어."

"양심이라곤 털끝만큼도 없군! 나를 통해서 번 돈이 벌써 얼마야? 내 수중에 들어온 돈은 겨우 삼백 루블밖에 안 돼……"

"그래 나한테만 받아 처먹었어? 이런 간사한 놈이 있나! 전혀, 난 전혀 모르는 일이야. 누이가 여자라서 일에 눈이 어둡다 보니 부탁하는 대로 중개인에게 차용증을 보인 것이 다야, 그게 전부라고. 자네와 자쬬르트이가 그 증인이니까 자네들이 책임을 져야 해!"

"자네 누이 잘되라고 한 일인데, 어떻게 그녀가 오빠를 거역할 수가 있어?"

타란찌에프가 말했다.

"누이는 바보야. 어쩐 줄 알아?"

"어떤데?"

"어떠냐구? 울면서 똑같은 소리만 반복하고 있지. '일리야 일리이치는 빚을 지지 않았다. 어떤 돈도 그에게 준 적이 없다' 말이지."

"대신 자네에겐 그녀에 대한 차용증이 있잖아. 자네가 잃을 건 아무것도 없군……"

무하야로프가 주머니에서 누이에 대한 차용증을 꺼내 갈기갈기 찢은 다음 타란찌에프에게 건넸다.

"자, 내가 선물로 주지, 안 받을래? 누이에게서 뭘 받아내? 텃밭 딸린 집? 천 루블도 못 받을 거야. 죄다 낡았거든. 내가 무슨 신도 믿지 않는 놈인 줄 알아? 누이를 애들 데리고 문전걸식이라도 하게 만들라고?"

"분명 심리(審理)가 시작되겠지?" 타란찌에프가 겁에 질린 목소리로 말했다. "자넨 빠져나오는 데 훨씬 싸게 먹히겠지. 그래도 오빠고 그간 입은 은혜가 있으니!"

"무슨 심리? 어떤 심리도 없을 거야! 장관이 노발대발하며 시에서 추방을 하려 했는데 독일 놈이 나서서 말렸어. 오블로모프에게 모욕을 주기 싫다면서."

"이보게, 정말이야? 큰 짐 덜었네! 자 술이나 마시자구!"

"술을 마셔? 누가 사는 건데? 자네가 살 거야?"

"나보고 사라고? 오늘, 가만 있어봐, 칠 루블이나 가불했어!"

"뭐라고! 봉급도 이젠 안녕이야. 장관이 말하는 통에 난 채 할 말도 다 못했어."

"뭐?"

느닷없이 다시 겁을 집어먹은 타란찌에프가 물었다.

"나보고 그만두래."

"무슨 소리야, 이보게!" 타란찌에프가 눈을 부릅뜨고서 말했다. "내 이놈 오블로모프에게 욕이라도 실컷 퍼부어야겠어!"

"자네가 욕먹기 십상이야!"

"아냐, 자네가 원한다면 지금 당장에라도 욕을 하지! 그건 그렇고 두고 보라지, 정말이야. 나한테도 다 생각이 있어. 들어봐!"

"뭘 또?"

이반 마트베이치가 생각에 잠겨 말했다.

"좋은 생각이 있어. 자네가 이사를 한 것이 유감이군……"

"뭔데?"

"뭐냐! 오블로모프와 자네 누이를 잘 감시해야 해. 무슨 짓들을 하는지 말야. 그러기 위해선…… 증인이 있어야 하는데! 그렇게 되면 독일 놈도 어쩔 도리가 없을걸. 자넨 이제 카자크처럼 자유로운 사람이야. 자네가 고소를 하는 거야, 합법적인 일이잖아! 두려워할 필요 없어. 독일 놈이 지레 겁을 집어먹고 화해하자고 나설걸.”

“정말 그럴 수도 있겠어!” 무하야로프가 생각에 잠겨 대답했다. “자넨 궁리해내는 것 하나는 귀신이라니까. 정작 일을 도모하면 쓸모가 없어서 그렇지. 자쬬르트이도 마찬가지고. 기다려, 내가 찾아보지!” 활기를 되찾으며 그가 말했다. “선물을 보내는 거야! 우리 요리사를 누이의 부엌으로 보내는 거지. 아니시야와 사귀게 만들고서 거기서 일어나는 모든 일을 알아내도록 하겠어…… 자 술이나 들지!”

“그래 들자고! 다음엔 동향인 놈에게 욕할 일만 남았군!”

슈톨츠는 오블로모프를 그곳에서 끌어내고자 무던 애를 썼다. 하지만 오블로모프는 그에게 딱 한 달만 더 있어달라고 부탁했다. 슈톨츠는 그를 동정하지 않을 수 없었다. 그에게 이 한 달은 아주 중요한 시간이었다. 그의 말에 따르면 모든 계산을 끝내고 집을 내놓고 뻬쩨르부르그와 관련된 모든 일을 처리함으로 해서 다시는 돌아오지 않을 생각이라고 했다. 다음엔 시골의 집을 정리하기 위한 모든 도구들을 구입해야만 했다. 마지막으로 그는 아가피야 마트베이브나와 같은 살림 잘하는 여자를 찾고 싶어했다. 그래서 심지어 집을 팔고 시골, 즉 그녀에게 합당한 복잡하고 폭넓은 살림이 기다리고 있는 활동 영역으로 이사하라고 그녀를 설득하기도 했다.

“말이 나온 김에 말인데, 주인집 여자 말야. 일리야, 자네 그 여자와 어떤 관계인지 물어보고 싶었어……”

오블로모프의 얼굴이 갑자기 빨개졌다.

“하고 싶은 얘기가 뭐야?”

그가 서둘러 물었다.

"자네가 더 잘 알 텐데, 그렇지 않으면 얼굴 빨개질 일이 뭐 있어? 내 말 들어봐, 일리야. 뭔가 경고를 해야만 한다면 우리의 우정을 걸고 부탁하겠네. 제발 조심하게……"

"뭘 조심해? 당치도 않아!"

오블로모프가 어쩔 줄 몰라하며 애써 자위했다.

"자네, 그녀 얘기를 하면서 그렇게 열을 올리는 것을 보고, 혹 자네가 그녀를…… 뭐 그런 생각이 들더라고."

"사랑한단 말을 하고 싶은 거군! 당치도 않아!"

오블로모프가 멋쩍은 미소를 지으며 말했다.

"거기에 어떤 도덕적 불꽃도 하나 없다면 그건 더 나빠. 만약 그게 단지……"

"안드레이! 자네, 날 무슨 비도덕적인 인간으로 생각하고 있는 건가?"

"왜 그럼 얼굴이 빨개져?"

"그야 자네가 그런 생각을 하니까 그렇지."

슈톨츠가 뭔가 미심쩍은 구석이 있다는 뜻으로 고개를 가로저었다.

"조심해, 일리야. 구렁텅이로 빠지면 안 돼. 아주 평범한 여자야. 생활도 지저분하고 이곳 분위기는 우둔함에 숨이 턱턱 막히고 조야함이란, 휴!"

오블로모프는 아무 말도 하지 않았다.

"그럼 잘 있게. 올가에게 말할게. 여름에 자네를 볼 수 있을 거라고, 우리집에서가 아니면 오블로모프카에서라도. 기억해둬, 그녀는 절대 포기 안 해!"

"꼭 그렇게 하지, 알았어!" 오블로모프가 주저 없이 대답했다. "그녀가 허락만 한다면 겨울을 자네 집에서 보내고 싶단 말도 전해.”

“그러면야 기쁘지!”

슈톨츠는 그날로 떠났다. 저녁때 타란찌에프가 오블로모프를 찾아왔다. 타란찌에프는 무하야로프 일로 그에게 욕을 퍼붓지 않을 수 없었다. 하지만 한 가지 고려하지 않은 것이 있다. 오블로모프는 일리인스카야 댁과 교제를 하면서 그런 막돼먹은 짓과는 거리가 멀어져 있었고 조야함과 뻔뻔함에 대한 냉담과 관용이 증오로 변했다는 사실이었다. 이는 벌써 오래 전에 드러난 일이었고 심지어 오블로모프가 별장에 살던 때 이미 일부는 나타난 바 있었다. 하지만 그 이후로 타란찌에프는 그를 찾는 일이 드물었고 더구나 남들과 합석을 하는 경우가 대부분이어서 서로간에 충돌은 없었다.

“잘 지냈나, 고향 친구!”

타란찌에프가 손을 내밀며 독기를 품고 말했다.

“안녕하신가!”

창 밖을 내다보며 오블로모프가 냉담하게 대답했다.

“그래, 은인을 잘 배웅했나?”

“배웅했지. 그게 왜?”

“훌륭한 은인이군!”

타란찌에프가 독설을 계속했다.

“뭐, 맘에 들지 않는 거라도 있나?”

“그 친구 목이라도 매달고 싶은 심정이네!”

타란찌에프가 증오로 가득 찬 독설을 연신 내뱉었다.

“무슨 말을 그렇게 해!”

“자네도 사시나무에 매달고 싶어!”

“이유가 뭔데?”

"좀 정직해봐. 빚을 졌으면 갚아야지, 발뺌하지 말고. 자네 지금 무슨 짓을 한 거야?"

"내 말 좀 들어보게, 미헤이 안드레이치. 자네의 그 애들 장난 같은 옛날 이야기에서 제발이지 나 좀 해방시켜주게. 내 태만함과 부주의로 오랫동안 자네 말을 들어왔어. 일말의 양심이라도 자네에게 있겠거니 생각했는데 없더군. 사기꾼놈하고 짜고 날 속이고 싶었겠지. 자네들 중에 누가 더 나쁜 놈인지는 모르겠지만 둘 다 혐오스럽기는 매일반이야. 이 말도 안 되는 일에서 친구가 날 구해줬어……"

"좋은 친구를 둬서 좋았어! 듣자 하니 그 친구 자네의 약혼녀를 가로챘다며. 그래도 은인이라니, 할 말이 없군! 이보게나 고향 친구, 자넨 멍청이야……"

"부탁하는데, 이 예민한 부분일랑 건드리지 말아줘!"

오블로모프가 그의 말을 가로막았다.

"아니, 내버려두지는 않을 거야! 자넨 날 알려고도 하지 않았어, 배은망덕도 유분수지! 여기 이 집을 소개해준 사람도 나고, 여자, 정말 보물을 찾아준 사람도 나야. 평온과 모든 편의를 제공하느라 여기저기 신세를 졌는데, 자넨 일순간 입을 싹 씻고 은인을 찾았다고. 독일 놈을! 영지도 임차해갔으니, 두고 봐. 그놈은 자네 껍데기를 홀딱 벗기고 말걸, 그리고는 주식이랍시고 주겠지. 세상이 다 아는 일이야. 내 말 잘 새겨들어! 자넨 바보천치에 짐승만도 못한 인간이야. 게다가 배은망덕하기까지 하고!"

"타란찌에프!"

오블로모프가 성난 목소리로 소리쳤다.

"왜 소리는 질러? 자네가 바보천치에 개만도 못한 놈이라고 동네방네 소리치고 싶은 사람은 바로 나야!" 타란찌에프가 소리쳤다. "나나 이반 마트베이치는 자네를 보살피느라 이리 뛰고 저리 뛰고 마치 하인처럼 자네에게 봉사를 했어. 쇠스랑을 차고 걸어다녔어. 자네 속을 다 들여다보고 있었어. 그런데 장관 앞에서 그렇게 모함을 할 수가 있는 거야? 지금 그 친구 집도 절도 없이 빵 한 조각 못 먹게 생겼어! 비열하고 추악하단 생각 안 들어? 자넨 당장 그 친구에게 재산의 절반을 떼어줘야 해. 그 친구 이름으로 어서 어음을 쓰게. 자넨 지금 술도 취하지 않았으니까 말짱한 정신에 어서 써. 그렇지 않으면 난 한 발짝도 여기서 나갈 수가 없어……"

"미헤이 안드레이치, 왜 그렇게 고함을 지르세요?" 문틈으로 들여다보면서 여주인과 아니시야가 말했다. "지나던 사람 둘이서 가던 길도 멈추고 무슨 고함 소린가 싶어 엿듣고 있잖아요……"

"소리칠 겁니다." 타란찌에프가 거의 울먹거렸다. "이 바보천치는 망신을 좀 당해야 해요! 그 사기꾼 독일 놈이 등쳐 먹도록 내버려두라지요. 그놈은 지금 네놈 애인과 한통속이 되었어……"

뺨 때리는 소리가 방안에서 크게 들렸다. 오블로모프에게 따귀를 맞은 타란찌에프는 순간 정신이 퍼뜩 드는지 의자에 털썩 주저앉아서 놀라 바보 같은 눈을 희번덕거리며 주위를 둘러보았다.

"이게 무슨 짓이야? 이게 무슨 짓이냐고, 앙? 이게 무슨 짓이야!" 얼굴이 하얗게 변한 그가 숨을 몰아쉬면서 뺨을 움켜쥐고 말했다. "욕을 보여? 너 각오해! 시장한테 고발할 거야. 당신들도 다 봤죠?"

"아무것도 못 봤는데요!"

두 여자가 한 목소리로 말했다.

"아! 여긴 다 한 패야, 여긴 강도 소굴이야! 사기꾼들이 작당을 했어! 강도짓에 살인까지……"

"썩 꺼져, 이 파렴치한 놈아!" 화가 머리끝까지 난 오블로모프가 정색을 하며 소리쳤다. "이 순간 이후로 여기에 발만 들여와 봐, 개새끼 죽이듯이 네놈을 죽여버릴 테니까!"

그가 눈으로 몽둥이를 찾았다.

"여러분! 강도요! 도와주세요!"

타란찌에프가 비명을 질렀다.

"자하르! 이 짐승만도 못한 놈을 내다버려. 여기 다시는 얼씬도 못하게 해!"

오블로모프가 소리쳤다.

"지발, 썩 나가유!"

자하르가 성상과 문을 가리키며 말했다.

"난 네놈을 찾아온 게 아니라 안주인을 찾아왔어."

타란찌에프가 울먹였다.

"어서 가요! 당신에겐 볼일이 없어요, 미헤이 안드레이치." 아가피야 마트베이브나가 말했다. "오라버니에게나 볼일이 있으면 있을까 나한테 무슨 볼일! 당신이라면 지긋지긋해요. 딴 데 가서 실컷 퍼마시고 먹고 욕하든 말든 맘대로 해요."

"아! 두고 봅시다! 좋아요, 오빠가 가만 있지 않을 거요! 네놈 오늘 이 수모의 대가를 지불해야 할 거다! 내 모자 어디 있어? 젠장할! 날강도에 살인마들!" 마당을 가로지르며 그가 소리쳤다. "수모의 대가를 치르게 하겠어!"

개가 쇠사슬 소리와 함께 버둥거리며 짖어대기 시작했다.

이 일이 있고 난 후에 타란찌에프와 오블로모프는 두 번 다시 만나지 않았다.

제8장

슈톨츠는 몇 년 동안 뻬쩨르부르그에는 찾아오지 않았다. 언젠가 한 번 아주 짧은 기간 동안 올가의 영지와 오블로모프카를 들여다본 것이 전부였다. 일리야 일리이치는 그로부터 편지를 받았다. 편지에는 오블로모프더러 직접 시골에 내려가서 질서가 잡힌 영지를 관리하라는 내용과 그 자신은 올가와 함께 두 가지 용무, 요컨대 오데사에서의 자신의 사업과 출산으로 몸이 나빠진 아내의 건강을 회복시키기 위해 크림의 남쪽 해안으로 떠났다는 내용이 적혀 있었다.

그들은 해안가 아주 조용한 곳에 정착을 했다. 집도 검소했고 그리 크지 않았다. 내부 설계는 외부 건축양식이 그러하듯 나름의 스타일을 띠고 있었고 내부 장식은 주인의 생각과 개인적인 취향의 흔적이 물씬 배어 있었다. 그들은 많은 가재도구를 직접 실어 날랐고 러시아와 외국에서 수없이 많은 짐짝과 여행 가방, 그리고 화물들이 그들에게 보내졌다.

편안함을 좋아하는 사람이라면 아마도 겉으로 보기에 난잡하게 진열된 가구와 오래된 그림, 그리고 손과 발이 떨어져나간 동상, 간혹 볼품은 없지만 추억을 생각할 때 귀중한 판화와 잡동사니를 들여다보고 어깨를 으쓱거릴지도 모르겠다. 전문가라면 이런저런 그림과 세월의 무게로 누렇게 바랜 책과 오래된 도자기나 돌 혹은 동전 따위를 보고 소유하고픈 욕심에 눈독을 들일 수도 있으리라.

이처럼 시기상으로 볼 때 서로 어울릴 것 같지 않은 가구와 그림과, 다른 사람이라면 아무 의미도 없겠지만 그들 둘에게만은 행복한 시간과 기념할 만한 순간을 말해주는 잡동사니들, 그리고 책과 악보의 바다에는 어쩐지 이성과 윤리적 감정을 자극하는 따뜻한 삶이 숨쉬고 있는 것처럼 느껴졌다. 여기저기 졸음을 모르는 사색이 존재했고 인간사의 영원한 아름다움이 번뜩였다. 사방에 자연의 영원한 아름다움이 빛을 발하고 있는 것과 마찬가지였다.

여기엔 안드레이의 아버지 집에 있던 키가 큰 사무용 책상과 영양 가죽 장갑도 한 자리를 차지했다. 광물질과 조가비, 그리고 새의 박제, 점토로 만든 모형과 이런저런 잡다한 물건들이 수납되어 있는 장 한 귀퉁이에는 방수 망토가 걸려 있었다. 그 중에서도 상좌(上座)에 놓인 금도금 보석함과 에라르드 그랜드 피아노가 눈에 띄었다.

포도나무와 담쟁이 그리고 도금양나무 넝쿨이 집을 위에서 아래까지 온통 뒤덮고 있었다. 회랑에서는 바다가, 다른 쪽에서는 시내로 뻗은 도로가 보였다.

안드레이가 일 때문에 집을 나설 때면 그곳에서 올가는 큰 소리로 그의 이름을 부르곤 했다. 그리고 먼발치서 보고 있다가 아래로 뛰어내려가 멋진 화단과 길다란 백양나무 오솔길을 지나 남편의 품에 안겼다. 늘 기쁨으로 뺨은 붉어지고 두 눈은 반짝였으며 참을 수 없는 행복의 열정을 한결같이 간직한 채였다. 비록 결혼 생활을 한 지가 벌써 1, 2년이 넘었는데도 그러했다.

슈톨츠는 아마도 사랑과 혼인을 독특하면서도 과장되게, 하지만 대개의 경우 독창적으로 바라보고 있는 듯싶었다. 여기서도 그는 자유로운 그리고, 그에게는 물론 그렇게 보였겠지만, 평범한 길을 따라 걸었다. 하지만 그가 이렇듯 '평범한 발걸음'을 내딛는 법을 배우기까지 얼마나 어려운 관찰과 인내와 노동의 훈련을 감내해야만 했던가!

아버지로부터 그는 인생의 모든 것과 심지어 하찮은 것까지도 진지

하게 바라보는 법을 물려받았다. 어쩌면 고지식한 위엄마저도 물려받은
듯 싶었다. 독일 사람들은 이 덕분에 자신의 눈길과 결혼 생활을 포함한
인생의 모든 발걸음을 대물림했다.

돌판의 일람표처럼 노인 슈톨츠의 인생은 모두에게 그리고 개개인
에게 공공연히 제시되어졌다. 더 이상의 무슨 말이 더 필요하겠는가. 그
러나 나름의 노래와 부드러운 속삭임을 지닌 어머니, 다음에는 공작의
다양한 성격을 지닌 집, 나중엔 대학교와 책과 세상 경험, 이 모든 것은
안드레이로 하여금 아버지로부터 제시된 곧은 궤도를 이탈하게 만들었
다. 러시아의 삶은 보이지 않는 무늬를 그려냈고 빛깔 없는 일람표로 선
명하고 폭이 넓은 한 폭의 그림을 만들어주었다.

안드레이는 감정에다 고지식한 족쇄를 채우려 들지 않았고 심지어
머릿속으로 상상해왔던 꿈에 합법적인 자유를 부여했다. 하지만 그 와
중에도 '발아래 기반'만은 잃지 않으려고 애를 썼다. 비록 꿈에서 깨어
난 다음에는 독일인의 천성 혹은 다른 이유로, 도출된 결론을 참아내지
못하고 이내 삶의 징표로 삼긴 했지만 말이다.

그는 정신적으로 과감했기에 육체적으로도 과감했다. 그는 소년기
에 활달한 개구쟁이였다. 하지만 장난을 치지 않을 땐 아버지의 감시 하
에 일에 몰두했다. 꿈 때문에 흐트러진 모습을 보인 적은 한 번도 없었
다. 마음이고 가슴이고 간에 타락한 적 또한 없었다. 마음과 가슴의 순
수함과 순결함을 어머니가 예의주시하며 지켜주었다.

청년기에 그는 본능적으로 자신의 힘의 싱그러움을 소중히 여겼고
먼 훗날 이 싱그러움이 용기와 즐거움을 낳고, 삶에 직면해서도 얼굴색
하나 변하지 않고 그 인생이 어떻든지 간에 부담스러운 속박이나 십자
가가 아닌 마땅한 의무로 받아들이고 그런 인생과의 전투를 충분히 수
행할 수 있는 정신력을 담금질시켜주는 강직성을 키워주리라는 사실을

일찍이 터득했다.

　그는 가슴과 그 가슴의 현명한 법칙에 수도 없이 많은 고민의 시간을 할애했다. 상상력에 비친 아름다움의 반영, 다음엔 인상으로부터 감정, 그 징조, 유희, 결말로의 전이를 의식적으로 때론 무의식적으로 관찰하면서, 그리고 주위를 살피고 인생으로 점점 가까이 다가가면서, 그는 사랑이란 아르키메데스의 지렛대의 힘으로 세상을 움직인다는 확신에 이르렀다. 사랑에는 얼마나 많은 보편적이며 부정할 수 없는 진리와 선(善)이, 사랑에 대한 몰이해와 악용에서 오는 얼마나 많은 거짓과 추태가 자리 잡고 있는가. 선은 어디에 있는가? 그렇다면 악은 어디에? 그들간의 경계는 어디란 말인가?

　거짓은 어디에 있는가,라는 물음과 더불어 그의 머리 속에는 현재와 과거의 화려한 가장 무도회가 끊임없이 이어졌다. 미소를 머금은 채로 그는 얼굴이 빨개지기도 하고 때로는 인상을 찌푸리기도 하면서 사랑의 주인공들과 여주인공들의 끝없는 행렬을 지켜보았다. 쇠로 만든 장갑을 낀 돈키호테들, 서로 떨어져 있으면서도 50년 묵은 서로의 애정을 간직하고 있는 상상 속의 여인들. 홍조 띤 얼굴과 해맑은 퉁방울 눈을 가진 목동들, 그리고 양 떼를 몰고 있는 클로들.*

　그들 앞에 지혜가 번뜩이는 눈과 음탕한 미소를 지니고 있고 얼굴엔 화장기가 짙은 후작 부인네들이 망사를 뒤집어쓰고 나타났다. 권총으로 자살을 한 베르테르와 목을 맨 베르테르, 그리고 목이 졸린 베르테르가 그 뒤를 따랐다. 다음으로 끝없는 사랑의 눈물을 흘리며 시들어 볼품없는 처녀들이 수도원과 함께, 그리고 강렬한 눈빛을 지닌 최근 주인공들의 수염 난 얼굴들과 순진하면서도 의식 있는 돈 후안들, 그리고 사

---

* 고대 그리스 작가 롱(라틴어 이름은 Longus, 기원전 200년경)의 목가적 로맨스에 등장하는 여주인공.

랑에 대한 의심으로 벌벌 떨고 몰래 자신의 하녀 뒤꽁무니를 따라다니는 재주꾼들이…… 죄다 등장했다. 전부 다!

진실은 어디에 있는가,라는 물음과 더불어 그는 멀리서와 가까이서, 상상 속에서, 그리고 직접 눈으로 여자와의 단순하면서도 진실한, 하지만 심오하면서도 결코 변치 않는 사귐의 본보기를 찾아보았다. 그러나 찾을 수 없었다. 찾았다 싶다가도 그것은 착각이었음을 금세 깨달았고 이내 환멸을 느끼지 않을 수 없었다. 우울한 상념에 젖어 있다가 결국 절망하기를 반복했다.

'완벽한 선은 없는 거야. 혹은 그런 사랑의 빛으로 밝게 빛나는 감정들은 부끄러움을 많이 탄다고도 할 수 있고. 그래서 지레 겁을 먹고 숨어버려. 재주꾼들과 논쟁을 하려고 애쓰지도 않아. 어쩌면 연민을 느끼고 그들을 행복의 이름으로 용서하고 있는지도 몰라. 고로 뿌리를 내리고 평생 그림자를 드리워줄 그런 나무로 성장할 만한 토양이 없기 때문에 꽃을 진창에 던져 짓밟는 거야.'

그는 결혼과 남편들을 들여다보았다. 아내에 대한 남편의 태도에서 그는 수수께끼를 지닌 스핑크스를 항상 보았다. 왠지 이해할 수 없고 뭔가 다 말하지 못한 것 투성이었다. 더욱이 이들 남편들은 곤란한 문제에 대해 고민을 전혀 하지 않고 마치 결정을 내리거나 찾을 것이 아무것도 없는 양 의식적으로 똑같은 발걸음으로 결혼의 길을 걸어 나갔다.

'그들이 옳지 않다면? 어쩌면 정말 더 이상 필요한 것이 없을 수도 있어.'

자신에 대해 미덥지 못함을 느끼며 그는 생각했다. 그는 또 쳐다보았다. 결혼 생활의 입문서 혹은 마치 모임에 들어갈 때 먼저 인사를 하고 일에 착수하듯 하나의 예의범절로 생각하며 사랑의 관문을 통과하는 일군의 사람들이 보였다.

그들은 서둘러 어깨로부터 삶의 무게를 내려놓았다. 많은 이들은 심지어 일평생 자신의 아내를 차가운 눈으로 힐끔거렸다. 마치 저런 아내를 사랑할 정도로 멍청했던 시절이 있었다는 사실에 화가 치민다는 투였다.

오랜 동안, 간혹 늙어서까지도 사랑이 떠나지 않는 이들 또한 존재했다. 하지만 호색한의 미소 또한 결코 그들을 버리지 않았다⋯⋯

마지막으로 대부분의 사람들은 영지를 손에 넣고 영지에서 나오는 현실적인 벌이에 만족하는 것과 별반 다를 바 없이 결혼을 했다. 아내는 집안에 최상의 질서를 잡아주었다. 그녀는 안주인이자 어머니이고 아이들의 교사였다. 그들은 사랑을 보기를 세상 물정에 밝은 주인이 영지의 지세를 보듯 했다. 다시 말해 금세 익숙해져서 다시는 관심을 두지 않았다.

"이게 뭐람? 자연의 법칙에 따른 타고난 무능, 아니면 준비 교육과 양육의 소홀? 자연스런 매력을 결코 잃지 않을 뿐만 아니라 우스꽝스런 의상을 입고 있지도 않고 변형은 될지언정 영원히 꺼지지는 않는, 바로 그런 교감은 어디에 있는가? 사방에 넘쳐흐르는 선(善), 스스로 충만된 선, 즉 삶의 정수(精粹)가 드러내는 자연스런 빛깔은 무엇일까?"

그는 예언적으로 먼 훗날을 내다보았다. 마치 안개 속 같은 그곳에서 감정의 형상, 그리고 그 빛깔과 번쩍거리는 색채로 옷을 걸친 여인의 형상이 함께 그의 눈앞에 나타났다. 단순하지만 밝고 깨끗한 형상이었다.

"꿈이야! 꿈!"

상상에서 오는 막연한 흥분에서 정신을 차리고 미소를 머금은 채 그가 말했다. 그러나 이 꿈의 인상만은 의지에 반(反)해서 그의 기억 속에 생생하게 살아 있었다.

처음에는 이런 모습을 띤 여인의 미래가 꿈속에 나타나곤 했다. 나중에 부쩍 커서 이젠 성숙해진 올가에게서 만개한 아름다움의 화려함뿐 아니라 인생을 준비하고 인생에 대한 이해 그리고 인생과의 투쟁을 갈망하는 힘, 즉 그의 꿈의 예물을 보았을 때, 그에게는 오래 전, 그러니까 거의 잊혀진 사랑의 형상이 되살아났고 올가가 이러한 모습으로 꿈속에 나타나기 시작했다. 그들의 교감(交感) 속에서 진실이, 우스꽝스런 차림새와 악용이 없는 그런 진실이 가능하게 될 그날은 앞으로도 멀게만 느껴졌었다.

사랑과 결혼에 대한 문제를 장난삼아 생각한다거나 그 문제에 돈과 연줄과 자리와 같은 다른 어떤 계산도 끌어들이지 않으면서 슈톨츠는 어떻게 하면 그의 외적인, 여태껏 지칠 줄 모르고 해왔던 활동과 내적인 가정 생활을 조화시킬 수 있을까, 어떻게 하면 허구한 날 돌아다니는 무역상을 가정적인 안방 샌님으로 탈바꿈시킬 수 있을까에 대한 생각만을 줄곧 해왔다.

이런 외적인 분주함으로부터 그가 안정을 찾는다면 과연 그의 가정 생활은 무엇으로 채워질 것인가? 아이들에 대한 양육과 교육, 인생의 방향을 제시해주는 일, 물론 이것 또한 쉬운 일이 아닐뿐더러 하찮은 과제라고 할 수도 없다. 그러나 그것은 아직도 먼 훗날의 얘기고 그때까지는 그럼 무얼 한단 말인가?

이들 문제들은 오래 전부터 자주 그를 불안하게 만들었다. 게다가 독신 생활이 부담스럽지도 않았다. 가슴이 두근거리기 시작했을 때에도 이제 아름다움이 가까이 다가왔음을 느끼면서 결혼의 사슬을 써야겠다는 생각만은 해본 적이 없었다. 때문에 마치 그는 처녀가 다 된 올가를 무시하는 듯한 태도를 보였고 단지 커다란 희망을 안겨주는 착한 아기를 대하듯 그녀를 대견스러워할 따름이었다. 농담을 하면서 길을 지나는 도중에 그녀의 탐욕스럽고 감수성이 예민한 심성에 새롭고 과감한 생각과 삶에 대한 정확한 관찰을 던져 파문을 일으킨 것도 한두 번이 아니었다. 그리고 별 생각이나 추측도 하지 않고 그녀의 마음 속에 현상에 대한 생생한 이해와 올바른 관점을 줄곧 불어넣다가 나중엔 올가도, 마음 내키는 대로 지껄여댄 자신의 수업도 까맣게 잊곤 했다.

시간이 지나면서 그녀 안에는 전혀 평범하지 않은 심성과 관점이 번뜩이고 있으며 그녀에게선 거짓을 찾아볼 수 없고, 또 그녀가 찾고 있는 것은 공통의 숭배이며 그녀의 감정이 순수하면서도 자유롭게 왔다가 다시 또 그렇게 사라진다는 사실, 그리고 그녀에게는 남의 것이 아닌 자신의 것만이 존재하며 이렇다 보니 모든 자신의 것이 과감하고 신선하고 견고하다는 사실 또한 그는 깨닫게 되었다. 그녀의 이런 점이 어디서 연유한 것이지 그는 의혹을 품지 않을 수 없었다. 자신이 뜬금없이 내뱉은 수업과 주의를 전혀 눈치채지 못했다.

당시에 그녀에게 주목을 했더라면 아마도 그는, 그녀가 숙모의 피상적 감시에 의해 극단성을 멀리하면서 거의 홀로 자신의 길을 걸어가고 있지만 출생과 가족, 계급에 관한 옛날 이야기로 무장한 7명의 유모와 할머니들, 숙모들의 권위, 즉 케케묵은 풍속과 관습, 잠언들이 수없이 많은 보살핌과 마찬가지로 그녀에게 별다른 영향을 미치고 있지 않다는 사실을 판단할 수 있었을 것이다. 그러한 권위들은 굽은 길을 따라 가도록 그녀에게 강요하지 않았기 때문에 그녀는 저만의 이성과 관점과 감정으로 자신의 궤도를 그려야만 했던 새로운 인생행로를 따라서 걸어 갔다.

그녀의 타고난 천성이 그랬다. 숙모는 강압적으로 그녀의 의지와 심성을 통제하지 않았고 올가는 올가대로 많은 것을 짐작해내고 이해했으며 조심스레 인생을 들여다보고 누구보다도 친구의 말과 충고에……

귀를 기울였다.

그는 전혀 이런 생각은 하지도 않고 그녀에게서 먼 훗날의 많은 것을 기다리기만 했다. 그러나 그 먼 훗날이란 너무나도 멀었기에 그는 자신의 여자 친구로서의 그녀를 추호도 생각해본 적이 없었다.

하지만 그녀는 자기애에 기인한 수줍음 때문에 자신에게조차 오랫동안 전혀 어떤 암시도 부여하지 않았다. 외국에서의 고통스런 투쟁 이후에야 그는 놀라서 많은 약속이 담겨 있으면서도 기억 속에서 잊혀져버렸던 어린 처녀가 부쩍 성장해서 단순함과 힘과 자연스러움의 모습을 갖추었음을 보았다. 점차로 그의 눈앞에 채워야 했음에도 채울 수 없었던 그녀의 마음의 깊은 심연이 열렸다.

처음엔 한참 동안을 그녀의 생기발랄한 천성과 투쟁하고 젊음의 열병을 중단케 하고 충동을 일정한 범위 안에 가두고 삶에 경쾌한 흐름을 부여해야만 했다. 하지만 그것도 일시적인 방편에 불과했다. 눈을 뜨기 무섭게 다시 불안이 고개를 들었고 인생이 샘처럼 활기를 띠었으며 불안한 마음과 걱정스런 감정의 새로운 문제가 들려왔다. 초조한 마음을 진정시키고 자존심을 억누르거나 부채질할 필요가 있었다. 그녀는 이러한 현상에 대해서 생각에 잠겼고 그는 그녀에게 그 열쇠를 넘겨주려고 서둘렀다.

우연성에 대한 믿음과 환각의 안개가 삶에서 자취를 감추었다. 밝고 자유로운 먼 미래가 그녀의 눈앞에 펼쳐졌다. 그녀는 마치 맑은 물속에 있는 것처럼 자갈 하나하나와 바퀴 자국, 다음엔 깨끗한 밑바닥을 보았다.

"난 행복해!"

지나간 삶에 감사의 눈길을 보내면서 그녀가 속삭였다. 그리고 미래를 구하려 애쓰면서 언젠가 스위스에서 꾸었던 처녀다운 행복의 꿈,

우울한 푸른 밤을 기억해냈다. 이 꿈이 마치 그림자처럼 삶에 드리워져 있음을 보았다.

'내가 어쩌다 이런 운명에 놓이게 되었을까?'

그녀가 겸손하게 생각을 했다. 그녀는 깊은 생각에 잠기곤 했다. 이 따금 이 행복이 중단되면 어쩌나 하는 마음에 두렵기까지 했다.

세월이 흘렀건만 그들은 삶이 고단하지 않았다. 평온이 찾아왔고 흥분도 가라앉았다. 인생의 굴곡들도 이해할 만했고 인내와 용기로 견뎌냈다. 인생의 불꽃은 내내 꺼질 줄 몰랐다.

올가는 인생에 대한 엄격한 이해력을 지닐 만큼 성장했다. 두 존재, 그녀와 안드레이는 하나의 길로 합쳐졌다. 야만적인 열정에 몸을 내던지는 방탕이란 있을 수 없었다. 모든 것이 그들에겐 조화와 평온이었다.

인적이 드문 곳의 주민들이 더없이 행복한 삶을 영위하듯 하루에 세 번 만나고 일상적인 대화를 나누면서 하품을 하고 무딘 졸음 속으로 빠져들고 아침부터 저녁까지 애태우며 당연한 평온 속에서 잠이 들고 더할 나위 없는 행복한 삶을 살아가는 것, 이 모든 것이 생각에 생각을 거듭하고 대화에 대화를 거듭하고 수정에 수정을 거듭한 결과이기 때문에 더 이상의 말과 행동이 필요 없고 '이 세상 인생이란 게 다 그런 거야'라고 말하는 사람이 있을는지 모르겠다.

겉보기에 그들의 삶 역시도 다른 사람들의 그것과 크게 달라 보이지 않았다. 새벽은 아니지만 아침 일찍 눈을 뜨곤 했다. 한참 동안 차를 마시며 앉아 있는 것을 좋아하고 이따금 마치 게으름을 떨며 침묵을 지키고 있는 듯도 했다. 다음엔 각자의 자리로 헤어지거나 함께 일을 하기도 하고 식사를 하고 들판을 말을 타고 달리고 음악을 들었다…… 모든 이들이, 심지어 오블로모프까지도 꿈꾸었던 정경이었다……

단지 그들에게 없는 것은 졸음과 슬픔이었다. 권태와 나태를 모르는 나날들을 보내고 있었다. 맥빠진 눈길과 말도 없었다. 대화가 끝이 안 보이고 자주 격해지기도 했다.

방방마다에서 그들의 낭랑한 목소리가 실려와 저기 정원에까지 이를 때도 있었다. 목소리들은 마치 서로의 눈앞에 자신이 꿈꾸는 꿈의 무늬를 그려내듯 언어로서는 포착할 수 없는 첫 감동과 막 떠오르는 생각의 발전, 그리고 간신히 들리는 영혼의 속삭임을 서로에게 표현하곤 했다.

그들의 침묵 역시 때론 오블로모프가 꿈꾸곤 했던 우울한 행복, 혹은 서로에게 던지는 끝없는 재료에 대한 정신 노동이었다.

영원히 새로우면서 찬란히 빛나는 자연미(自然美)에서 오는 무언의 경이로움 속으로 그들은 흔히 빠져들곤 했다. 그들의 예민한 영혼은 이런 아름다움에 익숙해질 수 없었다. 땅과 하늘, 그리고 바다, 이 모든 것이 그들의 감정을 불러일으켰고 그들은 말없이 나란히 앉아서 이 창조의 빛을 한 눈길과 한 마음으로 바라보았다. 말없이도 그들은 서로를 이해했음은 물론이다.

무심코 아침을 맞는 적이 없었다. 따뜻하면서도 별이 많은 남쪽 지방의 밤의 어둠 속으로 순순히 빠져들 수가 없었다. 사고의 영원한 움직임과 영혼의 영원한 흥분과 둘이서 생각하고 느끼고 말하고픈 욕구가 그들을 흔들어 깨웠다!

그러나 이러한 열띤 말다툼과 조용조용한 대화, 독서 그리고 먼 산책의 목적은 무엇이었을까?

전부다. 외국에 있을 때 이미 슈톨츠는 혼자서 읽고 일하는 습관을 버렸다. 여기서는 올가와 눈을 마주 보고 둘이서 생각하곤 했다. 조금씩 그는 그녀의 괴로우리만치 성급한 생각과 의지를 닮아가고 있었다.

가정 생활에서 그가 할 수 있는 일은 무엇일까,라는 문제는 이미 끝이 나고 저절로 해결이 되었다. 가정 생활을 심지어 자신의 노동 및 사업 생활의 수준까지 끌어올려야만 했다. 인생에서 움직임이 없다는 것은 세상에 공기가 없는 것과 마찬가지로 질식할 노릇인 것이다.

어떤 건설이나 자신 혹은 오블로모프의 영지와 관련된 일, 혹은 회사 업무도 그녀의 승낙과 참여 없이 성사되는 일은 하나도 없었다. 그녀가 읽어보지 않고 보내지는 편지는 한 통도 없었고 어떤 생각도, 비록 구체화되지는 않았다 해도, 반드시 그녀를 거쳐야만 했다. 그녀는 모든 걸 알고 있었고 모든 일에 흥미를 보였다. 그가 흥미를 보이는 이유 때문이었다.

처음에는 그녀에게서 숨길 수가 없기 때문에 모든 일을 이렇게 처리했다. 편지를 쓰고 대리인 혹은 청부업자와 상의를 하는 일도 늘 그녀가 있는 데서, 그녀가 보고 있는 데서 진행되었다. 나중엔 그렇게 하는 것이 습관이 되었고 결국 그에게는 필연이 되었다.

그녀의 지적, 충고, 찬성 혹은 반대는 그에게 피할 수 없는 검사가 되었다. 그는 그녀가 그와 마찬가지로 정확한 이해를 하고 있고 판단과 판정을 내리는 데 있어서 그보다 못하지 않다는 사실을 알게 되었다. 자하르는 아내의 그런 능력에 모욕감을 느꼈다. 또 많은 이들이 모욕감을 느끼고 있는 것이 사실이지만 슈톨츠만은 그래서 더욱 행복했다!

사고의 영원한 영양분이라고 할 수 있는 독서와 공부는 그녀의 끝없는 발전의 원동력이었다! 올가는 일찍이 보지 못한 책과 잡지 기사에 질투를 느끼고 정말로 화가 치밀거나 모욕을 느꼈다. 그래서 나름대로 생각해서 그녀에겐 너무 진지하고 지루하고 이해하기 곤란하다 싶은 것을 그가 보여주지 않기라도 하면 그녀는 박식한 티를 낸다, 왜 그렇게 속물적이냐 왜 뒤떨어진 생각을 하느냐며 대들었고 '구태의연한 독일 농노'라고 그를 욕했다. 이때만큼은 그들 사이엔 활기 넘치고 흥분된 장면이 연출되었다.

그녀가 화를 냈다. 그런데도 그가 웃고 있으면 그녀는 더욱 화를 냈다. 그러다 그가 농담을 그치고 자신의 생각과 지식 그리고 독서를 그녀와 나누어 가질 때에만 그녀는 화해를 했다. 그가 알아야만 하고 읽을 필요가 있다 싶은 것, 또 알고 싶고 읽고 싶은 모든 것을 그녀 역시도 알아야만 하고 읽어야만 한다는 것으로 다툼은 끝이 나곤 했다.

그는 현학적인 재주로 그녀를 옭아매지 않았다. 나중에 오만함 중에서도 가장 미련한 오만함으로 '학식 있는 아내'를 자랑스러워하기 위함이었다. 이야기를 하는 중에 그녀의 입에서 불평 섞인 말이나 어떤 암시라도 튀어나올 때면 그는 아주 평범하지만 신식 교육을 받은 여성 수준에서도 아직 이해하기 어려운 문제에 대해서 말없는 무지의 눈길로 대답할 때보다 더욱 얼굴을 붉혔다. 그는, 물론 그녀는 그 두 배로, 이해할 수 없는 것이 하나도 없기를 원했다. 단순히 아는 데서 끝나는 것이 아니라 그녀가 진정 이해하는 것을 원했다.

그는 그녀에게 일람표와 수(數)를 그려주지 않았다. 하지만 모든 걸 말해주었고 많은 걸 읽어주었으며 어떤 경제 이론이나 사회 문제 혹은 철학 문제도 잘난 척하느라 피하지 않고 집중력과 열정으로 이야기를 해주었다. 마치 그녀에게 끝없는, 지식의 생생한 그림 한 폭을 그려주고 있는 것만 같았다. 나중에 그녀의 기억 속에서 세세한 부분은 사라졌지만 감수성이 예민한 마음속 그림만은 희미해지지 않았고 색조도 그대로였으며, 창조되어지던 그녀의 우주에 비추기 위해 그가 지폈던 불은 여전히 꺼지지 않았다.

나중에 이 불꽃이 그녀의 눈 속에서 여전히 빛나고 있고 그녀에게 전해진 생각의 공명이 이야기 속에서 울려퍼지고 이 생각이 그녀의 의식과 오성으로 들어가 그녀의 지혜 속에서 새롭게 형성이 되었음을 알게 되고, 그녀의 말에서 무미건조하거나 혹독하지 않은, 여성의 우아함의 빛이 엿보이고 특히 만약에 언급되고 읽혀지고 그려진 모든 것에서 진주와도 같은 어떤 유익한 물방울이 그녀의 삶의 환한 밑바닥으로 떨어지고 있음을 알게 된다면 그는 기쁨과 행복에 전율하리라.

사상가처럼 그리고 예술가처럼 그는 그녀에게 이성적 존재라는 천을 짜주었다. 살아오면서 그가 그토록 깊이 몰두한 적은 없었다. 학창 시절에도, 삶과 사투를 벌이고 삶의 굴곡으로부터 벗어나 용기라는 경험 속에서 자신을 담금질하고 지금처럼 여자 친구의 영혼을 다루는 그칠 줄 모르는 활화산과도 같은 일을 하면서 스스로를 단련시키던 그 어려운 시절에도 그런 적은 없었다!

"정말 난 행복해!"

슈톨츠는 혼잣말로 중얼거리면서 나름대로 신혼 생활을 지나 미래로 달려가는 꿈을 꾸었다.

저 멀리서 새로운 형상이 다시 그에게 미소를 보냈다. 이기주의자 올가, 열정적 사랑에 빠진 아내, 어머니-보모, 색깔 없는, 누구에게도 필요치 않은 시든 인생의 형상이 아닌 어떤 다른, 고상하고 거의 전에 본 적이 없는 그런 것이었다……

온전히 행복한 세대의 정신적이고 사회적인 인생의 어머니-창조자이자 참가자가 그의 꿈에 보였다.

그는 겁에 질려 그녀의 의지와 힘에 도달할 수 있을지…… 생각해 보고 서둘러 그녀가 그의 인생을 신뢰하고 인생과의 사투를 위한 불굴의 정신을 비축할 수 있도록 도와주었다. 아직 그들 둘이 젊고 강한 지금, 아직 인생이 그들에게 자비를 베풀거나 인생의 타격이 그리 세 보이지 않는 지금, 슬픔이 아직 사랑 속에 빠져 있는 지금 당장 해야 할 일이다.

그들의 나날은 힘겨웠지만 그 힘겨움은 그리 오래가지 않았다. 일에서의 실패나 상당한 액수의 돈을 잃어버린 것, 이 모든 일에도 그들은 별다른 신경을 쓰지 않았다. 쓸데없이 부산을 떨며 이리 뛰고 저리 뛰고 해야 했지만 곧 잊혀졌다.

숙모의 죽음에 올가는 마음으로부터 우러나오는 슬픈 눈물을 쏟았다. 그 일은 거의 반 년이 넘게 그녀의 인생에 검은 그림자를 드리웠다.

가장 심각한 우려와 끊임없는 걱정을 낳은 것은 아이들의 병이었다. 하지만 그런 우려가 사라지자 다시 행복이 찾아들었다.

무엇보다도 올가의 건강 문제가 그를 불안하게 했다. 그녀는 출산 후에 오랫동안 몸져누워 있었다. 비록 회복이 되긴 했지만 그의 불안은 여전했다. 그에게 이보다 더 무서운 고통은 없었다.

"정말 난 행복해!"

자신의 인생에 넋을 잃고 올가가 조용히 탄성을 질렀다. 그런 자각의 순간에 이따금 그녀는 생각에 잠기곤 했다…… 특히 결혼한 지 서너 해가 지난 후엔 그런 순간이 잦아졌다.

인간이란 이상하다! 행복이 충만하면 할수록 그녀는 더욱더 상념에 잠기게 되었고 심지어…… 더욱 겁을 먹게 되었다. 그녀는 자신에게 엄격해졌고, 자신을 당혹스럽게 만드는 것이 인생의 이러한 고요함과 행복에 겨운 자신의 현 상태라는 사실을 깨달았다. 그녀는 억지로 마음속에서 이런 상념을 털어버리고 인생의 발걸음을 재촉했다. 그리고 병적으로 소란스러움과 움직임 그리고 걱정거리를 찾아 나섰고 시내에 동행해달라고 남편을 졸랐으며 세상, 요컨대, 사람들 사는 모습을 들여다보고자 했다. 하지만 그것도 잠깐이었다.

허망한 세상사에 약간 흔들리는 모습을 보이긴 했다. 하지만 곧 자신의 자리로 서둘러 돌아와 마음속의 어떤 무겁고 길들여지지 않은 인상을 지워버렸다. 그리고 다시 가정 생활의 잡다한 걱정을 자청했다. 온종일 아이들에게서 눈을 떼지 않았고 어머니-보모의 책임을 떠맡았으며 안드레이와 독서삼매경에 빠져 '진지하면서도 지루한' 입씨름을 하거나 아니면 시를 읽고 이탈리아로의 여행에 대해 상의하곤 했다.

그녀는 오블로모프의 나태와 비슷한 어떤 곳으로 떨어질까봐 겁에 질려 있었다. 그러나 마음속에서 정기적으로 찾아오는 마비, 즉 마음의 꿈의 순간을 털어버리려고 아무리 애를 써보아도 처음에는 행복의 환상이 살금살금 그녀에게로 다가오고 푸른 밤이 그녀를 감싸고 졸음의 족쇄를 채운다. 다음엔 다시 인생의 휴식과 같은 상념의 상태가 찾아오고, 당혹감과 두려움과 피로, 그리고 어떤 막연한 비애…… 그 뒤를 따르며 급기야 어떤 흥분된 머릿속에서 어렴풋이 안개에 싸인 듯한 질문들이 들려온다.

올가는 민감하게 귀를 기울이고 스스로를 고문했다. 그러나 마음이 요구하고 찾는 게 무엇인지 아무것도 알아내지도 얻어내지도 못했다. 그러면서도 여전히 무언가를 요구하고 찾고 있었다. 말하기도 끔찍하지만 우수에 잠겨 있었다. 마치 행복한 삶으로는 만족할 수 없고 이젠 그런 삶에 지쳐서 전에 없던 새로운 현상을 요구하고 더 먼 훗날을 들여다보아야겠다고 고집하는 듯했다.

'대체 이게 뭘까? 과연 더 필요한 것, 더 바랄 것이 있단 말인가? 어디로 가려고? 갈 데도 없잖아! 더 이상은 길이 없어…… 정말 없을까? 정말 넌 인생의 동그라미를 다 그린 거니? 정말 이게 전부일까…… 전부……'

그녀의 속마음은 말은 하고 있으되 뭔가를 다 말하지 못하고 있었다…… 올가는 누가 영혼의 이 속삭임을 듣고 있는 것은 아닌지 놀라 주위를 살폈다…… 하늘과 바다와 숲에 눈으로 물었다…… 대답은 어디에도 없었다. 저 멀리 깊은 곳엔 어둠만이 도사리고 있을 뿐이었다.

자연은 같은 말만을 되풀이하고 있었다. 자연에서 그녀는 간단 없으되 단조로운 삶의 흐름을 보았다. 시작도 없고 끝도 없는.

그녀는 이 불안에 대해 누구에게 물어야 할지 알고 있었다. 대답을 듣는다면 어떤 대답일까? 만약 이것이 무익한 이성의 투덜거림 혹은, 더욱 나쁜 일이지만, 교감(交感)을 위해 창조되지 않은, 비여성적인 감정의 갈증이라면 어찌할 것인가! 하나님! 그녀나 그녀의 우상이 감정도 없고, 무엇에도 만족할 줄 모르는 무정한 이성의 소유자란 말인가! 그녀에게서 기대할 것은 무엇인가? 정말 학자연하는 여자! 전에 없이 새로운, 그러나 물론 그에게 익히 알려진 고통이 그의 눈앞에 펼쳐진다면 그녀가 숨을 곳은 어디인가!

그녀의 두 눈이 의지에 반해서 벨벳 같은 부드러움을 잃고 왠지 무뚝뚝하고 쌀쌀맞은 눈길을 보낼 때, 얼굴에 둔탁한 구름이 드리워졌을 때, 모든 고통에도 불구하고 더 이상 자신에게 웃고 말하라고 강요할 수 없어서 정치판의 가장 따끈따끈한 소식과 과학 분야에서의 새로운 발걸음과 예술 분야에서의 새로운 창작에 대한 가장 흥미진진한 해설을 무관심한 태도로 들을 수밖에 없었을 때 그녀는 그로부터 숨거나 꾀병을 부렸다.

어쨌든 그녀는 울고 싶지 않았다. 신경이 날카로워지고 처녀의 힘이 소생하여 제 목소리를 내던 그때처럼 갑작스런 두근거림도 없었다. 아니, 이건 아니다!

"이건 대체 뭘까?"

절로 생각에 잠기게 만드는 멋진 저녁에 요람을 흔들고 있거나 심지어 남편의 애무와 말을 즐기고 있으면서도 갑작스럽게 답답함을 느낄 때면 그녀는 슬픔에 젖어 자문하곤 했다.

그녀는 별안간 마치 돌이 되어버린 듯 멍해지곤 했다. 그러면 자신의 괴상한 질병을 숨기기 위해 되려 거짓된 부산을 떨거나 편두통이 찾아왔다며 잠자리에 들었다.

그러나 슈톨츠의 날카로운 눈길로부터 숨는다는 것은 그리 쉬운 일이 아니었다. 그녀 역시도 잘 알고 있는 터여서 대화의 순간이 찾아왔을 때 언젠가 과거에 대한 고백을 준비했을 때처럼 그렇게 마음속에 불안을 느끼며 대화를 준비했다. 대화의 순간이 드디어 찾아왔다.

그들은 어느 날 저녁 백양나무 오솔길을 따라 산책을 하고 있었다. 그녀는 그의 어깨에 거의 매달리다시피 하며 걸었다. 하지만 입은 굳게 다문 채였다. 자신의 이해 못 할 발작에 고통스러워하고 있었다. 그가 묻는 말에 무조건 간단하게 대답을 했다.

"유모가 그러는데, 올렌카가 밤에 기침을 한다더군. 내일 의사를 부르지 않아도 될까?"

"따뜻한 걸 많이 마시게 했어요. 내일은 산책을 내보내지 않을 테니 두고 보죠!"

그녀가 무덤덤하게 대답했다. 그들은 오솔길의 끝까지 말없이 걸었다.

"당신 친구, 소네치카의 편지에 왜 답장을 하지 않지? 기다리다가 우체국에 늦을 뻔했어. 답장도 없는데 이번이 벌써 세번째잖아."

"그냥 어서 그녀를 잊고 싶어요……"

대답 후에 그녀는 다시 입을 다물었다.

"비추린에게 당신 안부를 전했어. 당신에게 푹 빠져 있어서 안부 한마디에도 어느 정도 안심이 되는 눈치더군. 그 사람 일도 기한에 맞추지 못할 것 같아."

그녀가 마른 미소를 지었다.

"저번에도 말했더랬어요."

그녀가 퉁명스럽게 말했다.

"당신 지금 졸려?"

그녀의 가슴이 쿵쾅쿵쾅 뛰었다. 질문이 시작되자마자 이런 현상이 나타나는 것은 처음이 아니었다.

"아뇨, 아직." 그녀가 억지로 씩씩하게 말했다. "왜요?"

"어디 불편해?"

"아뇨. 왜 그렇게 생각하세요?"

"그냥, 좀 갑갑해하는 것 같아서!"

그녀는 두 손으로 그의 어깨를 힘있게 움켜쥐었다.

"아뇨, 아네요!"

그녀가 짐짓 허물없는 목소리로 부정을 했다. 하지만 목소리에서는 정작 갑갑함이 느껴졌다.

그는 그녀를 오솔길에서 데리고 나와 달빛을 마주 보았다.

"날 쳐다봐!"

그가 그녀의 두 눈을 뚫어져라 쳐다보았다.

"그렇게 생각할 수도 있겠지, 당신은…… 불행하다고. 오늘 당신 눈은 정말 이상해. 물론 어제오늘의 일이 아니지만…… 무슨 일이야, 올가?"

그는 그녀의 허리를 잡고 다시 오솔길로 이끌었다.

"잘 알면서. 난…… 지금 배가 고파서 그래요!"

웃으려고 애를 쓰면서 그녀가 말했다.

"거짓말하지 마, 거짓말하지 말라고! 거짓말하는 거 안 좋아해!"

짐짓 화난 척을 하며 그가 덧붙였다.

"난 불행해요!" 그를 오솔길에서 멈춰 세우고 그녀가 비난조의 목소리로 반복했다. "그래요, 난 불행해요, 왜냐하면…… 이미 너무나도 행복하기 때문에!"

그녀의 목소리가 어찌나 다정다감하던지 그는 그녀에게 입을 맞추었다.

그녀는 용기가 났다. 비록 가벼운 농담조이긴 하지만 그녀가 불행할 수 있다는 가정은 그녀를 솔직할 수 있도록 만들었다.

"갑갑하지도 않고 갑갑할 수도 없어요. 당신이 잘 알잖아요. 당신은 자기 말도 안 믿는 사람이긴 하지만 말이죠. 아픈 데는 없어요, 단지…… 좀 우울할 때가 가끔 있곤 해요…… 당신은 정말 견디기 힘든 사람이에요. 도무지 당신으로부터 숨을 수가 없어요! 그래요, 우울한데 왜 그런지 모르겠어요!"

그녀는 그의 어깨에 머리를 살짝 기댔다.

"그렇군! 왜 그러는 거지?"

그녀에게 몸을 구부리며 그가 조용히 물었다.

"모르겠어요."

"하지만 원인은 있게 마련이야. 그 원인이 나나 당신 주변에 있지 않다면 그건 당신 자신에게 있다는 소리지. 이따금 그런 우울은 다른 게 아니라 질병의 시초가 될 수가 있어…… 어디 불편한 데는 없어?"

"그래요, 어쩌면 그런 종류일지도 몰라요. 비록 내가 아무것도 느낄 수는 없지만. 매일 보잖아요, 내가 어떻게 먹고 산책하고 잠자고 일하는지. 갑자기 내게서 어떤 징후, 어떤 우울증을 발견하기라도 한 것 같군요…… 내 생각에 삶이 있는 그대로가 아닌 듯해요…… 아녜요, 귀담아 들을 필요 없어요. 다 공허한 소리니까……"

"어서 말해, 말하라구!" 그가 민감한 반응을 보이며 재촉했다. "삶이 있는 그대로가 아니라는 말은 무슨 뜻이지?"

294

"가끔 두려워질 때가 있어요. 변하면 어쩌나, 이렇게 끝나버리는 것인가 하는…… 나 자신도 모르겠어요! 혹은 앞으로는 어떻게 될까? 하는 바보 같은 생각으로 괴로워해요…… 행복이란 무엇인가…… 인생이란……" 그녀는 이런 물음을 던지는 자신이 부끄러운 듯 더욱 조용조용히 말했다. "이 모든 기쁨과 괴로움…… 자연…… 모든 것이 날 어딘가로 이끌고 있는 것만 같아요. 전혀 불만스러운 일도 하지 않는데…… 하나님 맙소사! 이런 바보 같은 소리를 하다니 정말 창피해요…… 이건 망상에 불과한데…… 당신은 신경 쓸 필요 없어요……" 그에게 다정한 미소를 보이며 그녀가 애원조의 목소리로 덧붙였다. "이 우울증은 곧 없어지고, 금세 바로 지금처럼 밝고 쾌활해질 거예요!"

그녀는 수줍은 듯 다정하게 그에게 기댔다. 정말 부끄러워서 '바보 같은 행동'에 대해 용서를 구하고 있는 듯했다.

남편은 그녀에게 한참을 물었고 그녀 역시 한참을 설명했다. 마치 환자가 의사에게 우울증의 증상을 설명하고 있는 것 같았다. 그녀는 어렴풋한 문제들을 이야기하고 마음의 동요를 대략적으로나마 설명했다. 신기루가 사라지듯이 기억해낼 수 있는 모든 것, 말할 수 있는 모든 것을 털어놓았다.

슈톨츠는 다시 말없이 오솔길을 따라 걸었다. 고개를 떨군 채 아내의 알다가도 모를 고백에 놀라 어쩔 줄을 모르고 있었다. 오만 가지 생각이 끊이질 않았다.

그녀는 그의 눈을 들여다보았지만 아무것도 볼 수 없었다. 세번째로 그들이 오솔길의 끝에 다다랐을 때 그녀는 그를 돌아서지 못하게 막고서 이번에는 그녀 쪽에서 먼저 그를 달빛으로 이끌고 묻는 듯한 눈길로 그의 눈을 쳐다보았다.

"왜요?" 그녀가 수줍어하며 물었다. "내가 너무 바보 같은 소리만

해서 비웃고 있는 거죠, 그렇죠? 정말 바보가 따로 없어요. 이 우울함도 사실이 아니겠죠?"

그는 말이 없었다.

"왜 아무 말도 안 해요?"

그녀가 견디기 힘들다는 듯이 물었다.

"내가 오래 전에 눈치채고 있다는 걸 알면서도 당신은 오랫동안 아무 말도 하지 않았어. 내게도 입을 다물고 생각할 시간을 줘. 당신이 내게 부여한 과제는 그리 쉬운 과제가 아니야."

"거 봐요, 당신은 생각을 하겠다 하지만 당신이 혼자서 속으로만 끙끙 앓게 될 테니까 그래서 난 또 괴로울 거라고요. 괜히 당신한테 말하느라 헛수고만 했어요! 아무 말이라도 해봐요……"

"지금 내가 무슨 말을 해?" 그가 생각에 잠긴 채 말했다. "그러다 당신 신경질만 더 돋우면 어쩌라고. 그땐 내가 아니라 의사가 당신이 어떤지를 봐야 할 거야. 내일 의사를 부르지…… 그렇지 않으면……"

"'그렇지 않으면' 뭔지 말해요!"

그녀가 성급하게 고집을 부렸다. 그는 여전히 생각에 잠겨 걷고 있었다.

"그래서요!"

그의 손을 흔들며 그녀가 말했다.

"어쩌면 지나친 상상일 수도 있는데, 당신은 지나치리만큼 예민해…… 아마도 나이로 보아 가장 성숙한 때가 아닌가……"

그가 거의 혼잣말처럼 기어 들어가는 목소리로 중얼거렸다.

"제발 알아들을 수 있도록 큰 소리로 말해요, 안드레이! 당신이 혼잣말로 중얼거리면 들을 수가 없어요!" 그녀가 불평을 했다. "내가 바보 같은 소리를 했다고 고개를 푹 숙이고 거의 들리지도 않을 목소리로 속삭이면 어떡해요! 당신과 함께 있는데도 어두워서 여긴 무서워요……"

"무슨 말을 해야 할지 나도 모르겠어…… '우울하고 어떤 문제들이 마음을 어지럽힌다.' 좋아. 그런데 여기서 뭘 이해하라는 거야? 이얘기는 나중에 다시 해. 좀 두고 보자고. 바다에 가서 먹이나 다시 감아야 할까봐……"

"여전히 중얼거리네요. '만약에…… 아마도…… 성숙해서……' 대체 무슨 생각을 하고 있어요?"

그녀가 물었다.

"내가 생각해봤는데……" 생각에 잠겨 밍그적거리며 그가 말했다. 자기 생각에 대한 확신이 없어서인지 자기가 하는 말에 그 역시 부끄러운 눈치였다. "그러니까…… 그런 때도 있지…… 이를테면 나도 말을 하고 싶어. 이게 어떤 혼란의 징조가 아니라면, 당신이 완전히 건강하다면 그것은 아마도 당신이 성숙해졌다는 것, 그리고 이제 나이가 들어서…… 더 이상의 수수께끼도 없고 인생이 백일하에 드러난 그런 연령대로 당신이 접어들었다는 것을 의미할는지도……"

"그러니까 당신이 하고 싶은 말의 요지가, 내가 나이가 들 만큼 들었단 말인가요? 천만에요!" 그녀는 심지어 그에게 협박하듯 했다. "난 아직 젊고 팔팔해요……" 그녀가 자세를 바로잡으며 덧붙였다.

그가 빙그레 웃었다.

"걱정 마, 당신은 아마 영원히 늙지 않을 거야! 아니, 그보다도…… 당신은 늙더라도 기운이 빠지거나 삶과의 투쟁을 그만두는 일 따위는 하지 않을 거야. 아니, 당신의 슬픔과 괴로움은, 내 생각대로라면, 분명 힘의 징후일 거야…… 예민하고 흥분된 이성에 대한 추구는 가끔 인생의 보석을 찾아내려고 애를 쓰기도 하지만 찾지 못하고 그래서 슬픔이…… 삶에 대한 일시적인 불만이 나타나기도 해…… 이것은 삶에게 그 비밀에 대한 질문을 던지는 영혼의 슬픔이라고나 할까…… 아마도 당신 경우도 마찬가지일 거야…… 만약 그렇다면 그것은 바보 같은 짓이라고 볼 수가 없어."

그녀가 한숨을 내쉬었다. 하지만 그 한숨은 공포가 사라진 데서 오는 기쁨의 한숨이었다. 남편의 눈에도 그 기쁨은 약해지지 않고 그 반대로……

"하지만 난 행복해요. 내 이성은 나태해지지 않았어요. 더 이상 바랄 게 없어요. 내 인생이 이토록 변화무쌍한데 뭘 더 바라겠어요? 더 이상의 무슨 의문이 있겠냐고요? 이건 병이에요, 마음의 부담에서 오는!"

"맞아, 아직 준비가 덜 된 무지하고 나약한 이성에서 기인한 부담일 수 있어. 이런 종류의 슬픔과 의문들이 많은 사람들을 실성케 만들지. 어떤 이들에게는 희미한 환영, 마음의 환각 같은 것이 나타나기도 하고……"

"행복이 분에 넘치도록 흐르다 보니 그냥 그렇게 영원히 살고만 싶었어요…… 그런데 거기에 갑자기 어떤 비애가 섞여버리고 말았죠……"

"아! 그건 프로메테우스의 불꽃에 대한 보복이야! 인내하라는 것으로도 부족해서 이 슬픔을 사랑하고 의혹과 의문을 존경하라고 하지. 이것들은 넘칠 정도로 가득 찬 여유와 인생의 사치여서 대개는 행복의 최정상에서만 맛볼 수 있는 것들이야, 무례한 바람이 없을 때. 그것들은 평범한 인생 가운데에서는 태어나지도 않아. 그런 인생에선 슬픔과 곤궁은 문제도 안 되기 때문이지. 군중들은 걷고는 있지만 이런 의혹의 안개, 의문에 대한 애수를 알지 못해…… 하지만 그런 문제들과 제때에 맞닥뜨리게 된 사람에게는 그것들은 망치가 아니라 반가운 손님이라고 할 수 있지."

"하지만 그런 문제들은 사실 처치 곤란이죠. 모든 일에 대한······ 애수와 무관심만을 줄 따름이라고요······"

그녀가 머뭇거리며 덧붙였다.

"오래갈 것 같아? 나중에 인생을 환하게 비추어주게 되어 있어. 그 것들은 얻을 것이라고는 전혀 없는 심연으로 이끌려 커다란 사랑으로 다시 인생을 보게 만들어······ 이미 체험한 힘을 자신과의 싸움으로 불러들여. 마치 다시는 잠들게 놓아두지 않을 것 같은 기세로······"

"어떤 안개와 환영에 시달리고 있다면!" 그녀가 불평스레 말했다. "모든 게 환했었는데, 그러다 갑자기 상서롭지 못한 그림자가 인생에 드리워진다면! 정말 무슨 방법이 없을까요?"

"왜 없어, 인생엔 지주(支柱)가 있게 마련이야! 그런 지주가 없다면 의문이 없는 것과 마찬가지로 구역질 나는 인생을 살아야지!"

"그럼 어쩌죠? 항복하고 우수에 잠겨야만 하나요?"

"천만에. 강인함으로 무장해서 끈기 있게, 불요불굴의 의지로 자신의 길을 헤쳐 나가야지. 나나 당신이나 타이탄*이 아닌걸." 그녀를 품에 안으며 그가 말을 이었다. "우리는 만프레드**나 파우스트와 더불어 폭풍과도 같은 의문들과의 과감한 투쟁으로 나아갈 수는 없는 노릇이야, 그들의 부름을 받을 수도 없고. 그저 고개를 숙이고 겸손하게 고난의 순간을 견디는 도리밖에는 없어. 그러다 보면 나중에 다시 인생이, 행복이 환한 미소를 지어 보일 때가 오겠지······"

"그런데 만약에 그런 의문들이 절대 물러서지 않는다면요? 슬픔이

---

* Titan: 그리이스 신화에 나오는 신의 이름.
** Manfred: 바이런의 시의 주인공.

더욱더 불안하게 만들고 괴롭힌다면?"

"그래? 그러면 슬픔을 인생의 새로운 자연현상으로 받아들이면 그만이지…… 하지만 그런 일은 없어. 더욱이 우리에겐 그런 일은 일어나지 않아! 이건 당신만의 슬픔이 아냐. 이건 인류의 공통적인 질병이라고나 할까. 당신에게 방울 하나가 튄 거야…… 인간이 삶을 떠나면…… 지주(支柱)가 없으면 그땐 정말 끔찍한 일이지. 하지만 우리의 경우는…… 제발 당신의 이 슬픔이 내가 생각하는 것, 바로 그것이었으면 좋겠어. 어떤 질병의 징후…… 혹은 그보다 못한 어떤 것이 아니라. 여기에 바로 내 고통이 있어. 그 앞에선 내가 무방비 상태로 아무 힘도 써보지 못하고 쓰러지고 말지…… 과연 안개, 슬픔, 어떤 의혹과 의문들이 우리에게서 우리의 행복을 빼앗아갈 수 있을까……"

그가 말을 다 끝내기도 전에 그녀는 마치 미친 여인처럼 그에게 달려들어 그를 꼭 끌어안았다. 흡사 바커스의 여사제와 같았다. 손으로 그의 목을 휘감고 나서 그녀는 순간적으로 완전히 실신하다시피 했다.

"안개도 슬픔도 질병도, 그리고 심지어…… 죽음마저도 우리에게서 행복을 빼앗아갈 수는 없어요!"

그녀가 희열에 넘친 목소리로 속삭였다. 그녀는 다시 행복해졌고 마음의 평정을 되찾았으며 활달해졌다. 이 순간만큼 그를 열정적으로 사랑한 적이 단 한 번도 없었던 듯 생각되었다.

"정신 차려야 해, 운명이 당신의 불평을 엿듣지 못하도록." 그가 친근한 예견이 깃든 미신적인 말로 나름의 결론을 내렸다. "그리고 배은 망덕이라고 생각하지 않도록! 운명은 자기의 선물을 과소평가하는 것을 좋아하지 않아. 당신이 인생의 본질을 다 안다고 말하기엔 아직 일러. 더 겪어봐야만 해…… 운명이 나름의 활동을 시작하고 고통과 수고가 찾아들 때를 기다려봐. 그것들이 찾아오는 날이면 그땐 이런 문제들은 아무것도 아냐…… 힘을 아껴둬!" 슈톨츠는 그녀의 발작과도 같은 행동에 대한 답으로 거의 혼잣말을 하듯이 나지막한 목소리로 덧붙였다. 그의 말 속에서 슬픔을 엿볼 수 있었다. 일찍이 멀리 '고통과 수고'를 보아온 사람 같았다.

순간적으로 그의 구슬픈 목소리에 놀란 그녀는 아무 말도 하지 못했다. 한없이 그를, 그의 목소리를 믿어왔던 그녀였다. 그의 상념에 전염된 그녀는 정신을 집중했다. 그리고 정신을 차렸다.

그에게 기댄 채로 그녀는 기계적으로 천천히 오솔길을 따라 걸었다. 고집스럽다 할 정도로 침묵을 지키고 있었다. 그녀는 남편의 뒤를 따르면서 겁에 질려 인생의 먼 훗날을 바라보았다. 그의 말대로라면 '인고(忍苦)'의 순간이 찾아들고 '고통과 수고'가 기다리는 그곳.

푸른 밤이 아닌 다른 꿈을 그녀는 꾸기 시작했다. 맑고 깨끗하다거나 떠들썩하지 않은 인생의 다른 언저리가 펼쳐졌다. 인적이 드문 곳에서 무엇 하나 부족한 것 없이 그와 단둘이서만……

아니, 거기서 그녀는 눈물로 범벅이 된 일련의 상실과 궁핍과 불가피한 희생을, 금욕과, 새롭고 지금 그들에게는 불가사의한 감정에 기인한 쓸데없는 변덕과 통곡과 신음과의 결별을 의미하는 인생을 보았다. 그녀는 질병과 사업의 실패, 남편의 죽음 따위와 같은 꿈을 꿨다.

그녀는 몸서리를 치고 기진맥진했지만 인생의 새로운 모습을 적극적인 호기심을 품고 바라보았다. 새로운 인생을 놀라 이리저리 살펴보고 자신의 힘을 헤아려보기도 했다…… 오직 사랑만이 꿈에서도 그녀를 배신하지 않고 새로운 인생의 미더운 보초병으로 서 있었다. 그러나 그 사랑도 예전의 사랑은 아니었다!

뜨거운 숨결도 없고 찬란한 빛줄기와 푸른 밤도 없다. 몇 해만 지나도 모든 것은 어린 시절 한때의 불장난으로 생각되기 일쑤다. 심오하면서 무서운 인생을 살다 보면 누구나 나중에 사랑의 진면목을 알게 되는 법이니까. 입맞춤 소리와 웃음 소리도, 자연과 삶의 축제날에 나무숲에서 꽃에 둘러싸여 나누는 가슴 두근거리는 대화의 소리도 들을 수 없다…… 모든 것은 '시들었고 끝나버렸다.'

그런 시들지 않고 꺾이지 않는 사랑이 마치 삶의 힘처럼 굳세게 그들의 얼굴에 드리워졌다. 한결같은 모욕의 시기에 천천히 그리고 말없이 바뀐, 총체적 고통의 시선 속에서 그 사랑은 빛을 발했고, 인생의 시련과 맞선 서로의 끝없는 인고의 순간이 지난 뒤 의미심장한 눈물과 억눌린 흐느낌 속에서 그 사랑은 또한 느껴졌다.

어렴풋한 슬픔과 올가를 찾아왔던 의문들 속에 다른, 비록 멀리 있지만 분명하고 명백하며 무서운 꿈들이…… 뿌리를 내렸다.

진정제와도 같은 남편의 확고한 말과 그에 대한 한없는 신뢰 아래서 올가는 휴식을 취했고 누구나 겪어보았다고 말할 수 없는 자신만의 신비한 슬픔과 미래의 예언적이며 무서운 꿈들로부터 벗어나 당당하게 앞으로 걸어 나갔다.

'안개'가 걷히고 밝은 아침이 찾아왔다. 이제부터 어머니, 안주인의 걱정이 시작되었다. 여기서는 화단과 들판이, 저기서는 남편의 서재가 자기에게 오라 손짓했다. 아무 걱정거리 없는 자기만의 즐거움을 위해 그녀가 삶을 살았노라고 말할 수는 없었다. 오히려 마음속에 숨긴 건강한 생각으로 삶을 살았고 준비했으며 기다렸노라고 말하는 것이 옳다……

그녀는 부쩍 성숙해졌다. 안드레이는 그의 여자이자 아내의 예전의 이상이 이젠 달성하기 어려운 것이 되었다는 사실을 알았다. 그러나 올가에게 비친 자신의 창백한 모습에도 행복했다. 이것은 결코 그가 기대하지 않은 바였다.

그러는 사이에 그 역시 오랫동안, 거의 평생 자존심 강하고 오만한 올가가 보는 앞에서는 자신의 남자로서의 미덕을 일정한 높이의 수준으로 유지해야만 했다. 저속한 질투 때문이 아니라 이런 투명한 삶이 흐려지지 않도록 하기 위해서 말이다. 그에 대한 그녀의 신뢰가 약간이라도 흔들리는 날이면 충분히 일어날 수 있는 일이기 때문이었다.

많은 여자들에게는 이 따위 것이 전혀 필요 없다. 일단 시집만 가면 그런 여자들은 남편의 장단점을 고분고분 받아들이고 준비된 상황과 환경에 무조건적으로 타협하거나 혹은, 곧바로 남편에 맞서 싸우는 것이 불가능하다고 판단하거나 그런 싸움의 필요성을 발견하지 못하고 첫번째 우연한 끌림에 역시 고분고분 양보를 한다. '운명과 열정과 여자는 허약한 피조물이라는 말도 있고……' 어쩌구 하면서 말이다.

심지어 남자의 강한 매력이랄 수 있는 지적 능력 면에서 남편이 군중을 압도할 경우 그런 여자들은 어떤 값비싼 목걸이를 지니고 있기라도 하듯 남편의 이런 우월함을 자랑스럽게 여긴다. 그것도 이 지적 능력이 그들의 보잘것없는 여성스런 책략에 눈먼 경우에만 그렇다. 약아 빠지고 보잘것없으며 때로 결함투성이인 여자라는 존재의 자질구레한 코미디를 꿰뚫어볼 수 있는 용기를 만약에 남자가 지니고 있다면 여자들은 이 지적 능력 때문에 힘들고 고달파질 것은 뻔하다.

올가는 눈먼 운명에 대한 이 순종의 논리를 몰랐고 여성의 탐닉과 집착을 이해하지 못했다. 선택받은 인간에게서 미덕과 자신에 대한 권리를 일단 인정하고 나서 그녀는 그를 믿었고 그래서 사랑했다. 오블로모프와의 사이에 있었던 믿음과 사랑은 그만 내동댕이쳤다.

그러나 아직 그녀의 발걸음은 확고하지 못했고 의지 역시 위태위태해 보였다. 그녀는 이제서야 겨우 인생을 직시하고 숙고하기 시작했으며 자신의 지적 능력과 기질의 본모습을 인식하고 재료를 끌어 모았다.

창조의 작업은 아직 시작되지 않았고 인생의 여정은 아직 짐작도 할 수 없는 상태였다.

하지만 지금 그녀는 안드레이를 맹목적이 아닌 의식적으로 신뢰한다. 그리고 그 안에서 그녀의 이상이었던 남성의 완전한 미덕이 구현되었다. 그에 대한 그녀의 신뢰가 두터워지고 의식적이 되어가면 갈수록 일정한 높이로 자신을 지탱하고 그녀의 지적 능력과 가슴뿐 아니라 상상력의 주인공이 되기 위한 그의 수고 또한 더욱 고달파졌다. 그녀는 그를 신뢰했고 때문에 그와 자신 사이에 하나님을 제외한 어떤 중개인, 어떤 소송 절차도 인정하지 않았다.

고로 그녀는 자신이 인정한 미덕이 털끝만큼이라도 아래로 떨어지는 것을 참지 못할는지도 모른다. 그의 기질 혹은 지성의 모든 거짓된 음조는 놀랄 만한 불협화음을 만들어낼 것이 뻔하기 때문이었다. 행복이라는 무너진 건물은 폐허 아래 그녀를 매장하게 되리라. 아니면 그녀의 힘이 아직 무사히 살아남는다면 그녀는…… 추구하겠지만……

천만에, 그런 여자들이 두 번 실수하는 법은 없다. 그런 신뢰, 사랑의 와해 이후 부활은 불가능하다.

슈톨츠는 부족한 것 하나 없고 가슴을 두근거리게 만드는 자신의 인생으로 인해 극도로 행복했다. 그의 인생에는 꽃이 시들지 않는 봄이 활짝 피어 있었다. 샘내듯이 의욕적으로 그리고 예리하게 인생을 가꾸고 아끼고 보살폈다. 올가가 생사의 기로에 서 있는 생각, 이 추측된 길, 즉 하나로 엮어진 두 존재가 갈라설 수도 있다는 생각을 할 때만이 마음속에서 두려운 마음이 고개를 처들곤 했다. 인생의 여정에 대한 무지가 치명적인 실수로 귀결되는 경우도 있을 수 있다. 오블로모프가 그랬듯이……

그는 몸서리를 쳤다. 어떻게! 오블로모프가 준비한 인생을 올가가 살아나갈 수가 있단 말인가! 그녀가 기어가는 듯한 하루하루의 나날들을 살아간다니! 시골의 마님이자 아이들의 유모이고 한 집안의 안주인, 고작 이게 전부라니!

모든 의문들과 의혹들, 인생의 모든 열병이 살림살이에 대한 걱정 속에, 명절이나 손님, 가족 나들이에 대한 기다림 속에, 출산 연회나 세례식 속에, 남편의 냉담과 꿈속에 묻혀버리고 말 텐데!

결혼은 내용이 아닌 형식에, 목적이 아닌 수단에 불과하리라. 방문이나 손님 접대, 식사나 연회, 그도 아니면 쓸데없는 잔소리를 위한 넓고도 변치 않는 틀의 역할이나 하려나?

어떻게 그녀가 그런 삶을 견뎌낸단 말인가? 처음에야 인생의 비밀을 캐내고 추측하겠다고 바득바득 달려들겠지만 울며 마음 고생깨나 하다 보면 나중에는 익숙해져서 살도 찌고 먹고 자고 멍청해지게 마련이다⋯⋯

아니, 그녀라면 절대 그렇지는 않을 것이다. 그녀는 울고 마음 고생을 하고 초췌해져서 급기야 사랑하는 착하고 힘없는 남편의 품에 안겨 죽어갈 것이다⋯⋯ 불쌍한 올가!

만약 불꽃이 꺼지지 않고 인생이 죽어 나자빠지지 않는다면, 만약 정력이 그나마 남아서 자유를 구한다면, 만약 그녀가 강하고 시력이 좋은 암독수리와도 같이 날갯짓을 하고 자기보다 훨씬 강하고 더 시력이 좋은 수놈 독수리가 보이는 높은 절벽으로 돌진한다면? 불쌍한 일리야!

"불쌍한 일리야!"

언젠가 안드레이가 지난 과거를 떠올리며 소리내어 말한 적이 있다. 올가는 이 이름을 듣자마자 자수를 든 두 손을 무릎에 턱 내려놓고 고개를 뒤로 젖히고서 깊은 생각에 잠겼다. 절규가 추억을 불러일으켰다.

"어떻게 지내실까?" 나중에 그녀가 물었다. "정말 알아선 안 되나요?"

안드레이는 다만 어깨를 으쓱거릴 뿐이었다.

"한 번 각자의 길로 헤어진 사람들은 서로를 죽었다고 생각하고 실제로 아무 전갈도 없이 사라져갔던 그런 시절에 살고 있다고 생각해야 해."

"친구 중에 누구에게라도 편지 한 통 다시 써보내는 게 어때요? 적어도 무슨 소식이라도 듣게 되지 않겠어요?"

"우리가 벌써 알고 있는 것 말고 다른 소식은 하나도 알 수 없을 거야. 건강하게 같은 집에서 살고 있다는 건 따로 친구를 통하지 않고도 난 알고 있어. 그에게 무슨 일이 있는지, 자신의 인생을 어떻게 견뎌내고 있는지, 혹 정신적으로 죽은 건 아닌지, 혹은 인생의 불꽃이 아직은 꺼지지 않고 살아남아 있는지, 주변 사람들은 알기 힘들 거야……"

"아, 그런 말 하지 말아요, 안드레이. 듣기에도 끔찍하고 속상해요! 알고는 싶은데 사실 겁이 나네요……"

그녀는 막 울음을 터뜨릴 태세였다.

"봄에 뻬쩨르부르그에 갈 일이 있을 테니까 그때 직접 알아봅시다."

"알아보는 것으로는 부족하고 할 수 있는 모든 조치를 취해야만 해요……"

"내가 뭐 안 해서 그런가? 그렇게 설득하고 그 친구를 위해서 분주히 뛰어다니고 대신 일처리를 해주고 했는데, 그것도 부족하다고? 최소한의 반응이라도 있어야 하잖아! 만나서 이야기를 하면 늘 준비가 되어 있다가도 눈에서 안 보이면 안녕이라고. 다시 잠들어버려. 술주정뱅이를 끌고 다니는 것 같다니까."

"왜 그렇게 눈에서 안 보이도록 놔둬요?" 올가가 견딜 수 없다는
듯 말대꾸를 했다. "결판을 봐야죠. 데리고 마차에 태워 끌어내야죠. 곧
우리 영지로 이사를 하게 되면 그리 멀지 않으니까…… 우리가 그땐 책
임져요."

"당신이나 나나 걱정거리가 또 생겼군!" 안드레이가 방안을 왔다갔
다하면서 궁시렁거렸다. "끝이 없어!"

"당신 지겨워요?" 올가가 말했다. "못 들어보던 말이군요! 이 걱정
거리에 대한 당신의 불평을 난 처음 들어봐요."

"난 불평하는 게 아니라 따져보고 있는 거야."

"그런 생각은 어떻게 하게 되었고요? 당신은 속으로 지겹고 짜증
나는 일이라고 시인했죠, 그렇죠?"

그녀가 캐묻는 듯한 눈길로 그를 쳐다보았다. 그는 아니라는 뜻으
로 고개를 설레설레 저었다.

"아니, 짜증 난다기보다는 쓸데없다 이거지. 가끔 그런 생각할 때
가 있어."

"더 이상 말하지 말아요, 말하지 말아요! 저번 주에 그랬던 것처럼
다시 한 번 온종일 이 문제를 곰곰이 생각해보고 고민해봐야겠어요. 그
분에 대한 우정이 식어버렸다면 인간에 대한 사랑에 근거해서라도 당신
은 이 걱정거리를 떠맡아야만 해요. 당신이 고집을 부리면 나 혼자라도
가겠어요. 절대 그분을 그냥 놓아두고 오지는 않겠어요. 내 부탁이라면
그분의 마음을 움직일 수 있을 거예요. 죽어버린 그분을 보게 된다면 난
응분의 대가를 받게 될 거 같아요! 어쩌면 눈물이……"

"눈물이 다시 그를 소생시킬 수 있으리라 생각해?"

"아뇨, 활동하도록 원기를 회복시키진 못한다 해도 적어도 자신의

주위를 둘러보게 하고 자신의 삶을 좀더 나은 쪽으로 바꾸도록 만들었으면 해요. 그래서 진창이 아닌 스스로에게 맞는 우리 곁에 있게 되었으면 좋겠고요. 내가 나타났던 때도 그런 때였어요. 한순간이었지만 눈을 뜨고 스스로를 부끄러워했어요……"

"예전처럼 그를 사랑하고 있는 것은 아니겠지?"

안드레이가 농담으로 물었다.

"아뇨!" 전혀 농담이 아니라는 듯 심각한 얼굴로 마치 과거를 보는 듯이 올가가 말했다. "예전처럼 그를 사랑하고 있지는 않아요. 하지만 내가 사랑하고 있고 내가 예전 그대로의 나이게끔 만드는, 다른 사람들처럼 내가 변하지 않게 된 어떤 무엇인가가 있어요……"

"다른 사람들이 어떤데? 말해봐, 독뱀. 상처를 내봐, 물어보라고. 나를 두고 하는 말 아냐? 실수하는 거야. 진실을 알고 싶다면 내가 왜 당신에게 그를 사랑하는 법을 가르쳤던가를 생각해봐. 하마터면 잘될 수도 있었지만. 내가 없었다면 당신은 그를 본체만체하면서 그냥 지나쳐 가버렸을 거야. 그에게 다른 사람보다 못지않은 지적 능력이 있지만 단지 묻혀 있을 뿐이며 그가 온갖 쓰레기에 억눌려 있고 나태 속에 잠들어 있다는 사실을 당신에게 깨우쳐준 사람도 나야. 원한다면 그가 왜 당신에게 그토록 소중하고 당신이 그를 여태껏 사랑하고 있는지 그 이유를 말해줄까?"

동의의 표시로 그녀가 고개를 끄덕였다.

"왜냐하면 그에게는 모든 지적 능력보다도 더 소중한 것이 있어. 바로 정직하고 언제나 변함없는 가슴! 이건 그의 타고난 보물이라고나 할까. 그는 무난히 그 보물로 인생을 관통케 했어. 그는 주위 환경이 하도 밀어제치는 통에 넘어져 싸늘하게 식었고 잠이 들었어. 그리고 결국엔 살 의욕을 잃고 절망한 채 죽은 사람이 되었지. 허나 정직과 성실만

308

은 잃지 않았어. 그의 가슴은 어떤 거짓된 가락도 내보내지 않았고 오물 하나도 절대 허용치 않았어. 어떤 화려한 거짓말도 그를 유혹할 수는 없고 무엇으로도 그를 거짓된 길로 들어서게 할 수는 없어. 쓰레기와 죄악의 대양이 온통 그의 주위에서 격동케 하고 온 세상에 독이 퍼져 거꾸로 뒤집힌다 해도 오블로모프는 거짓의 우상에게 절대 고개를 숙이지는 않을 거야. 그의 마음은 늘 깨끗하고 밝고 정직할 테니까…… 이건 맑고 투명한 마음이야. 그런 사람은 적어. 아주 드물어. 이건 무리 속의 진주라고나 할까! 그의 가슴은 무엇으로도 살 수가 없어. 언제 어디서고 그에게 기대를 할 수가 있어. 바로 이런 이유로 당신의 마음이 아직 그에게 가 있고 그에 대한 걱정이 내게 결코 수고스럽지 않은 이유가 바로 여기에 있지. 질적으로 뛰어난 많은 사람들을 알고 있지만 그처럼 깨끗하고 밝고 순진한 가슴은 결코 만나본 적이 없어. 많은 사람들을 좋아했지만 오블로모프만큼 그렇게 확고하고 뜨겁게 사랑했던 사람은 하나도 없었어. 일단 알게 되면 그를 배신한다는 것은 불가능해. 어때? 내가 알아맞혔어?"

올가는 아무 말도 하지 않았다. 일감을 보느라 고개를 숙인 채였다. 안드레이 역시 생각에 잠겼다.

"빼먹은 게 있나? 또 뭐가 있지? 아!" 정신을 차린 그가 쾌활한 목소리로 덧붙였다. "'비둘기 같은 온순함'을 깜빡했군……"

올가가 미소를 짓고는 자수를 내려놓고 안드레이에게 달려가 두 팔로 그의 목을 끌어안았다. 한동안 빛이 나는 눈으로 그의 눈을 물끄러미 쳐다보다가 남편의 어깨에 머리를 기대고 생각에 잠겼다. 그녀의 기억 속에 생각에 잠긴 듯한 부드러운 오블로모프의 얼굴, 그의 다정한 눈길, 충성심, 다음엔 그의 불쌍해 보이는 수줍은 듯한 미소가 되살아났다. 작별할 때 그는 그 미소로 그녀의 나무람에 답했었다…… 마음이 아프고 그가 한없이 가여운 생각이 들었다……

"당신은 그분을 내버려두지도 버리지도 않을 거죠?"

남편의 목에서 팔을 풀지 않고 그녀가 말했다.

"절대로! 난데없이 우리 사이에 어떤 심연이 열리거나 벽이 갑자기 일어서지 않는 한……"

그녀는 남편에게 입을 맞추었다.

"뻬쩨르부르그에서 날 그분에게 데려다줄 거죠?"

그가 머뭇거리며 말을 못했다.

"그렇죠? 네?"

그녀가 고집스럽게 대답을 요구했다.

"내 말 좀 들어봐, 올가." 그녀의 팔에서 목을 빼려고 애를 쓰며 그가 말했다. "그전에 우선 해야 할 일은……"

"아뇨, 말해줘요. 그러겠다고 약속해줘요. 난 절대 물러설 수 없어요!"

"그러지 뭐. 첫 방문 때가 아니라 두번째 방문 때라야만 해. 당신이 어떤 마음일지 알아, 만약 그가……"

"말하지 마세요, 말하지 말아요! 날 데려다줄 거예요. 우리 둘이서 같이 하도록 해요. 당신 혼자서는 용기가 안 날 수도 있고 원치 않을 수도 있으니까!"

"그렇게 해. 허나 어쩌면 당신, 실망할 수도 있어, 오랫동안."

올가가 그에게서 승낙을 얻어냈다는 사실에 적이 만족하지 못하고 그가 말했다.

"꼭 기억해줘요." 제자리에 다시 앉으면서 그녀가 말했다. "'심연이 열리거나 그와 당신 사이에 벽이 가로막을 때'에만 물러서겠다던 당신의 말. 이 말 난 절대 잊지 않을 거예요."

제9장

평화와 정적이 브이보르그 방면의 그 지저분한 거리와 보도 위, 그리고 텅 빈 정원과 엉겅퀴가 자란 시궁창 위에서 편안한 휴식을 즐기고 있다. 그곳 담장 아래선 끊어진 노끈을 목에 휘감고 있는 염소 한 마리가 풀을 부지런히 뜯어먹지 않으면 아둔하게 졸고 있고, 정오가 되면 보도를 지나는 서기의 한껏 멋을 낸 높은 구두 뒤축이 따각거리는 소리를 내기도 하며, 머슬린 커튼이 창문에서 움직이는가 싶다가는 이내 제라늄 뒤에서 여급사가 얼굴을 빼꼼 내밀기도 하고 아니면 갑자기 정원에서 담장 위로 처녀의 싱그런 얼굴이 순간적으로 솟구쳤다가 곧바로 자취를 감추기도 했다. 그뒤를 따라서 또 다른 얼굴이 다시 솟구쳤다가 사라지고 나면 이번엔 첫번째 얼굴이 다시 나타났다가 두번째 얼굴로 바뀌곤 했다. 그네를 타는 처녀들의 비명 소리와 웃음 소리가 들려왔다.

프쉐니찌나의 집은 적막하기만 했다. 뜰에 들어선 사람이면 누구나 살아 있는 목가(牧歌)에 사로잡히고 말리라. 암탉과 수탉들이 부산을 떨다가 구석으로 뛰어가 숨었다. 개가 사슬에 묶인 채로 뛰어오르며 마구 짖어대기 시작했다. 아쿨리나는 우유 짜던 일을 멈추고 문지기는 장작 패던 일을 멈추었다. 둘은 호기심 가득한 눈으로 방문객을 쳐다보았다.

"누굴 찾으슈?"라는 질문을 곧바로 던진 문지기는 일리야 일리이치나 여주인의 이름을 듣고 아무 말 없이 현관을 가리킨 다음 다시 장작 패는 일에 몰두했다. 그러면 방문객은 바닥에 모래를 뿌려 놓은 깨끗한 오솔길을 따라 계단에 단순하면서도 깨끗한 양탄자가 깔려 있는 현관에 이르러 번쩍번쩍하게 잘 닦여진 구리종 손잡이를 잡아당긴다. 아니시야가 문을 연다. 때로는 아이들이나 여주인이 혹은 자하르가 여는 때도 있지만 자하르는 언제나 맨 마지막이었다.

프쉐니찌나의 집 구석구석에서는 살림의 풍요로움과 충만함의 숨결이 느껴졌다. 아가피야 마트베이브나가 오빠와 단둘이 살았던 예전과는 전혀 딴판이었다.

부엌, 저장 창고, 찬장, 이 모든 것은 식기와 크고 작은, 둥글거나 타원형의 요리 접시, 조미료통과 찻잔들, 그리고 산더미처럼 쌓여 있는 접시들과 주철과 구리, 도자기류의 항아리들이 진열되어 있는 조리대에 의해서 배열이 되어 있었다.

선반에는 옛날 옛적에 구입해서 요즘에 와서는 한 번도 저당 잡혀 본 적이 없는 그녀의 은붙이와 오블로모프의 은붙이가 가지런히 정리되어 있었다.

온전히 한 줄을 이루고 있는 거대한 차관(茶罐), 배가 불룩한 차관과 작게 만든 차관들, 그리고 몇 줄로 정리가 되어 있는 도자기 찻잔들. 그 중엔 밋밋한 것도 있고 그림이 그려져 있는 것, 금색칠이 입혀져 있는 것, 이런저런 제명이 씌어져 있는 것, 불타오르는 심장 그림이 있는 것, 중국인들의 모습이 그려져 있는 것 등 종류도 가지가지였다. 커피와 계피, 바닐라향이 각각 담겨 있는 커다란 유리병들도 있고 투명한 찻단지도 있으며 기름통과 식초통도 있었다.

다음 선반엔 잡다한 것들의 묶음들과 작은 유리병들이, 그리고 가정 상비약과 약초, 물약, 고약, 알코올, 장뇌, 또 분말과 향으로 가득한 상자들이 수북하게 쌓여 있었다. 게다가 비누와 망사를 세척하고 얼룩을 빼는 데 쓰는 약재 나부랭이들 또한 자리를 차지하고 있었다. 안주인이 살림깨나 하는 시골집에서는 의당 눈에 띄는 것들이었다.

갑자기 이 모든 잡다한 것들이 가득한 찬장문을 열 때면 아가피야 마트베이브나 자신도 한꺼번에 몰려오는 이 모든 마취성 냄새를 주체하지 못하고 처음 한동안은 고개를 딴 데로 돌리지 않고는 못 배길 정도였다.

헛간 천장에는 쥐가 쏘는 것을 막기 위해 닭다리와 치즈, 설탕 덩어리, 햇볕에 말린 생선이, 그리고 말린 버섯과 핀란드인에게서 구입한 땅콩을 담은 자루가 주렁주렁 매달려 있었다.

바닥에는 기름통과 큰 덮개로 씌워져 있는 스메타나* 단지들과 달걀 바구니들이 세워져 있었다. 정말 없는 것이 없다! 가정 생활이라는 이 작은 방주의 구석구석과 모든 선반에 쌓인 모든 것의 수를 헤아려볼라치면 또 다른 호머의 깃털 펜이 필요하지는 않을는지.

부엌은 위대한 안주인과 그녀의 탁월한 조수 아니시야가 마음껏 활동할 수 있는 말 그대로의 방어막이었다. 집 안엔 없는 것 없이 다 갖추어져 있고 모든 것이 손만 뻗으면 닿는 곳, 제자리에 놓여져 있으며 죄다 완벽하게 정돈되어 있고 깨끗이 닦여 있었다. 그나마 온 집안을 통틀어 헐렁하게 남아 있는 이 구석이 하나라도 없다면 빛줄기도, 신선한 공기도, 안주인의 눈길도 그리고 남은 것 하나 없이 민첩하게 모든 걸 싹 쓸어버리는 아니시야의 손도 비집고 들어갈 틈 하나 없게 되는지도 모른다고 감히 말할 수도 있을 것이다. 이곳은 다름아닌 자하르만의 한 귀퉁이 혹은 둥지였다. 창문 하나 없는 그의 작은 방구석의 변함없는 암흑은 캄캄한 굴과도 같은 주거 구조에서도 사람은 얼마든지 살 수 있다는 사실을 입증하기에 모자람이 없었다. 방을 좀 나아지게 만들거나 청소라도 해야겠다는 마음으로 그의 방을 찾은 여주인과 이따금 맞닥뜨리는 자하르는, 솔과 구두약, 그리고 장화가 어디에 어떻게 놓여져야만 하는

---

* 발효시킨 농축 크림.

지를 따지는 일은 여자가 상관할 바가 아니며, 왜 옷이 바닥에 널브러져 있는지, 벽난로 뒤 구석에 놓인 침대가 왜 먼지투성이어야만 하는지에 대해 누구도 상관할 바가 아니다, 또 이 침대에서 옷을 입고 자는 사람은 당신이 아닌 나다,라고 엄포를 놓곤 했다. 그가 자기 방안에 꿍쳐두고 있는 빗자루, 판대기, 벽돌 두 개, 나무통의 밑바닥과 장작 두 다발에 대해서는 집안일을 하면서 절대로 그에게는 없어서는 안 될 것들이라고 했다. 그 이유에 대해서는 설명이 없었다. 먼지와 거미줄은 그에게 전혀 방해가 되지 않는다는 말도 덧붙였다. 요컨대, 부엌일에는 상관을 하지 않을 테니 마찬가지로 남의 일에 이래라 저래라 하는 일이 없기를 바란다고 했다.

언젠가 한번 자기 방에서 맞닥뜨린 아니시야에게 그는 노발대발 성을 내고는 팔꿈치로 가슴을 위협하며 험상궂은 표정을 지었다. 그 이후로 그녀는 겁에 질려 감히 그의 방을 기웃거릴 엄두도 내지 못했다. 일이 상급 재판, 즉 주인의 재가를 받아야 할 지경에 이르렀을 때는 오블로모프가 직접 가서 살피고 마땅한 엄중한 조치를 취해야만 했다. 그러나 자하르의 방문에 머리만을 들이밀고도 단번에 사태가 어떤지를 파악한 오블로모프는 단지 침을 퉤 하고 뱉을 뿐 아무 말도 하지 못했다.

"뭔 구경이라두 났남유?"

혹시나 일리야 일리이치가 관여하면 어떤 좋은 변화가 있지 않을까 하는 기대에 부풀어서 그와 동행했던 아가피야 마트베이브나와 아니시야에게 자하르가 퉁명스럽게 내뱉었다. 그리고는 만면에 희색이 가득했다. 눈썹과 구레나룻이 따로 놀았다.

다른 방들은 어디 할 것 없이 밝고 깨끗하고 내부 공기 또한 상쾌했다. 빛 바랜 낡은 커튼은 어디론가 사라졌고 거실과 서재의 창문과 문은 푸른색 장막과 초록색 장막, 붉은 장식의 머슬린 커튼으로 덮여졌다. 모든 것이 아가피야 마트베이브나의 손을 거친 작품이었다.

베개는 눈처럼 하얗게 변했고 부풀 대로 부풀어올라 천장에 닿기 일보 직전이었다. 명주 이불은 솜을 넣어 누볐다.

몇 주 동안 집주인 여자의 방은 여기저기 널브러져 있거나 서로 포개져 있는 카드놀이용 탁자들로 가득했었다. 그 위에는 이불과 일리야 일리이치의 실내복이 가득 펼쳐져 있었다.

아가피야 마트베이브나는 튼실한 가슴을 일감에 밀착시키고 뚫어지게 쳐다보면서 손수 이불감을 재단하고 솜을 우겨넣은 다음 누볐다. 실밥을 뜯어내야 할 경우엔 심지어 입을 사용하기도 했다. 그녀는 실내복과 이불이 훌륭한 일리야 일리이치를 따뜻하고 포근하며 편안하게 감싸게 될 날을 상상하며 애정 어린 마음으로 피곤도 잊고 억척스레 일에 매달렸다. 그녀에겐 그러한 소박한 상상이 고단한 일에 대한 보상이었다.

오블로모프는 몇 날 며칠을 자신의 소파에 누워 앞뒤로 움직이는 그녀의 맨 팔뚝과 바늘과 실을 호기심 어린 눈으로 쫓고 있었다. 오블로모프카에서 그랬던 것처럼 바느질 소리와 실밥 끊는 소리를 자장가 삼아 졸기를 한두 번이 아니었다.

"이젠 좀 쉬세요, 그러다 쓰러지겠어요!"

그가 그녀를 만류하고는 했다.

"하나님도 일을 좋아하신답니다!"

일에서 눈과 손을 떼지도 않고 그녀가 대답했다.

몇 년 전 그가 처음 이 집으로 이사를 왔던 때와 같은 정성으로 끓인 깨끗하고 맛있는 커피가 나왔다. 내장 수프, 이탈리아 파르마산 치즈를 곁들인 마카로니, 가늘고 긴 대형 피로그, 냉수프, 집에서 기른 병아리 고기, 이 모든 것은 엄격한 순서에 따라 차례로 식탁에 올려졌고 작은 집의 단조로운 일상을 풍족하고 다채롭게 만들었다.

아침부터 저녁까지 따사로운 정오의 햇살이 번갈아가며 이 창문 저 창문을 두드렸다. 양쪽으로 솟아 있는 울타리 덕에 살갗이 그을릴 염려 는 전혀 없었다.

카나리아가 명랑하게 재잘거렸다. 제라늄과, 이따금 백작의 정원에 서 아이들이 얻어오는 히아신스가 깨끗한 하바나 엽궐련 연기와 안주인 이 팔꿈치를 힘차게 움직이며 빻고 있는 계피 혹은 바닐라의 향과 썩 잘 뒤섞여 짙은 향기를 작은 방안에 흩뿌리고 있었다.

일리야 일리이치는 흡사 황금빛 틀로 잘 짜여진 인생을 살고 있는 것만 같았다. 그 안에선 마치 투시경을 보듯 낮과 밤, 사계절의 일상적 인 변화만이 있을 뿐이었다. 다른 변화, 특히 인생의 밑바닥으로부터 흔 히 괴롭고 둔탁하며 우울한 마음을 불러일으키는 요란한 우연이라는 것 은 기대할 수 없었다.

슈톨츠가 여주인의 오빠란 사람의 사기성 빚으로부터 오블로모프 카를 되찾고, 오빠란 사람과 타란찌에프가 완전히 자취를 감춘 이후로 모든 적의 역시 일리야 일리이치의 인생에서 그들과 함께 어디론가 사 라졌다. 이제 그의 주변엔 존재 자체로 그의 인생을 지탱해주고 있고 인 생을 달리 의식하거나 느끼지 못하도록 도움을 주는, 평범하되 착하고 사랑스런 사람들만이 남아 있었다.

아가피야 마트베이브나는 인생의 절정기를 맞고 있었다. 정녕 예전 엔 결코 느껴본 적이 없는 충만한 삶을 살고 있는 느낌이었다. 그러나 예전과 마찬가지로 결코 이런 느낌을 입 밖에 내본 적이 없었다. 어쩌면 그럴 생각도 해본 적이 없다고 말하는 것이 옳을 것이다. 그녀가 할 수 있는 일이란 일리야 일리이치의 무병장수만을 바라고, 그를 모든 '모욕 과 분노 그리고 궁핍'으로부터 벗어나게 해주십사 하고 하나님께 기도 하는 것뿐이었다. 그리고 자신과 아이들 그리고 집안을 하나님의 의지에 온전히 맡겼다. 그 때문에 그녀의 얼굴엔 충만과 만족의 표정뿐이었다. 더 이상 바랄 것이 무엇이겠는가? 그녀의 그런 행복에 대해서는 다른 사람은 도저히 이해할 수 없을 것이다.

그녀는 살이 불었다. 가슴과 두 어깨가 만족과 충만으로 빛났고 두 눈에서는 온화함과 단지 살림 걱정만이 번뜩였다. 예전에 그녀가 순종적인 아니시야, 아쿨리나와 문지기를 거느리고 집안 살림을 도맡아 하면서 지니고 있던 바로 그 품위와 평정이 다시 그녀에게 돌아왔다. 예전과 같은 걸음걸이는 찾아볼 수 없었다. 마치 선반에서 부엌으로, 부엌에서 헛간으로 헤엄을 치며 떠다니는 것만 같았다. 또 해야 할 일을 정확하게 이해하고 있었기 때문에 명령을 내릴 때에도 서두르는 기색을 보이지 않고 항상 침착했다.

아니시야는 해야 할 일이 더욱 많아졌기에 이전보다 훨씬 활기가 넘쳐 보였다. 시종일관 그녀는 안주인의 말에 따라 움직이고, 부산을 떨어대고 뛰어다니며 일을 했다. 그녀의 두 눈은 심지어 더욱 또렷해졌고 말을 대신 하는 듯한 코 역시 그녀의 다른 신체보다도 여전히 도드라져 보였다. 걱정과 생각, 심산으로 벌게진 코는 혀는 비록 아무 말도 하고 있지 않지만 여전히 무언가 말을 하고 있었다.

그들 둘은 자신의 위계와 하는 일의 품위에 걸맞은 저마다의 옷차림새를 하고 있었다. 안주인에게는 일련의 옷가지들과 망토와 외투가 진열되어 있는 커다란 장롱이 하나 생겼다. 두건들은 강 건너 리쩨이느이 거리에서, 구두는 아프락신 시장*이 이 아닌 가스찐느이 드보르**에서, 모자는──상상해보시라!──마르스카야 가(街)에서 주문해 맞췄

---

* 가격이 싼 물건들을 취급하는 상점들이 주로 밀집해 있는 시장.
** 고급 물건을 취급하는 상점들이 들어서 있는 상가.

다. 아니시야도 식사 준비를 할 때, 특히 일요일에는 모직옷을 걸쳐 입었다.

아쿨리나만이 옷자락을 허리춤에 쑤셔넣고 다녔다. 문지기도 심지어 여름 휴가 기간에도 털가죽 반외투를 끼고 살았다.

자하르에 관해서는 할 말이 없다. 그는 잿빛 연미복으로 손수 재킷을 만들었다. 넥타이를 만드는 데 사용된 바지가 무슨 색깔이었는지를 알아낸다는 것은 불가능해 보였다. 그는 장화를 닦고 잠을 자고, 대문 옆에 앉아 띄엄띄엄 지나는 행인들을 멀건 눈길로 쳐다보거나 혹은 근처 우유 가게에 앉아서 예전 처음엔 오블로모프카에서, 다음엔 가로호바야 가(街)에서 하던 짓을 똑같이 반복했다.

그렇다면 오블로모프는 어떨까? 오블로모프 자신은 그 안정과 만족, 평온한 정적의 완벽하고 자연스런 반영이자 표현이었다. 자신의 생활을 들여다보고 생각에 잠기기도 하면서 점점 그 생활에 익숙해지자 마침내 그는 더 이상 다른 곳으로 갈 필요도 없고 구태여 찾을 것도 없으며, 비록 시흥도 없고 언젠가 농부들과 하인들에 둘러싸인 고향 마을에서 상상으로라도 그려보던 사치스럽고 호탕하며 태평한 삶을 에워싸고 있던 빛줄기는 없지만, 그의 삶의 이상은 이미 실현되었노라고 결론을 내렸다.

그는 설령 장소와 어느 정도 시간의 색조는 다르다지만 오블로모프식 생존의 속편을 보듯 현재의 자신의 생활을 보았다. 여기서 그는 오블로모프카에서와 마찬가지로 삶에서 손쉽게 벗어나 삶에서 돈을 벌고 무사안일한 평온을 보장받는 데 성공했다.

그는 삶의 성가시고 괴로운 요구와 위협, 그리고 아래로 엄청만 기쁨의 번개가 번쩍거리고 엄청난 모욕의 천둥 소리가 별안간 들려오는 그 지평선으로부터 벗어났음에 내심 기뻐 어쩔 줄을 몰라 했다. 그 지평선 아래서는 거짓된 희망과 멋진 행복의 환영이 뛰놀고 있고, 본래의 생각이 인간을 갉아먹으며 괴롭히고 열정을 죽이고 있으며, 이성이 쇠약해지는가 싶다가 다시 승전가를 부르고 있고, 간단 없는 전투에서 인간이 싸움을 벌이다 갈기갈기 찢긴 채로 만족을 모르고 불만에 가득 차서 전장을 떠나고 있었다. 그는 전투에서 얻어지는 쾌락을 경험해보지도 못한 채 의도적으로 쾌락을 거부하고, 활동과 싸움, 그리고 삶과는 전혀 무관한 인적 드문 시골 구석에서만 마음의 평화를 느꼈다.

다시 그의 상상력이 들끓어 오르고 잊혀진 추억과 이루지 못한 꿈이 되살아나면, 그리고 삶이라고까지도 차마 말할 수 없는, 여태껏 살아온 삶에 대한 비난이 양심 속에서 꿈틀거리기 시작하면 그는 잠을 편히 못 이루고 자꾸 밤잠을 설치고 침대에서 벌떡 일어서고, 이따금 소중한 이의 죽음을 맞아 살아생전에 제대로 해주지 못한 설움에 애끓는 눈물을 쏟아내듯 영영 시들어버린 인생의 밝은 이상에 대한 희망 없음에 차가운 눈물을 흘리며 흐느끼곤 했다.

다음엔 자신의 주위를 둘러보며 일시적인 축복을 맛보고 마음의 안정을 도모하고는 저녁 해가 노을의 불길 속에 조용하고 평온하게 묻히는 광경을 음미했다. 그리고 마침내 인생의 목표가 달성되었고, 삶이란 세상사 가운데 최고로 평화로운 측면을 표현하기 위해 창조된 것이고 또 의당 그렇게 예정됨이 마땅하다는 단순한 결론에 도달했다.

삶의 불안한 측면을 표현하고 창조력과 파괴력으로 움직이는 운명을 타고난 이들도 또한 존재한다는 생각을 안 해본 것도 아니었다. 누구에게나 저마다의 사명이 있게 마련이다!

이것이 바로 오블로모프식의 플라톤의 입에서 나온 철학이자 갖가지 의문들과, 의무와 사명에 대한 준엄한 요구 와중에도 그를 안심시킨 철학이었다! 그는 태어나 원형 경기장의 검투사로 양육된 사람이 아니라 격투를 관람하는 온화한 구경꾼으로 길러진 사람이었다. 행복의 불안도 인생의 격정도 그의 소심하고 나태한 마음으로는 도저히 견뎌낼 수가 없으리라. 고로 그는 그 자체로 하나의 인생 낙원이었기에, 인생에서 도달할 그 무엇도, 바꾸고 뉘우칠 그 무엇도 없었던 것이다.

해가 갈수록 흥분과 후회는 적어졌다. 그는 마치 속세를 벗어난 고독한 노인네들이 자신의 무덤을 파듯이 손수 자기 존재의 단순하면서도 널찍한 관을 조용히 조금씩 준비해 나갔다.

그는 이미 영지를 새롭게 개혁하고 집을 통째로 그곳으로 옮기려던 꿈을 접은 지 오래였다. 슈톨츠가 임명해놓은 관리인은 성탄절에 맞춰 매우 넉넉한 수입을 꼬박꼬박 그에게 보내왔고 농부들도 곡물과 식용으로 기르는 조류를 실어 날랐기에 그의 집은 풍요와 기쁨으로 번창했다.

일리야 일리이치는 심지어 말 한 쌍을 길들였다. 그러나 그가 얼마나 조심스럽게 다루었던지 말들은 세번째 채찍을 맞고 나서야 현관에서 움직이기 시작했다. 처음과 두번째 채찍질에 한 마리는 몸통을 흔들다가 이쪽으로, 다른 한 마리 역시 몸통을 흔들다가 저쪽 방향으로 발걸음을 떼곤 했다. 나중에야 목과 등과 꼬리를 쭉 펴고는 머리통을 흔들면서 단번에 발길질과 함께 질주하기 시작했다. 바냐가 네바 강 건너 중학교에 다닐 때도 이 말들을 타고 다녔고 집주인 여자가 장을 볼 때도 이용했다.

사육제와 성탄절 주간이 되면 온 가족과 일리야 일리이치는 말을 타고 산책을 나가거나 광대놀음을 보러 갔다. 드물긴 하지만 온 집안 식구가 지정석을 세내어 극장에 다녀온 적도 있었다.

여름에는 교외로 나갔고 일리야의 금요일에는 화약 공장에도 다녀왔다. 이렇듯 삶이 치명적인 변화를 꾀하지 않는 일상적인 현상들로 교체되었다. 살다 보면 생기는 돌발적 재난이 자그마하고 평화로운 이곳에는 미치지 못했다고 말할 수도 있을 것이다. 그러나 불행히도 낙뢰가 산 밑둥과 거대한 대기를 뒤흔들면서 쥐새끼 굴로부터 어렴풋이 들려오고 있었다. 비록 세기가 약하고 또렷하지는 않았지만 쥐새끼 굴을 감안하면 대단한 것이었다.

일리야 일리이치는 오블로모프카에서처럼 맛나게 포식을 하고 산책을 나갔다. 오블로모프카에서처럼 빈둥거리며 일을 많이 하지도 않았다. 그는 먹어가는 나이에도 불구하고 무사태평하게 포도주와 구즈베리로 담근 보드카를 마셨고 더욱 팔자 좋게 식사 후엔 한참 동안 잠을 청했다.

그러다가 갑자기 모든 것이 뒤바뀌어버렸다.

어느 날 한낮의 휴식과 졸음 뒤에 그는 소파에서 일어나고 싶었지만 그럴 수 없었다. 말을 하고 싶었지만 혀가 말을 듣지 않았다. 그는 놀라 도움을 청하며 손사래만 칠 뿐이었다.

그가 자하르와 단둘이만 살았다면 손으로 전보를 치느라 아침을 다 허비하고 죽음을 맞이한 다음날이 되어서야 사람들에게 그 부음(訃音)을 알릴 수 있었을 것이다. 그러나 그를 보는 주인집 여자의 눈은 신의 눈처럼 빛이 났다. 생각해보고 말 것도 없이 일리야 일리이치가 온전한 상태가 아님을 단번에 가슴으로 직감할 수 있었다.

이 직감만이 그녀를 비추어주는 빛이었다. 아니시야는 어느새 마차를 타고 의사를 부르러 내달렸고 여주인은 그의 머리에 얼음을 놓고 귀중품함에서 온갖 알코올과 물약, 요컨대 민간요법에서 쓰는 모든 것, 여기저기 귀동냥으로 주워들어 알고 있는 모든 것을 닥치는 대로 꺼냈다. 그동안 겨우 장화 한 짝을 신는 데 성공한 자하르는 그 상태 그대로 의사와 여주인과 아니시야와 함께 주인의 곁에서 시중을 들었다.

일리야 일리이치의 정신을 돌아오게 만들고 피를 뽑은 다음에 의사는, 이것은 뇌졸중이며 생활 방식을 바꿀 필요가 있다고 진찰 결과를 내놓았다.

몇 가지 드문 경우를 제외하고는 보드카와 맥주, 포도주와 커피, 다음엔 모든 기름진 음식, 고기류, 자극적인 음식 섭취가 금지되고, 그 대신에 매일매일의 운동과 밤에만 취하는 적당한 수면이 처방되었다.

아가피야 마트베이브나의 눈이 없다면 이런 일은 꿈도 못 꿀 일이었다. 그러나 그녀에겐 이 모든 것을 꾸려나갈 만한 충분한 능력이 있었다. 온 집안을 자기에게 복종케 했다. 그리고 때로는 어르고 때로는 달래서 포도주와 식후 수면과 기름진 피로그에 대한 유혹으로부터 오블로모프를 벗어나게 만들었다.

그가 깜빡 졸기라도 하면 방안에 있는 식탁이 저절로 넘어지거나 혹은 옆방에서 낡아 쓸모 없는 식기가 큰 소리와 함께 깨졌다. 혹은 아이들더러 시끄럽게 뛰어놀게 했다. 이도 저도 별 효력이 없을 때는 그를 부르거나 무언가를 묻는 그녀의 상냥한 목소리가 들려왔다.

저기 일리야 일리이치가 바냐의 어깨를 의지해서 좁은 길을 천천히 걸어오고 있다. 거의 소년이 다 된 바냐는 중학교 교복 차림으로 자신의 씩씩하고 빠른 발걸음을 겨우겨우 일리야 일리이치의 보폭에 맞추고 있었다. 오블로모프의 한쪽 발은 영 걷는 게 부자유스러웠다. 뇌졸중의 영향이었다.

"자, 방으로 가자, 바뉴샤!"

그들이 막 문 쪽으로 향하려는 찰나, 아가피야 마트베이브나가 그들 앞을 가로막고 섰다.

"어딜 벌써 들어가려고요?"

방안으로 들어가지 못하게 막으면서 그녀가 물었다.

"벌써라니요! 우린 벌써 스무 번이나 왔다갔다했어요. 여기서 담까지가 줄잡아 오십 사젠은 되니까 이 베르스타는 족히 되겠군."

"몇 번을 왔다갔다했다고?"

그녀가 바뉴샤에게 물었다. 바뉴샤가 얼버무리려고 했다.

"거짓말하면 못써, 날 봐!" 그의 눈을 노려보며 그녀가 위협을 했다. "내가 지금부터 보겠어. 일요일날 나가 놀 생각일랑 마."

"안 돼, 엄마. 정말야, 우린…… 열두 번 왔다갔다했어."

"아, 이런 거짓말쟁이가 있나!" 오블로모프가 말했다. "넌 아카시아만 땄잖아. 내가 일일이 다 세었단 말야……"

"안 돼요, 더 걸으세요. 아직 생선 수프가 준비되려면 멀었어요!"

여주인이 딱 잘라 말하고는 문을 쾅 하고 닫았다.

오블로모프는 하는 수 없이 여덟 번을 더 세고서 방안으로 들어왔다. 커다란 원탁 위에서는 생선 수프의 김이 모락모락 피어오르고 있었다. 오블로모프는 혼자서만 소파에 앉았다. 그곳이 그만의 자리였다. 그의 오른편 의자에는 아가피야 마트베이브나가, 왼편 빗장까지 채워져 있는 작은 유아용 의자에는 세 살쯤 되어 보이는 어떤 아기가 앉아 있었다. 아기 옆으로 벌써 열다섯 살의 소녀 마샤가, 다음엔 바냐가, 그리고 마지막으로 이날 손님으로 찾아온 알렉세예프도 오블로모프의 맞은편에 앉아 있었다.

"잠깐만요, 생선을 더 덜어드릴게요. 이렇게 통통한 게 있네!"

오블로모프의 접시에 생선을 담으며 아가피야 마트베이브나가 말했다.

"여기에다 피로그만 있으면 금상첨환데!"

"잊었어요, 깜빡 잊었어요! 엊저녁부터 그러려고 했는데, 기억력이 다 엉망이 됐어요!"

아가피야 마트베이브나가 재치 있게 받아넘겼다.

"이반 알렉세이치, 당신 커틀릿에도 양배추를 더 얹는다는 걸 잊었어요." 알렉세에프를 보며 그녀가 덧붙였다. "죄송합니다."

다시 재치 있는 말솜씨를 부렸다.

"천만에요. 전 아무거나 다 잘 먹습니다."

알렉세에프가 말했다.

"정말 완두콩을 곁들인 햄이나 비프스테이크 준비 안 됐어요?" 오블로모프가 물었다. "이분, 좋아하는데……"

"직접 다니면서 다 봤는데요, 일리야 일리이치, 좋은 쇠고기가 없었어요! 대신 버찌즙으로 만든 젤리를 내드리라고 일러놨어요. 제가 알기로 아주 좋아하신다던데."

다시 알렉세에프를 보며 그녀가 덧붙였다. 젤리는 일리야 일리이치에겐 해롭지 않았다. 때문에 만사에 다 동의하는 알렉세에프는 젤리를 좋아해야만 했고, 먹어야만 했다.

식사 후에는 그 누구도 그 무엇도 눕고 싶어하는 오블로모프의 마음을 막을 수는 없었다. 그는 대개 그 소파에 그대로 등을 대고 누웠는데 한 시간을 넘기지는 않았다. 그가 잠들지 못하도록 여주인은 소파에 누운 그에게 커피를 따랐고 아이들이 카펫 위에서 장난을 쳤다. 일리야 일리이치도 놀이에 끼지 않을 도리가 없었다.

"안드류샤가 약이 바짝 올랐어. 당장 울음보가 터지겠다!"

바네치카가 아기를 약올릴 때 오블로모프가 꾸짖었다.

"마셴카, 잘 봐, 안드류샤가 의자에서 부딪치겠어!"

아기가 의자 아래로 기어 들어가자 그가 걱정스럽게 경고를 했다. 마샤가 달려들어 '동생'을 붙들었다. 그녀는 아기를 그렇게 불렀다.

순간적으로 조용해졌다. 여주인은 커피가 준비되었는지를 살피기 위해 부엌으로 나갔다. 아이들도 온순해졌다. 방안에서는 코고는 소리가 들렸다. 처음에는 가만가만 나지막하더니 나중엔 요란해졌다. 김이 모락모락 나는 커피 주전자를 들고 나타난 아가피야 마트베이브나는 마부 오두막에 들어온 것과 같은 코고는 소리에 깜짝 놀랐다.

그녀가 나무라듯 알렉세에프를 보고 고개를 내저었다.

"깨웠는데도 듣지를 않는군요!"

알렉세에프가 자신의 정당함을 애써 변명했다. 그녀는 재빨리 커피 주전자를 탁자에 내려놓고 바닥에서 안드류샤를 안아 올리더니 일리야 일리이치가 누워 있는 소파에 살짝 앉혔다. 아기는 그에게 기어올라 얼굴까지 이르더니 코를 움켜쥐었다.

"아! 뭐야? 누구야?"

일리야 일리이치가 잠에서 깨어 놀라 말했다.

"당신이 코를 골며 주무시니까 안드류샤가 기어가서 깨운 거예요."

여주인이 상냥하게 말했다.

"내가 언제 잤다고 그래요?" 안드류샤를 끌어안으며 오블로모프가 시치미를 뗐다. "아기가 그 작은 손으로 기어오르는 소리를 내가 못 들었을까봐요? 다 듣고 있어요! 이런 개구쟁이를 봤나. 코를 잡아? 나도 해보자꾸나! 가만 있어봐, 가만 있어보라니까!" 아기를 어르고 달래며 그가 말했다. 다음에 아기를 바닥에 내려놓고 방이 떠나가도록 크게 한숨을 토해냈다.

"무슨 얘기든 좀 해보세요, 이반 알렉세이치!"

"할 얘긴 다 했어요, 일리야 일리이치. 더 이상 할 얘기가 없어요."

"어떻게 없을 수가 있어요? 사교계에도 다니잖아요. 그런데도 새로운 소식이 없어요? 뭐라도 읽으실 거 아녜요."

"그럼요, 가끔 읽긴 해요. 주로 다른 사람들이 읽고 얘기하는 걸 듣는 편이죠. 어제 알렉세이 스피리도느이치 집에 가니까 학교에 다니는 아들이 있던데, 소리내서 뭘 읽더라구요……"

"뭘 읽었는데요?"

"영국인들 얘긴데, 그 사람들이 무기하고 화약을 실어 날랐다더군요. 알렉세이 스피리도느이치가 그러는데, 곧 전쟁이 있을 거래요."

"어디로 실어 날랐다는 거죠?"

"스페인이던가 인도던가, 잘 기억은 나지 않는데, 공사(公使)가 매우 불만이었다더군요."

"어떤 공사요?"

"잊어먹었어요!"

코를 천장으로 들어올리고 기억해내려고 애쓰면서 알렉세에프가 말했다.

"누구와 전쟁을 한다는 거죠?"

"터키의 총독하고 한다죠 아마."

"그럼 정치와 관련해서 다른 새로운 소식은요?"

그렇게 묻고 일리야 일리이치는 한동안 입을 다물었다.

"어디선가 읽었는데, 지구가 점점 냉각되고 있대요. 그래서 언젠가는 전체가 다 꽁꽁 얼어붙을 거라고 하더군요."

"저런! 그게 어디 정칩니까?"

알렉세에프는 할 말을 잊었다.

"드미트리 알렉세이치가 처음에는 정치에 대해서 이야기를 하더니, 나중엔 연달아서 읽다가 정치 얘기가 어디서 끝나는지 말을 안 해줬어요. 벌써 문학 얘기구나 하고 감은 잡았죠."

"그 사람 문학에 대해서도 읽었어요?"

"네 읽었어요, 드미트리예프*, 카람진**, 바쮸쉬코프***, 주코프스키**** 같은 작가의 가장 훌륭한 작품들만요……"

"푸쉬킨*****은요?"

"푸쉬킨은 거기 없던데요. 저도 그 사람이 왜 빠졌나 하고 생각한 걸요! 턴재 아닙니까."

알렉세에프가 ㅊ을 ㅌ처럼 발음하며 말했다.

침묵이 이어졌다. 여주인이 일감을 가져와 바늘을 앞뒤로 옮기며 날실을 만들기 시작했다. 일리야 일리이치와 알렉세에프를 번갈아 쳐다보면서 뭐 잘못된 것은 없는지, 소란스럽지는 않은지, 자하르와 아니시야가 뭘 또 떨어뜨리지는 않는지, 아쿨리나가 설거지를 하고 있는 건지, 뜰에서 쪽문 소리가 들리지는 않는지, 즉 문지기가 집을 비우고 '선술집'에 간 건 아닌지를 귀를 쫑긋거리며 듣고 있었다.

오블로모프는 침묵과 사색에 조용히 빠져들었다. 이 사색은 꿈도 아니고 명상도 아니었다. 그는 어느 한 곳에 집중하지도 않고 무턱대고 머릿속에 떠오르는 생각을 멋대로 놓아두었고 박자가 일정한 심장 박동 소리를 편안하게 들었으며 가끔 어디에도 눈의 초점을 고정시킬 필요가 없는 사람처럼 일정한 간격을 두고 눈을 깜빡거렸다. 그는 막연하고 신비로운 상태, 요컨대 일종의 환각 상태로 빠져들었다.

누구에게나 가끔은 언제 어디선가 다른 때 경험했던 순간을 지금 이 순간에 다시 경험하고 있는 듯한 흔치 않은 짧은 착각의 순간이 찾아오는 경우가 있다. 눈앞에 벌어지고 있는 현상이 꿈에서 본 건지, 언젠

---

* I. I. Dmitriev(1760~1837): 러시아의 시인.
** N. M. Karamzin(1766~1826): 러시아의 소설가이자 역사가. 대표작으로 『가난한 리자』가 있음.
*** K. H. Batyushkov(1787~1855): 러시아의 시인이자 소설가.
**** V. A. Jhukovskii(1783~1852): 러시아의 시인.
***** A. S. Pushkin(1799~1837): 러시아의 국민시인.

가 예전에 경험했던 것인데 잊어버린 건지 모르겠지만 중요한 것은 지금 목도하고 있다는 사실이다. 당시에 앉아 있던 똑같은 사람들이 지금 옆에 앉아서 언젠가 이미 했던 말을 반복하고 있는 듯한 착각. 다시 그곳으로 가기엔 상상력이 무기력하고 기억력은 지난 과거를 되살리지 못하고 망설이고 만다.

지금 오블로모프에게 일어나고 있는 일도 마찬가지였다. 예전 어디선가의 정적이 문득 떠오르고 낯익은 회중시계의 추가 흔들리고 이로 실밥을 물어뜯는 소리가 들렸다. 귀에 익은 말과 속삭임이 반복되고 있었다. '실을 바늘구멍에 못 끼우겠어. 마샤, 네 눈이 더 밝잖니!'

그는 마치 선잠을 자고 있는 양 느긋하게 기계적으로 집주인 여자의 얼굴을 쳐다보았다. 추억의 밑바닥에서 낯익은, 마치 어디서 만난 적이 있는 듯한 모습이 꿈틀거렸다. 언제 어디서 들었던가를 힘겹게 떠올려보지만……

기름등불이 밝혀진 넓고 침침한 고향집의 응접실, 원탁에 앉아 있는 돌아가신 어머니 그리고 그녀의 손님들이 그의 눈에 보였다. 그들은 묵묵히 뜨개질에 열중이었다. 아버지는 말없이 거닐고 있었다. 현재와 과거가 합쳐져 서로 뒤섞였다.

꿀과 우유의 강이 흐르고 힘들여 일하지 않고도 빵을 먹고 금옷과 은옷을 입고 다니는…… 그런 약속의 땅에 도달하는 꿈을 꿨다.

그는 꿈과 전조(前兆)의 이야기, 접시 소리와 칼장단을 듣고 유모에게 바싹 달라붙어 그녀의 노쇠한 덜그럭거리는 목소리에 귀를 기울였다. '밀리트리사 키르비쩨에브나!' 하고 그녀가 그에게 안주인의 환영을 가리키며 말했다.

그때와 마찬가지로 푸른 하늘에 똑같은 구름 한 점이 유영을 하고 똑같은 바람이 창문을 때리며 그의 머리카락으로 장난을 하고 있는 것만 같았다. 오블로모프카의 칠면조가 나다니며 창문 아래서 요란한 소리를 냈다.

멀리서 개가 짖기 시작했다. 필시 손님이 찾아온 것이다. 안드레이가 베르홀료보에서 아버지와 함께 도착한 것은 아닐까? 그에게는 경사스런 날이었다. 정말 그 친구임에 틀림없다. 발자국 소리가 점점 가까이서 들리고 문이 열렸다…… '안드레이!' 하고 그가 말했다. 정말로 그의 앞에는 안드레이가 서 있었다. 그러나 소년이 아닌 장성한 남자.

오블로모프는 정신이 번쩍 들었다. 그의 눈앞엔 실제로, 환각이 아니라 진짜 슈톨츠가 서 있었다.

집주인 여자는 재빨리 아기를 끌어안고 탁자에서 일감을 치우고 아이들을 데리고 나갔다. 알렉세예프도 종적을 감췄다. 슈톨츠와 오블로모프, 이렇게 둘만이 남아서 묵묵히 꼼짝도 하지 않고 서로를 쳐다보았다. 슈톨츠의 날카로운 눈길이 그를 파고들었다.

"자네, 정말 안드레이 맞나?"

어찌나 흥분이 되던지 마치 오랫동안 헤어져 있던 여자 친구를 만난 애인이 묻듯이 오블로모프가 겨우 들릴락 말락 한 소리로 물었다.

"날세." 안드레이가 나지막한 목소리로 말했다. "살아 있었군, 건강은 어때?"

오블로모프가 그를 와락 끌어안았다.

"아!"

대답 대신 이런 탄식이 그의 입에서 절로 새어 나왔다. 이 아,라는 한마디의 말로 오랫동안 마음속에 묻어두고 있던 모든 슬픔과 기쁨을 쏟아냈다. 어쩌면 헤어지고 난 이후로 누구에게도, 무엇에도 결코 단 한 번도 토해내보지 못한 탄식이리라.

그들은 앉아서 다시 서로를 뚫어지게 쳐다보았다.

"자네 건강한 거야?"

"그럼, 다행히도."

"아팠었어?"

"응, 안드레이, 풍을 맞았어……"

"어떻게 그런 일이? 하나님 맙소사!" 안드레이가 놀라 동정 어린 목소리로 말했다. "그래도 후유증은 없겠지?"

"응, 그냥 왼쪽 다리가 조금 부자유스러운 정도야……"

"아, 일리야, 일리야! 대체 무슨 일이야? 낙심했겠다! 대체 뭘 했어, 그동안? 우리가 못 본 지가 벌써 오 년이라니, 믿겨져?"

오블로모프가 한숨을 내쉬었다.

"왜 오블로모프카에 갔다 오지 않은 거야? 편지는 왜 안 썼고?"

"자네에게 무슨 할 말이 있겠어, 안드레이? 나란 사람 잘 알잖아. 그러니 더 이상 묻지 마!"

오블로모프가 생기 없는 목소리로 말했다.

"내내 여기 이 집에 있었던 거야?" 방안을 둘러보며 슈톨츠가 말했다. "아무 데도 나가지도 않고?"

"응, 내내 여기에…… 이젠 어디 갈 수도 없어!"

"어떻게, 그렇게 하기로 마음을 정한 거야?"

"응, 안드레이…… 결심했어."

슈톨츠는 그를 뚫어져라 쳐다보고 생각에 잠겼다가 방안을 거닐기 시작했다.

"올가 세르게브나는? 건강하고? 지금 어디 있어? 기억이나 하고 있던가?"

그는 차마 말을 다 하지 못했다.

"건강해. 어제 헤어진 것처럼 자넬 기억하고 있어. 지금 어디에 있는지 말해줄게."

"아이들은?"

"아이들도 건강해…… 하지만 말해봐, 일리야. 여기 계속 남겠다는 말 농담이지? 자네를 데려가려고 온 거야. 우리 시골 마을로 데려가려고……"

"아냐, 아냐!" 목소리를 낮추고 문 쪽을 살피면서 오블로모프가 말했다. 당황하는 빛이 역력했다. "아냐, 제발, 그런 말일랑 다신 입 밖에 내지도 말아줘……"

"왜? 무슨 일이야? 날 잘 알잖아. 오래 전부터 이것이 내 사명이거니 하고 생각해왔어. 절대 물러설 수 없어. 여태까지는 잡다한 일로 바빴지만 지금은 한가해. 자넨 반드시 우리하고 가까이서 함께 살아야만 해. 올가와 그렇게 하기로 결정했어. 그렇게 될 거야. 자네가 이만하길 얼마나 다행인지 모르겠어. 더 나빠졌으면 어쩌나 했지. 기대도 하지 않았거든…… 같이 가세! 완력으로라도 자넬 데려갈 준비가 되어 있어! 다르게 살아야만 해, 자네도 그건 잘 알 거야……"

오블로모프는 이 장광설을 억지로 참고 들었다.

"소리치지 좀 마, 제발, 목소리를 낮춰!" 그가 애원했다. "저기에……"

"저기 뭐?"

"귀에 들어가면…… 주인집 여자가, 내가 정말 떠나고 싶어하는 줄 생각한단 말야……"

"그래서 그게 어쨌는데? 생각할 테면 하라지 뭐!"

"아, 어떻게 그럴 수가 있어? 내 말 좀 들어봐, 안드레이!" 갑자기 그가 전에 없던 심각한 어조로 덧붙였다. "공연히 애쓸 필요 없어. 설득할 생각은 하지도 마. 난 여기 이대로 남을 테야."

슈톨츠가 당혹스런 눈빛으로 친구를 쳐다보았다. 오블로모프는 태연하면서도 심각하게 그를 보았다.

"자넨 파멸이야, 일리야! 이 집, 저 여자…… 이런 생활…… 그럴 수 없어. 가세, 가자고!"

오블로모프는 친구의 소매를 움켜쥐고 그를 문 쪽으로 끌었다.

"왜 나를 데려가려고 하는데? 어디로?"

오블로모프가 기대면서 말했다.

"이 수챗구멍에서, 늪에서 멀리, 밝은 세상, 광활한 대지로. 건강하고 정상적인 삶이 있는 곳으로 말야!" 슈톨츠가 완강하게 고집을 피웠다. 거의 명령조에 가까웠다. "자네가 있는 데가 어딘 줄이나 알아? 어떻게 변했는지? 정신 차려! 굴 속의 두더지처럼 겨울잠을 자려고 이런 생활에 자신을 단련시키고 있는 거야? 기억을 더듬어봐……"

"지난 과거는 상기시킬 필요도 없고 마음을 어지럽히는 일일랑 하지 마. 소용없어!" 오블로모프가 잘라 말했다. 그의 얼굴엔 분별력과 확고한 의지가 엿보였다. "나한테 뭘 원하는데? 자네가 나를 끌고 가려는 세상과 더불어 내가 영영 무너져 내리기를 원해? 자넨 찢어진 두 쪽을 납땜할 수도 없고 붙일 수도 없어. 난 환부 때문에 여기 이 수챗구멍에 뿌리를 내렸어. 떼어내려고 하면 그땐 죽음뿐이야."

"자네가 지금 있는 이곳이 어떤지, 함께 있는 사람은 누구인지 보고도 그런 소리를 해?"

"알아, 느낄 수 있어…… 아, 안드레이, 죄다 느끼고 죄다 이해해. 밝은 세상에 산다는 게 내겐 오래 전부터 부끄러웠어! 난 자네의 길을 따라서 자네와 동행할 수 없어. 이젠 하고 싶어도 못 해…… 어쩌면 지난번이 가능한 마지막 기회였는지도 몰라. 지금은…… (그는 고개를 떨구고 잠시 할 말을 잃었다) 지금은 늦었어…… 자네의 길을 가, 나 때문에 가던 길 멈추지 말고. 내겐 자네의 우정이 무엇보다 소중해. 하나님이 보고 계셔. 하지만 자네의 배려는 이젠 내게 더 이상 필요 없어."

"아냐, 일리야, 뭔가 말은 하고 있지만 안 하고 숨기는 게 있어. 어쨌든 난 자네를 데려갈 거야. 데려가고 말 거야. 왜냐하면 난 자네를 못 믿어…… 내 말 들어. 아무거나 위에 걸치고 나한테로 가자. 그래서 우리집에서 저녁을 보내자니까. 하고 싶은 얘기가 많아, 아주. 자네, 지금 우리나라에서 무슨 일이 벌어지고 있는지 모를 거야. 못 들어봤지?"

오블로모프가 뭔가를 묻는 듯한 눈길로 그를 쳐다보았다.

"자네가 사람들과도 통 만나지를 않으니까, 나도 잊어버렸잖아. 가세, 죄다 얘기해줄게…… 대문 옆에 누가 와 있는지 아나? 마차에 타고서 날 기다리고 있어…… 불러올게!"

"올가!" 깜짝 놀란 오블로모프의 입에서 갑자기 그 이름이 새어 나왔다. 심지어 안색이 변하기까지 했다. "제발, 여기 못 들어오게 하고 어서 떠나. 가, 어서 가, 제발!"

그는 슈톨츠를 거의 밀어내다시피 했다. 하지만 슈톨츠 역시 꿈쩍도 하지 않았다.

"난 맨손으로 올가에게 갈 수는 없어. 약속을 했단 말야, 듣고 있는 거야, 일리야? 오늘이 싫으면 그럼 내일 가자. 늦출 수는 있어도 날 쫓아낼 수는 없어…… 내일이든 모레든 어쨌든 다시 만나!"

오블로모프는 아무 대꾸도 하지 않았다. 고개를 떨궜다. 차마 슈톨츠를 쳐다볼 수가 없었다.

"언제로 정할까? 올가가 분명 물어볼 거야."

"아, 안드레이." 그를 끌어안고 그의 어깨에 고개를 묻으며 다정한 애원조로 오블로모프가 말했다. "날 그냥 내버려둬…… 영영……"

"어떻게 그럴 수 있어, 영영이라고?"

그의 포옹에서 벗어나 그의 얼굴을 똑바로 쳐다보면서 놀란 슈톨츠가 물었다.

"응!"

슈톨츠는 그에게서 한 걸음 물러섰다.

"자네 이것밖에 안 돼, 일리야? 자네가 날 밀친다? 여자 때문에, 저런 여자 하나 때문에! 하나님 맙소사!" 갑자기 경련이 일어난 사람처럼 거의 고함을 쳤다. "내가 방금 본 아기가 혹시 그럼…… 일리야, 일리야! 도망치자, 떠나자, 어서 떠나! 어떻게 그럴 수가! 저 여자가…… 자네에게 뭔데……"

"아내!"

오블로모프가 침착하게 말했다. 슈톨츠가 돌처럼 굳어버렸다.

"그 아기는 내 아들이야! 자네를 기리기 위해 이름도 안드레이라 지었어!"

단숨에 말을 마친 오블로모프는 침착하게 숨을 골랐다. 모든 것을 털어놓고 나니 마음이 한결 가벼워졌다.

이번엔 슈톨츠의 안색이 돌변했다. 놀란, 거의 아무 생각이 없어 보이는 눈을 돌려 주위를 둘러보았다. 그의 눈앞에 갑자기 '심연이 열리고' '바위벽'이 그를 가로막고 섰다. 오블로모프가 아닌 것 같았다. 그를 시야에서 잃어버렸다. 자취를 감췄다. 오랜 헤어짐 이후에 친구를 보려고 서둘러 달려왔지만 친구는 이미 이 세상 사람이 아니라는, 벌써 죽었다는 사실을 알게 된 사람이 경험하는, 바로 그런 뜨거운 비애를 안드레이 역시 느꼈다.

"자넨 파멸했어!" 그가 기계적으로 속삭였다. "올가에겐 뭐라고 말하지?"

오블로모프는 그의 마지막 말을 듣고 뭔가를 말하고 싶었지만 할 수 없었다. 그는 두 팔을 뻗어, 마치 전투를 앞둔, 죽음을 앞둔 포옹처럼, 말없이 꽉 안드레이를 끌어안았다. 이 포옹이 그의 말과 눈물과 감정을 삼켜버렸다……

"내 아들 안드레이를 잊으면 안 돼!"

기어 들어가는 목소리로 오블로모프가 한 마지막 말이었다.

안드레이는 천천히 말없이 자리를 빠져 나와 천천히 씁쓸한 기분으로 마당을 가로질러 마차에 올라탔다. 오블로모프는 소파에 앉아 팔꿈치를 탁자에 괴고 손으로 얼굴을 감쌌다.

'그래, 네 안드레이를 잊지 않으마.' 마당을 가로질러 가며 슈톨츠는 생각했다. '자넨 파멸이야, 일리야. 더 이상 무슨 말이 필요하겠어. 자네의 오블로모프카도 이젠 더 이상 벽촌이 아니고, 거기까지 길이 뚫렸고, 그곳에도 햇빛이 비치고 있다네! 한 4년 후면 그곳에도 역이 들어서고, 자네의 농부들이 둑 쌓는 일에 부역을 나가게 될 것이고, 철도를 따라서 자네의 곡물을 항구로 실어 나를 날도 멀지 않았다는 말은 하지 않겠네…… 거기엔 학교도 서고 모두들 글도 배우게 될 테고, 그리고 또…… 새로운 행복의 아침노을에 깜짝 놀랄 거야, 익숙하지 않은 눈으로는 보기만 하는 것도 큰 고통일걸? 하지만 네 안드레이만은 데리고 갈 거야, 네가 가지 못한 그곳으로…… 우린 그 애와 함께 우리가 소년 시절에 꾸었던 꿈을 이루게 되겠지.'

"안녕, 옛날 옛적의 오블로모프카여!" 작은 집의 창문을 마지막으로 돌아보면서 그가 말했다. "너도 이젠 살만큼 살았구나!"

"무슨 일이에요?"

올가가 조마조마한 심정으로 물었다.

"아무 일도 아냐!"

안드레이가 퉁명스럽게 잘라 말했다.

"살아 있어요, 건강은요?"

"응."

안드레이가 마지못해 대꾸했다.

"왜 이렇게 금방 나왔어요? 날 왜 안 불렀어요? 왜 같이 안 와요? 내가 들어가볼래요!"

"안 돼!"

"무슨 일이죠?" 올가가 놀라 물었다. "'심연이 열렸나요'? 말해줄 거죠?"

그는 아무 말도 하지 않았다.

"대체 안에서 무슨 일이 벌어지고 있어요?"

"오블로모프 기질!"

안드레이가 씁쓸하게 대답했다. 올가가 아무리 물어도 그는 집에 다다를 때까지 무뚝뚝한 침묵으로 일관했다.

제10장

다섯 해가 지났다. 브이보르그 방면에도 많은 변화가 있었다. 프쉐니쩌나의 집에 이르는 텅 빈 거리는 별장들로 뒤덮였고 별장들 사이로는 기다란 석조 관청 건물이 들어서서, 게으름과 평온의 평화로운 안식처의 유리창에 햇살이 따사로이 비치는 것을 방해하고 있었다.

그 작은 집 역시 약간 낡아서 무심코 보아도 면도도 안 하고 세수도 안 한 사람처럼 지저분하다는 걸 금세 알 수 있었다. 색깔은 바랬고

빗물관은 여기저기 망가져 있었다. 때문에 뜰에는 더러운 물웅덩이가 패여 있고 웅덩이 건너에는 예전처럼 좁은 널빤지가 버려져 있었다. 누가 쪽문으로 들어가도 늙은 검둥이는 사슬에 묶인 채로 무섭게 달려들기는커녕 개집 안에서 내다보지도 않고 쉰 목소리로 간신히 짖기만 했다.

집 안 내부는 또 얼마나 변했던가! 그곳의 통치자는 낯선 여자이고 예전에 장난하며 소란을 피우던 아이들도 보이지 않았다. 이따금 난폭한 타란찌에프의 벌겋고 핼쑥한 얼굴이 나타나기도 하지만 부드럽고 온순한 알렉세에프의 모습은 더 이상 보이지 않았다. 자하르도 아니시야도 볼 수 없었다. 못 보던 뚱뚱한 요리사가 부엌을 떡하니 차지하고서 아가피야 마트베이브나의 명령을 마지못해 건성으로 듣고 있었다. 허리춤에 옷자락을 쑤셔넣고 다니던 바로 그 아쿨리나가 구유와 단지들을 닦고 있었다. 허구한 날 졸고 있는 듯하던 그 문지기도 예의 털외투 차림으로 여전히 개집 같은 방구석에서 여전히 무료하게 목숨을 부지하고 있었다. 겨울 여름을 가리지 않고 고무 방수 덧신을 신고 겨드랑이에는 커다란 서류 봉투를 끼고 있는 '오빠'의 모습이 이른 아침과 점심때의 일정한 시각에 격자무늬 울타리 옆을 아른거렸다.

그렇다면 오블로모프는 어떻게 된 것일까? 그가 지금 있는 곳은 어디인가? 어디란 말인가? 가까운 공동묘지에 납골(納骨)단지 채로 그의 육체가 영면(永眠)하고 있다. 관목 숲 사이 발길이 드문 한 구석에. 우정 어린 손에 의해 심어진 라일락 가지들이 무덤 위에서 졸고 있고, 향긋한 쑥내음이 진동했다. 마치 정적(靜寂)의 천사가 그의 꿈을 지켜주고 있는 것만 같았다.

아무리 아내의 사랑의 눈이 밝다 해도 살면서 매 순간 그를 지켜볼 수만은 없는 일이다. 영원한 평온, 영원한 정적, 게으른 하루하루의 연속이 조용히 삶의 엔진을 멈추게 했다. 일리야 일리이치는 그렇게 생을 마감했다. 고통도 괴로움도 없었던 듯했다. 깜빡 잊고 태엽을 감아주지 않은 시계가 움직임을 멈추듯이.

그의 마지막 순간을 지켜본 이도, 사망 직전의 그의 마지막 신음 소리를 들은 이도 없었다. 뇌졸중은 이듬해 다시 한 번 재발했는데 그때는 가까스로 잘 넘어갔다. 일리야 일리이치는 얼굴이 백짓장으로 변하고 허약해졌으며 잘 먹지도 않고 정원 산책도 뜸해지고 점점 과묵해지고 우울해졌다. 이따금 눈물을 보이기까지 했다. 그는 다가온 죽음을 느꼈고 두려웠다.

몇 차례 안 좋은 때가 찾아왔지만 그런대로 넘겼다. 어느 날 아침, 아가피야 마트베이브나가 늘 그렇듯 그에게 커피를 내가려고 했다. 달려와보니 이미 평온한 임종 후였다. 마치 잠들어 있는 것처럼. 단지 머리만 약간 베개에서 기울어져 있고 손은 급하게 가슴을 쥐고 있었다. 마지막 발작 후에 드디어 피가 멈춘 것이리라.

아가피야 마트베이브나는 3년 동안 과부 생활을 했다. 이 동안에 모든 것이 이전의 모습으로 변했다. 오라비는 청부업을 했지만 쫄딱 망하고 나서 용케도 온갖 술수와 아부 덕에 예전의, '농부들의 등록 업무를 보던' 사무실 서기로 다시 복귀했다. 관청에 다니며 다시 한 푼 두 푼 돈을 모아 깊숙이 감춰둔 금고를 채워나갔다. 집안 살림은 엉성하고 단순했지만 오블로모프가 이사 오기 전과 같이 기름지고 풍요로웠다.

집안에서 제일 잘나가는 사람은 오빠의 부인, 이리나 판쩰례에브나였다. 이를테면 그녀는 멋대로 늦게 일어나고 커피도 세 번이나 마시고 하루에도 세 번이나 옷을 갈아입고 집안 살림이라고 해봐야 단지 하나에만 관심이 가 있었다. 어떻게 하면 치마에 풀을 빳빳하게 먹일 수 있는지. 그녀가 관여하는 일은 더 이상 아무 것도 없었다. 아가피야 마트베이브나가 예전과 마찬가지로 집안의 진정한 시계추였다. 그녀는 부엌일과 식사 준비를 주관하고 온 집안 식구에게 차와 커피를 끓여 날랐고 모든 옷을 꿰매었으며 속옷과 아이들, 아쿨리나와 문지기를 챙겼다.

그런데 어떻게 그렇게 되었을까? 그녀는 오블로모프의 부인으로 어엿한 여지주가 아닌가? 그녀는 따로 떨어져서 독립적으로, 누구 혹은 무엇 하나 아쉬운 것 없이 살 수도 있었을 텐데, 무엇이 그녀로 하여금 남의 살림의 짐을 떠맡고 남의 아이들을 걱정하고 여자의 팔자라고 할 수 있는 이 따위 잡다한 일들로 골머리를 썩도록 만들었을까? 사랑의 애착 때문일까, 아니면 가족의 정리(情理)에 연유한 신성한 의무 때문일까, 아니면 마른 빵 한 조각 때문일까? 자하르와 아니시야, 의당 있어야 할 하인들은 지금 어디에 있단 말인가? 마지막으로, 남편이 남겨준 살아 있는 담보물, 어린 안드류샤는 어디에 있단 말인가? 전 남편에게서 얻은 그녀의 아이들은 그럼 또 어디에?

아이들은 일자리를 얻어 나갔다. 이를테면 바뉴샤는 학업을 마치고 관청에 입문했다. 마쉔카는 어떤 관공서의 감시인에게 시집을 갔고 안드류샤는 맡아 양육을 책임지겠다는 슈톨츠와 그의 아내의 청에 따라 그의 가족이 되었다. 아가피야 마트베이브나는 안드류샤에 대한 관심과 첫번째 결혼에서 얻은 아이들의 운명을 동등하게 여기지도 뒤섞지도 않았다. 어쩌면 마음속으로야 무의식적으로 모두에게 동등한 자리를 부여하고 있는지도 모르겠지만 말이다. 그러나 그녀는 안드류샤의 양육, 삶의 방식, 미래의 삶을 바뉴샤나 마쉔카의 인생과 완전한 심연으로 구분지어놓았다.

"이 애들은 뭐야? 나나 마찬가지로 태생이 안 좋지." 그녀는 아무 생각 없이 말하곤 했다. "시커먼 몸뚱어리에서 태어난 애들이야. 하지만 이 애만은." 소심함이 아니라면 경계심을 가지고 안드류샤를 어르면서 거의 깍듯한 마음으로 덧붙이곤 했다. "이 애는 도련님이야! 얼굴도 하얗고 마치 탐스럽게 영근 과일 같아. 손과 발이 이렇게 아담할 수가. 머릿결이 마치 비단이야. 돌아가신 제 아버지를 빼다 박았어!"

때문에 슈톨츠가 정작 아이의 자리는 그녀의 불결한 조카들, 그러니까 오빠의 아이들이 득실거리는 '어둠 속'이 아니라 자기 집이라고 생각한다며 아이를 데려다가 양육하겠노라고 제안했을 때 그녀는 군소리 없이, 심지어 기쁜 마음으로 동의를 했던 것이다.

그녀는 오블로모프가 죽고 반 년 동안은 아니시야와 자하르와 함께 가슴이 찢어지는 고통 속에 살았다. 얼마나 시도 때도 없이 남편의 무덤을 찾았는지 새로이 오솔길이 만들어질 정도였고 남아 있는 눈물을 모조리 쏟아냈으며 거의 식음을 전폐하다시피 하고 차로만 연명했다. 밤마다 눈을 붙이지 못하고 기진맥진했다. 그녀는 누구에게도 불평 한마디 하는 법이 없었다. 사별의 순간으로부터 멀어지면 멀어질수록 그녀는 자기 안에, 자신의 슬픔에 침잠했고 모두에게 진절머리를 쳤다. 심지어 아니시야에게도 그랬다. 속마음이 대체 어떤지 아무도 알 수 없었다.

"주인마님께서 고인이 되신 부군 생각에 늘 눈물짓는다면서요?"

단골로 해놓고 식료품을 사먹는 시장 가게 주인이 요리사에게 말했다.

"노상 슬퍼한답니다."

슬픔에 젖은 미망인이 매주 다니면서 기도하고 눈물을 흘리는 묘지 내 교회의 성병(聖餠)을 굽는 여자를 가리키며 촌장이 말했다.

언젠가 한번은 조카들을 포함한 오빠의 전 가족과 타란찌에프마저 위로를 한답시고 갑자기 뜻하지 않게 그녀의 집에 들이닥친 적이 있었다. '몸 망치지 말고 애들을 봐서라도 기운을 내라'는 판에 박은 듯한 위로와 충고의 말들이 쏟아졌다. 15년 전에도 첫번째 남편이 죽었을 때 했던 말들이었다. 그때는 나름의 효과가 있었는지 모르겠지만 지금은 왠지 비애와 증오심만을 불러일으킬 따름이었다.

다른 얘기를 시작하고 이제 함께 살아야 하지 않겠느냐, '비참한 생활을 하더라도 가족과 함께라면' 훨씬 더 나을 것 아니겠느냐, 가족 전체에게도 좋은 일이다, 왜냐하면 집안을 보기 좋게 정돈할 수 있는 사람은 너뿐이기 때문이다, 라고 오빠와 가족들이 이구동성으로 말했을 때 차라리 마음이 편해졌다.

그녀는 생각할 시간을 달라고 했다. 그 이후로도 두 달을 더 슬픔에 젖어 있다가 드디어 함께 사는 것에 동의했다. 슈톨츠가 안드류샤를 자기 집으로 데려가고 그녀가 홀몸이 된 것도 이맘때였다.

바로 저기 그녀가 칙칙한 옷차림새에 검정 털스카프를 목에 두르고 방에서 나와 그림자처럼 부엌으로 가고 있다. 예전처럼 찬장을 여닫고 바느질을 하고 레이스를 다림질하고 있다. 그러나 조용하고 기운도 없어 보인다. 나지막한 목소리로 마지못해 몇 마디를 던진다. 예전처럼 여기저기 물건들에 대충 눈길을 주며 멍하니 주위를 살핀다. 허나 두 눈엔 긴장과 내적으로 뭔가 숨겨진 심각함이 역력하다. 이 심각함은 그녀가 의식적으로 한참 동안을 남편의 죽은 얼굴을 쳐다보았을 때 순간적으로 그녀의 얼굴에 눈에 띄지 않게 자리를 잡은 모양이다. 물론 그 이후로 이 심각함은 한 순간도 그녀를 떠나지 않았다.

그녀는 집안을 두루 돌아다니며 필요한 모든 일을 직접 했다. 하지만 이 심각함만은 그 자리에 내놓지 않았다. 남편의 주검 앞에서, 그를 잃어버리면서 그녀는 갑자기 자신의 인생을 깨닫고 그 의미에 대해서 생각해본 듯했다. 이 생각은 그녀의 얼굴에 영원히 그림자로 드리워져 있었다. 가슴을 찢는 듯한 슬픔을 눈물로 다 쏟아 붓고 나서 그녀는 상실에 대한 자각에 몰두했다. 어린 안드류샤를 제외한 모든 잡념이 사라졌다. 그를 보고 있을 때만 그녀에게는 인생의 징후들이 꿈틀거렸고 얼굴에 화색이 돌았으며 눈에는 기쁨의 빛이 충만했고 조금 지나면 추억의 눈물이 앞을 가렸다.

그녀는 주위 모든 것에 냉담했다. 공연히 낭비한 돈이나 손해본 돈 때문에, 혹은 태운 고기나 신선하지 못한 생선 때문에 오빠가 화를 내든 말든, 엉성하게 풀 먹인 치마와 진하지 않은 차, 식은 차 때문에 올케가 입을 삐죽거리든 말든, 뚱뚱한 요리사 여편네가 무례하게 굴든 말든 아가피야 마트베이브나는 신경도 쓰지 않았다. 마치 남의 얘기를 듣는 듯했다. 심지어 '주인아가씨, 주인마님!' 따위의 가시 돋친 쑥덕거림도 한 귀로 듣고 한 귀로 흘려버렸다.

그녀는 이 모든 것에 자신의 애수와 오만한 침묵으로 대답했다.

반대로, 집안 전체가 환호하고 노래를 부르고 먹고 마시는 성탄절 주간과 부활절, 사육제의 즐거운 저녁이 되면 그녀는 다들 기뻐서 날뛰는 와중에 돌연 뜨거운 눈물을 흘리고 자기 방에 틀어박혔다.

다음에 다시 마음을 가다듬고 이따금 오빠와 그의 아내를 오만하고 측은한 눈길로 쳐다보았다.

그녀는 자신의 인생이 실패한 인생이지만 환하게 빛난 적이 있고 하나님께서 자신의 인생에 영혼을 불어넣어주었다가 다시 꺼내가버렸다는 사실을 깨달았다. 태양이 솟아올랐다가 영원히 저 너머로 진 것이다…… 영원히, 그렇다. 그러나 대신 그녀의 인생은 새로운 의미를 영원히 획득했다. 이제서야 그녀는 왜 살았는지, 결코 헛된 삶을 산 것이 아님을 알았다.

그녀는 충분히 많은 것을 사랑했다. 오블로모프를 애인으로, 남편

342

으로, 주인으로 사랑했다. 단지 예전처럼 이 말을 어느 누구에게도 결코 할 수 없었던 것뿐이었다. 주위의 그 누구도 이해하지 못할 것이다. 어디서 그런 말을 찾을 수 있겠는가? 오빠가, 타란찌에프가, 올케가 쓰는 어떤 말에도 그런 말은 없었다. 왜냐하면 개념이 없기 때문이다. 일리야 일리이치만이 그녀를 이해하리라. 그러나 그녀는 그에게도 그런 말을 해본 적이 없었다. 왜냐하면 그때만 해도 그녀 자신이 전혀 이해를 하지 못했고 그런 재주도 없었기 때문이었다.

나이를 먹어가면서 그녀는 지난 과거의 더 많은 것을 더 명료하게 이해하게 되었다. 그러면 그럴수록 더 깊이 틀어박혔고 과묵해졌으며 심각해졌다. 순간처럼 흘러가버린 7년의 세월에서 햇살과 고요한 빛이 나와 그녀의 인생을 환하게 비춰주었다. 더 이상 바랄 것도 없고 더 이상 갈 곳도 없었다.

단지 겨울을 나려고 슈톨츠가 시골에서 올라올 때만 그녀는 그의 집으로 달려가 안드류샤를 탐욕스럽게 쳐다보고 눈치를 보아가며 다정하게 그를 어르곤 했다. 안드레이 이바노비치에게 감사의 말을 어떻게 해서라도 전하고, 가슴속에 깊이 묻어 영원한 생명을 얻게 될 모든 말을 한마디도 빠뜨리지 않고 털어놓고 싶었다. 물론 그는 이해를 하겠지만 그녀는 그럴 용기가 없었다. 단지 올가에게 달려가 그녀의 손에 입맞춤 세례를 퍼붓고 강물처럼 흐르는 뜨거운 눈물을 쏟아내는 게 고작이었다. 그러면 올가는 자신도 모르게 그녀와 눈물을 흘리고 안드레이는 감정이 복받쳐올라 서둘러 방을 빠져 나가곤 했다.

하나의 공통된 공감, 유리그릇처럼 깨끗한 고인의 영혼에 대한 하나의 기억이 그들 모두를 한데 묶어주었다. 그들은 그녀에게 시골로 가서 안드류샤 곁에서 함께 살자고 설득해보지만 '태어나서 평생을 살았던 곳에서 죽어야만 한다'는 그녀의 결심은 확고했다.

슈톨츠가 영지 관리에 대한 보고서를 내밀고 이듬해 수입을 그녀에게 보내보지만 헛수고였다. 그녀는 안드류샤를 잘 보살펴달라며 모두 되돌려보냈다.

"이건 그 애 몫이지, 제 몫이 아녜요." 그녀는 한사코 마다했다. "애한테 필요할 거예요. 그 애는 귀족이잖아요. 전 이대로 살면 돼요."

제11장

어느 날 정오쯤에 브이보르그 방면의 보도를 따라서 두 신사가 걷고 있었다. 그들 뒤로는 마차가 조용히 따라오고 있다. 그들 중 하나는 슈톨츠고 다른 하나는 그의 작가 친구였다. 퉁퉁한 체격에 생각이 깊어 보이는 얼굴, 그리고 졸고 있는 듯한 음침해 뵈는 눈을 가진 사람이다. 그들은 교회 옆을 지나고 있다. 오전 예배가 끝나서인지 사람들이 거리로 쏟아져 나왔다. 그들 앞으로 거지들이 몰려들었다. 수도 많을 뿐 아니라 면면도 각각이었다.

"대체 어디서 온 거지들인지 그게 궁금하군."

거지들을 바라보며 작가가 말했다.

"어딘 어디야? 사방 팔방에서 다 기어드는 거지……"

"그걸 묻는 게 아냐." 작가가 반박했다. "내가 알고 싶은 건, 어쩌다가 거지가 되었나, 어떻게 이 지경까지 이르게 되었나, 하는 거야. 갑자기 되는 걸까 아니면 서서히 되는 걸까? 정말일까 아니면 거짓일까?"

"알아서 뭐하게? 쓰려고 하는 게 『뻬쩨르부르그의 신비 *Mystères de*

344

Pétersbourg』아냐?"

"그렇다고 말할 수 있지……"

늘어지게 하품을 하면서 작가가 중얼거렸다.

"이런 경우엔 아무나 잡고 물어보는 거야. 은전으로 일 루블만 주면 자기 살아온 얘기를 다 해줄 테니까 자넨 잘 적어놓았다가 돈 받고 팔면 돼. 저기 저 노인네, 가장 쓸 만한 거지 같아 보이는데. 어이, 노인장! 이리 좀 와봐요!"

노인이 부르는 소리에 뒤를 돌아보고는 모자를 벗고 그에게 다가왔다.

"자비로우신 나으리님들!" 그가 쉰 소리를 냈다. "서른 번 전쟁에 나가 불구가 된 이 가난뱅이 노병을 도와주세요……"

"자하르!" 슈톨츠가 놀라 소리쳤다. "자네 맞지?"

자하르는 갑자기 입을 다물었다. 잠시 후, 손으로 태양을 가리고 슈톨츠를 뚫어지게 쳐다보았다.

"죄송합니다유, 나으리님. 뉘신지 못 알아보겠는뎁슈…… 눈이 완전히 멀어서!"

"주인의 친구, 슈톨츠를 잊었다고."

슈톨츠가 꾸짖었다.

"아이구, 아이구, 도련님, 안드레이 이바느이치! 하나님, 안 보이던 눈이 보입니다유! 도련님, 나으리!"

그가 어쩔 줄을 몰라 했다. 그러다 슈톨츠의 손을 잡으려 했지만 잡지 못하고 그의 옷섶에다 입을 맞추었다.

"하나님께서 이런 기쁨을 주시려구 여지껏 절, 이 회개한 개를 살려주셨구만유……"

울지도 웃지도 않으면서 그가 통곡을 하기 시작했다. 얼굴은 이마에서 턱까지 시뻘건 도장을 찍어놓은 듯했다. 설상가상으로 코에는 시퍼런 반점이 퍼져 있다. 완전 대머리다. 푸짐한 볼수염은 여전히 마구 뒤엉켜서 펠트처럼 덥수룩하다. 수염마다 눈덩어리가 하나씩 매달려 있다. 낡고 완전히 색이 바랜 외투를 걸치고 있는데 앞깃이 하나도 남아 있지 않다. 맨발에 낡아서 삐뚜름한 방수 덧신을 신고 있다. 손에는 다 닳아빠진 털모자가 들려 있다.

"아이구, 자비로우신 하나님! 오늘 지한티 이게 웬 은총이란 말인가유."

"이게 도대체 어찌 된 영문이야? 왜? 부끄럽지도 않아?"

슈톨츠가 준엄하게 물었다.

"아이구, 도련님, 안드레이 이바느이치! 어쩌겠슈." 힘겹게 한숨을 내쉬고서 자하르가 하소연을 늘어놓기 시작했다. "먹구살 게 있어야쥬. 아니시야가 살아 있을 때만 혀두 이럴 정도는 아니었습쥬. 빵 조각이라두 있었구. 그러다 그 여편네가 콜레라루 세상을 뜨자, 명복을 빕니다, 그 오빠라는 사람이 절 못 데리고 있겠다 하지 않겠습니까, 기생충이라구 부르면서. 미헤이 안드레이치 타란찌에프가 내내 기회를 엿보더니 옆을 지나칠 때가 있었는디, 뒤에서 다리루 후려치지 뭡니까. 견딜 재간이 없었쥬! 잔소리는 얼마나 해대던지. 목구멍에 빵조각 하나 털어넣지 못했다구 하면 믿으시겠슈? 주인마님이 아니었더라면, 만수무강하소서!" 성호를 그으면서 자하르가 덧붙였다. "전 엄동설한에 얼어죽어두 벌써 얼어죽었을 겁니다. 겨울을 나라구 옷가지두 싸주시구 빵두 달란 대루 다 주시구 벽난로에 땔 석탄두 주셨슈. 다 주인마님 덕이쥬. 지 때문에 마님에게두 잔소리가 시작되길래 그 길루 집을 나와 정처 없이 떠돌고 있습쥬! 겨우 입에 풀칠하며 이 짓을 해 산 지두 벌써 두 해쩝니다……"

346

"왜 일자리를 구해보지 않았지?"

슈톨츠가 물었다.

"도련님, 안드레이 이바느이치, 요즘에 일자리를 어디서 구한대유? 두 군데서 일을 해보긴 했는디, 그 비위를 맞출 수가 있어야쥬. 이젠 죄다 예전 같지가 않더라구유, 더 나빠졌슈. 몸종두 글을 알아야 한다대유. 높으신 나으리님들한테두 그런 몸종이 시방 없어서 현관에는 사람들이 얼마나 잔뜩 몰려들었는지 물러유, 글쎄. 다들 몸종 하나씩만 두지 둘씩이나 두는 디는 드물다나 봐유. 장화두 직접 벗구 무슨 기계를 발명한다구 난리래유!" 상심한 자하르가 말을 이었다. "염치도 없구 부끄러운 줄두 몰러. 지주 계급두 이젠 말짱 황인게뷰!"

그가 한숨을 내쉬었다.

"독일인 상인 집에 들어간 적이 있더랬슈. 현관에 그냥 앉아만 있으면 그만인. 첨엔 참 좋았는디, 지를 식당으루 보내더라구유. 그게 워디 지가 할 일인가유? 어느 날인가 식기를 날랐는디, 그게 뭐 보헤미안 식기라든가. 그런디 마룻바닥이 얼마나 반질반질하구 미끄럽던지, 나자빠져라 하더라구유! 갑자기 다리가 따로 놀면서 식기가 쟁반째루 바닥에 떨어지구 말았쥬. 그래서 쫓겨났슈! 다음번엔 한 늙은 백작 부인이지 등치를 보구 지를 마음에 들어했슈. '보기에도 쓸 만해' 하시면서 절수위루 써줬잖유. 소싯적부터 해오던 좋은 일자리 아닌감유. 인상을 딱 쓰구 의자에 다리를 꼬구 앉아서 흔들구 있다가 누구라두 오면 바로 대답하는 게 아니구 으르렁대다가 나중엔 들여보낼 사람이면 들여보내구 아니면 필요하다 싶으면 목을 잡구 패대기를 치면 그만인 거쥬. 착한 손님은 대번에 알 수 있슈. 지팡이 머리를 마구 흔들어유, 이렇게!" 자하르가 손을 마구 흔들었다. "말하는 자체가 영광입습쥬! 그런디 걸려든 마님이 엄청 고지식한 분이었더랬슈. 한 번 내 방구석을 들여다보구는 빈대를 본 거여유. 마구 발길질을 해대구 고래고래 소리를 지르더라구유. 지가 빈대를 만들기라도 한 것처럼유! 집 안에 빈대가 없는 날이 오기나 허겠슈? 다음번에 지 옆을 지나다 말구 깜짝 놀라는 거여유. 지한티서 술냄새가 난대나…… 그런 분이었슙쥬! 그러더니 나가라더구만유."

"정말 냄새가 났겠지, 풍겼을 거야!"

슈톨츠가 말했다.

"홧김에, 도련님, 안드레이 이바느이치, 순전히 홧김에 그런 거라구유." 인상을 잔뜩 찌푸리면서 자하르가 씩씩거렸다. "마부짓도 해봤슙쥬. 주인에게 고용이 되었는디 발에 동상만 잔뜩 걸렸슈. 기운두 떨어지구 나이두 먹구! 걸려두 워째 그렇게 성질이 드런 말이 걸려드는지. 어느 날인가는 마차루 달려들어서 지를 거의 병신으루 만들 뻔했다니께유. 한번은 노파를 깔아뭉개서 경찰서에 잡혀가기두 했슈……"

"그만하면 됐어. 이젠 그만 떠돌아다니고 술도 끊어. 나한테 와, 방하나는 내줄 테니까 시골로 같이 가자, 듣고 있는 거야?"

"듣고 있슈, 도련님, 근디……"

그가 한숨을 내쉬었다.

"마음이 내키지 않어유, 여기, 무덤을 떠난다는 게! 지들을 먹여 살려주신 일리야 일리이치가 여기……" 그가 탄식을 토해냈다. "오늘도 그분 생각이 나더라구유, 명복을 비나이다! 이런 주인님을 데려가시다니! 사람들한티 좋을 일만 했지 나쁜 일이라군 요만큼두 안 하신 분이니께 백 년이라두 사셔야 하는 건디……" 자하르가 얼굴을 찌푸리고 홀쩍거리며 중얼거렸다. "오늘도 그분 무덤에 다녀왔슈. 이쪽 길을 따라가서 저기에 앉아 있자니 눈물이 앞을 가리는디…… 가끔 생각에 잠겨 있다 보면 주위가 조용해지고 '자하르! 자하르!'라고 소리치시는 것 같아 깜짝 놀라곤 합니다유. 수없이 많은 개미가 등줄기를 타고 기어오르는 기분 말입니다! 명대루나 살다 돌아가셨으면 좋았으련만서두! 도련님을 얼마나 사랑하셨다구요. 부디, 하나님, 천국에서라두 그분의 영혼을 기억해주소서!"

"하여튼 안드류샤도 볼 겸, 언제든 들러. 먹여주고 입혀주고, 거기선 자네 맘대로 살게 해줄게!"

그렇게 말하고 슈톨츠는 그에게 돈을 쥐어주었다.

"가야쥬, 어떻게 안드레이 일리이치를 보러 안 갈 수가 있어유? 어른이 다 되셨겠네유! 하나님! 주님께서 이런 기쁨을 다 주시구! 가구 말구유, 도련님, 부디 건강하시구 천년만년 사세유……"

떠나는 마차의 뒤를 따르며 자하르가 중얼거렸다.

"자, 자네 이 거지의 얘기를 잘 들었나?"

슈톨츠가 친구에게 말했다.

"거지가 명복을 빈 일리야 일리이치란 누굴 두고 하는 말이야?"

"오블로모프. 그 친구에 대해서라면 수도 없이 많이 얘길 했잖아."

"응, 이름이 기억나. 자네 동료이자 친구라고 했지? 무슨 일이 있었는데?"

"허망한 인생을 살다가 그렇게 떠났어."

슈톨츠가 한숨을 내쉬고 생각에 잠겼다.

"다른 사람들보다 미련하지도 않았고 영혼은 유리처럼 깨끗하고 맑았지. 게다가 고결하면서도 온화했고. 그런데 갔어!"

"왜? 원인이 뭐야?"

"원인이라…… 원인은 무슨 원인! 오블로모프 기질!"

"오블로모프 기질이라!" 작가가 어리둥절해하며 반복했다. "그게 뭐야?"

"이제 얘기해줄게. 생각과 기억을 정리할 시간을 주게. 자넨 적어. 어쩌면 필요로 하는 사람이 있을지도 몰라."

그리고 그는 여기에 적힌 것 전부를 그에게 이야기했다.

곤차로프와 그의 장편 소설 『오블로모프』

이반 알렉산드로비치 곤차로프 I. A. Goncharov(1812~91)는 현재까지도 그 작품세계가 갖는 효력과 예술적 힘을 잃지 않고 있는 러시아의 위대한 작가 중 한 사람이다.

뛰어난 리얼리스트-예술가이자, 자신이 살았던 시대의 연대기의 편찬자이기도 했던 그는 자신의 창작 속에 보편화의 힘과 형상 혹은 현상에 대한 탁월한 개별화 능력을 결합시키고 있다. 그가 묘사해내고 있는 정경은 그 그림의 우아함과 섬세함으로 독자를 놀라게 한다.

곤차로프는 1812년 6월 6일(구력으로 18일) 심비르스크의 부유한 상인의 가정에서 태어났다. 4남매의 양육은 일찍 요절한 아버지 대신에 집안간에 친교가 있던 퇴역 해군 장교 N. N. 트레구보프라는 사람이 맡게 되었다. 후에 곤차로프는 「회상기」에서 이렇게 쓰고 있다. "그분은 우리 어머니의 훌륭한 조언자였을 뿐만 아니라 우리들 양육의 지도자였다."

트레구보프는 1820년 곤차로프를 사제 트로이츠키가 운영하는 사설 기숙 학교에 입학시키기 되는데, 트로이츠키의 아내 리츠만은 독일 여자로 그의 훌륭한 조력자였다. 그녀는 남편과 마찬가지로 기숙 학교의 취지를 잘 이해하고 있었고 교육자적 자질을 타고난 여성이었다. 혼히들 이 기숙 학교를 '독일식' 기숙 학교라 부르기도 했다. 이 기숙 학교에서는 독일어와 프랑스어, 그리고 영어에 대한 교육이 뛰어나서, 곤차로프 역시 독일어와 프랑스어는 자유자재로 구사할 수 있게 되었다.

트로이츠키의 도서관에 출입을 허가받은 곤차로프는 카람진이나 골리코프의 역사책은 물론이거니와 로모노소프, 제르좌빈, 폰비진 등의 작품을 탐독할 수 있었다.

외국어 공부는 곤차로프가 1822년 입학한 모스크바 상업학교에서도 계속되었다. 그곳에서 곤차로프는 인문학에 심취해 있었고 자연히 상업과 관련한 과목에는 그다지 별 관심을 보이지 않았다. 1830년 그는 모스크바 대학에 입학하기 위해서 상업학교를 그만두었다. 하지만 그 해 모스크바에 창궐했던 콜레라로 인해 입학을 하지 못했다. 곤차로프는 이때 독서에 매달렸다. "책 읽기를 좋아하는 마음은 아주 어린 시절부터 길러진 것으로 나는 당시 다니고 있던 기숙 학교 도서관의 책을 모조리 다 읽어버렸다"라고 후에 작가는 술회했다.

곤차로프는 동생 니콜라이, 그리고 상업학교의 친구들과 함께 대학 입학 시험을 준비했다. 1831년 8월에 곤차로프는 모스크바 대학 인문학부에 입학할 수 있었다. 당시 모스크바 대학교에서는 게르쩬, 오가료프, 레르몬토프, 스탄케비치, 악사코프 등 후에 러시아의 문화 전반에 지대한 영향을 미쳤던 인물들이 수학을 하고 있었다.

곤차로프는 대학교를 '학문의 작은 공화국'이라고 생각했다.

곤차로프가 좋아했던 교수는 철학사와 예술이론, 그리고 문학이론을 강의했던 나제쥬진과 외국 문학을 강의했던 쉐브이료프, 러시아 문학 교수 다브이도프 등이었다.

혈기왕성했던 학생 곤차로프는 러시아와 세계의 고전문학을 진지하게 공부했다. 호머와 단테, 세르반테스, 셰익스피어, 월터 스콧의 작품들에 대한 비판적 분석을 하기도 했다. 그러나 그의 문학-미학적 관점은 기본적으로 푸쉬킨의 영향을 받아 형성되었다. 푸쉬킨의 작품은 그에게는 신의 계시나 다를 바가 없었다.

대학교에서 학업 중에 곤차로프는 푸쉬킨을 만난 적이 있는데, 이후 평생 이 사건을 기억했다. "그가 들어왔는데…… 마치 태양이 강의실 전체를 환하게 비추는 것만 같았다. 난 당시 그의 시에 매료되어 이성을 잃을 정도였다. 그의 시는 흡사 어머니의 젖과도 같았다. 그의 시는 나로 하여금 그 경이로움에 몸서리치게 만들었다."

1832년 프랑스 작가 외젠 쉬Eugene Sue의 소설 가운데 몇 장을 번역하여 잡지 『현미경』에 실렸던 일은 학창시절 곤차로프의 문학에 대한 깊은 관심을 짐작케 한다.

1834년 곤차로프는 대학교를 졸업하고 무지갯빛 희망에 부풀어서 고향 심비르스크로 향했다.

그 해 가을 곤차로프는 심비르스크 현의 관청에서 관리로서의 첫발을 내디뎠다. 관리 생활을 통해서 그는 현의 삶, 더 나아가 농노제하의 러시아의 삶을 더욱 깊이 이해할 수 있었다.

1835년 곤차로프는 뻬쩨르부르그로 이주하여 재무부의 외국 문서 번역일을 맡게 되었다. 그리하여 1852년 세계 일주 항해에 나서기까지 17년 동안 평범한 관리 생활을 했다.

뻬쩨르부르그에서 곤차로프는 본격적인 문학에 입문하기 위한 준비를 했다. "당시 나는 글을 쓰는 것이 나의 천직이라는 생각을 했다. 왜냐하면 관리로서는 능력이 모자라는 일, 하고 싶지 않은 일을 해야만 하는 일이 다반사였기 때문이었다"라고 그는 후에 회상하며 "열너댓 살 때부터 나는 괴테를 포함한 실러나 비쿌만 등의 시와 산문을 번역했다. 구체적인 목적이 있어서가 아니라 그저 쓰고 싶었고 공부를 하고 싶었기 때문이다"라고 덧붙였다.

젊은 시절 내내 곤차로프가 제일 좋아했던 일은 글쓰기였다. "인간이란 태어나면서부터 그의 사명이 결정된다고 생각한다. 내게는 글만 쓸 수 있다면 사실 빵도 별 필요가 없었다."

드디어 때가 왔다. 곤차로프에게 작가로서의 명성을 안겨준 작품은 1847년에 발표된 장편소설 『평범한 이야기 Obyknovennaya istoriya』였다. 3년 이상을 작가는 이 작품에 매달렸다.

『평범한 이야기』는 산뜻하게 구성된 일종의 주제소설로, 수사학적일 정도로 우아한 일련의 에피소드를 통하여 고결하지만 비현실적인 이상을 지닌 한 젊은 이상주의자의 환멸을 보여주고 있다. 『평범한 이야기』의 성공은 주로 이 소설의 명제에 기인하며, 그 당시 젊은이들의 신념이 1830년대의 고결한 이상에서 알렉산드르 2세 치하의 적극적이고 실제적인 진보성으로 변하고 있음을 반증하는 하나의 징표였다.

소설의 주인공인 아두에프의 '아두에프 기질'은 이미 '오블로모프 기질'의 많은 요소를 함축하고 있다. 알렉산드르 아두에프는 사회적 본질, 심리적 측면에서 오블로모프와 근친이라고 할 수 있다. '오블로모프 기질'은 두 소설, 즉 『평범한 이야기』와 『오블로모프 Oblomov』를 동일한 범주로 놓게 만든다.

1849년에 잡지 『현대인』에 「오블로모프의 꿈」이 발표되었다. 이는 나중에 그를 일약 러시아 최고 작가의 반열에 올려놓는 소설의 한 장을 차지하게 된다.

N. N. 트레구보프가 어린 시절 들려주었던 항해와 여행에 대한 이야기는 곤차로프의 기억 속에 그대로 남아 있었다. 그는 바다를 사랑했다. 그래서 장군 푸쨔찐을 단장으로 하는 사절단의 비서 자격으로 군함 '팔라다' 호를 타고 세계 여행을 해볼 의향이 없느냐는 제의가 들어왔을

때 그는 기꺼이 동의했다.

군함 '팔라다' 호는 1852년 10월 7일 뻬쩨르부르그를 출발했다. 여행의 목적은 일본과의 상거래를 트는 일이었다.

일본에서의 임무를 성공적으로 완수한 푸쨔찐 장군은 군함을 아무르 항구에 정박시키게 되었고, 곤차로프는 2년여의 항해 후에 시베리아를 거쳐 육로를 통해서 뻬쩨르부르그로 돌아올 수 있었다. 그때가 1855년 2월 25일이었다.

항해 내내 곤차로프는 일지를 기록했고 친구들에게 장황한 편지를 보냈다. 이 여행기는 1855년에서 1857년 사이 『군함 '팔라다' 호』라는 제목으로 발표되었다.

『군함 '팔라다' 호』는 훌륭한 사실주의적 작품으로, 정확하고 사실적인 정경 묘사와 선명하고 생생한 형상 창조를 바탕으로 하고 있다.

항해에서 돌아온 곤차로프는 1855년 12월에 검열관이 되었다. 그는 이때 문학 활동에 심취해서 『현대인』이라는 서클에도 자주 모습을 나타내곤 했다. 당시 서클에는 I. S. 투르게네프, P. V. 안넨코프, N. A. 네크라소프, I. I. 파나예프 등이 고정 회원으로 참여하고 있었다.

1859년에 작가는 10년 전에 이미 쓰기 시작했던 『오블로모프』를 완성하여 『조국의 기록』에 발표했다.

1860년 2월 곤차로프는 관직을 떠났다. 그러나 1862년 7월 그는 다시 신문 『북방 우편』의 편집장이 되었다. 신문 편집장으로서의 일은 그를 만족시키지 못했고 결국 1년 후에 그만두었다. 1863년 곤차로프는 다시 출판과 관련한 위원직을 맡았다가 1868년 창작에 정진하기 위해 퇴직했다. 그리고 『오블로모프』와 거의 동시에 쓰기 시작해서 『오블로모프』의 출간 후에도 계속 써왔던 소설 『절벽』을 20년 만에 완성, 1869년에 발표했다.

소설의 주인공 라이스키는 오블로모프의 가장 가까운 아들이라고 볼 수 있다. 즉 다음 세대의 주인공이고 잠에서 깨어난 오블로모프라고도 할 수 있다. 하지만 여전히 기지개를 켜고 눈을 비비고 주위를 둘러보며 오블로모프의 요람을 찾고 있다.

『유럽 통보』에 『절벽 Obryu』이 발표되고 나서 곤차로프는 거의 작품을 쓰지 않았다. 70년대와 80년대, 그는 「구시대의 하인」과 같은 몇몇 스케치와 「안 하는 것보다는 늦는 것이 낫다」「백만의 고통」「벨린스키라는 인물에 대한 단상」과 같은 몇몇 비평만을 썼다.

1891년 곤차로프는 말년에 쓴 모든 작품, 편지, 단상을 소각했다. 그리고 자신을 알렉산드르-넵스카야 수도원에 묻어달라는 유언을 남겼다.

곤차로프는 1891년 9월 15일(구력으로 27일) 80세의 나이로 세상을 떠났다. 많은 군중들이 그의 장례 행렬을 따랐는데, 젊은이들이 대부분이었다. 그의 작품 덕택에 삶을 더욱 깊이 있게 이해할 수 있었고 인간적 감정이 무엇인지 배울 수 있었던 젊은이들이 위대한 작가의 마지막 길에 동참했던 것이다.

장편소설 『오블로모프』는 1859년 『조국의 기록』에 네 차례로 나뉘어 발표되었고, 곧바로 단행본으로 출간되어 엄청난 성공을 거두었다. 톨스토이의 표현을 빌리자면 "『오블로모프』는 오랫동안 보지 못했던 대작 중의 대작이다. 『오블로모프』의 성공은 결코 우연이 아닐 뿐 아니라, 한바탕 소동으로 끝나는 일회적인 것도 아닌 바람직하고 아주 의미심장한 것이다."

『오블로모프』의 기본 골격은 소설의 주인공 오블로모프의 사랑 이야기다. 언뜻 보기에 소설은 단순하고 어떤 면에서는 쓸데없이 장황하게 보일 수도 있다. 도브롤류보프의 표현을 빌면, "제1부에서는 오블로모프가 소파에 누워 있고, 제2부에서는 그가 올가에게 다니면서 사랑에 빠지고, 제3부에서는 그녀가, 자신이 생각했던 사람이 오블로모프가 아니었음을 깨닫는 순간, 서로 헤어지고, 제4부에서는 그녀는 슈톨츠와 결혼을 하고, 그는 세 들어 사는 주인집 여자와 결혼을 한다. 이것이 전부다." 그러나 정작 소설은 겉으로 드러나는 것과는 달리 풍부한 내용을 포함하고 있고 작가는 예술적 재능을 십분 발휘하고 있다. 바로 이러한 점이 소설의 전례 없는 성공의 비밀을 말해준다.

『오블로모프』의 구성은, 형식은 내용에 부합돼야 하다는 명제의 모범답안이라고 할 수 있다.

슈제트상의 전개나 별다른 줄거리가 없는 제1부는 소설의 의미와 '오블로모프 기질'의 본질을 밝혀준다. 여기서 묘사되고 있는 주인공 오블로모프의 일상적 하루는 주인공의 일생의 축소판이라고 할 수 있다. 오블로모프는 서재이기도 한 자신의 방에서 매일 누워서 잠만 자고 있다. 친구들의 방문, 야유회를 가자는 제의도 오블로모프를 침대에서 끌어낼 수는 없다. 외견상으로, 여기서는 거의 사건이 일어나지 않는 것처럼 보인다. 하지만 그럼에도 불구하고 어떤 움직임, 역동이 감지된다. 우선은, 주인공의 정신 상태가 끊임없이 변하고 있다는 점을 지적하지 않을 수 없다. 주인공의 머리 속에는 희극적인 것이 비극적인 것과, 무사안일이 내적 고통과, 꿈과 권태가 감정의 폭발과 뒤섞여 있다. 시골 영지에서 촌장이 보내온 편지가 그렇고 새로운 집을 구해 이사를 해야 하는 절박감이 그렇고 비록 구체적인 실천 단계까지 이르지는 못하고 있지만 영지를 새롭게 개혁하려는 끊임없는 계획과 구상이 그렇다.

두번째로, 곤차로프는 오블로모프를 둘러싸고 있는 평범한 가재도구들을 교묘하게 묘사해냄으로써 그 주인의 성격을 짐작케 한다. 모든 물건들에서 방치와 황폐함의 흔적을 느낄 수 있다. 이런 점에서 곤차로 프는 고골리의 뒤를 잇고 있다고 말할 수 있다. 오블로모프의 성격은 넓고 큼지막한 실내화를 통해서도 엿볼 수가 있다. 쳐다보지도 않고 침대에서 발을 쭉 뻗기만 하면 곧바로 실내화로 발이 빨려 들어간다. 실제로 2부에서 슈톨츠가 친구를 안일에서 벗어나게 하려고 노력할 때 작가는 오블로모프의 곤혹스러움을 다음과 같은 표현을 빌려 나타내고 있다. "오블로모프는 침대에서 발을 뻗었지만 실내화에 적중하지 못했고 그래서 다시 침대에 누워버렸다."

1부의 9장으로 편입되어 있는 「오블로모프의 꿈」은 가장 유명하고 빈번하게 언급되는 부분인데, 여기서는 러시아 시골 귀족들의 생활과 무위도식하는 안락함과 편안한 부유함, 그리고 성인이 된 현재의 오블로모프에게 그대로 남아 영향을 미치고 있는 평화로운 삶과 보다 인간적이라고 할 수 있는 인간관계가 묘사되어 있다. 즉 주인공이 던지고 있는 "왜 나는 이 모양일까?"라는 고통스런 질문에 대한 해답이라고 볼수 있다. 오블로모프카(오블로모프 가문의 시골 세습 영지)의 목가적 정경은 바로 주인공의 정신의 일부인 것이다. '오블로모프 기질'에는 이러한 러시아의 소박한 삶의 시와 손님 환대, 러시아 축제의 아름다움 등 부정적인 측면보다는 긍정적인 측면이 그 구성 요소로 포함되어 있다. 결국 '오블로모프 기질'이란 주인공이 어린 시절부터 대대로 물려받은 의식에 다름아니다. 따라서 그는 뻬쩨르부르그의 삶을 받아들일 수 없었고, 출세나 명예 그 어느 것도 그의 관심을 끌 수 없었던 것이다.

1부 말미에 오블로모프와 대조를 이루는 실질적이고 정력적인 슈톨츠가 소개된다. 작가의 잠재적이고 상상적인 동정심의 총체는 오블로모프를 향하고 있었다 해도, 관리이며 문학가였던 곤차로프는 슈톨츠에게 그가 생각해낼 수 있는 모든 효율적인 가치를 부여하고자 했지만 성공적이라고 볼 수는 없다.

　제2부와 3부에서는 사랑과 우정 사이에서 갈등하는 오블로모프의 모습이 묘사된다. 우선 슈톨츠의 모습이 오블로모프와 대립되어 나타난다. 오블로모프가 감상적 공상에 머물러 있다면 슈톨츠는 이성이 가슴을 지배하는 사람이다. 그래서 정작 가슴이 지배를 해야만 할 인간관계의 은밀한 감정마저도 이성적 판단에 맡겨버린다. 오블로모프와는 달리 슈톨츠는 정력적이고 활동적인 인간이다. 그는 한 곳에 머무를 새가 없이 전세계를 안방 드나들듯하며 사업을 하고 부를 축적한다. 하지만 그의 활동의 내용은 그럼 무엇으로 채워져 있는 것일까? 소설이 진행될수록 독자는 그런 그에게 어떠한 궁극적 이상도 없음을 발견하게 된다. 바쁘게 돌아다니고 노동을 예찬하고 있지만 무엇을 위해서일까? 또 어떻게 살아야만 하는지 오블로모프에게 강변하고 강요하고 있지만 정작 왜 사는지에 대한 생각은 하고 있지 않다. 결국 그의 활동, 노동은 돈과 명예와 같은 인생의 속물적 안락함을 위한 것이다. 따라서 외견상으로 보자면 오블로모프가 죽은 인간, 슈톨츠가 살아 숨쉬는 활동가지만, 삶이라는 본질적인 문제로 보자면 이는 다분히 역전 가능하다.

　슈톨츠는 오블로모프를 침대에서 일으켜 세우고, 세상 밖으로 끌어내기 위해 올가를 소개한다. 그리고 올가에게 그런 임무를 부여하고는 외국으로 떠난다. 즉 슈톨츠는 올가에게 메피스토펠레스의 역할을 기대했다고나 할까.

　소설에서 사랑의 테마는 아주 중요한 자리를 차지한다. 곤차로프에게는 사랑, 그리고 인간의 삶에 있어 사랑의 역할에 대한 나름의 개념이 확고하게 서 있었다. 그는 인간은 누구나 도덕적 자기완성, 아름다움, 조화를 지향해야만 한다고 생각했다. 진보란 바로 이러한 사랑에 의해서만이 가능한 것이다. 두 사람의 사랑은 '보편적 사랑'의 출발점이다. 또한 사랑은 세상을 움직이게 만든다. 따라서 곤차로프의 모든 작품에 등장하는 주인공들은 사랑을 체험한다. 『오블로모프』에서도 작가는 올가 일리인스카야의 형상이 창조되고 나서야 서술에 역동성을 부여한다. 바로 올가와의 만남 이후에 오블로모프에게 변화가 일어난다. 오블로모프는 사랑에 빠지고 그를 에워싸고 있던 권태라는 안개가 서서히 걷히기 시작하는 것이다.

곤차로프는 올가에 대한 상세한 묘사 대신 그녀의 말과 행동에서 엿보이는 단순함과 자연스러움뿐만 아니라 그녀에겐 잘난 체하는 면도 아양을 떠는 면도 거짓도 허식도 없음을 강조하고 있다. 오블로모프의 눈앞에는 그의 이상의 윤곽과 색채가 어른거린다. 그는 올가를 오랫동안 꿈꿔왔고 사랑해왔던 여인으로 받아들이고 있다. 오블로모프의 사랑에는 무언가 감동적이면서도 희극적인 것이 느껴진다. 곤차로프는 오블로모프와 올가의 사랑의 전개, 즉 감정의 발생, 발전, 긴장과 결별을 관찰한다. 그들의 결별은 당연하다. 왜냐하면 올가와 오블로모프는 서로에게서 불가능한 것을 기대하기 때문이다. 오블로모프는 변치 않는 헌신적 사랑을 기대한다. 그래서 안녕과 평판, 존경마저도 그는 사랑을 위해서라면 희생할 준비가 되어 있다. 그러나 올가는 그에게서 활동과 의지, 그리고 에너지를 기대한다. 그녀에게 사랑은 삶이고, 삶은 곧 의무인 것이다. 그렇기 때문에 그녀는 자신의 감정과 오블로모프에 끼치는 자신의 영향, 그리고 그를 구해내서 슈톨츠와 견줄 만한 사람으로 만들고자 하는 자신의 목적에 대해 끊임없이 생각한다. 이를테면 그녀가 사랑에 빠진 사람은 오블로모프가 아니라 자선의 꿈이라고 할 수 있다. 올가에게 편지를 쓸 때, 오블로모프는 이것을 느끼고 있다. 이러한 자신들의 관계에 대해서 누구보다도 정확하게 파악하고 있었던 것이다. 결국 이후에 그들 둘은 자신들이 사랑 속에서 꿈꾸었던 것을 충족시키는 사람에게로 다가가게 된다. 올가는 슈톨츠와 결혼했고 오블로모프는 미망인 아가피야 마트베이브나 프쉐니찌나의 헌신적이고 진정한 사랑을 발견하게 된다. 프쉐니찌나 부인과 오블로모프와의 관계는 어떤 장밋빛 사랑으로 포장되어 있지는 않지만 오블로모프는 그녀의 집에서 어린 시절 오블로모프카에서 느꼈던 것과 똑같은 심리적 안정을 찾게 된다.

제4부에서는 3부에 이어서 점점 더 불만족의 고통으로 중독되어 게으른 나태에 다시 빠져들게 되고 결국은 사회로부터 이탈해 자신만의 세계 속으로 침잠하는 오블로모프의 최후가 묘사되고 있다. 브이보르그 방면으로 이사를 한 오블로모프는 교육은 받지 못했지만 헌신적 사랑을 하는 주인집 여자 아가피야 마트베이브나(프쉐니찌나 부인)를 진정으로, 또 감상적으로 사랑하게 된다. 그녀는 자신과는 출신에서부터 다른 오블로모프를 사랑하여 그의 부인이 된다. 그러나 그녀는 파렴치한이라고 볼 수 있는 오빠와 그의 친구 타란찌에프에게 위협을 당하게 된다. 그들은 오블로모프가 그의 모든 재산을 내놓도록 감언으로 속이고 공갈하는 데 그녀에 대한 오블로모프의 사랑을 이용한다. 언제나 정력적이고 능률적인 슈톨츠의 개입에도 불구하고 오블로모프는 자신의 새로운 환경의 늪 속으로 점점 더 빠져들어 결국에는 그녀와의 사이에 아들 안드레이를 남기고 그녀의 팔에 안겨 비참한 최후를 맞이한다. 아들 안드레이 오블로모프는 올가와 결혼한 슈톨츠가 자신의 시골 영지로 데려가 키우게 되고, 다시 미망인이 된 아가피야 마트베이브나는 오빠의 식구들의 구박을 받으며 그 집에 그대로 살게 된다.

한편 오블로모프의 충복 자하르는 살던 집에서 쫓겨나 갖은 고초를 겪다가 거리의 거지로 나서게 된다. 오블로모프가 묻혀 있는 교회 근처에서 우연히 슈톨츠는 그런 자하르를 만나게 되고 자신의 영지로 가자는 제의를 하지만 자하르는 자신의 주인을 떠날 수 없다면서 거절하게 된다. 같이 동행하던 작가 친구에게 바로 이러한 오블로모프에 대한 이야기를 슈톨츠는 하게 되고 그 이야기를 들은 작가는 소설로 써서 발표를 하게 된다.

소설의 구성으로 볼 때, 오블로모프가 자신의 최초의 바람과는 달리 뻬쩨르부르그 시내에서 변두리로 점차 밀려나고 있는 점은 매우 상징적인 의미를 갖는다. 삶은 반복된다. 시내에 살면서 사라져버렸던 어린 시절, 오블로모프카에서의 꿈이 다시 나타난다. 소설의 구성은 대칭적이라고 볼 수 있다. 두 이상적인 장소, 즉 오블로모프카와 브이보르그 방면 사이에는 가로호바야 거리가 위치하고 있는데, 이는 진정한 둥지를 찾아 헤매는 임시방편적 잠자리라고 할 수 있고, 또한 끊임없이 꿈을 갈망하는 과도적 정신 상태의 표현이라고 볼 수도 있다. 즉 이 세 장소는 세 종류의 정신 상태인데, 천국과 잃어버린 천국 그리고 되찾은 천국이 그렇다.

N. A. 도브롤류보프는 논문「오블로모프 기질이란 무엇인가?」에서 소설『오블로모프』는 농노제하의 구 러시아의 위기와 붕괴를 묘사하고 있노라고 썼다. 좀더 자세히 그의 논문을 살펴보자. 그의 견해에 따르면, 일리야 일리이치 오블로모프는 농노제하의 나태와 비활동성, 침체를 상징하고 있는 뿌리 깊은 러시아 민족의 한 전형으로서 오네긴, 페초린, 루진 등과 같은 '잉여인간'이라는 것이다. 즉 오블로모프는 말과 행동, 이상과 실제와의 깊은 모순에 빠져 있다. 그러나 오블로모프에게서 나타나는 잉여인간의 전형적인 콤플렉스는 역설과 논리적 종착역에 다다르고 있다. 그 뒤에는 한 인간의 타락과 파멸이 숨어 있는 것이다. 도

브롤류보프의 견해에 따르면, 곤차로프는 자신의 선조 그 누구보다도 오블로모프의 무위의 뿌리를 깊이 간파하고 있다.

소설 속에는 노예근성과 지주 귀족계급간의 복잡한 상호관련성이 드러난다. 오블로모프가 천성이 바보 같다거나 혹은 게으른 것이 아님은 명백하지만, 스스로의 노력으로 만족을 얻지 않고 다른 이들의 힘을 빌려 만족을 얻으려는 추악한 습관은 그의 게으른 비활동성을 더욱 발전시키고 그를 정신적 노예의 상태로 빠뜨린다. 노예근성은 오블로모프의 귀족계급의식과 밀착해 있고 서로 긴밀한 연관을 맺고 있어서 둘 사이의 경계를 긋는다는 것은 불가능해 보인다. 그는 몸종 자하르의 하인과 다를 바가 없다. 도대체 누가 누구에게 복종을 하고 있는 것인지 분간하기 어렵다. 실제로 자하르가 원치 않는 것을 오블로모프는 그에게 강요하지 못하고 자하르가 원하는 것은 주인의 의지와 상관없이 이루어진다.

오블로모프의 생존의 궁극적 목표인 '무위와 평온'은 자하르가 꿈꾸는 이상이기도 하다.

도브롤류보프는, 오블로모프카는 우리의 직접적인 고향이며, 그 소유자들은 우리의 양육자이고 300의 자하르는 항상 우리에게 시중들 준비가 되어 있고, 우리들 각각에는 오블로모프의 일부분이 늘 잠재되어 있다,라는 결론을 내리고 있다.

당시 소설 『오블로모프』와 그 주인공을 바라보는 도브롤류보프의 관점이 상당히 권위 있게 받아들여진 것이 사실이다. 그러나, 비록 당대에 비주류라고 할 수 있겠지만, 이와는 구별되는 다양한 견해들이 존재했다. 예를 들어 A. B. 드루쥐닌은, 오블로모프의 성격은 러시아 삶의 본질적인 측면을 반영한다고 주장했다. 그러나, 드루쥐닌의 견해에 따르면, 오블로모프를 증오하려는 많은 이들의 노력은 헛된 것인데, 왜냐하면 이는 아주 피상적인 트집잡기에 불과하기 때문이다. 오블로모프는 모두에게 친절해서 한없는 사랑을 받기에 충분한 인물이라는 것이다.

만약 오블로모프의 기질이 타락과 퇴폐, 혹은 사악한 고집에 연유한 것이라면 그때는 비난받아 마땅하다. 그러나 그 기질의 뿌리가 사회의 미성숙, 현실적 무질서에 직면한 깨끗한 영혼의 회의적 망설임에 연유한다면 분명 사정은 달라진다.

또 M. M. 프리슈빈은, 오블로모프의 평온은 그 안에 보다 높은 가치에 대한 욕구를 숨기고 있고, 이런 점에서 이는 일종의 톨스토이적인 '무저항' 이라고 할 수 있다는 견해를 피력하고 있다.

사실 오블로모프의 성격을 한마디로 규정한다는 것은 힘든 일이다. 왜냐하면 오블로모프는 누구보다 복잡한 성격을 지닌 살아 있는 인간이기 때문이다.

활동적이라고 하는 사람들의 삶에서 오블로모프는 인간의 고상한 사명에 부합하는 어떠한 활동도 발견하지 못한다. 냉담하고 무정한 인간이 되어 출세나 명예를 위해 분주히 뛰어다니기보다는 인간성과 미덕을 간직한 채, 그대로 오블로모프로 남는 것이 더 낫지 않을까?

소설 속에서 슈톨츠는 오블로모프에게 이런 질문을 던진다.

"도대체 자네 마음에 들지 않는 게 뭐야?"

그때 오블로모프는 이렇게 대답한다.

"모두들 뒤질세라 경쟁하듯 쉴 새도 없이 뛰어다니고 추악한 놀이에 탐닉하고 욕심부리고 서로의 앞길에 방해가 되고 중상모략과 험담 등으로 서로를 못 잡아먹어서 안달이지. 머리끝에서 발끝까지 훑어보면서 트집잡을 꼬투리만 찾는단 말야. 무슨 말을 하는지 엿듣지를 않나, 그럴 때면 머리가 빙빙 도는 게 정신이 없어. 겉보기에는 똑똑하고 위엄이 있어 보이는 사람들이 돈을 빌리고 클럽에서 돈을 삼십만이나 날리기도 하더라고! 답답하고도 갑갑한 일이 아닌가? 거기에 사람은 어디 있는 거야? 그의 목적은 어디에 있고? 도대체 어디로 다 숨어버렸고 왜 그렇게 하찮은 일에 정력을 낭비해야만 하는 거지?"

이런 점에서 오블로모프가 침대에 누워 있는 것은 단지 주인은 일하지 않아도 상관이 없어서가 아니라 한 인간으로서 정신적 장점들을 해치고 싶지 않기 때문이라고 말할 수 있다. 그의 '무위도식'은 소설에서 관료주의, 사교계의 북적거림, 그리고 편협한 소시민적 공리주의에 대한 부정으로 받아들여진다. 따라서 오블로모프의 나태와 무위는 현대의 활동가들의 삶과 이해관계에 대한 강력한 부정이자 정당한 냉소적 태도라고 할 수 있다.

오블로모프는 역사의 요란스러운 수레바퀴에서 벗어날 준비가 되어 있다. 그는 사람들이 결국에는 평상심과 안정을 되찾고, 헛된 안락함의 추구를 그만두고, 기계적 장난을 멈추고, 대도시를 떠나 시골의 세계, 주변의 자연과 함께 호흡하는 소박하고 겸손한 삶으로 돌아가기를 꿈꾼다.

1812 6월 18일 심비르스크(현 울리야노프스크) 시의 상인 집안에서 I. A. 곤차로프 출생.

1820~22 사설 기숙 학교에 입학.

1822 7월 20일 열 살의 나이로 모스크바 상업학교에 입학하기 위해 모스크바행.

1831 8월 모스크바 대학교 인문학부 입학.

1834 7월 모스크바 대학교 졸업.

1835 6월 뻬쩨르부르그의 대외통상부에 관리(번역가)로 관직 생활 시작. 화가 N. I. 마이코프의 아들에게 러시아 문학, 미학, 라틴어를 가르침.

1838 마이코프의 작품집 『수선화』에 중편 소설 「심한 질병」을 게재.

1839 작품집 『월야(月夜)』에 중편 소설 「행복한 실수」 발표.

1844 장편 소설 『평범한 이야기』 집필 시작.

1847 잡지 『현대인』(No. 3, 4)에 장편 소설 『평범한 이야기』 연재. 장편 소설 『오블로모프』에 대한 구상과 집필 착수.

1852 전함 '팔라다' 호에 승선하여 세계일주 항해 시작.

1856 1월 러시아 문학 검열관에 임명.

1859 잡지『조국의 기록』(No. 1~4)에 장편 소설『오블로모프』연재. 잡지『현대인』5호에 N. 도브롤류보프의 논문「오블로모프 기질이란 무엇인가?」가 실림.

1860『현대인』2호에 장편 소설『절벽』1부의 단편—「소피야 니콜라에브나 벨로보도바」가 발표됨.

1861『조국의 기록』1호에『절벽』의 단편「할머니」, 2호에「초상화」가 발표됨.

1869 잡지『유럽 통보』(No. 1~5)에 장편 소설『절벽』연재.

1891 9월 27일 곤차로프 사망.

'대산세계문학총서'를 펴내며

근대 문학 100년을 넘어 새로운 세기가 펼쳐지고 있지만, 이 땅의 '세계 문학'은 아직 너무도 초라하다. 몇몇 의미있었던 시도에도 불구하고, 전체적으로는 나태하고 편협한 지적 풍토와 빈곤한 번역 소개 여건 및 출판 역량으로 인해, 늘 읽어온 '간판' 작품들이 쓸데없이 중간되거나 천박한 '상업주의적' 작품들만이 신간되는 등, 세계 문학의 수용이 답보 상태에 머물러 있었음을 부인하기 힘들다. 분명한 자각과 사명감이 절실한 단계에 이른 것이다.

세계 문학의 수용 문제는, 그 올바른 이해와 향유 없이, 다시 말해 세계 문학과의 참다운 교류 없이 한국 문학의 세계 시민화가 불가능하다는 의미에서, 보다 근본적으로, 우리의 문화적 시야 및 터전의 확대와 그 질적 성숙에 관련되어 있다. 요컨대 이것은, 후미에 갇힌 우리의 좁은 인식론적 전망의 틀을 깨고 세계 전체를 통찰하는 눈으로 진정한 '문화적 이종 교배'의 토양을 가꾸는 작업이며, 그럼으로써 인간 그 자체를 더 깊게 탐색하기 위해 '미로의 실타래'를 풀며 존재의 심연으로 침잠하는 작업이라 할 수 있다.

우리의 현실을 둘러볼 때, 그 실천을 위한 인문학적 토대는 어느 정도 갖추어진 듯이 보인다. 다양한 언어권의 다양한 영역에서 문학 전공

자들이 고루 등장하여 굳은 전통이나 헛된 유행에 기대지 않고 나름의 가치있는 작가와 작품을 파고들고 있으며, 독자들 또한 진부한 도식을 벗어나 풍요로운 문학적 체험을 원하고 있다. 새롭게 변화한 한국어의 질감 속에서 그 체험이 이루어지기를 바라는 요청 역시 크다. 그러므로 필요한 것은 어쩌면 물적 토대뿐일지도 모른다는 판단이 우리를 안타깝게 해왔다.

이러한 시점에서, 대산문화재단의 과감한 지원 사업과 문학과지성사의 신뢰성 높은 출판을 통해 그 현실화의 첫발을 내딛게 된 것은 우리 문화계의 큰 즐거움이 아닐 수 없다. 오늘의 문학적 지성에 주어진 이 과제가 충실한 결실을 맺을 수 있도록, 우리는 모든 성실을 기울일 것이다.

'대산세계문학총서' 기획위원회